KATHARINA PETERS

BORNHOLMER GEHEIMNIS

atb aufbau taschenbuch

KATHARINA PETERS schloss ein Studium in Germanistik und Kunstgeschichte ab. Sie begeistert sich für japanische Kampfkunst und lebt mit ihren Hunden in Schleswig-Holstein. An die Ostsee fährt sie, um zu recherchieren, zu schreiben – und gelegentlich auch zu entspannen.

Unter katharinapeters.com finden Sie alle lieferbaren Titel und mehr zur Autorin.

Ein brutaler Überfall auf Bornholm erschüttert die Polizei. Die vierzigjährige Monica Seffgen, eine gebürtige Flensburgerin, ist auf dem Weg zum Strand niedergeschlagen und mit ihrem Schal erdrosselt worden. Das Motiv jedoch ist unklar. Ein Raubmord kann ausgeschlossen werden. Die deutschen Behörden ziehen die Ermittlerin Sarah Pirohl hinzu, die als Verbindungsbeamtin auf Bornholm lebt. Sarah stößt sofort auf etliche Ungereimtheiten. Monica Seffgen war für einen Seniorenservice tätig und anscheinend sehr wohlhabend. Ihr letzter Patient war ein ehemaliger Marineoffizier in Eckernförde, bei dem sie sogar gewohnt hat. Es besteht der Verdacht, dass sie im Testament des alten Herrn bedacht worden ist. Könnte Monica Seffgens Reichtum damit zusammenhängen, dass sie ihre Patienten betrogen und getäuscht hat? Dann findet Sarah heraus, dass Marina Kleisberg, die Tochter des Marineoffiziers, sich zu genau der Zeit, als der Mord geschah, auf Bornholm aufhielt – und dass sich auch Geheimdienste für Monica Seffgen zu interessieren scheinen.

KATHARINA

PETERS

BORNHOLMER GEHEIMNIS

KRIMINALROMAN

aufbau taschenbuch

MIX
Papier | Fördert gute Waldnutzung
FSC® C083411

ISBN 978-3-7466-4046-4

Aufbau Taschenbuch ist eine Marke
der Aufbau Verlage GmbH & Co. KG

1. Auflage 2024

www.aufbau-verlage.de
10969 Berlin, Prinzenstraße 85

Umschlaggestaltung Christin Wilhelm, www.grafic4u.de
unter Verwendung von Motiven von © KristofferLinus /
adobestock und © silisab77 / shutterstock
Satz Greiner & Reichel, Köln
Druck und Binden CPI books GmbH, Leck, Germany

Printed in Germany

Für Susanne und Christian

PROLOG

Sie schien bester Stimmung zu sein. Ein versonnenes Lächeln glitt über ihr Gesicht, während sie das Grundstück des Hotels zu Fuß verließ und direkt in den Wald eintauchte. Das tat sie jeden Abend nach dem Essen, seit sie hier war – sorgfältig, beinahe elegant gekleidet und dezent geschminkt, passend zu dem schönen Hotel am Meer, in dem keine Wünsche offenblieben. Der Strand war nur gut hundert Meter entfernt, und obwohl der Herbst der Insel inzwischen deutlich kühlere Temperaturen bescherte, war die Atmosphäre zauberhaft. Der Himmel erstrahlte in fast unwirklich kräftigem Blau vor dem flirrenden Grün des Waldes, während am Horizont die Abenddämmerung warme Rottöne hervorbrachte. In Kürze würden sie der Blick über die See und ihr salziger Duft verzücken. Sie würde noch breiter lächeln, eine Haarsträhne nach hinten streifen, vielleicht die Jacke schließen und sich den Schal enger um den Hals wickeln, weil der Wind auffrischte.

Er beobachtete sie aus ungefähr zwanzig Metern Entfernung, und auch an diesem Abend hatte sie nicht die geringste Ahnung, dass er in ihrer Nähe war. In gut einer Viertelstunde würde sie sich auf den Rückweg begeben, und an diesem zauberhaften und stillen Abend würde er es zu Ende bringen – im einsam dämmrigen Halbdunkel des Bornholmer Küstenwaldes. Für die späten Abend- und Nachstunden war Regen angesagt. Ein guter Zeitpunkt, nahezu perfekt für sein Vorhaben – den endgültigen Abschied.

Er schob sich hinter einen Baumstamm, ging in die Hocke und wartete. Zu seiner eigenen Verwunderung breitete sich eine süße

Zufriedenheit in ihm aus, nachdem er seine Entscheidung noch ein letztes Mal unvoreingenommen von allen Seiten betrachtet hatte. Sie war unumstößlich wie eine Formel, die nur ein Ergebnis kannte. Er hatte an alles gedacht, kein Detail ausgelassen, nichts falsch gewichtet, dessen war er sicher.

Wenige Minuten später war es so weit. Sie hatte sich umgewandt und auf den Rückweg gemacht. Leise summend ging sie so dicht an ihm vorbei, dass er ihr Parfüm riechen konnte. Er wartete, bis sie drei Schritte entfernt war, dann richtete er sich langsam auf und schlich hinter ihr her. Nur sie und er in diesem verzauberten Wald, der alle anderen Geräusche schluckte wie ein gefräßiges Tier. Er räusperte sich gedämpft, und sie schrak zusammen und fuhr herum.

Er lächelte. Sie blickte ihn an. Grenzenlose Verwunderung zeichnete sich auf ihrem Gesicht ab. Er lächelte immer noch, dann zwinkerte er, trat näher und blieb dicht vor ihr stehen.

»Du bist da«, sagte sie leise, und das Staunen wärmte ihr Gesicht. Die Überraschung war gelungen. »Ich habe nicht mehr mit dir gerechnet. Nun wird alles gut.«

Er nickte nachdenklich, strich sich eine Strähne aus der Stirn und hielt ihren Blick fest. Dann blieb die Zeit stehen. Er holte blitzschnell aus und schmetterte ihr die rechte Faust mit ganzer Kraft ins Gesicht. Sie ging wie gefällt zu Boden und schnappte nach Luft. Er betrachtete sie einen Moment, bevor er sich auf sie setzte, mit den Knien ihre Arme niederdrückte und in ihr blutendes Gesicht starrte.

Nachdem sie die Augen wieder geöffnet hatte, schlug er erneut zu – mit beiden Fäusten – und immer wieder. Harte, satte Treffer, und jeder einzelne löste tiefe Befriedigung in ihm aus. Schließlich hielt er atemlos inne, griff nach dem Schal, wickelte die Enden um seine Handgelenke und zog zu, bis sie nicht mehr atmete.

Als er aufstand, waren keine drei Minuten seit seinem Angriff vergangen. Drei Minuten, die ihr einen völlig unerwarteten und zugleich schmerzvollen Tod beschert hatten. Er riss sich los von ihrem Anblick, lief in nördlicher Richtung quer durch den Wald; auf der Höhe von Tofte wandte er sich nach Osten bis zum Aabywej, wo er in einem dichten Gebüsch sein Motorrad versteckt hatte. Er lächelte, als der Fahrtwind sein Gesicht kühlte und wenig später Regen aufkam. Es war getan.

1

Der Ausflug nach Kiel hatte ihr gutgetan. Doch Kommissarin Sarah Pirohl war auch zwei Tage nach ihrer Rückkehr auf die Insel unschlüssig, wie es für sie weitergehen sollte. Nach wochenlanger Auszeit, die sie fast ausschließlich genutzt hatte, um sich am Strand zu aalen, Bornholm mit dem Fahrrad zu durchstromern, endlich Abstand von den Fällen zu gewinnen, die sie Jahre beschäftigt hatten, und zur Ruhe zu kommen, markierte die Einladung des LKA zugleich das Ende des Sommers und die leise Aufforderung, sich konkret mit ihrer weiteren beruflichen Zukunft zu befassen. Das Angebot, das Ostsee-Team in Schleswig-Holstein zu verstärken, klang vielversprechend: Die Arbeit in einer gut besetzten Ermittlungsgruppe, die mit anderen Ostsee-Anrainerstaaten gegen Waffenschmuggel vorging, hatte durchaus ihren Reiz. Auch im Kieler Cold-Case-Team gäbe es einen Platz für sie, hatte man Sarah versichert. Darüber hinaus war die LKA-Sonderkommission in Berlin – insbesondere Ermittlungsleiterin Kathleen Bischoph – an einer weiteren engen Zusammenarbeit mit Sarah interessiert.

Die aufreibenden und definitiv finalen Ermittlungen zum Geschehen rund um ihren Vater, den Wirtschaftsanwalt Bernd Pirohl, und dessen Umtriebe als entscheidender Strippenzieher eines seit Jahrzehnten aktiven rechtsradikalen Netzwerks hatten neben Hannah Jakob, Frederik und Krølle zuletzt auch die Juristin und ihr Team auf den Plan gerufen. Und Kathleen war felsenfest davon überzeugt, dass sie die Zusammenarbeit fortsetzen sollten, weil sie sich gut ergänzten. Sarah zögerte deutlich. Die Aufgabe war zweifellos reizvoll und aufregend, doch sie war Kathleen nahegekommen, zu nahe.

Sarah hatte vor etlichen Wochen Kathleens Geburtstagseinladung angenommen und nach einer langen Partynacht in der Hauptstadt ein ganzes Wochenende mit ihr allein verbracht – in einem abgelegenen Ferienhaus an der Müritz. Ein paar rauschhafte Tage und Nächte voller Begehren und Nähe, die sie zugelassen hatten, um im nächsten Moment wechselweise zu betonen, dass keine Bindungsabsichten damit verbunden waren. Doch ganz so einfach war es dann tatsächlich nicht. Sarah hatte sich distanziert. Sie war davon überzeugt, dass ein gemeinsamer beruflicher Weg zu Irritationen führen und Probleme mit sich bringen würde, und sie wollte weder das eine noch das andere, wenn es sich verhindern ließ. Was sie darüber hinaus wollte, blieb zurzeit noch verschwommen.

Distanziert hatte sich auch Mikkel Bentsen, und das schmerzte. Der Bornholmer Kommissariatsleiter machte keinen Hehl daraus, dass er die Teamfähigkeit der BKA-Verbindungsbeamtin für unzureichend hielt. Ihre wiederholten Alleingänge und die persönliche Betroffenheit, erneut und ganz besonders im letzten Fall, waren ihm ein Dorn im Auge, und er hatte nichts dagegen, wenn diese Zusammenarbeit ein baldiges Ende finden würde.

Vielleicht sollte ich ihm den Gefallen tun und an diesem wunderbaren Ort nur noch Auszeiten genießen, dachte Sarah während eines frühen Strandspaziergangs. Die Wolken hingen tief, es hatte geregnet, und die See war aufgewühlt. Nur wenige Menschen waren unterwegs; in der Ferne joggte ein Mann, zwei Hunde rannten hinter ihm her.

Ende der Woche treffe ich eine Entscheidung, dachte Sarah, während sie zu ihrem Haus zurückkehrte. Sie kochte frischen Kaffee und bereitete ihr Frühstück zu – Haferflocken mit Obst –, als ein Wagen vor ihrem Haus hielt. Einen Moment später stand Mikkel

Bentsen vor der Tür. Wenn man vom Teufel spricht oder an ihn denkt, dachte Sarah einen Moment amüsiert. Er grüßte knapp, warf ihr einen langen Blick zu und trat ein.

»Kaffee?«, fragte Sarah. »Er läuft gerade durch.«

Bentsen blieb mitten im Raum stehen und zögerte sichtlich, bevor er nickte.

»Setz dich doch.« Sie verkniff sich den Zusatz Kollege. Mikkel dürfte gerade wenig Wert darauflegen.

Er nahm am Küchentresen Platz, und Sarah reichte ihm eine Tasse, bevor sie ihre Frühstücksflocken zu essen begann.

Er trank einen Schluck. »Es gibt was zu tun für dich – für uns«, ergriff er schließlich das Wort. »Sofern ich nichts verpasst habe und du noch die zuständige BKA-Verbindungsbeamtin bist«, fuhr er auf Deutsch fort. »Vielleicht hast du ja inzwischen andere Pläne.« Ein fragender Unterton schwang mit. Und nicht das kleinste Bedauern.

»Nein. Ich bin nach wie vor die zuständige Beamtin«, erwiderte Sarah und unterdrückte ein Seufzen. »Hör mal, Mikkel, es tut mir leid, wenn ich dir …«

Bentsen winkte unwirsch ab. »Lass gut sein. Es tut dir eben nicht leid«, betonte er. »Du würdest jederzeit wieder genauso entscheiden und dein Ding durchziehen. Und das nehme ich dir übel. So arbeitet man nicht im Team, aber das Thema hatten wir schon oft genug …« Er trank einen Schluck und warf ihr einen scharfen Blick zu.

Die Pirohl-Fälle sind erledigt, hätte Sarah ihm am liebsten entgegengehalten. Endgültig. Da kommt nie wieder etwas hinterher. Mein Vater ist tot, diesmal tatsächlich, wichtige Gefolgsleute sind gefasst, Frederik lebt irgendwo auf der Welt unter anderem Namen, Krølle ist untergetaucht wie üblich, Hannah hat sich von allen offiziellen Ermittlungen verabschiedet, und sämtliche Spezialteams dieser Welt kochen ihr eigenes Süppchen, auch in Dänemark. Sie entschied sich, die Einwände nicht laut auszusprechen. Mikkel wollte weder diskutieren noch Argumente hören, selbst wenn sie überzeugend klangen, oder sich gar mit ihrer Seite befassen, sondern ihr die kalte, besser gesagt, verletzte Schulter zeigen. Sie hatte ihn nicht einbezogen, und das wertete er als Vertrauensbruch – immer noch. Und wahrscheinlich hatte er gar nicht vor, ihr zu verzeihen, weil er an der Stelle unnachgiebig und stur bleiben wollte.

Bentsen stellte seine Tasse ab. »Wir haben eine Leiche.«

Sarah legte ihren Löffel beiseite.

»Du kannst ruhig weiteressen. Es gibt keinen Grund zur Eile. Spaziergänger haben heute früh nördlich von Rønne in einem Waldabschnitt in der Nähe des Strands eine tote Frau entdeckt. Sie war Gast in dem keine hundert Meter entfernten Hotel. Nach erster Einschätzung wurde sie am Vorabend überfallen, niedergeschlagen und mit ihrem Schal erdrosselt. Es handelt sich um eine deutsche Touristin.«

»Verstehe.«

»Dachte ich mir. Die ersten Daten sind unterwegs zu dir. Lass das erst mal sacken. Wir sehen uns dann später im Kommissariat, oder?« Bentsen stand abrupt auf, schob den Stuhl heran und wandte sich zum Gehen. In der Tür drehte er sich noch einmal um. »Ruf an, wenn du Fragen hast.« Damit verließ er das Haus; Augenblicke später hörte sie den Motor und das Knirschen der Reifen.

Sarah blickte ihm einen Moment verdattert hinterher, dann ertönte ein leises Pling auf ihrem Tablet, und sie öffnete die Datei.

Das Mordopfer hieß Monica Seffgen, war vierzig Jahre alt und gebürtige Flensburgerin. Sie hatte ihren Urlaub allein auf der Insel verbracht. Ein Sexualdelikt konnte nach bisherigem Kenntnisstand ausgeschlossen werden, auch ein Raubmord kam offensichtlich nicht infrage. Sarah zuckte zusammen, als sie die Fotos betrachtete. Die Tat war mit großer Vehemenz ausgeführt worden. Das Gesicht der Frau wies weitflächige Verletzungen auf – heftige Schläge, dachte Sarah. Das ließ auf einen wütenden und/oder hasserfüllten Täter schließen. Da es in der Nacht geregnet hatte, war die Spurenlage wenig aufschlussreich, las Sarah weiter. Zeugen hatten sich bislang nicht gemeldet. Es blieb abzuwarten, ob die an der Leiche gesicherten DNA-Spuren zu Erkenntnissen führen würden.

Sarah blickte hoch, überlegte einen Moment, ob sie gleich ins Hotel fahren sollte, dann griff sie ihr Smartphone und rief Bentsen an. Bloß keine voreiligen Entscheidungen.

»Das ging ja schnell«, meinte er in lapidarem Ton. »Ich höre.«

»Was ist mit dem Hotel? Wart ihr …«

»Selbstverständlich. Der Bericht kam eben rein. Bei den ersten Befragungen kam nichts heraus, was mit der Tat zu tun haben könnte. Hotelangestellte und die ersten Gäste, die befragt wurden, können nur wenig zu Monica Seffgen sagen. Sie ist meist für sich geblieben, hat die Wellnessangebote im Haus genutzt und war öfter mit einem Mietwagen der gehobenen Klasse unterwegs. Sie hat den Eindruck einer gut betuchten Touristin gemacht, die sich etwas gönnte und abends häufig eine Runde am Strand drehte«, fuhr Bentsen fort. »So beschreibt der Kollege seine ersten Ergebnisse. Das passt auch zum Hotelzimmer – sie hatte die Luxusvariante gebucht. Außerdem besaß sie wertvollen Schmuck und teure Kleidung. Mehr haben wir im Moment noch nicht.«

»Vielleicht sollte ich auf dem Weg nach Rønne einen Abstecher ins Hotel machen und …«

»Ich bin dafür, dass du erst mal ins Kommissariat kommst und dich mit ihren Angehörigen in Deutschland in Verbindung setzt.«

Das eine schließt das andere nicht aus, dachte Sarah, verkniff sich aber den Einwand. »Gibt es ein Tablet oder …«

»Das wird bereits gecheckt.«

»Alles klar. Bis gleich.«

Bentsen hatte ohne Abschiedsgruß aufgelegt. Er hat mich nur hinzugezogen, weil es um eine Deutsche geht und ich als Verbindungsbeamtin des BKA meinen Job machen muss, dachte Sarah. Außerdem sieht er mich lieber heute als morgen in Flensburg oder Kiel oder sonst wo, Hauptsache, ich mische mich nicht mehr auf der Insel ein.

Sarah machte sich wenig später mit gemischten Gefühlen auf den Weg nach Rønne. Der Empfang im Team war wie erwartet zurückhaltend. Die meisten Kolleginnen und Kollegen teilten wohl Bentsens Vorbehalte, oder Sarah war ihnen schlicht egal. Vielleicht sollte ich mich krankmelden, schoss es ihr durch den Kopf, während sie grüßend durch die Büroräume ging, hier ein Flüstern bemerkte und dort einen scharfen Seitenblick auffing. Oder mich nicht darum scheren, wer was warum über mich dachte oder zu wissen meinte. Dann nahm sie an ihrem Schreibtisch Platz, fuhr den Rechner hoch und begann zu recherchieren. Mach einfach deinen Job, trieb sie sich selbst an. Eine Frau aus Flensburg ist ermordet worden, und es gehört zu meinen Aufgaben, den Fall aufzuklären.

Als Bentsen das Team zur Besprechung zusammenrief, waren kaum zwei Stunden vergangen. Fotos von der Leiche und dem Tatort flammten am Wandbildschirm auf. »Das Ganze ist am frühen Abend passiert«, ergriff der Kommissariatsleiter nach kurzem Blick in die Runde das Wort. »Das können wir als ersten Ausgangspunkt für unsere Ermittlungen festhalten, obwohl das rechtsmedizinische Gutachten in Kopenhagen noch ein paar Tage braucht. Das sollte uns nicht überraschen. Die lassen sich auch nicht drängen.«

Sarah hörte konzentriert zu – das Dänische war ihr inzwischen deutlich geläufiger, und doch war sie weit davon entfernt, die Sprache mühelos und flüssig zu sprechen oder unmittelbar zu verstehen, schon gar nicht, wenn schnell gesprochen wurde. Und die atmosphärischen Störungen im Team taten ihr Übriges. Sie benötigte stets die Übersetzung im Kopf.

»Die Frau wurde gesehen, als sie das Gelände nach dem Abendessen im Hotel verließ, und ihr Tod trat mit großer Wahrscheinlichkeit ein, bevor es zu regnen begann – so weit die erste Einschätzung der Spurensicherung und unseres Arztes«, fuhr Bentsen fort. »Die Aussagen aus dem Hotel sind einhellig. Die Frau hat alleine Urlaub gemacht, und sie war offenbar gut bei Kasse, darauf weist alles hin. Zum Handy und Tablet gibt es noch keine Ergebnisse.« Er zögerte und fasste dann Sarah ins Auge. »Hast du schon was zum Hintergrund? Konntest du die Familie erreichen?«

»Das Opfer war ledig, die Eltern leben nicht mehr, es gibt eine ältere Schwester, mit der ich bislang noch nicht sprechen konnte«, begann Sarah in konzentriertem Ton zu berichten. »Monica Seffgen war seit vielen Jahren in einem Senioren-Servicedienst beschäftigt. Das erstaunt mich einigermaßen, denn Mitarbeitende in solchen Diensten gehören nicht gerade zu den Gutverdienenden – zumindest nicht in Deutschland.«

»Bist du sicher?«, fragte Bentsen verblüfft. »Sie war als Pflegekraft beschäftigt?«

»So sieht es aus. Allerdings scheint das Serviceunternehmen nach meiner ersten Einschätzung mit seinen Angeboten deutlich über das hinauszugehen, was ambulante Pflegedienste für gesetzlich Versicherte bereitstellen. Doch selbst wenn sie dort gut verdient hat …« Sarah wies auf den Bildschirm. »Allein der Schmuck in ihrem Hotelzimmer dürfte Zigtausende wert sein, dazu Edelklamotten vom Designer, einiges an Bargeld.«

Leises Gemurmel.

»Ich bin dafür, dass du dem nachgehst – vor Ort, in Deutschland«, meinte Bentsen schließlich. »Womöglich gibt es einen Zusammenhang.«

Sarah nickte.

»Vielleicht hat sie die Senioren beklaut«, murmelte ein Kollege.

»Oder sie stammte aus einer vermögenden Familie«, entgegnete ein anderer.

»Und hat aus Spaß Senioren betreut?«, erwiderte der erste in skeptischem Ton.

»Warum nicht?«

»Spekulationen helfen hier gar nicht weiter«, warf Bentsen ein. »Wir werden hoffentlich bald mehr dazu erfahren.«

»Wir können wohl davon ausgehen, dass sich der Täter in ihrer Nähe aufgehalten hat«, wechselte Sarah das Thema. »Der Zeitpunkt war ziemlich gut gewählt – vielleicht wusste er, dass Seffgen abends häufig zum Strand aufbrach und diesen Weg nahm. Vielleicht sollten wir im Hotel …«

»Darum kümmern wir uns bereits«, fiel Bentsen ihr ins Wort. »Alle Gäste und Angestellte werden noch einmal befragt und auch überprüft, sofern ein Check gerechtfertigt scheint.«

»Die Videoüberwachung …«

»Damit befasst sich Astrid bereits.« Bentsen schaute sie an.

Sarah hob beide Hände. »Alles klar.«

Wenig später strömten die Beamten und Kolleginnen wieder an ihre Plätze. Sarah war auf den Weg zu ihrem Schreibtisch, als ihr Diensthandy vibrierte – das Profilbild von Astrid Larsen war aufgeploppt. Die Kriminaltechnikerin mit dem besonderen Faible für IT-Forensik und alte Computersysteme hatte sich beim letzten Fall als wichtige Expertin erwiesen. Seit den abschließenden Untersuchungen hatten sie sich nicht mehr ausgetauscht. Falls Larsen ähnlich kühl und abweisend auf Sarah reagieren würde wie das restliche Kollegium, würde sie ihr in knappem Ton nur das Nötigste mitteilen. Sarah stellte die Verbindung her. »Hej, Astrid.«

»Hej … sag mal, wie klingst du denn?«

»Na ja, ich …«

»Lass mich raten – Bentsen spielt immer noch den Beleidigten?«

»So ungefähr. Er wäre mich lieber heute als morgen los – und mit der Ansicht hält er nicht einmal ansatzweise hinterm Berg. Ich kann ihm kaum verdenken, dass er stocksauer ist, aber seine nachtragende Art erschwert die Arbeit auf unerfreuliche Weise, und das restliche Team klatscht auch nicht gerade Beifall, wenn ich auftauche. Nun haben wir einen Fall und …«

Astrid Larsen lachte leise. »Komm mal bei mir vorbei. Ich fresse dich nicht, obwohl ich auch zum Team gehöre.«

Sarah atmete tief durch. »Das klingt schon mal nach einem guten Ansatz.«

Die Kriminaltechnikerin empfing Sarah wenig später mit einem Becher Kaffee in ihrem Büro und lächelte breit. »Beachte Mikkel einfach nicht. Früher oder später beruhigt er sich schon wieder … Oder willst du tatsächlich die Segel streichen?«

Sarah zuckte mit den Achseln. »Ich bin unschlüssig. Das soll auf keinen Fall verschnupft klingen. So schnell gebe ich nicht auf, zumal es für mich keine unbedingt brandneue Erfahrung ist, mit Leuten klarzukommen, die mich distanziert und skeptisch betrachten oder mir etwas nachtragen. Aber aktuell bieten sich für mich auch andere berufliche Möglichkeiten. Ich muss mich also nicht in einem Team herumplagen, das mich nicht will«, schob sie nach. Das klang nun doch etwas beleidigt, aber Sarah ließ den Satz so stehen – er hörte sich ehrlich an.

»Jetzt kümmern wir uns allerdings erst mal um die Flensburgerin, oder?«, warf Larsen ein.

»Genau.« Sarah seufzte erleichtert. »Ich werde in Kürze nach Schleswig-Holstein aufbrechen. Hast du vielleicht noch was Interessantes für mich?«

Larsen drehte sich zu ihrer Arbeitsplatte um und griff nach einem Tablet. »Das haben wir im Hotel gesichert. Da ist tatsächlich bemerkenswert wenig drauf – ein paar Filme und Spiele, das war es. Und ihr Handy ist ähnlich unauffällig – nur wenige Kontakte und Kurznachrichten-Chats, Urlaubsfotos, das war es.«

»Sie war in einem Senioren-Servicedienst beschäftigt«, meinte Sarah.

Larsen zuckte mit den Achseln. »Trotzdem ist sie digital ziemlich knapp aufgestellt, mit gerade mal vierzig Jahren. Kein Insta- oder Facebook- Account mit gepostetem Essen oder dergleichen.«

»Macht dich das stutzig?«

»Ein bisschen schon. Es ist auffällig unauffällig, was aber durchaus mit unserem Job zu tun haben könnte.« Larsen zuckte mit den Achseln. »Und vielleicht gehörte sie einfach zu den Frauen, die keinen Wert darauflegen, ihr Leben ins Netz zu stellen. Ich bin allerdings gespannt, ob sich eine schlüssige Erklärung für ihren Lebensstandard findet.« Sie zog eine Braue hoch. »An der Stelle könnte man doch glatt ins Grübeln geraten.«

»Ich hake da natürlich auf jeden Fall nach«, versprach Sarah.

»Davon gehe ich aus. Ich wünsche dir eine gute und erfolgreiche Reise – komm wieder und lass dich nicht ärgern!« Larsen zwinkerte.

Sarah telefonierte wenig später mit der Flensburger Dienststelle, informierte darüber hinaus das LKA in Kiel über ihre Aktivitäten und buchte für den nächsten Tag einen Flug nach Hamburg. Von dort würde sie zunächst mit dem Mietwagen weiterfahren. Als sie das Kommissariat verließ, war es früher Abend. Die Schwester des Opfers hatte sie immer noch nicht erreicht. Sie packte ihre Reisetasche und setzte sich auf die Terrasse. Es war kühl, doch der Regen hatte nachgelassen, und der Sonnenuntergang zauberte ein leidenschaftliches Farbenspiel, das den Horizont erglühen ließ. Das würde ich vermissen, dachte sie – diesen wunderbaren Blick, die Stille an der See, das warme intensive Licht so hoch im Norden. Ich muss gar nichts vermissen, dachte sie. Das hier kann mir niemand nehmen –

auch kein griesgrämiger und beleidigter Mikkel, der mich aus dem Team drängen will.

Als sie ins Bett ging, zeigte ihr Smartphone den Eingang einer Nachricht an – von Kathleen. *Ihr habt einen Fall. Übernimmst du die Ermittlungen in Deutschland? Oder verlängerst du deine Auszeit? Melde dich, falls ich dich unterstützen kann. LG.*

2

Der Flug hatte fast eine Stunde Verspätung gehabt. Sarah war gerade in ihren Mietwagen gestiegen und wollte den Motor starten, als Monica Seffgens Schwester anrief – Birte Hansen. Sarah stellte sich vor. »Danke für den Rückruf, Frau Hansen«, sagte sie dann.

»Sie sind tatsächlich eine Kommissarin«, erklang eine unsichere Stimme in leisem Ton. »Ich dachte ... Man hört so viel von Täuschungsversuchen über das Handy. Aber die Polizei hat mich nun informiert ... Tut mir leid, wenn ich ... Sie ist wirklich tot? Ein Mord? Das kann ich gar nicht glauben. Was ist passiert?«

»Können wir uns treffen? Ich bin gerade in Hamburg gelandet und fahre nach Flensburg.«

»Sie sind eine deutsche Kommissarin und leben auf der dänischen Insel? Das verstehe ich nicht.«

Sarah erläuterte ihren Status als BKA-Verbindungsbeamtin. »Und in Fällen wie diesen gehört es zu meinen Aufgaben, den Kontakt zu den deutschen Dienststellen zu suchen, Ermittlungen zu unterstützen, auch in Deutschland, und für eine reibungslose Zusammenarbeit Sorge zu tragen.« Und das klappt normalerweise richtig gut, wäre da nicht ... Ich fange schon an wie Mikkel, dachte sie und schob den Gedanken schnell beiseite.

»Ich verstehe, ja ... Natürlich können wir uns treffen. Haben Sie meine Adresse?«

»Es wäre hilfreich, wenn wir uns gleich in der Wohnung Ihrer Schwester verabreden könnten«, schlug Sarah vor. »Ich würde mich dort gerne umsehen.«

»Monica hat in den letzten Monaten gar nicht mehr in Flensburg gelebt. Sie wollte ihre Wohnung hier sogar ganz aufgeben, wenn ich sie richtig verstanden habe«, entgegnete Hansen nach kurzer Pause. »Sie hat sich in Eckernförde um einen kranken Patienten gekümmert und dort auch gewohnt.«

Interessant, dachte Sarah. »Gut, dann komme ich erst mal zu Ihnen.« Sie warf einen Blick auf ihren Routenplaner. »Ich brauche wohl mindestens anderthalb Stunden für die Strecke.«

Der Verkehr auf der A7 floss zäh, und Sarah benötigte fast zwei Stunden. Birte Hansen wohnte in einem ehemaligen Bauernhaus am südöstlichen Rand von Flensburg. Sie hatte Tee gekocht. Soweit Sarah die biographischen Daten in Erinnerung hatte, war Hansen verheiratet. Der Tod ihrer vier Jahre jüngeren Schwester hatte sie sichtlich erschüttert.

»Ich kann das noch immer nicht glauben«, sagte sie leise, während Sarah an einem wuchtigen Holztisch in der geräumigen Küche Platz nahm. Durch die kleinen Fenster blickte man direkt in den friesenwallumgebenen Garten. Der Tee dampfte in dickbauchigen dunkelblauen Tassen. Wenn der Anlass nicht so furchtbar wäre, könnte Sarah die norddeutsche Atmosphäre genießen.

»Wer sollte einen Grund gehabt haben, ihr so etwas anzutun? Das kann doch nur ein Irrer gewesen sein«, fuhr Hansen fort.

»Wir stehen ganz am Anfang der Ermittlungen«, erklärte Sarah. »Meine Kolleginnen und Kollegen auf Bornholm arbeiten unter Hochdruck, um mehr zu den Hintergründen zu erfahren …«

»Aber was genau ist eigentlich passiert? Der Beamte hat nur sehr dürftig berichtet.«

Kann ich mir denken, dachte Sarah. Details zum Geschehen sollten zum jetzigen Zeitpunkt unter Verschluss bleiben. »Sie ist nach dem Abendspaziergang auf dem Rückweg vom Strand ins Hotel überfallen worden – so erschließt sich die Situation bislang. Niemand hat etwas mitbekommen, und entdeckt wurde sie erst am nächsten Morgen.«

»Man hat sie ausgeraubt und getötet?«

Sarah zögerte. »Danach sieht es nicht aus.«

Hansens Mimik spiegelte Verblüffung. »Das verstehe ich nicht.«

»Wir können uns das Motiv im Moment auch nicht erklären. Und deshalb müssen wir den Hintergrund gründlich in Augenschein nehmen. Womöglich gibt es einen Auslöser, der sich nicht auf den ersten Blick erschließt. Erzählen Sie doch bitte – was für ein Mensch war Ihre Schwester?«

Hansen stellte ihre Tasse ab. »Sie war … lebhaft, aufgeschlossen, eine lebenslustige Frau«, begann sie zu berichten. »Ihr Beruf hat ihr große Freude gemacht, sie hat ihn unglaublich ernst genommen. Monica war in einem Pflege- und Betreuungsdienst angestellt und hat sich um Senioren und Pflegefälle gekümmert, aber das wissen Sie ja längst …« Seffgens Schwester blickte einen Moment ins Leere.

»Wissen Sie mehr zu dem Unternehmen?«, fragte Sarah.

Hansen umschloss ihre Tasse mit beiden Händen und sah hoch. »Monica hat ziemlich gut verdient. Sie galt als erfahrene Kraft. Außerdem war dieser Service auch eher etwas für die Privatversicherten und Leute mit Geld.«

Sarah nickte. Das bestätigte ihren ersten Eindruck.

»Nichts, was sich ein gesetzlich Versicherter oder Otto Normalverbraucher leisten könnte.« Hansen zuckte mit den Achseln. »Die bieten alles Mögliche an, auch außerhalb der Pflege …«

»Zum Beispiel?«

»Freizeitaktivitäten, Alltagsbetreuung, Reisebegleitung und Ähnliches. Monica hatte meistens mit Menschen zu tun, für die Geld keine Rolle spielt, und sie war wirklich sehr beliebt. In den letzten beiden Jahren hat sie sich um Leute zwischen Hamburg und Flensburg gekümmert, bis sie vor einigen Monaten zu einem älteren und sehr kranken Witwer in Eckernförde gezogen ist. Mit dem hat sie sich sehr gut verstanden. Sie hat ihn bis zu seinem Tod rund um die Uhr versorgt.«

»Wissen Sie zufällig den Namen?«

Hansen überlegte einen Moment. »Ich kann mich nur an den Vornamen erinnern – Heinrich.«

Im Flur klingelte ein Telefon. Birte Hansen stand auf. »Das dürfte mein Mann sein. Der ist zurzeit auf Dienstreise. Ich bin gleich wieder bei Ihnen.«

»Natürlich. Nur keine Eile.«

Während Hansen mit ihrem Mann plauderte, ließ Sarah ihre Schilderungen sacken. Die Bezahlung des Serviceunternehmens war, wie bereits vermutet, deutlich besser als in üblichen Pflegediensten, dennoch dürfte sich damit allein Seffgens Wohlstand nicht erklären. Der begründete sich vielleicht durch andere Umstände. Geschenke von vermögenden alten, manchmal sehr einsamen und kranken Menschen, die der Betreuerin Luxusurlaub ermöglichten? Nun ja … Die Frage war, ob sich dahinter ein Mordmotiv verbarg.

Birte Hansen kehrte wenig später zurück. Sie goss Tee nach.

»Wir haben den Eindruck gewonnen, dass es Ihrer Schwester finanziell hervorragend ging.«

Hansen runzelte die Stirn. »Wie ich schon sagte – Monica hat gut verdient.«

»Wir haben im Hotel wertvollen Schmuck entdeckt, teure Kleidung, viel Bargeld, und der gebuchte Urlaub fiel deutlich aus dem Rahmen. Was ihre Konten angeht, so haben wir bislang noch keinen Überblick gewinnen können.«

Hansen blinzelte irritiert. »Wertvoller Schmuck? Also, davon weiß ich nichts.« Sie schüttelte den Kopf.

»Haben Sie eine Vermutung, woher das Vermögen stammen könnte?«

»Wie meinen Sie das denn?« Hansen hob das Kinn.

»Können Sie sich erklären, wie sich Ihre Schwester Luxusurlaub und teuren Schmuck leisten konnte?«

»Nein!«, betonte Hansen energisch. »Und falls Sie andeuten wollen, dass meine Schwester in irgendwelche krummen …«

»Ich will überhaupt nichts andeuten«, warf Sarah schnell ein. »Ich suche nach Erklärungen im Umfeld eines Gewaltverbrechens – dem Motiv für den Überfall, bei dem Monica schwer verletzt und getötet wurde.«

Hansen erblasste.

»Das Geschehen erfordert eine gründliche Untersuchung aller Umstände und möglicher Zusammenhänge, und dazu gehört auch der Lebensstil Ihrer Schwester. Und wenn ich weiß, was den Täter antrieb, könnte sich daraus eine Spur ergeben«, führte Sarah weiter aus.

Hansen nickte zögernd.

»Hatte Ihre Schwester einen vermögenden Freund, einen spendablen Partner?«

»Es gab schon länger keine Beziehung mehr, soweit ich weiß.«

»Oder Menschen, die sie unterstützten, vielmehr großzügig beschenkten?«

Hansen wirkte unsicher. »Auch dazu kann ich nichts sagen. Das ist mir völlig neu. Falls es so war, hat sie nicht darüber geredet.«

Womöglich hat sie einiges aus ihrem Leben für sich behalten, dachte Sarah – auch und gerade die Quelle ihres Luxus. Wenig später verabschiedete sie sich von Birte Hansen. Die Schwester wirkte beunruhigt und ratlos.

Als Sarah im Auto saß, blickte sie auf ihr Handy. Die Flensburger Dienststelle hatte eine Nachricht geschickt. *Moin und willkommen in Schleswig-Holstein. Kommen Sie gerne bei uns rum.*

Zwanzig Minuten später saß Sarah im Büro der Polizeidirektion Flensburg und tauschte sich mit einer jungen Beamtin aus. Kommissarin Bianca Krüger – eine groß gewachsene athletische Frau mit dichten Locken und Sommersprossen – war neu in der Dienststelle und sichtlich aufgeregt, an einem länderübergreifenden Fall mitzuarbeiten. Sie strahlte Sarah mit roten Wangen an und tippte auf die Akte, die auf ihrem Schreibtisch lag.

»Der Chef hat mich für den Bornholmer Mord freigestellt. Ich habe schon mal einiges zusammengetragen«, erklärte sie in munterem Ton. »Und die dänischen Kollegen haben inzwischen Details zum Fall sowie erste Ermittlungsergebnisse geschickt. Ich bin sicher, dass wir das hinkriegen.« Sie lächelte. »Ich spreche übrigens ziemlich gut Dänisch. Vielleicht wird das noch wichtig.«

Bestimmt, dachte Sarah. Meine Sprachkenntnisse sind nach wie vor eher bescheiden. Die Akte enthielt neben den bekannten Punkten, biographischen Auflistungen und Kurzberichten nicht allzu viel Neues, wie Sarah schnell feststellte.

»Ich war gerade dabei, den Kontakt zu dem Seniorendienst aufzunehmen«, fuhr Bianca Krüger fort.

»Das klingt gut. Mit denen muss ich unbedingt sprechen.«

»Das dachte ich mir schon. Ich habe mir erlaubt, für morgen Vormittag einen Termin zu vereinbaren. Dort treffen wir dann mit dem Flensburger Chef zusammen und können sicher auch einige Kolleginnen sprechen.«

Wir? Sarah blickte sie verdutzt an. Sie war unschlüssig, wie sie auf den Übereifer der Kollegin reagieren sollte, deren Auftreten wenig von norddeutscher Zurückhaltung hatte. Vielen Dank für Ihre Bemühungen, aber ich arbeite lieber selbständig und treffe meine eigenen Entscheidungen? Sarah unterdrückte ein Seufzen.

»Ich bin mir übrigens sicher, dass das Mordmotiv Habgier ist.«

»Das Opfer wurde nicht ausgeraubt.«

»Kann man das so einfach feststellen? Wer weiß, was sie alles bei sich hatte.« Krüger nickte mit gewichtiger Miene.

»Das Gewaltpotenzial war ganz beträchtlich und …«

»Das eine muss ja das andere nicht ausschließen.«

»Wir werden sehen.«

»Sie sind nach der langen Reise sicher müde«, ergriff Krüger nach kurzer Pause wieder das Wort. »Ich habe ein Zimmer für Sie reserviert – in einem Hotel im Jens-Due-Weg, ganz in der Nähe. Da haben Sie es nicht weit zum Hafen. Soll ich Sie morgen früh abholen?«

»Das wird nicht nötig sein«, versicherte Sarah schnell. Sie erhob sich. Mikkel würde fröhlich vor sich hin feixen, wenn er zusehen könnte, dachte sie. »Zwei Sachen noch – Monica Seffgen hatte ihren ersten Wohnsitz noch in Flensburg …«

»Ja, aber sie hat ihre Wohnung kürzlich gekündigt. Offenbar wollte sie in Eckernförde bleiben.«

»Die Familie ihres letzten …«

»Genau: Heinrich Kleisberg – das habe ich auch schon recherchiert.« Breites Lächeln.

»Ich würde gerne Kontakt zur Familie aufnehmen.«

»Setze ich sofort auf meine To-do-Liste. Das kriegen wir hin.«

Bitte nicht! Sarah schloss kurz die Augen.

»Sie müssen sich jetzt erst mal entspannen.«

Sarah fasste die Kommissarin ins Auge und hielt ihren Blick einen Moment fest.

»Ich meine …« Krüger wischte sich verlegen eine Locke aus der Stirn. »Na, Sie wissen schon, wie ich das meine.«

»Ich denke, ja – bis morgen, Kollegin.«

In einem Punkt hatte Kommissarin Bianca Krüger völlig richtig gelegen – Sarah war tatsächlich erschöpft und so müde, dass sie direkt nach dem Essen ins Bett fiel und sofort einschlief.

Richard Billstedt, der Leiter des Serviceunternehmens im Bereich Flensburg/Kiel, war ein smarter Mittfünfziger, der sein Entsetzen in angemessenen Worten bekundete und ohne Zögern Befragungen im Umfeld von Seffgens Kolleginnen und Kollegen ermöglichte. Was die Namen von Kunden und Patienten anging, um die Seffgen sich gekümmert hatte, blieb er allerdings zurückhaltend. Nach mehreren persönlichen Gesprächen und Telefonaten bestätigte sich durchgängig die Darstellung der Schwester des Opfers: Monica Seffgen war beliebt, hilfsbereit und engagiert gewesen. Ein Mordmotiv konnte sich niemand erklären; Konflikte oder Streit seien nicht erkennbar gewesen. Dass sie sich teuren Schmuck und Luxusurlaub leisten konnte und über viel Bargeld verfügte, wurde mehr oder weniger achselzuckend zur Kenntnis genommen. Vermögende Kunden würden sich oftmals erkenntlich zeigen, private Zuwendungen könne man nicht verbieten, hieß es dazu in lapidarem Ton und hinter vorgehaltener Hand. Da es nie Anzeigen gegen Seffgen gegeben hatte und die Bankunterlagen noch nicht vorlagen, gab es an der Stelle wenig Spielraum für weitere Nachforschungen.

Womöglich hatte die Flensburger Kollegin doch recht, und die Tat war aus Habgier erfolgt, überlegte Sarah während der Rückfahrt ins Kommissariat. Wer weiß, was Seffgen noch bei sich gehabt hatte. Unmittelbar daran schloss sich die nächste Frage an: Wo hatte die Frau in den letzten Wochen gewohnt beziehungsweise ihren Hausstand untergebracht? Nach dem Tod von Heinrich Kleisberg? Sarah stutzte. Wenig später nutzte sie eine günstige Gelegenheit, überließ Kommissarin Krüger ihrer To-do-Liste und machte sich allein auf den Weg nach Eckernförde. Sie war sicher, dass die Kollegin diese Entscheidung nicht gutheißen würde. Frag Mikkel Bentsen – ich bin einfach keine geborene Teamplayerin, dachte sie, und schon gar nicht mag ich mir das Heft aus der Hand nehmen lassen.

Sie atmete tief durch und genoss die Stille im Wagen. Als zehn Minuten später das Telefon vibrierte und die Flensburger Vorwahl anzeigte, ignorierte sie den Anruf. Nach fünf Minuten rief Sarah zurück. »Ich dachte mir, Sie kommen alleine mit den letzten Befragungen klar«, erklärte sie Krüger. »Ich schaue mich schon mal bei den Kleisbergs um.«

Stille. »Aber ich hätte Sie doch begleitet«, entgegnete die Kommissarin schließlich.

»Das weiß ich. Nur arbeiten wir effizienter, wenn wir uns die Aufgaben teilen.«

Schweigen. »Wie Sie meinen. Ich halte Sie auf dem Laufenden.« Das klang dezent verschnupft.

»Sehr gerne.«

»Ach … soll ich mich inzwischen schon mal allein um die privaten Kontakte kümmern? Es waren ja nur wenige Namen, die in ihrem Handy gespeichert waren. Ich könnte die Leute anrufen.«

»Das ist eine gute Idee. Und die Bank, auf die das Gehalt überwiesen wurde …«

»Habe ich nicht vergessen. Ich melde mich, sobald ich Näheres weiß. Den Filialleiter kenne ich übrigens persönlich. Es sollte nicht lange dauern, bis wir eine Kontoübersicht haben«, versicherte Krüger, und das klang schon wieder deutlich munterer.

Sarah unterbrach die Verbindung. Sie erinnerte sich an die Unterredung mit Astrid Larsen und deren Bemerkung, dass Seffgen digital ziemlich dürftig aufgestellt war. Wenige Kontakte. Sarah war gespannt, ob es Freunde und Freundinnen gab, die mehr zu Monica zu berichten wussten.

Heinrich Kleisberg hatte in einer kleinen, zentrumsnahen Stadtvilla gewohnt – Ostsee und Hafen gleich um die Ecke, und der ehemalige Marineoffizier hatte es nicht weit zu seinem Stützpunkt gehabt. Sarah parkte vor dem Haus. Es wirkte solide, unauffällig und verlassen. Kleisberg war Witwer gewesen – weitere Details zum familiären Hintergrund hatte Sarah bislang noch nicht recherchiert. Sie klingelte am Tor, doch es tat sich nichts. Als sie das Grundstück umrundete, entdeckte sie im hinteren Bereich zwei Nebengebäude, eines wurde offenbar als Garage genutzt. Die Tore standen weit auf, ein Mann in Arbeitskleidung war mit Aufräumarbeiten beschäftigt – so wirkte es zumindest. Sarah hob eine Hand und machte auf sich aufmerksam. Er sah herüber, stellte einen Karton ab und trat mit gemächlichen Schritten an den Zaun – ein kräftiger Typ mit rotblondem Vollbart und hellblauen Augen, ungefähr vierzig. »Moin. Kann ich helfen?«

Sarah nickte und zückte ihren Ausweis. »Das hoffe ich. Kannten Sie Monica Seffgen?«

Er rieb sich über den Bart und warf ihr einen verdutzten Blick zu. »Polizei? Hat sie was angestellt?«

»Sie ist tot.«

Sein Blick weitete sich. »Das ist ja … Was ist passiert?«

»Sie wurde ermordet – im Urlaub auf Bornholm.«

Er schob seine Hände tief in die Taschen und schüttelte den Kopf. »Ach du liebe …«

»Darf ich Ihnen ein paar Fragen stellen, Herr …«

»Meinert – Dietmar Meinert«, stellte er sich vor. »Ich wohne in der Nachbarschaft und kenne … kannte Heinrich und die Familie, seit ich laufen lernte … Ich habe einen kleinen Handwerksbetrieb und kümmere mich um alles Mögliche, was hier so anfällt. Heinrich war ja schon lange ziemlich krank.« Er blickte einen Moment zur Seite und sah sie dann wieder an.

»Meinen Sie, wir könnten uns drinnen weiterunterhalten?«

»Na klar – kommen Sie herum, ich öffne Ihnen das Tor.«

Wenig später führte Meinert sie in das Nebengebäude, das als Werkstatt und Gartenschuppen genutzt wurde. Er stellte zwei Campingstühle bereit und wies auf seine Thermoskanne. »Kaffee? Der hat allerdings so richtig Feuer. Falls Sie einen empfindlichen Magen haben oder Ihr Blutdruck zu hoch ist …«

Sarah schüttelte den Kopf. »Das zwar nicht, aber trotzdem – vielen Dank.«

Meinert goss sich einen Becher ein und griff nach einem Tabakbeutel. »Sie haben nichts dagegen?«

»Keineswegs.«

Er drehte mit schnellen Fingern eine Zigarette, und kurz darauf stieg würziger Geruch auf. Er kniff ein Auge zusammen und blickte Sarah durch den Rauch an. »Warum tötet jemand eine Pflegekraft?«

»Das ist die entscheidende Frage. Haben Sie die Frau kennengelernt und können mir mehr zu ihr erzählen?«

»Nun, Frau Seffgen hat sich um Heinrich gekümmert, und der war froh, dass er seine Kinder nicht behelligen musste.« Meinert inhalierte tief. »Es gibt drei. Früher hat sich häufiger die Jüngste gekümmert, aber dann ist sie nach Kiel gezogen, und es blieb oft nicht genug Zeit – wie das eben so ist«, erzählte er. »Die Älteste lebt in Berlin, und der Sohn ist gar nicht mehr im Lande – ist Dozent irgendwo ganz weit im Norden, Norwegen, um genau zu sein.« Er schnippte die Asche ab. »Was ich sagen will – die Monica war ein Segen für Heinrich. Sie hat sich ja um alles Mögliche gekümmert, ist auch mal mit ihm ins Kino gegangen oder an den Strand, ein Eis essen.« Er nickte. »Die Frau hat ihm gutgetan. So würde ich es ausdrücken.«

Es blieb also bei der liebenswerten, äußerst engagierten und umsichtigen Pflegekraft, dachte Sarah.

»Und er hat sich nicht lumpen lassen«, fügte Meinert hinzu.

»Würden Sie das erläutern?«

»Er war großzügig – das hat er selbst mal zu mir gesagt. Und ich kenne ihn ja auch so. Er gibt … er gab gerne ab. Als pensionierter Marineoffizier hatte er ein gutes Auskommen. Und er mochte die Monica, das war unübersehbar.«

»Verstehe.« Persönliche Bindung, Geschenke, Geldzuwendungen. Sarah hob den Blick. In gewissem Rahmen war durchaus vorstellbar, dass Kleisberg sich Großzügigkeiten leisten konnte, doch allein der Schmuck im Hotelzimmer passte nicht in das Bild. Hatte er womöglich der verstorbenen Ehefrau gehört? Wir brauchen die Namen der anderen Patienten, mit deren Pflege und Unterstützung Seffgen beauftragt war, überlegte Sarah. »Sie hat eine Weile hier gewohnt, soweit ich weiß«, bemerkte sie dann.

»Ja, als es ihm immer schlechter ging, hat er vorgeschlagen, dass sie ins Obergeschoss ziehen sollte. Das hat er mir auch erzählt. Das war eine gute Lösung.«

»Mit ihren eigenen Möbeln?«

Meinert runzelte die Stirn.

»Sie hat ihre Wohnung in Flensburg aufgegeben. Wir fragen uns gerade, wo sie ihr Mobiliar untergebracht hat.«

»Also – hier nicht. Die obere Etage ist möbliert – dort befanden sich die ehemaligen Kinderzimmer. Sie hatte nur ihren persönlichen Kram dabei. Ich habe ihr beim Tragen geholfen. Und nach Heinrichs Tod gab es ja nichts mehr für sie zu tun. Aber warten Sie …« Meinert nickte plötzlich nachdenklich. »Ja, stimmt, sie war dabei, umzuziehen – ihre Wohnung hat ihr wohl nicht mehr gefallen. Sie wollte ihren Kram einlagern, bis sie etwas Neues gefunden hat. Ob sie inzwischen eine andere Wohnung in Aussicht hatte, kann ich nicht sagen.« Er warf ihr einen forschenden Blick zu. »Warum müssen Sie das eigentlich so genau wissen?«

»Wir haben bislang kein Motiv für eine derartige Gewalttat entdeckt …« Sie zögerte. Womöglich war es hilfreich, etwas deutlicher zu werden. »Und wir haben den Eindruck gewonnen, dass Monica ziemlich vermögend war.«

Meinert verzog den Mund. »Vermögend?«

»Sie besaß überaus wertvollen Schmuck.«

Meinert zog ein letztes Mal an seiner Zigarette, dann drückte er sie in einer Blechschachtel aus. »Heinrich hat ihr mal was geschenkt, könnte ich mir vorstellen.«

»Schmuck seiner verstorbenen Frau?«

Er zuckte mit den Achseln. »Würde ich nicht ausschließen.«

»Wir haben auch jede Menge Bargeld gefunden.«

»Dazu kann ich Ihnen nichts sagen. Heinrich war, wie gesagt, spendabel und hatte ein gutes Auskommen, aber … na ja, ganz sicher war er kein reicher Typ, der mit den Scheinen nur so um sich warf. Das war mein Eindruck.«

Einen Moment blieb es still.

»Wie kamen eigentlich Kleisbergs Kinder mit Monica klar?«, fragte Sarah schließlich. »Haben Sie vielleicht mal etwas mitbekommen?«

Meinert sah sie an und wiegte den Kopf. »Schwer zu sagen. So oft bin ich ja auch nicht hier …« Er zögerte.

»Ich würde es nicht so toll finden, wenn die Pflegerin mit dem Familienschmuck herumliefe«, meinte Sarah. »Besser gesagt, ich könnte mir vorstellen, dass es an der Stelle Ärger gab.«

Meinert griff nach seinem Tabakbeutel. »Ich auch«, meinte er dann.

Interessant, dachte Sarah und blickte ihn abwartend an.

»Sie haben recht, es gab Ärger«, sagte er leise und drehte sich die nächste Zigarette. »Aber das haben Sie nicht von mir. Sprechen Sie mit den Angehörigen.«

»Würden Sie mir noch ein Stichwort nennen?«

Er zündete die Zigarette an und warf einen Blick zum Haus. »Das Testament.«

»Lassen Sie mich raten – er hat es zu ihren Gunsten geändert?«

Meinert zuckte mit den Achseln. »Ich habe nur mal einen Streit mitbekommen. Sie sollten mich da raushalten … Ich verstehe mich auch mit Heinrichs Kindern sehr gut.«

»Danke für Ihre Offenheit.«

Wenige Minuten später saß Sarah wieder in ihrem Wagen. Sie rief Kommissarin Krüger an. »Es gab einen Konflikt in der Familie«, erklärte sie und bat die Kollegin, die Kontaktdaten der Angehörigen sowie den Hintergrund zu recherchieren und nachzuforschen, wo Monica Seffgen ihre Möbel eingelagert haben könnte. »Ich bin jetzt auf dem Rückweg«, fügte Sarah schließlich hinzu. »Dann können wir gemeinsam …«

»Die Bank hat die Unterlagen zur Verfügung gestellt«, fiel Krüger ihr ins Wort. »Es gibt Auffälligkeiten. Das sollten Sie sich ansehen.«

Monica Seffgen hatte in den vergangenen Jahren sehr viel Geld verdient und immer wieder größere Summen an eine ausländische Bank überwiesen. Der Verdacht, dass sie sich grundsätzlich an ihren Patienten beziehungsweise an vermögenden Kunden bereichert hatte, lag auf der Hand. Dass es bislang nie Beschwerden oder Anzeigen gegeben hatte, war zumindest teilweise erklärbar: Alleinstehende Menschen hatten womöglich den Überblick über ihre Finanzen verloren oder schämten sich, dass sie den Betrug oder Diebstahl nicht bemerkt hatten. Und die Beweislage war in derartigen Fällen häufig miserabel – das ließ auch der Geschäftsführer des Betreuungsdienstes bei einem zweiten Gespräch durchblicken, nachdem er immerhin bereit gewesen war, Kontaktdaten zu Seffgens letzten Patienten und Kunden zur Verfügung zu stellen. Genaueres zu Straftaten wusste man in der Chefetage jedenfalls nicht – natürlich nicht.

Falls Heinrich Kleisberg Monica Seffgen tatsächlich in seinem Testament bedacht hatte, hatten zunächst einmal seine Erben unbestreitbar ein starkes Motiv. Doch das entsprechende Dokument fehlte. Auch die Entdeckung des Lagerhauses, in dem Seffgen ihren Hausstand untergebracht hatte, brachte die Nachforschungen in dem Punkt nicht weiter. Es gab zudem Lücken bei den persönlichen Unterlagen. Allerdings bestätigte sich bereits auf den ersten Blick erneut, dass die Betreuerin auf großem Fuß gelebt hatte – das Mobiliar stammte nicht vom Möbeldiscounter, das galt auch für die Kleidung. Zudem fuhr sie einen teuren Wagen, den sie in einer gemieteten Garage untergestellt hatte.

Sarah legte Mikkel Bentsen gut zwei Tage nach dem Beginn ihrer Ermittlungen in Flensburg einen ausführlichen schriftlichen Bericht vor. Zu ihrem Erstaunen rief er am späten Abend zurück.

»Die Frau hat also über Jahre hinweg alte und/oder kranke Leute nach Strich und Faden ausgenommen?«, fragte er nach kurzer Begrüßung.

»Darauf läuft es wohl hinaus«, stimmte Sarah zu. »Dem Verdacht müssten wir allerdings noch im Einzelnen nachgehen – also bei ehemaligen Kunden und Patientinnen des Servicedienstes recherchieren. Und das dürfte sich schwierig gestalten. Einige der Leute, die Seffgen betreut hat, sind entweder bereits gestorben, oder es gibt keine Angehörigen. Oder man will sich keine Blöße geben und verweigert die Aussage. So zeichnet sich die Lage nach den ersten Überprüfungen bislang ab. Wenn wir hier ohne weitere Anhaltspunkte in die Tiefe gehen wollen, wird es mühsam und langwierig.«

»Wir sprechen hier von sehr viel Geld, oder? Wie ist das denn überhaupt möglich? Sie betreute doch kein Dutzend reiche Patienten gleichzeitig.«

»Der Punkt beschäftigt mich auch – ein paar Tausender hier und da, okay, aber Seffgen hatte ordentlich was zur Seite gelegt und ihr Geld ins Ausland transferiert. Bis wir von dort Einzelheiten erfahren, können Monate vergehen, falls es überhaupt eine Antwort gibt. Fest steht, dass sie organisiert vorgegangen ist.«

»Das passt irgendwie nicht. Vielleicht steckt etwas anderes dahinter«, meinte Bentsen nach einem Moment des Schweigens.

»Hinweise auf einen anderen Zusammenhang fanden sich bislang nicht. Ich bin gespannt, wie die Befragung mit Kleisbergs Angehörigen verläuft«, fuhr Sarah fort. »Vielleicht wissen wir danach mehr. Falls sich die Indizien auf ein geändertes Testament verdichten …«

»Gibt es ein starkes Motiv«, warf Bentsen ein. »Ja, mach an dem Punkt erst mal weiter.« Er räusperte sich. »Du kriegst in Kürze die vollständige Gästeliste aus dem Hotel, dazu Mitarbeiter und Besucher, die identifiziert werden konnten – einschließlich eines Kurzchecks der dänischen Landsleute. Vielleicht ergeben sich personelle Überschneidungen beim Abgleich mit deinen Recherchen vor Ort.«

»Gibt es schon andere Reisedaten im Umfeld des Mordes?«, fragte Sarah.

»Auch da sind wir dran. Dauert aber etwas länger.«

»Alles klar.« Sarah seufzte leise und erleichtert. Der Kollege klang sachlich und konzentriert. Offenbar hatte er beschlossen, sich bissige Bemerkungen zu verkneifen, zumindest für den Moment.

»Bis dann. Halt mich auf dem Laufenden.« Damit legte er auf.

Nun gut, für den herzlich vertrauten Ton zwischen ihnen war es dann vielleicht doch noch etwas früh.

3

Die jüngste Kleisberg-Tochter Katja befand sich zurzeit in einer Reha-Maßnahme, erfuhr Sarah am nächsten Morgen von Kommissarin Krüger. »Sie hatte einen Fahrradunfall mit komplizierten Brüchen – das kann dauern«, fügte sie hinzu. »Der Sohn Torben ist schwer erreichbar. Er hat per Mail versprochen, sich zurückzumelden – heute im Laufe des Tages.«

»Und die älteste …«

»Marina, fünfundvierzig, lebt in Berlin und arbeitet in einer Beratungsfirma als Coach. Mehr weiß ich noch nicht.«

»Haben wir die Handynummer?«

»Ja, natürlich. Sie ist nicht rangegangen.«

Sarah runzelte die Stirn.

Bianca Krüger sah sie an und zuckte mit den Achseln. »Ich gehe auch nicht immer ans Telefon – also privat. Vielleicht steht sie unter der Dusche oder …« Erneutes Schulterzucken.

»Keines der Kinder ist erreichbar, nachdem die Pflegerin und Betreuerin ihres Vaters ermordet wurde und sich der Verdacht nicht nur erhärtet, sondern bestätigt hat, dass diese Frau ihre eigenen Taschen gefüllt hat, womöglich sogar einen Anteil am Haus erben sollte …« Sarah hob beide Hände.

»Okay.« Krüger nickte eilig. »Ich versuche es gleich noch mal.«

»Gut. Ich übernehme die Älteste in Berlin«, entschied Sarah.

Marina Kleisberg meldete sich wenige Minuten später zurück, nachdem Sarah in der Beratungsfirma angerufen hatte. Sie klang deutlich angefasst. »Warum rufen Sie meinen Chef an?«

»Weil es dringend ist«, entgegnete Sarah gelassen. »Und weil wir weder Sie noch Ihre Geschwister erreichen konnten. Ich dachte, es kann nicht schaden, die Wichtigkeit der Kontaktaufnahme zu betonen. Außerdem würde ich dieses Gespräch gerne aufzeichnen – als interne Gedächtnisstütze.«

Kurzes Schweigen. »Na schön. Worum geht es?«

»Ich nehme an, Sie wissen vom gewaltsamen Tod der Betreuerin Ihres verstorbenen Vaters?«

»Ja, das hat sich herumgesprochen.«

»Wir haben in Erfahrung gebracht, dass Ihr Vater ein enges Verhältnis zu ihr hatte und sich äußerst spendabel gezeigt hat.«

»Kann sein. Und?«

»Hat Sie das nicht gestört?«, fragte Sarah.

»Das spielt ja wohl keine Rolle.«

»Vielleicht doch.«

»Worauf wollen Sie eigentlich hinaus?«

»Es gibt Hinweise, dass Ihr Vater Monica Seffgen einen Anteil an seinem Erbe zugesichert hat und ein entsprechend geändertes Testament existiert.«

Pause. »Dann wissen Sie mehr als wir«, entgegnete Marina Kleisberg. »Es gibt kein Testament«, betonte sie.

Sarah nahm einen Stift und malte ein paar Kringel auf einen Block. Jede Wette, dachte sie, so ein Dokument gibt es – oder gab es.

»War es das jetzt? Ich muss zurück an die Arbeit.«

Das geht so nicht, dachte Sarah. Ich muss persönlich mit ihr sprechen. »Nein, das war es nicht«, erwiderte sie. »Wir müssen Sie bitten …«

»Eine Aussage zu machen?«

»Ganz genau.«

»Warum?«

»Weil Sie ein Motiv haben – Sie und Ihre Geschwister.«

Schweigen. »Ist das Ihr Ernst?«

»Unbedingt. Frau Seffgen hat sich im Rahmen ihrer Tätigkeit bereichert, auch an Ihrem Vater, nach allem, was wir wissen und …«

»Dann müssen Sie auch andere Angehörige überprüfen!«

»Das werden wir selbstverständlich – wir sind mitten in der Arbeit. Ich gewinne im Übrigen zunehmend den Eindruck, dass Sie deutlich mehr wissen, als Sie vorgeben«, erklärte Sarah mit Nachdruck. »Wie wäre es …«

»Ich schicke Ihnen eine schriftliche Aussage. Dann können Sie mein Alibi überprüfen.«

»Das wird nicht reichen«, entgegnete Sarah. »Falls Sie keine Zeit haben, nach Flensburg zu reisen, werde ich die Berliner Kollegen bitten, Sie zu kontaktieren.«

»Dann machen Sie das.« Es klickte in der Leitung.

Sarah blickte verblüfft auf ihr Telefon. Marina Kleisberg hatte einfach aufgelegt. Entweder hatte die Tochter nicht das geringste Interesse daran, an der Aufklärung des Geschehens mitzuwirken, weil ihr völlig egal war, wie und warum die Betreuerin ermordet worden war. Zudem gehörte ein höfliches oder zumindest kooperatives Verhalten gegenüber Behörden nicht zu ihren Stärken. Oder sie hatte gute Gründe dafür, sich bedeckt zu halten, weil sie an der Tat beteiligt war. Sie hatte natürlich gewusst, dass die Betreuerin sich schadlos gehalten hatte, und es war ihr ein Dorn im Auge gewesen. Aber hätte sie sich nicht unauffälliger verhalten, falls sie als Täterin oder Mitwisserin infrage kam?

Die kurzen Stellungnahmen der Geschwister Torben und Katja, die sich im Laufe des Tages meldeten, klangen im Ton zwar umgänglicher und sachlicher, doch auch sie schienen völlig desinteressiert an der Aufklärung des Falles. Sarah nahm schließlich Kontakt zum LKA-Berlin auf und bat die Kollegen, Marina Kleisberg zu befragen. Die jüngere Schwester würde sie selbst in der Rehaklinik aufsuchen, und Torben hatte zugesagt, sich in Norwegen für eine detaillierte Stellungnahme bei der Polizei zu melden.

Katja Kleisberg erwartete Sarah am nächsten Morgen in der Cafeteria der Rehaklinik in Kiel. Ein Bein war eingegipst, und sie hatte es hochgelegt, die Schulter bandagiert. Die Achtunddreißigjährige wirkte mitgenommen, blass und schmal – sie hatte zahlreiche Operationen hinter sich, und einen Moment überlegte Sarah, ob es tatsächlich angemessen war, sie in dieser Situation zu befragen. Schließlich setzte sie sich zu ihr. »Tut mir leid, dass ich Sie mit dem Thema auch noch persönlich belästigen muss. Ich werde mich beeilen.«

»Schon gut. Ein bisschen Abwechslung kann ja nicht schaden.« Katja bemühte sich um ein Lächeln. »Ich weiß allerdings gar nicht, was ich noch sagen soll. Als der Mord geschah, lag ich im Krankenhaus. Das erzählte ich Ihnen ja schon am Telefon. Und ansonsten … ja, mein Vater hat die Frau sehr geschätzt.«

»Sie nicht?«

Katja Kleisberg blinzelte. »Ich war froh, dass er versorgt war, und habe darüber hinaus nicht so viel mitbekommen. Es ging ihm gut. Und mein Leben ist ausgefüllt und anstrengend. Ich habe zwei kleine Kinder, bin berufstätig, wenn auch nur halbtags und oft im Homeoffice, doch mein Mann ist häufig geschäftlich unterwegs … Na ja, und so weiter. Es wird Zeit, dass ich schnell wieder auf die Beine komme.«

Das klang nach einem anstrengenden Alltag. Sarah behielt Katja im Blick.

Sie zuckte mit der unverletzten Schulter. »Was soll ich Ihnen noch dazu sagen?«

»Wir suchen nach einem Testament«, antwortete Sarah. »Wir konnten inzwischen feststellen, dass Monica Seffgen über ein beachtliches Vermögen verfügte, das sie sehr wahrscheinlich im Zusammenhang mit ihrer Aufgabe als Betreuerin erwirtschaftet hat, wenn ich das mal so vollmundig umschreiben darf – auch von anderen Kunden beziehungsweise Patienten.«

»Sie meinen, dass Monica sich Geld unter den Nagel gerissen hat?«, warf Katja ein. Sie zögerte einen Moment.

»Sie wirken alles andere als verwundert.«

»Sie hat ihn umgarnt, mein Vater hat sich nicht lumpen lassen. Das war uns klar«, erklärte Katja. »Nach seinem Tod fehlten Schmuck und Bargeld – ja. Doch letztlich war es ja seine Sache, wem er was schenkte. Aber ein Testament gab es nicht.« Sie schüttelte den Kopf. »Was hätte da auch drinstehen sollen? Er hat drei Kinder, die erbberechtigt sind.«

»Das Haus ist sicherlich einiges wert.«

»Es ist unser Elternhaus – meine Urgroßeltern haben es gebaut, die Großeltern übernommen und saniert, dann folgten meine Eltern. Und jetzt sind wir an der Reihe. Es gehört der Familie.«

»Und falls er etwas geändert hat? Aus Verbundenheit mit Monica Seffgen, die ihm ans Herz gewachsen war?«

Katja hob das Kinn. »So weit wäre er nie gegangen«, entgegnete sie in eindringlichem Ton.

»Sicher?«

Sie nickte energisch. »Unbedingt. Es existiert kein Dokument über eine Erbbeteiligung der Frau. Sie ist wieder ausgezogen, als mein Vater gestorben war. Der Servicedienst hat wenig später seine letzte Abrechnung erstellt, und das war es dann. Wir haben sie nie wiedergesehen.«

Sollten wir keine weiteren Hinweise in dieser Familie entdecken, war an der Stelle Schluss, dachte Sarah, als sie eine Viertelstunde später wieder aufbrach. Die Sonne schien von einem makellosen Himmel. Der Fall war im Grunde wenig spektakulär. Eine offensichtlich habgierige Pflegerin und Betreuerin, die sich auf unverschämte Weise bereichert hatte, war getötet worden – brutal und hinterhältig. Erdrosselt mit ihrem Seidenschal. Und der Mörder hatte keine Spuren hinterlassen. Jemand war ihr gefolgt und hatte ihrem Treiben schlicht ein Ende gesetzt – ein grausames und schmerzvolles Ende. Nicht mehr, aber auch nicht weniger.

Der Anruf erreichte sie kurz vor Flensburg. Kathleens Profil ploppte auf dem Display auf. Sarahs Puls beschleunigte kurz, sie atmete einmal tief durch und stellte die Verbindung her.

»Ich habe gehört, dass du in Deutschland zu tun hast«, erklang Kathleens dunkle Stimme.

»Stimmt. Auf Bornholm hat es eine deutsche Touristin erwischt, eine gebürtige Flensburgerin.«

»Ich weiß, und du benötigst Berliner Amtshilfe.«

»Du bist gut informiert.«

»Das hoffe ich. Kann ich dich unterstützen?«

Sarah zögerte nicht lange und verschaffte Kathleen einen Überblick zum Tatgeschehen und den ersten Verdachtsmomenten. Außerdem strengte sie sich an, nicht die kleinste Gesprächspause zwischen ihnen entstehen zu lassen, in der das gemeinsame Wochenende oder was auch immer nachwirken könnte.

»Ich könnte persönlich mit der Dame sprechen«, meinte Kathleen schließlich. »Dazu brauche ich allerdings noch die bisherigen Ermittlungsergebnisse.«

»Mikkel Bentsen wird es sicher für völlig übertrieben halten, wenn ich dich als Spezialermittlerin hinzuziehe, da doch letzten Endes nur zu prüfen ist, ob die Tochter ein überzeugendes Alibi hat.«

»Was heißt nur? Das ist ein wichtiger Aspekt.«

»Mein Stand bei ihm ist zurzeit alles andere als gut«, erklärte Sarah. »Er verzeiht mir unsere Eigenmächtigkeiten bei den letzten Ermittlungen nicht.«

»Du bittest die Berliner um Amtshilfe – das ist ein ganz normaler Vorgang«, gab Kathleen zu bedenken. »Und welches LKA-Ressort sich dann damit befasst, kann ihm doch völlig egal sein. Falls sich nichts daraus ergibt, ist die Sache ohnehin vom Tisch. Hinzu kommt, dass dieser Fall mehr deiner als seiner ist, oder?«

Sarah seufzte. »Dieses dauernde Gerangel um Zuständigkeiten und Befugnisse, um Grenzüberschreitungen und beleidigte oder auch nur verschnupfte Dienststellenleiter geht mir ziemlich auf die Nerven, und das ist noch milde ausgedrückt.«

»Tja …«

Bei mir hättest du mehr Freiheiten, sollte das wohl heißen, übersetzte Sarah den kurzen Einwand. Kathleen würde Sarah sofort in ihr Team aufnehmen – ein Wort der Zustimmung, und sie könnte in der Hauptstadt loslegen. Aber eine Rückkehr nach Berlin … Nein. Bornholm, die Ostsee – das war ihr Zuhause. Und das war nur ein Argument, das gegen Berlin sprach.

»Also? Entscheide dich – soll ich mit der Frau sprechen und mir den Hintergrund ansehen, während meine Rechercheleute das Umfeld mal genauer unter die Lupe nehmen? Dir dürfte klar sein, dass wir hier sehr viel schneller an gebündelte Ergebnisse kommen. Und falls Mikkel Bentsen dazu Fragen oder Einwände hat, beantworte ich sie ihm gerne höchstpersönlich.«

Die Vorgehensweise würde vieles vereinfachen und beschleunigen, davon war Sarah überzeugt.

»Vielleicht ist das Ganze morgen vom Tisch«, fuhr Kathleen fort. »Oder wir entdecken etwas.«

»Okay. Du hast recht. Danke.«

Kathleen Bischoph war sich natürlich darüber im Klaren, dass sie ihre Hilfe so forciert anbot, weil es um Sarah ging. Was sonst? Ihre Herzfrequenz war deutlich erhöht, doch in der Sache änderte sich dadurch nichts. Falls Marina Kleisberg bei einem Mordfall auf Bornholm unter Tatverdacht geriet, waren – je nach Hintergrund und Auslegung – zur Klärung und Aufarbeitung des Hintergrunds alle möglichen Dienststellen involviert oder zuständig. LKA, BKA, Kripo-Dezernate – völlig nebensächlich, erst recht in Zeiten, da die Personaldecke derart bescheiden und die Ressourcen ausgedünnt waren. Mikkel Bentsen sollte seinen persönlichen Groll schleunigst beiseiteschieben und nehmen, was er kriegen konnte, um den Fall lückenlos aufzuklären. Der Mord an einer deutschen Touristin war kein Pappenstiel, egal, worum es hier ging. Bornholm war ein überaus beliebtes Reiseziel und wollte das sicher auch bleiben.

Kathleen bat einen Mitarbeiter ihres Teams, Kontakt zu Marina Kleisberg aufzunehmen und sie möglichst noch am selben Tag zur Befragung abzuholen – diese Vorgehensweise hinterließ bei manchen Menschen durchaus Eindruck. Als Sarah wenig später das vorliegende Ermittlungsmaterial schickte, stattete Kathleen ihrem besonders geschätzten Recherche-Experten einen Besuch ab und bat ihn um Hintergrundchecks.

Ben starrte auf seinen Bildschirm, griff sich eine Lakritzschnecke und begann sie mit den Zähnen aufzurollen, während er kaum merklich nickte. »Mal wieder Bornholm. Das Übliche?«

»Ja. Und schau dir bitte an, wer um den Tatzeitpunkt herum die schöne Insel besucht hat. Die Auswertung der Bornholmer habe ich dir schon weitergeleitet.«

Ben nickte abwesend. »Logisch. Bis wann brauchst du das?«

»Lass dir Zeit. Es reicht, wenn ich in zwei, drei Stunden was habe.«

Er wandte ihr langsam das Gesicht zu. »Ernsthaft? Ein neuer Fall – zwei, drei Stunden?«

Sie lächelte. »Es ist kein neuer Fall, zumindest noch nicht – nur die Befragung einer Verdächtigen, die in Berlin lebt. Und ich vernehme sie in Kürze. Dafür brauche ich natürlich die entsprechenden Infos. Der Rest spielt sich im hohen Norden ab – Kiel, Flensburg. Die Kollegin Pirohl ist damit befasst.« Kathleen nickte in Richtung der Lakritztüte. »Ich spendiere dir auch Nachschub, um deine Motivation zu stärken.«

Ben verzog das Gesicht. »Super. Na schön. Ich gebe mir Mühe.«

»Das wollte ich hören.«

Marina Kleisberg traf am frühen Abend im LKA ein und nahm im Befragungsraum Platz. Kathleen beobachtete, wie sie die Beamtin an der Tür um einen Kaffee bat und sich mit skeptischem Blick umschaute. Die Situation war ihr alles andere als angenehm. Kathleen wartete noch einige Minuten, dann schnappte sie sich ihr Tablet sowie eine Akte – die nur wenige Seiten enthielt, aber sehr gewichtig wirkte – und betrat den Raum.

Marina Kleisberg war Mitte vierzig und gelernte Bürokauffrau; die letzten Jahre hatte sie nicht auf der Erfolgsspur verbracht – so viel hatte Ben bereits in Erfahrung gebracht. Und das sah man ihr an. Sie war geschieden, eine erwachsene Tochter lebte in Frankreich, beruflich hatte sie alle paar Jahre die Branche gewechselt und hielt sich finanziell gerade so über Wasser. In der Beratungsfirma war sie nur halbtags angestellt, und sehr wahrscheinlich verbrachte sie die meiste Zeit vor dem Bildschirm oder am Telefon, um Leuten gegen Provision kaufmännische Software oder Beratungsmanagement zu überhöhten Preisen zu verkaufen. Sie hatte allen Grund, wütend auf eine Pflegerin zu sein, die keine Gelegenheit ausgelassen hatte, sich persönlich zu bereichern und nun zu allem Überfluss auch noch ihr und ihren Geschwistern das Erbe streitig machen wollte – so könnte man zumindest mutmaßen.

Kathleen nahm Platz und lächelte freundlich, während sie sich vorstellte. »Ich bin Juristin und leite beim LKA ein Spezialressort bei kniffligen Ermittlungen«, fuhr sie fort. »Doch in diesem Fall geht es lediglich um ein Amtshilfeverfahren in einem Tötungsdelikt, das die Dänen und Flensburger beschäftigt, wie Sie ja längst wissen. Meine Kollegin, Kommissarin Sarah Pirohl, hat mich gebeten, kurzfristig einzuspringen und die Befragung mit Ihnen durchzuführen. Wir zeichnen die Unterredung auf und leiten dann alles weiter. Keine große Sache.«

Marina Kleisberg verzog keine Miene, doch sie taxierte die Beamtin eingehend. Kathleen wusste, welches Bild sie vermittelte – Typ erfolgreiche Geschäftsfrau oder auch aalglatte Juristin in einer gefragten Kanzlei, was für manche wie ein rotes Tuch wirkte. Sie war sorgfältig gekleidet und verbrachte morgens einige Zeit vor dem Spiegel, bis sie zufrieden war. Manche verdächtigen Männer, die ihr gegenübersaßen, unterschätzten sie genau deshalb – sie war viel zu attraktiv, um eine ernsthafte Bedrohung darzustellen. Frauen reagierten häufig zurückhaltend oder auch misstrauisch. Manchmal neugierig und angespannt – wie Sarah bei ihrer ersten Begegnung.

»Frau Kleisberg, Sie kannten das Opfer und …« Kathleen warf einen vorgeblich prüfenden Blick in die Akte. »Inzwischen ist ja einiges über die Frau bekannt geworden.« Sie sah wieder auf. »Was sagen Sie dazu?«

Kleisberg zuckte mit den Achseln. »Nichts. Mein Vater hat sie engagiert, damit waren beide offenbar zufrieden.« Sie kniff die Lippen zusammen.

Kathleen lächelte erneut. »Monica Seffgen hat Ihren Vater ausgenommen wie die berühmte Weihnachtsgans – und nicht nur ihn.« Sie blickte erneut in die Akte. »Schmuck, Bargeld, ausländische Konten, teurer Wagen. Da ist einiges zusammengekommen. Ich an Ihrer Stelle und der Ihrer Geschwister wäre stinksauer.«

Falls Kleisberg das offensive Vorgehen wunderte, ließ sie es sich nicht anmerken. »Was würde das ändern?«, entgegnete sie betont ruhig.

»Die Motivlage. Falls wir beziehungsweise die Kollegen das Testament finden …«

»Es gibt kein Testament!«, warf Marina Kleisberg energisch ein. »Das habe ich bereits mehrfach gesagt. Mein Vater ist gestorben, die Pflegerin hat sich anderen Aufgaben zugewandt und …«

»Waren Sie in der letzten Zeit auf Bornholm?«

»Sie fragen nach meinem Alibi? Ernsthaft?«

»Ernsthaft.«

»Na schön. Ich war nicht auf der Insel. Und ich kann detailliert darüber Auskunft geben, wo ich wann in den letzten Tagen war.«

»Das hilft uns weiter.«

Kleisberg griff ihr Handy und öffnete die Kalender-App. »Ich kann Ihnen einen Screenshot schicken, damit wir das hier zügig beenden können.«

»Gute Idee. Darüber hinaus wäre es hilfreich, wenn Sie uns noch die Kontakte auflisten würden, die ein Treffen mit Ihnen bestätigen können.«

»Ja, natürlich. Danach hat die andere Kommissarin …«

»Sarah Pirohl.«

»Genau die – sie hat mir das auch schon erläutert.«

»Dann sind Sie ja im Bilde über das weitere Prozedere.«

»Bin ich. Ansonsten habe ich auch schon den einen oder anderen Krimi gesehen.« Das klang bissig.

Kathleen lächelte verbindlich. »Stimmen Sie zu, dass wir Ihre Fingerabdrücke und eine DNA-Probe sichern? Eine übliche Routinemaßnahme, um Sie sofort und mit wenig Aufwand ausschließen zu können – diesen Vorgang kennen Sie sicherlich auch schon aus dem einen oder anderen Krimi.«

»Das tue ich, aber ich bin selbstverständlich nicht einverstanden! Noch einmal: Ich war nicht auf der Insel. Als die Frau getötet wurde, habe ich zu Hause gearbeitet und später Besuch gehabt – das können Sie meinen Kalenderdaten entnehmen. Und nun würde ich gerne gehen. Es war ein langer Tag.« Sie stand ruckartig auf.

Kathleen nickte. »Natürlich.« Sie blickte Marina Kleisberg nach, die mit energischen Schritten und grußlos den Raum verließ. Die Frau war stinksauer, zudem angespannt. Wahrscheinlich hat sie die Pflegerin nicht ausstehen können. Verständlich. Sie hat sich schamlos bedient. Irgendein Angehöriger wird sich gerächt haben.

Kathleen sicherte die Vernehmung und wollte sie gerade an Sarah weiterleiten, als Ben anrief. »Bist du noch in der Vernehmung?«

»Nein. Sag bloß, du hast was entdeckt.«

»Noch nicht. Ich checke gerade eine deutsche Touristin, die zur fraglichen Zeit auf der Insel war – interessanterweise stammt sie auch aus Berlin. Vielleicht gibt es ja eine Verbindung, die zu Marina Kleisberg führt. Würde ich gerne genauer überprüfen.«

»Tu das. Und falls du richtigliegst, muss sie morgen noch mal bei uns Platz nehmen. Danke erst mal.«

»Klar doch. Ach …«

»Ja?«

»Soll ich diesen Servicedienst mal genauer unter die Lupe nehmen? Oder warten wir, bis sich …«

»Wir warten noch – es sei denn, da sticht dir was ins Auge.«

»Alles klar.«

Als Kathleen das Büro verließ, war es bereits dunkel. Sie fuhr direkt zur Abendmeditation in ihr Schöneberger Zen-Dojo. Drei Schüler und vier Schülerinnen saßen bereits auf ihren Kissen. Die Glocke war noch nicht erklungen. Sie verbeugte sich, betrat den stillen Raum und nahm mit dem Gesicht zur Wand und verschränkten Beinen auf dem Kissen Platz. Ein- und ausatmen. Stille. Die Glocke. Ein- und ausatmen. Der Aufruhr tobte in ihr. Ihre Stimme ließ sich nicht ausschalten. Sie trug die Bilder in sich und beschwor alles herauf – nicht nur die Lust und Lebensfreude, unbändige Lebensfreude, endlose Sinnlichkeit. Auch das tiefe innige Verständnis, für ein paar Stunden, wenige Tage – ohne Verpflichtungen. Nur der Moment, viele Augenblicke, die ihre eigene Zeit hervorgebracht hatten. Dann war sie gegangen, zurück auf ihre Insel, und der Nachklang fand nur in Kathleen statt. Das hätte sie ahnen, wissen, unbedingt berücksichtigen müssen. Ein- und ausatmen. Aushalten. Vergangenes ließ sich nicht ändern, nie. Nur im Abstand gelang eine Neubewertung – oder die Erkenntnis, dass das einzige Glück, die Freiheit in der Nichtbewertung lag.

Es ist ganz einfach, dachte Kathleen später zum wiederholten Mal, als sie auf dem Heimweg war: eine denkbar kurze Affäre, deren Ende sie selbst nicht gewollt hatte, trotz ihrer Beteuerungen – was man so sagt, wenn man die Stimmung nicht zerstören und sich offen, gelassen, fast lässig und tolerant geben will. Während Sarah höchstwahrscheinlich noch ihrem Frederik nachtrauerte, der nach dem endgültigen Abschluss der Pirohl-Ermittlungen mithilfe des LKA und neuer Papiere längst auf und davon war und hoffentlich eine gute Tarnung und einen noch besseren Unterschlupf gefunden hatte. Oder Sarah hatte längst beschlossen, sich nie wieder auf einen Menschen einzulassen, mit dem sie aufgrund beruflicher Herausforderungen in Verbindung stand … Kein schlechtes Argument. Kathleen schüttelte den Kopf. Lass es! Vielleicht ist es noch deutlich einfacher: Die Einzige, die jenen Stunden im Nachhinein so viel Gewicht verlieh, war sie selbst. Komm endlich damit klar. Sie schloss kurz die Augen, riss sie wieder auf und stoppte schließlich in zweiter Reihe vor einem japanischen Imbiss.

Es war spät, als sie ins Bett ging. Als sie das Licht löschen wollte, fiel ihr ein, dass sie die Vernehmungsdatei noch nicht weitergeleitet hatte. Das konnte bis morgen warten. Nein! Eine halbe Stunde später warf sie die Bettdecke beiseite und stand wieder auf. Minuten später war die Datei auf dem Weg zu Sarah.

4

Die Bilder von der Überwachungskamera am Fährhafen waren alles andere als scharf und eindeutig, und doch gab es mittlerweile kaum noch Zweifel: Bei der Frau hinterm Steuer mit dem Berliner Kennzeichen handelte es sich um Marina Kleisberg. Sie war zwei Tage vor dem Mord mit dem Wagen ihrer Freundin über Sassnitz nach Bornholm gereist. Darüber hinaus hatte sie auch deren Ausweispapiere benutzt, doch mit ihrer eigenen Visa Card Geld abgehoben, wie inzwischen auch recherchiert worden war. Professionell war ihre Vorgehensweise also höchstens im Ansatz.

»Das ist eine eindeutig kriminelle Vorgehensweise«, führte Kathleen weiter in sachlich-freundlichem Ton aus, während Sarah verblüfft die Fotos auf ihrem Laptop betrachtete.

Die Berliner hatten keine vierundzwanzig Stunden benötigt, um Marina Kleisberg auf die Spur zu kommen, dachte Sarah. Alle Achtung! »Ich stell dich mal auf Lautsprecher«, erklärte sie dann.

»Na klar. Es war auch ein bisschen Glück dabei«, fuhr Kathleen fort, als hätte Sarah den Gedanken laut ausgesprochen. »Ben hat sich sofort mit den Berliner Touristen von der vorliegenden Liste beschäftigt und die Frau entdeckt. Er hat ein Näschen dafür, worauf er den Fokus richten muss. Der Rest war ein Kinderspiel. Die Frau taucht in den sozialen Netzwerken auf, und der Bezug zu Marina Kleisberg fiel schnell ins Auge. Die beiden sind befreundet – das ist mühelos nachweisbar.«

Sarah nickte. Ein Kinderspiel. Darauf hätten wir auch kommen können, dachte sie. Aber sie hatten zu allen möglichen Details und

Kontaktdaten Recherchen anstellen müssen, und das Team in Flensburg hatte nicht die Möglichkeiten einer hochspezialisierten LKA-Gruppe, die ressortübergreifend mal eben in der Tiefe nachfassen konnte, ohne sich großartig rückversichern zu müssen. Sie wechselte einen schnellen Blick mit der Kollegin Bianca Krüger.

»Nun sind wir dank eurer Unterstützung jedenfalls ein ganzes Stück weiter«, meinte Sarah. »Richte Ben bitte meine Grüße aus. Klasse Arbeit.«

»Das mache ich gerne. Wie geht es jetzt weiter? Soll Marina Kleisberg überstellt werden? Gibt es eine weitere Vernehmung hier? Oder willst du dich erst mal mit Mikkel Bentsen abstimmen?«

»Das sollte ich wohl unbedingt tun, bevor ich irgendetwas auf den Weg bringe. Ich melde mich später noch mal.«

»Mach das.«

Sarah erreichte Bentsen zehn Minuten später und setzte ihn ins Bild. Er schwieg eine Weile, und sie war fest davon überzeugt, dass er weit ausholte und sich die Worte gut zurechtlegte, mit denen er ihr klarmachen würde, dass sie mal wieder ihre Kompetenzen überschritten und ohne Rücksprache ein Spezialteam eingeschaltet hatte. Doch sie lag falsch.

»Fahr am besten hin und befrag sie selbst«, sagte er plötzlich. »Das geht schneller, als wenn die Verdächtige erst nach Flensburg überstellt werden muss. Zu viel Bürokratie, denke ich.«

Sarah hob eine Braue. »Alles klar.«

Eine Stunde später war sie auf dem Weg nach Berlin – mit gemischten Gefühlen. Die Befragung sollte erst am späten Nachmittag stattfinden. Sarah kam gut durch, nutzte die verbleibende Zeit und stattete der Recherchefachfrau des LKA Lone Geising einen spontanen Besuch ab. Hannah Jakob war leider nicht in der Stadt – sie war zu einer Konferenz bei den polnischen Kollegen in Warschau. Lone war keine sonderlich mitteilungsfreudige Kollegin, auch trug sie ihr Herz nicht unbedingt auf der Zunge, aber es war unübersehbar, dass sie sich freute. Ohne Lones tatkräftige Unterstützung und Expertise wäre so mancher Umstand in den vergangenen Fällen womöglich nie oder viel zu spät entdeckt worden. Sarah berichtete im Groben von den neuen Ermittlungen, trank Lones Gesundheitstee und machte sich schließlich auf den Weg ins Spezialressort.

Kathleen telefonierte gerade, als Sarah eintraf und vor der offen stehenden Tür stoppte; vor dem Schreibtisch saßen zwei junge Kollegen. Kathleen hob den Kopf, ihre Augen verdunkelten sich für einen Moment, als sich ihre Blicke trafen, dann lächelte sie. »Hallo, Sarah. Ich komme gleich zu dir in die Vernehmung. Frau Kleisberg wartet bereits. Die Technik ist vorbereitet. Wenn du magst, fang einfach schon mal an.«

»Okay, danke.« Sarah wandte sich rasch um und lief den langen Flur hinunter. Ihr Herz schlug eine Nuance zu schnell, vielleicht auch zwei. Bevor sie den Verhörraum betrat, atmete sie zweimal tief durch und schob alle Gedanken und Bilder beiseite. Dann sagte sie dem Techniker Bescheid und ging hinüber zu Marina Kleisberg. Die Frau blickte hoch und musterte sie mit unfreundlichen Blicken.

»Wir haben bisher nur telefoniert«, erklärte Sarah, stellte sich vor und legte ihr Tablet auf den Tisch, während sie sich setzte.

»Sie kommen extra nach Berlin, um mit mir zu sprechen? Ach du liebe Güte! Soll ich mich etwa geschmeichelt fühlen?« Marina Kleisberg schüttelte den Kopf. Sie wirkte ziemlich ungehalten. »Was soll das alles? Ich habe doch erst gestern mit dieser herausgeputzten …«

»Bleiben Sie doch bitte sachlich«, warf Sarah in energischem Ton ein und musterte Kleisberg. Sie trug Jeans und ein ausgewaschenes Sweatshirt mit dem Aufdruck eines Sportlabels. Die Klamotten wirkten alles andere aus herausgeputzt, wogegen nicht das Geringste einzuwenden war. Doch da waren wohl zwei Welten aufeinandergestoßen, und das hatte ihr gar nicht behagt.

Kleisberg blies die Wangen auf. »Sie wissen doch genau, wen ich meine.«

»Ich weiß sehr genau, dass meine Kollegin Kathleen Bischoph Sie befragt hat ...«

»Ja, und nun stehen Sie auch auf der Matte. Ist das nicht ein bisschen zu viel des Guten für Ihren schwammigen Verdacht?«

Sarah lächelte kühl. »Das ist eine hochinteressante Frage, die ich gerne direkt an Sie zurückgeben möchte. Halten Sie es eigentlich für komplett ausgeschlossen, dass es einen berechtigten Grund für unser Engagement gibt?«

»Ja, natürlich.«

»Frau Kleisberg«, Sarah beugte sich vor, »Sie sollten angesichts unserer Erkenntnisse den Ball etwas flacher halten – das ist meine Einschätzung. Ich muss Sie bereits jetzt darauf hinweisen, dass es möglicherweise klug wäre, einen Anwalt oder eine Anwältin einzuschalten.«

Kleisberg kniff die Augen zusammen.

»Es war ja gar kein schlechter Ansatz, unter anderem Namen auf die Insel zu reisen – vorausgesetzt, dass man kriminelle Energie als guten Ansatz bezeichnen möchte«, fuhr Sarah fort. »Sie haben die Papiere und den Wagen einer Freundin benutzt, um unerkannt zu bleiben. Allerdings bedurfte es nur weniger Klicks, bis der IT-Experte einen Zusammenhang herstellen konnte. Und daraus folgt für uns nun die nächste Frage: Für wie blöd halten Sie uns eigentlich?«

Marina Kleisberg biss sich auf die Lippe. Sarah klappte ihr Tablet auf und zeigte ihr eines der Fotos der Überwachungskamera. Kleisberg warf nur einen kurzen Blick darauf. Damit hatte sie tatsächlich nicht gerechnet.

Es knarzte leise, als die Tür aufschwang. Einen Moment später nahm Kathleen neben Sarah Platz. »Hallo, Frau Kleisberg – wie ich sehe, hat es Ihnen die Sprache verschlagen. Das wollte ich mir keinesfalls entgehen lassen. Verzeihen Sie, dass ich erst so spät dazustoße.« Kathleen fuhr sich mit einer Fingerspitze über die Augenbraue, als würde sie ihren Schwung eingehend prüfen, dann zupfte sie den Kragen ihrer Bluse zurecht.

Sarah räusperte sich, lächelte amüsiert und setzte dann wieder eine ernste Miene auf. »Wie wäre es, wenn wir keine Zeit mehr verschwenden würden, und Sie legen ein Geständnis ab? Dann hat sich der Aufwand doch gelohnt, und wir können uns über einen schnellen Abschluss der Ermittlungen freuen.«

Marina Kleisberg rieb ihre Hände und legte sie dann vor sich auf den Tisch. Sie rang sichtlich um Fassung. »Ich habe die Frau nicht getötet«, erklärte sie.

Sarah seufzte leise. »Ist das Ihr Ernst?«

»Ja. Ich war auf der Insel und …«

»Warum?«

»Ich bin ihr gefolgt.«

»Warum?«

»Ich wollte mich vergewissern. Diese widerliche … Dieses Miststück hat es sich auf Kosten unserer Familie – und vieler anderer womöglich auch – richtig gut gehen lassen.«

»Sie hat Ihren Vater beklaut – ihn und andere?«

»Sie hat seine Situation schamlos ausgenutzt, diese … Ich erspare Ihnen die Kraftausdrücke.«

»Ach, gehen Sie nur aus sich heraus«, ergriff Kathleen das Wort. »Ich bin nicht prüde und habe kein Problem damit. Wie weit ging denn das Verhältnis zwischen Ihrem Vater und seiner Betreuerin?«

Marina Kleisberg presste die Kiefer aufeinander. »Er hat sie mit flötender Stimme seinen Pflegeengel genannt! Ich könnte …«

Kotzen, dachte Sarah.

»Schmuck, Geld, ein schönes Leben. Sie ist bei ihm eingezogen.

Es gab nichts anderes mehr für ihn – nur noch diese Frau. Wir waren komplett abgemeldet. Er war nicht wiederzuerkennen. Wenn uns jemand wenige Jahre zuvor diese Situation prophezeit hätte, wir wären in schallendes Gelächter ausgebrochen. Und natürlich haben wir befürchtet, dass ihr Einfluss so weit reichte, dass sie ihn beerben könnte.«

»Es gibt also ein Dokument«, stellte Sarah fest. Und das macht ihre Lage nicht unbedingt besser.

Marina Kleisberg öffnete den Mund – und schloss ihn rasch wieder. »Ich würde gerne einen Kaffee trinken«, sagte sie.

Kathleen bestellte Getränke. »Sie haben Monica Seffgen beobachtet, und Ihr Groll dürfte noch gewachsen sein«, führte sie aus. »Ein Luxushotel, schicker Wagen, feinste Klamotten. Allabendliche Spaziergänge Richtung Strand und Sonnenuntergang – das war eine willkommene Gelegenheit, diesem Pflegeengel …«

»Nein.« Marina Kleisberg schüttelte den Kopf. »Ich habe ihr nichts getan. Ja, ich habe sie eine Weile beobachtet, und ich bedaure in keiner Weise, was ihr passiert ist. Sie hat es wirklich verdient.«

Stille.

Die Tür schwang auf, ein Polizist brachte die Getränke auf einem Tablett. Kathleen stellte Kleisbergs Tasse bereit und reichte Sarah ein Wasser. Stilles Wasser. Stille Wasser sind tief. Sarah verbannte die Erinnerung an dieses Geplänkel zwischen ihnen vehement.

»Und weiter?«, fragte Kathleen.

»Jemand ist mir zuvorgekommen.«

»Ach ja?«

»Ich bin am Tag nach dem Mord wieder abgereist. Und Sie können sicher feststellen lassen, dass ich am Tattag eine Inseltour gebucht hatte.«

»Das können wir, aber was besagt das schon? Eine gebuchte Reise muss man nicht zwingend antreten, Handydaten erzählen auch nicht die ganze Geschichte«, entgegnete Sarah mit Nachdruck. »Sie waren in der Lage, mithilfe anderer Ausweisdokumente Ihre Reise und den Aufenthalt zu verschleiern, Sie dürften Ihr weiteres Vorgehen auch entsprechend geplant haben. Insofern …«

»Ich habe sie nicht getötet«, wiederholte Marina Kleisberg.

Kathleen seufzte, griff nach ihrem Handy und wechselte einen kurzen Blick mit Sarah. »Ich werde mich mit dem Staatsanwalt besprechen. Er wird Untersuchungshaft beantragen …«

»Was?«, warf Kleisberg mit heller Stimme ein.

»Na, was denken Sie denn? Sie haben ein starkes Motiv, Sie befanden sich zum Zeitpunkt des Geschehens in der Nähe des Opfers. Davon sind wir überzeugt. Sie haben kriminelle Energie aufgewandt, um sich zu tarnen – nun nehmen wir eine DNA-Probe und Ihre Fingerabdrücke, gleichen weitere Daten ab, befragen Ihre Geschwister und so weiter und so fort. Und so lange bleiben Sie unser Gast – Sie wissen schon: Fluchtgefahr und so weiter.«

Marina Kleisberg starrte sie entsetzt an und suchte dann Sarahs Blick. »Ich habe die Frau nicht getötet. Das müssen Sie mir …«

»Glauben? Wohl kaum. Sie sollten ein Geständnis ablegen – und juristischen Beistand suchen. Sollen wir uns darum kümmern?«

Kleisberg antwortete nicht. Plötzlich sah sie hoch. »Können wir eine Pause einlegen?«

»Natürlich. Denken Sie in Ruhe über Ihre Situation nach.«

Einen Augenblick später verließen Sarah und Kathleen den Raum und gingen ein paar Schritte den Flur entlang.

»Warum hat Marina Kleisberg sie nicht bestohlen?«, fragte Sarah plötzlich und blieb stehen.

Kathleen sah sie einen Moment schweigend an. »Der Mord – die Rache – war ihr wichtiger, als die Leiche zu durchsuchen und auszurauben. Oder sie war plötzlich schockiert von ihrer eigenen Tat und wollte nur noch weg. Ins Hotel hat sie sich nicht getraut, dessen bin ich sicher. Aber das sollten die Bornholmer trotzdem auch noch mal prüfen.«

Sarah nickte. »Sie klingt völlig verbittert und wütend – Marina Kleisberg ist die treibende Kraft unter den Geschwistern. Die beiden anderen halten sich bedeckt und wirken weniger emotional aufgewühlt, sie sind deutlich distanzierter. Das kann man von der Ältesten kaum behaupten. Sie schäumt vor Wut und Enttäuschung, immer noch.«

»Und womöglich haben die beiden anderen das Wichtigste entdeckt, während Monica Seffgen unterwegs war – das geänderte Testament, wo immer sie es aufbewahrt hat.«

»In dem Lagerhaus, in dem Seffgen ihr Mobiliar untergebracht hatte, hat sich niemand außer uns Zutritt verschafft«, überlegte Sarah. »Das zumindest hat man uns versichert.«

»Das allein ist kein Argument, oder? Außerdem kann sie das Dokument sonst wo aufbewahrt haben.«

»Das stimmt wohl.«

Kathleen neigte den Kopf zur Seite. »Sie war es, oder was meinst du?«

»Ich denke, ja.«

»Die Tat wurde mit großer Kraft ausgeführt, soweit ich die rechtsmedizinischen Befunde in Erinnerung habe. Marina Kleisberg ist keine athletisch wirkende Frau«, überlegte Kathleen weiter.

»Wut und Hass können ungeahnte Kräfte entfesseln. Ich bin sicher, dass sie ihre Emotionen nicht sonderlich gut zügeln kann – vielleicht finden wir in ihrem Lebenslauf weitere Hinweise auf fehlende Impulskontrolle.«

Kathleen verschränkte die Arme. »Halte ich auch für möglich«, sagte sie dann. »Aber diese Vernehmung ist noch nicht zu Ende. Möglicherweise legt sie ein Geständnis ab, wenn wir ihr diesen Schritt ein wenig schmackhaft machen.«

Sarah blickte auf die Uhr. »Wie lange geben wir ihr?«

»Zehn Minuten, mindestens.«

Und was tun wir so lange?, dachte Sarah.

»Möchtest du eine Kleinigkeit essen?«

Sarah schüttelte den Kopf. »Nein, danke. Ich würde mich gerne etwas frisch machen.«

»Natürlich.«

Habe ich das wirklich gesagt?, fragte Sarah sich, während sie zu den Toilettenräumen ging.

Als sie kurz darauf wieder auf den Flur trat, sah sie von Weitem, wie Kathleen im Laufen nach ihrem Smartphone griff und dann stehen blieb. Sie lächelte. Schließlich blickte sie zur Seite, steckte das Handy wieder ein und drehte den Kopf in Sarahs Richtung. »Können wir wieder?«

Natürlich, dachte Sarah. Sie sammelte sich und fokussierte den inneren Blick auf Marina Kleisberg. Wenn alles reibungslos verlief, hatten sie in Kürze den Fall gelöst, und Sarah könnte unmittelbar nach Bornholm zurückkehren – an den Strand hinter ihrem Haus, unter eine Herbstsonne, die mit kräftigen Farben den Sommer zu übertrumpfen suchte. Und Mikkel Bentsen wäre vielleicht endlich ein wenig versöhnlicher gestimmt – eine zügige Mordaufklärung mit einer BKA-Kommissarin, die sich zur Abwechslung mal an die Regeln hielt, dürfte sein Herz erfreuen.

Kathleen öffnete die Tür und ließ Sarah den Vortritt. Marina Kleisberg blickte ihnen entgegen und schob ihren Teller beiseite. Sie hatte in der Zwischenzeit einen weiteren Kaffee getrunken und etwas gegessen. Der Techniker trat ein und richtete die Kamera neu aus.

Sarah suchte Kleisbergs Blick. »Haben Sie sich entschieden?«

»Was genau meinen Sie?«

»Möchten Sie eine Anwältin hinzuziehen oder uns zunächst im Einzelnen schildern, was passiert ist?«

»Ich denke, dass ich keinen anwaltlichen Beistand benötige.« Marina Kleisberg zuckte mit den Achseln. »Monica Seffgen ist getötet worden – ja. Aber nicht von mir.«

Sarah ließ sie nicht aus den Augen.

»Ich habe keinen Mord begangen. Ich habe diese Frau eine Weile beobachtet, und das war es dann. Vielleicht hatte ich vor, ein paar offene Worte mit ihr zu sprechen, möglich. Aber dazu ist es nicht gekommen. Ich bin wieder von der Insel runter, als mir klar wurde, dass diese …« Leises Räuspern. »Sie hat sich wohl genügend Feinde gemacht. Da war jemand schneller. Das kann mir nur recht sein. Sie ist tot, und ich musste mir nicht die Finger schmutzig machen.«

Der letzte Satz zumindest klang ziemlich überzeugend und ehrlich, das musste man ihr lassen.

»Die Indizien sprechen eine deutliche und eine andere Sprache, Frau Kleisberg«, erwiderte Sarah. »Sie sollten die Chance ergreifen und eine schnelle Aufklärung möglich machen – das wird das Gericht honorieren.«

»Sie reden mit der Falschen. Ich habe mich verdächtig gemacht – ja. Dabei haben Sie mich erwischt – ja. Ich gönne der Frau dieses Ende – auch das gebe ich zu. Aber ich bin nicht zur Mörderin geworden. Noch einmal: Jemand war schneller und hat sich offenbar gut versteckt vor den Blicken der Behörden.«

Sarah beugte sich vor. »Frau Kleisberg, wenn wir auch nur ein Haar oder ein paar Hautschuppen von Ihnen im Umfeld des Tatgeschehens identifizieren können, gibt es nichts mehr zu ermitteln! Und wenn Sie noch so vehement die Tat bestreiten. Sie gehen für sehr lange Zeit ins Gefängnis. Ist Ihnen das eigentlich klar?«

»Das ist allein ist kein Beweis!«

»Also waren Sie in ihrer Nähe.«

»Ich habe Monica Seffgen im Blick behalten, bin aber nicht …«

»Haben Sie vielleicht etwas beobachtet?«, warf Kathleen ein.

Kleisberg wandte ihr langsam das Gesicht zu und schüttelte den Kopf. »Nein.«

»Sie haben – ich zitiere Sie beziehungsweise Ihren Vater – den Pflegeengel im Blick behalten. Sie war doch der Grund Ihrer Reise. Warum sonst der ganze Aufwand? Und falls Sie nicht selbst zur Täterin geworden sind, weil Ihnen jemand zuvorgekommen ist, wie Sie nicht müde werden, ein ums andere Mal zu betonen, dürften Sie bemerkt haben, dass sich außer Ihnen jemand an Seffgens Fersen geheftet hatte. Das ist eine logische Schlussfolgerung, oder?«

»Logisch oder nicht. Ich habe keine Ahnung, was geschehen ist. An dem fraglichen Abend war ich nicht in ihrer Nähe.«

Sarah stand abrupt auf. »Das reicht jetzt. Wir werden den Staatsanwalt bitten, das weitere Verfahren einzuleiten und Untersuchungshaft zu beantragen …«

»Warten Sie!«

Nun also doch. Sarah setzte sich wieder.

»Es geht hier um etwas anderes«, erklärte Marina Kleisberg in leisem Ton. »Um etwas ganz anderes.«

»Wir hören.«

Kleisberg blickte auf ihre Hände. »Wir haben vor einiger Zeit ihre Wohnung in Flensburg durchsucht …«

»Die Wohnung, die Monica Seffgen eine Weile später gekündigt hat?«, warf Sarah ein.

»Ja.«

»Wer ist wir?«

»Meine Geschwister und ich.«

Sarah warf Kathleen einen schnellen Seitenblick zu.

»Wir wollten uns einen Überblick verschaffen, was die Frau so alles hat mitgehen lassen.«

Wut und Neid, Frustration und Hass, dachte Sarah. Eine ungute Kombination. »Und?«

»Da hatte sich einiges angesammelt. Sie war offenbar schon immer scharf auf Schmuck.«

»Erzählen Sie uns was Neues. Das Testament?«

»Wir haben uns ein Erbstück unserer Mutter zurückgeholt. Doch das ist nebensächlich. Ich habe noch mehr entdeckt.« Marina Kleisberg starrte erneut auf ihre Hände.

Kathleen schlug ein Bein über das andere. Der Stoff ihrer Hose knisterte leise. »Sie müssen sehr viel deutlicher werden.«

Kleisberg sah wieder hoch. »Ich bin beim Durchsuchen auf die Adresse eines Ferienhauses gestoßen. Dort hat sie sich wohl häufiger aufgehalten. Ein kleines Haus in Angeln. Da habe ich mich dann mal alleine umgesehen.« Sie zögerte, dann blickte sie Sarah an. »Diese Frau war eine Schnüfflerin.«

»Das ist eine überaus interessante Einschätzung angesichts Ihrer eigenen Vorgehensweise.«

Kleisberg verzog keine Miene. »Mein Vater war Marineoffizier. Sie hat Unterlagen kopiert, die er noch zu Hause hatte, Gespräche mit ehemaligen Kollegen belauscht, ihn ausgefragt und so weiter.«

Sarah ließ sich in die Rückenlehne sinken. Das allerdings war eine bemerkenswerte Neuigkeit.

»Frau Seffgen war sicher nicht die Einzige in diesem Servicebetrieb, die ihre Kunden und Patienten ausspioniert hat. Außerdem liefen bei ihr wohl einige Fäden zusammen – sie hatte auch von anderen Patienten Unterlagen, die …«

»Was für Unterlagen?«, warf Kathleen ein. Ihre Stimme klang elektrisiert.

»Gescannte Dokumente, USB-Sticks mit Kürzeln.«

»Und das Material lag da einfach so herum? In einem kleinen Ferienhaus im beschaulichen Angeln? Und Sie hatten keine Mühe, eins und eins zusammenzuzählen und derart weitreichende Schlussfolgerungen zu ziehen?«

»Einfach so nicht …«

»Sie sollten jetzt bitte ganz schnell sehr, sehr deutlich werden«, forderte Kathleen sie in scharfem Ton auf. »Falls es hier wirklich um Spionage oder dergleichen geht, müssen wir noch ganz andere Dienststellen einschalten. Und falls Sie irgendwelchen Mist erzählen, um vom Mord an der Betreuerin abzulenken, sollten Sie sich warm anziehen. Ich kann ziemlich ungemütlich werden, falls Ihnen das bislang noch nicht aufgefallen sein sollte. Es stellt sich zum Beispiel auch die Frage, warum Sie nicht eher aktiv geworden sind und die Behörden benachrichtigt haben.«

Marina Kleisberg starrte sie an. Ihr Blick war feindselig, aber sie verkniff sich eine unfreundliche Entgegnung.

»Ich habe das Haus durchsucht – ich weiß, wie man so was macht, weil ich mal eine Weile bei einem Privatdetektiv gejobbt habe«, erklärte Kleisberg schließlich. »Wahrscheinlich wissen Sie längst, dass ich nicht auf Rosen gebettet bin und in den vergangenen Jahren schon alle möglichen Jobs angenommen habe. Ist einiges schiefgelaufen in meinem Leben.«

»Wie bedauerlich.« Kathleens Miene strafte ihre Worte Lügen. Sie spiegelte alles andere als Empathie, stellte Sarah fest. Eher sah es so aus, als könnte sie sich eine weiter gehende unfreundliche Bemerkung gerade so verkneifen.

»Die Branche ist uns wohl bei der ersten Durchsicht entgangen«, meinte Kathleen schließlich. »Sie wissen also, wie man sich gründlich umsieht. Gratuliere! Und wo genau sind Sie fündig geworden?«

»Dazu möchte ich nichts sagen – noch nicht.«

Schweigen.

»Wie sind Sie überhaupt auf die Idee gekommen nachzuforschen?«, ergriff Sarah das Wort. »Sie hatten sich doch bereits in der Flensburger Wohnung vergewissert, dass Seffgen klaute und ihren Job schamlos ausnutzte. Und wahrscheinlich haben Sie auch das

Testament entdeckt. Was hat Sie darüber hinaus derart beschäftigt, dass Sie an ihr dranblieben?«

»Ich habe mal einzelne Wortfetzen eines Telefonats mitbekommen, als ich meinen Vater besuchte. Und ich hatte sie in Verdacht, seinen Schreibtisch durchsucht zu haben. Mein Vater hat einer entsprechenden Bemerkung von mir – natürlich – erbost widersprochen. Ich hatte ein ungutes Gefühl bei der Frau – in jeder Hinsicht. Und dem bin ich nachgegangen.«

»Gut – dann machen Sie mal Nägel mit Köpfen!«, warf Kathleen in energischem Ton ein. »Wo befinden sich die Unterlagen, die Speichersticks und so weiter?«

Marina Kleisberg schüttelte langsam den Kopf. »Sie erfahren keine Einzelheiten von mir, solange die Ermittlungen wegen Mordverdachts gegen mich nicht eingestellt werden.«

»Wie bitte?«

»So machen wir es – Zug um Zug.« Kleisberg verschränkte die Arme. »Sie wissen ganz genau, dass ich mir das nicht ausgedacht habe. Was hätte ich auch davon, Ihnen eine Lüge aufzutischen, die innerhalb kürzester Zeit entlarvt werden könnte. Seffgen und andere Kollegen in diesem Betreuungsdienst haben Leute ausspioniert – und dafür kassiert.«

»Von wem genau?«, fragte Sarah. »Wer hat für diese Informationen bezahlt?«

Kopfschütteln. »Zug um Zug. Ich habe diese widerliche Schlampe nicht umgebracht! Sie weisen mir den Mord doch sowieso nicht nach. Alles, was Sie haben, sind – zugegeben – gut begründete Indizien aufgrund eines Motivs … So dürfte es in Ihrem Jargon wohl klingen. Darüber hinaus haben Sie nichts.«

»Sprechen Sie sich gerade selbst Mut zu? Sie wissen genau …«

»Keine Zeugen, keine Spuren oder sonstigen Hinweise. Damit kriegen Sie mich sowieso nicht.« Kleisberg kniff die Augen zusammen und fixierte Kathleen. »Auch wenn gerade Sie mich lieber heute als morgen vor Gericht sehen würden. Was haben Sie eigentlich gegen mich? Entspreche ich nicht Ihrem Style?«

Ich würde sagen, Treffer versenkt, dachte Sarah.

»Ach, wissen Sie, wenn ich jeden vor Gericht zerren wollte, der nicht meinem Style entspricht, wäre die Justiz noch ausgelasteter, als sie es ohnehin schon ist.« Das klang verdammt arrogant und sehr provokativ, doch Kathleen ließ die Erwiderung stehen. Sie erhob sich langsam. »Wir werden uns besprechen, und dann sehen wir weiter. Erhoffen Sie sich nicht zu viel von diesem Schachzug.«

Sarah folgte Kathleen auf den Flur. Einen Moment gingen sie schweigend den Gang hinunter. Schließlich blieb Sarah abrupt stehen. »Wenn da irgendwas dran ist …«

»Haben wir einen ganz anderen Fall«, vervollständigte Kathleen den Satz. »Ich möchte umgehend diesen Betreuungsdienst durchleuchten lassen – genauer gesagt: einen ersten Check in die Tiefe vornehmen. Dazu binden wir die Kollegen vom LKA-Kiel gleich mit ein. Falls du nichts dagegen hast«, fügte sie hinzu.

»Ganz und gar nicht. Ich informiere vorab die Bornholmer – bevor da wieder irgendwas aus dem Lot gerät.«

»Gute Idee«, meinte Kathleen und hob eine Braue. »Wer braucht schon Dinge, die aus dem Lot geraten?«

Sarah blickte kurz zur Seite. »Und was machen wir mit Marina Kleisberg?«

»Mal sehen, was der Staatsanwalt sagt. Ich schlage ihm vor, ihre DNA zu nehmen und sie gehen zu lassen, auch wenn es mich schon ein wenig ärgert, dass sie mit ihrer Finte durchkommt. Dafür händigt sie uns unverzüglich ihre Unterlagen aus – oder wie sie es nannte: Zug um Zug.«

Sarah zögerte.

»Außerdem lassen wir sie beobachten. Das muss ich noch mit meinem Chef besprechen. Ich schätze, er wird nichts dagegen haben, auch wenn noch nichts Spruchreifes vorliegt.«

Das klingt gut, dachte Sarah.

»Nimmst du dir ein Hotelzimmer?«, fragte Kathleen beiläufig. »Oder fährst du zu deiner Mutter?«

Eher nicht, dachte Sarah und schüttelte den Kopf. »Ich suche mir was am Mehringdamm«, sagte sie.

»Alles klar.«

Sie blieben einen Moment unschlüssig voreinander stehen, dann verabschiedete Sarah sich.

Minuten später verließ sie das LKA und buchte ein Zimmer im Hotel Sarotti-Höfe. Unterwegs besorgte sie sich einen Döner und etwas zu trinken.

Nun bin ich wieder in der Hauptstadt, dachte sie, als sie ihr Essen auspackte. Ein Fall, der womöglich nur auf den allerersten Blick nach einem eindeutig motivierten Morddelikt ausgesehen hatte – begangen aus Rache, Hass und Eifersucht. Sie schickte Mikkel Bentsen ein Update, bevor sie die Abendschau einschaltete. Allmählich ließ die Anspannung nach.

Mitten in der Nacht schreckte Sarah hoch, gefangen in einem Wirrwarr aus hitzigen Empfindungen, die sie nur allmählich losließen. Sie stand auf und stürzte zwei Gläser Wasser hinunter. Es war drei Uhr früh, und die schöne Kommissarin geisterte durch ihren Schlaf, raubte ihn, beherrschte ihn und lächelte süffisant. Sarah schüttelte den Kopf. Reiß dich zusammen – wir haben einen Fall.

Gegen vier sah sie das letzte Mal auf die Uhr und wachte erst wieder auf, als ihr Smartphone vibrierte. Bentsen hatte sein Okay gegeben – was auch sonst? –, und Kathleen teilte ihr mit, dass sie bereits einen Videocall mit den Kielern verabredet hatte, am Nachmittag.

Bis dahin dürften die ersten Rechercheergebnisse vorliegen. »Wir haben das Material. Marina Kleisberg durfte gestern Abend gehen und wird observiert«, hatte sie hinzugefügt. »Von einem Profi natürlich. Mein Chef ist ziemlich hellhörig geworden. Und Ben sitzt seit gestern Abend vor dem PC und recherchiert.«

Sarah blickte auf die Uhr – es war noch nicht einmal halb acht, stellte sie fest und ging ins Bad. Wann startete Kathleen eigentlich in den Tag? Früh, sehr früh, erinnerte sie sich. Sie gehörte zu den Menschen, die nach einer durchfeierten Nacht am nächsten Morgen laufen oder schwimmen gingen – oder an den Schreibtisch. Und dabei wirkte sie nicht die Spur müde oder erschöpft. Fiel das unter Hyperaktivität wie bei Sarahs Mutter? Sarah erinnerte sich plötzlich an ihre Anfangszeit auf Bornholm, als sie ständig von Alpträumen geplagt worden war und selten erholsamen Schlaf gefunden hatte – nach ihrem ersten Rostocker Fall, bei dem sie komplett versagt hatte. Und sie war auf die Insel geflohen – vor sich und den Schatten eines unaufgeklärten Mordfalls. Das lag viele Jahre zurück und hatte nicht das Geringste mit Kathleen zu tun. Die wirkte nicht, als litte sie unter Schlafstörungen. Vielleicht benötigte sie nur wenig Schlaf, weil sie regelmäßig meditierte, wie sie mal erzählt hatte. Manche von diesen Zen-Mönchen waren so entspannt, dass sie in der Tiefe der Meditation ihren Herzschlag auf vierzig Schläge oder darunter verlangsamen konnten. Und warum kam Sarah nun das in den Sinn? Weil ihr in direkter Nähe zu Kathleen so manches ungefragt in den Sinn kam.

Sarah verbannte alle weiteren Gedanken zu dem Thema und stieg unter die Dusche. Nach einem kleinen Frühstück brach sie wenig später zu Fuß ins LKA auf. Am Mehringdamm war es voll wie auf einem Jahrmarkt. Menschen strömten bei Rot, Gelb, Grün über die Straße, Hupen, Schimpfen, Lachen, Schreien. Eine Autoschlange mühte sich an einer Baustelle vorbei, Rad- und Rollerfahrer schossen quer über alle Wege, Spaziergänger schlenderten zu viert nebeneinander, ein Wohnungsloser spielte Flöte, der Eingang zur U-Bahn quoll über. Berlin.

5

Hauptkommissar Lukas Schöffe war ein hagerer Mann mit Halbglatze und fröhlichem Lächeln, sein Alter war schwer zu schätzen. Er saß neben Julia Kern, einer Kollegin, die Sarah bei ihrem Kontakt zu dem LKA in Kiel bereits kennengelernt hatte, und blickte aufmerksam und entspannt zugleich in die Kamera. »Das Unternehmen wirkt nach den aktuell vorliegenden Erkenntnissen hier oben aus dem Norden auf den ersten Blick seriös und ansprechend«, führte er nach einer kurzen Vorstellungsrunde und einigen einleitenden Sätzen zum Bornholmer Fall aus.

»Zusammenfassend halten wir noch einmal fest, dass sich das Angebot des Betreuungsservices an Menschen und Familien wendet, die sich das auch leisten können«, betonte Schöffe. »Im Übrigen geht das Ganze weit über den Seniorenbereich hinaus und ist keineswegs auf die übliche Pflege oder Betreuung älterer und erkrankter Menschen begrenzt. Die Angebotspalette ist wesentlich umfangreicher: Begleitung, Service und Support in allen Lebenslagen – ob gesund, krank oder schlicht einsam –, und zwar inzwischen bundesweit. So viel wissen wir auch schon. Zu den Betreibern des Unternehmens und der Geschäftsführung haben wir noch keine Hintergrunddetails vorliegen – für diese Recherche dürftet ihr über die besseren Instrumente verfügen –, und was die Kunden und Kundinnen angeht, könnt ihr wohl schon erste Ergebnisse präsentieren.«

So ist es, dachte Sarah. Sie hatte neben Kathleen und zwei Ermittlern aus dem Spezialressort Platz genommen, einer von ihnen war der von Kathleen sehr geschätzte Ben. Seinen Nachnamen kannte Sarah gar nicht, und es benutzte ihn auch niemand. Soweit sie wusste, stand er noch nicht mal an seiner Bürotür. Ben hatte sich bereits die halbe Nacht mit den Daten beschäftigt, die Marina Kleisberg der Betreuerin Seffgen abgenommen hatte, und eine Vielzahl von Informationen zusammengestellt. Die Ergebnisse dürften für weitere Unruhe sorgen und entsprechende Dienststellen auf den Plan rufen.

»Allerdings ist uns beim Abgleich ein Name aufgefallen, der mit einem Cold-Case-Fall hier oben an der Küste im Zusammenhang steht – doch dazu später vielleicht mehr.« Lukas Schöffe lächelte. »Jetzt hören wir erst mal, was ihr bereits entdeckt habt. Wir sind gespannt, worauf das hinausläuft.«

»Vielen Dank, Kollege.« Kathleen hob den Blick. »Marina Kleisberg hat uns – wie vereinbart und mit der Staatsanwaltschaft abgesprochen – einen Speicherstick ausgehändigt. Er enthält gescannte Unterlagen, die das Mordopfer zusammengetragen, gesichert und versteckt hatte ...« Sie zögerte einen Moment und runzelte die Stirn. »Marina Kleisberg ist verdammt professionell vorgegangen, das sollten wir keineswegs aus den Augen verlieren. Sie hätte die Unterlagen einfach stehlen und gegen Seffgen verwenden können. Doch sie wollte, dass der Zugriff nicht auffällt, und hat sie kopiert, so erklärte sie uns. Und als ihr klar wurde, was sie da in den Händen hielt, ist sie in Deckung gegangen, hat die Betreuerin aber weiter im Auge behalten. So erläuterte sie uns auf Nachfrage ihre Vorgehensweise.«

Das hätte man als verdeckt agierende Ermittlerin kaum besser machen können, dachte Sarah.

Kathleen schüttelte den Kopf. »Wie auch immer. Die Tatsache, dass sie mal bei einem Privatdetektiv gejobbt hat – was stimmt, das haben wir überprüft –, erklärt ihre Umsicht keineswegs hinreichend. Womöglich hat sie ihr eigenes Süppchen gekocht und hält weiteres Material zurück. Das würde ich keinesfalls ausschließen.

Nun, sie wird ja observiert – mal sehen, was dabei herauskommt …« Sie blickte Ben von der Seite an. »Nun bist du dran, Kollege.«

Ben nickte. »Das Material ist ziemlich interessant«, begann er seinen Bericht. »Und dabei müssen wir uns klarmachen, dass wir hier lediglich den Zugriff auf einen kleinen Ausschnitt haben. Es existiert eine Liste, die ungefähr zwei Dutzend Kundinnen und Kunden aus Norddeutschland umfasst, dazu zählen Mitarbeiter und Mitarbeiterinnen aus wissenschaftlichen, medizinischen und technischen Berufen, aus Behörden und Ämtern, Anwaltskanzleien, Redaktionen und so weiter. Sie haben den Service in unterschiedlichen Lebenssituationen gebucht – entweder für sich selbst oder aber für Familienmitglieder, die kurzfristig Hilfe und Begleitung benötigten. Die Aufträge wurden im Übrigen meist zeitnah wieder beendet. Nur eine kleine Gruppe befindet sich im fortgeschrittenen Rentenalter und benötigt über eine längere Zeit Pflege und Betreuung wie im Fall Kleisberg.«

»Bei den Kunden oder deren Umfeld handelt es sich nicht nur um Menschen mit gutem Verdienst oder Vermögen im Hintergrund, sondern um Leute mit interessanten und einflussreichen Berufen«, fügte Kathleen hinzu.

»Einflussreich dürfte ein entscheidendes Stichwort sein«, führte Ben weiter aus. »So schätze ich das wenigstens ein. Journalisten gehören nicht unbedingt zu Großverdienern, sofern sie nicht gerade die ganz steile Karriere gemacht haben. Doch auf der Liste steht ein Redakteur aus Hamburg, der beobachtet wurde.«

Hauptkommissar Schöffe runzelte die Stirn. »Ich bin ziemlich gespannt, worauf das hinausläuft.«

Auf eine hässliche Geschichte, dachte Sarah.

»Das Material enthält drei Kunden respektive Patienten von Monica Seffgen, darunter den pensionierten Marineoffizier Kleisberg, die sie professionell ausspioniert hat«, fuhr Ben fort. »Ihre Beobachtungen liegen uns im Detail vor. Seffgen hat Gespräche mit anderen Marineoffizieren belauscht, die zu Besuch waren, und aus dem Gedächtnis protokolliert, Fotos vom Marinestützpunkt gesichert, Hinweise zu Aktivitäten der Marine aufgelistet, Material von Schulungen zusammengetragen, die Kleisberg kurz vor seiner Pensionierung noch geleitet hat – und sie hat gemeinsam mit Heinrich Kleisberg den Stützpunkt in Eckernförde besucht. Eine private Führung, wie sie anmerkt. Dabei dürfte sie heimlich fotografiert haben.«

Kurze Pause. »Wir sprechen hier also im Klartext von Spionage?«, warf Lukas Schöffe ein. Seine Stimme war dunkel vor Verblüffung.

Kathleen nickte. »Davon gehen wir aus, auch wenn noch keine weiteren Belege dazu existieren. Und womöglich steht der Mord in diesem Zusammenhang – Monica Seffgen hat sich in großem Umfang persönlich bereichert, das steht inzwischen außer Frage, sie ist zudem wohl hervorragend für ihre Schnüffeldienste bezahlt worden, von wem auch immer, und hatte vielleicht komplett den Kompass verloren. Ihre Gier wurde zur Gefahr.« Sie warf Sarah einen Seitenblick zu. »Die Kolleginnen und Kollegen auf Bornholm haben keinerlei Spuren an der Leiche und am Tatort entdeckt. Das spricht für eine professionelle Vorgehensweise. Die Tochter von Kleisberg ist zwar für mich noch nicht komplett raus als Verdächtige, doch abgesehen von ihrem Motiv der persönlichen Betroffenheit und Rache zeigt sich nun noch ein anderer Schwerpunkt für den Tathintergrund.«

»Worum geht es bei den anderen Betreuten von Seffgen?«, meldete sich Schöffes Kollegin Julia Kern zu Wort.

»Sie hat zum einen den erwähnten Hamburger Journalisten im Auge behalten. Er hatte zwischenzeitlichen Support für eine nahe Verwandte beauftragt, die in einem Häuschen an der Alster lebte«, erklärte Ben. »Seffgen beobachtete ihn über den Zeitraum der Betreuung der Verwandten hinaus.«

»Und was war so interessant an ihm?«

»Gute Frage.« Ben hob den Blick. »Sie hat Treffen und sonstige Aktivitäten protokolliert, die zunächst mal wenig aufschlussreich oder gar bemerkenswert sind. Doch wir wissen ja nicht, ob die uns vorliegenden Aufzeichnungen vollständig sind. Seffgen kann Bereiche ausgespart haben, oder Marina Kleisberg verfolgt, wie bereits erwähnt, eine eigene Strategie. Fest steht, dass der Journalist bei einem Onlinemagazin als Politikredakteur beschäftigt ist. Auf welche besonderen Themen oder gar heiße Eisen er spezialisiert ist, ließ sich bisher nicht feststellen.«

Julia Kern nickte nachdenklich.

»Eine weitere Kundin ist Geschäftsführerin mehrerer Edelrestaurants zwischen Flensburg und Hamburg«, fuhr Ben fort. »Sie benötigte nach der Trennung von ihrem Mann zeitweise Familienunterstützung. Monica Seffgen hat alte Bilanzen und Einkommensteuererklärungen kopiert, vielleicht Hinweise zu Schwarzgeld entdeckt, illustre Gäste aufgeführt und vieles mehr. Und die entscheidende Frage lautet …«

»Für wen sie gearbeitet hat und wem diese Informationen nützen könnten«, schaltete sich Kathleen wieder ein.

»Schlichte Erpressung?«, schlug Hauptkommissar Schöffe vor.

Sarah schüttelte den Kopf, beugte sich vor und schaltete sich zum ersten Mal in die Besprechung ein. »Kehren wir nach Eckernförde zurück. Wen könnten Fotos von einem Marinestützpunkt interessieren?«

»Nun, so weit waren wir schon, Kollegin – das ist sicherlich ein hochsensibler Sicherheitsbereich, der sofort alle Alarmglocken schrillen lässt«, gab Schöffe zu. »Doch Informationen zu den Gästen eines Luxusrestaurants oder Steuerhinterziehung, die üblichen geschäftlichen Schweinereien und dergleichen gehören in eine andere Kategorie.«

»Vielleicht auch nicht. Wenn wir uns die weiteren Namen und

Berufe auf der Liste ansehen und den Faden weiterspinnen, dürfte es erneut schrillen«, wandte Sarah ein. »Da gibt es den technischen Leiter eines Energieversorgers, höhere Angestellte aus Behörden, zwei Wissenschaftler, jemanden aus dem Umfeld eines Polizeibeamten, einen IT-Fachmann, zwei Ärzte und so weiter. Ich könnte mir vorstellen, dass dieser Service ganz gezielt versucht, genau diese Kundschaft beziehungsweise diese Familien aus wichtigen Geschäftsbereichen, Verwaltung und Wissenschaft für den Support zu gewinnen und ins Visier zu nehmen. Dazu gehören dann auch Treffen in Restaurants. Wenn wir uns schließlich weiter vorstellen, dass ähnliche Informationen und Interna zu ihrem Job und Alltag, zu Routinen und Abläufen gesammelt werden wie beim pensionierten Marineoffizier Kleisberg …«

Lukas Schöffe nickte langsam. »Dann entsteht ein beunruhigendes Bild. Aber noch wissen wir nicht konkret, wer an den Schnüffeleien beteiligt war, an wen die Informationen weitergeleitet werden und wer sie zu welchem Zweck nutzen könnte. Ein alarmierender Verdacht allein reicht nicht aus.«

»Das ist der Punkt. Darum müssen wir so schnell wie möglich herausfinden, wer hier welche Interessen verfolgt«, ergänzte Kathleen. »Dazu teilen wir uns die Arbeit am besten auf. Die Leute von der Liste müssen im Einzelnen geprüft und befragt werden, und wir sollten dabei zunächst behutsam vorgehen, damit wir niemanden warnen. Wir brauchen jedes Detail, das wir kriegen können, zu dem Serviceunternehmen, ergänzt durch ausführliche Checks zu Seffgen und den Mitarbeitern, die jene anderen Kunden auf der Liste betreuten oder noch betreuen. Außerdem müssen wir uns dieses Ferienhaus genauer ansehen. Ich schlage vor, wir entwerfen so schnell wie möglich ein detailliertes Arbeits- und Strategiepapier und legen sofort los. Da wir hier in Berlin als übergreifendes Ermittlerteam auch schnell den BND beziehungsweise Staatsschutz und auch den

MAD ins Boot holen können, ohne bei jeder Maßnahme neue Antragsformulare ausfüllen zu müssen, sind wir gut aufgestellt, um zügig die nötigen Maßnahmen zu ergreifen. Und die Kollegin Sarah Pirohl als BKA-Verbindungsbeamtin hält zudem den Kontakt zu den Bornholmern …«

»Und könnte uns wieder hier oben im Norden unterstützen«, warf Lukas Schöffe rasch ein. »Falls das für euch passt, würden wir sie gerne zu uns ins Boot holen. Dann können wir uns auch gleich gemeinsam mit dem Cold-Case-Fall beschäftigen.«

Kathleen fasste Sarah ins Auge. »Ist das okay für dich?«

»Natürlich.«

Sarah war sicher, dass Kathleen für den Bruchteil eines Augenblicks gezögert hatte, bevor sie mit einem zustimmenden Lächeln antwortete. »Hätten wir das auch geklärt«, fügte sie noch hinzu. »Ein stetiger Austausch zwischen den Dezernaten und zeitnahe Updates verstehen sich von selbst. Ebenso natürlich: absolutes Stillschweigen zu den Ermittlungen. Nur die unmittelbar beteiligten Ermittler und Kommissarinnen haben Zugang zur Akte. Lasst nichts rumliegen und …« Sie winkte ab. »Ihr wisst, was ich meine.«

Kathleen war ganz in ihrem Element, stellte Sarah fest, als sie die Besprechung schließlich beendeten. Sie war eine hervorragende Organisatorin und lief als Regisseurin zur Höchstform auf. Je mehr Fäden sie in der Hand hielt und Entscheidungsprozesse selbst voranbringen konnte, desto heller sprühte sie vor Energie und Tatendrang. Sarah griff nach ihrer Jacke, beobachtete einen Moment still, wie die Kollegin sich mit Ben austauschte, und wandte sich schließlich zur Tür um. Sie war keine fünf Meter den Flur hinuntergegangen, als sie Kathleen ihren Namen rufen hörte.

Sarah blieb stehen und drehte sich um, während Kathleen langsam näher trat. »Sei vorsichtig«, sagte sie leise. »Das ist eine seltsame Geschichte.«

Sarah neigte den Kopf. »Hast du schon mehr Infos?«

»Nein. Aber … Wie schon erwähnt – wir sollten zu Beginn so unauffällig wie möglich auftreten, auch bei den Befragungen, und niemanden aufschrecken, bevor wir nicht ganz genau wissen, aus welcher Richtung der Wind weht.«

»Wir schieben den Mordfall in den Vordergrund.«

»Ganz genau.«

»Wenn du einen Tipp abgeben solltest …«

»Spionage aus dem Osten.«

»Aber was fangen sie mit diesen Infos an – vom Marinestützpunkt mal abgesehen?«

»Der russische Geheimdienst ist an sämtlichen Informationen aus der Mitte unserer Gesellschaft interessiert – nicht nur in Bezug auf Militäranlagen, Wissenschaft, Behörden oder Polizei.«

Sarah blickte sie nachdenklich an.

»Seit dem Angriff auf die Ukraine sind viele Diplomaten und Botschaftsangehörige ausgewiesen worden«, führte Kathleen weiter aus. »Putins Leute können jede Quelle gebrauchen – dazu gehören auch Journalisten und Geschäftsleute, Behördenmitarbeiter, Parteimitglieder, Polizisten.« Sie hob eine Braue.

»Und bezahlen dafür so gut, dass eine Betreuerin ihr Vermögen ins Ausland transferiert?«

»Noch wissen wir nicht, was gerade Monica Seffgen so alles auf dem Kerbholz hat und wer noch ausspioniert wird oder wurde. Sie war hochaktiv, womöglich eine besonders begabte Spionin und schon lange aktiv. Und wenn ich mir diese Teilliste so ansehe … Denken wir nur mal einen Augenblick über die Möglichkeit nach, Fake News über solche Quellen zu streuen. Die politische Situation in Deutschland bietet zudem eine gute Ausgangsbasis, um extremistische Strömungen zu verstärken, das wissen wir spätestens seit Corona – Verunsicherung ist das entscheidende Stichwort, dicht gefolgt von Verschwörungstheorien und Wahlbeeinflussung.« Kathleen atmete tief durch. »Noch gibt es nur einen Anfangsverdacht, aber die Tatsache, dass mein Chef kaum gezögert hat, den Ermittlungen zuzustimmen und jede Möglichkeit für Spielraum zu nutzen, lässt tief blicken.«

Sarah atmete tief durch. »Das klingt wirklich …«

»Brisant. Es darf im Moment niemand mitbekommen, über welche Informationen wir im Detail verfügen, wie wir auf sie gestoßen sind und welche Schlussfolgerungen wir ziehen.«

»Ich weiß, das ist absolut nachvollziehbar, engt jedoch unseren Handlungsspielraum deutlich ein«, bemerkte Sarah.

»Solange wir über keine gesicherten Hintergrundinformationen zu dem Dienst und seinen Mitarbeitern verfügen, müssen wir verdeckt vorgehen«, betonte Kathleen. »Auch vor diesem Background ist es immens wichtig, Marina Kleisbergs Rolle zu durchleuchten. Sie kommt in Teufels Küche, wenn sie ein doppeltes Spiel zu treiben versucht – das traue ich ihr durchaus zu. Und wir erfahren nichts, falls sie auf der anderen Seite mitmischt – wo immer die andere Seite genau sich befindet.«

»Okay.« Sarah nickte. »Ich melde mich.«

»Tu das.«

Sie sahen sich einen Moment an, dann wandte Sarah sich um und lief den Gang hinunter. Die Mitte der Gesellschaft, fuhr es ihr durch den Kopf, während sie das Gebäude verließ und den Weg Richtung Mehringdamm einschlug. Behörden, Polizei, Wissenschaftler, Techniker, Energieversorger, Medien – detaillierte Informationen zu Abläufen, Kontaktdaten, womöglich zusätzlich Material, das bei Erpressungen eine Rolle spielen könnte. Versteckte Einflussnahme, Boykottmöglichkeiten, Verunsicherung, Angriffe auf die Infrastruktur – das klang beängstigend, sobald der Verdacht der Spionage ins Spiel kam. Und es stellte sich unmittelbar die Frage, ob der Betreuungsdienst von Beginn an ausschließlich dieses Ziel im Blick gehabt hatte oder ob er womöglich unterwandert worden war, weil er sich perfekt für Spionagezwecke eignete. Oder ob sie mit ihrer Einschätzung komplett danebenlagen, weil es viel einfacher war: Monica Seffgen hatte mit einigen Kolleginnen und Kollegen ihr eigenes Ding gedreht – aus einem einzigen Grund: um sich zu bereichern. Was dieser These widersprach, waren die Belege zum Marinestützpunkt.

Sarah entschied im Hotel, sofort Richtung Norden aufzubrechen – und einen Zwischenstopp in Hamburg einzulegen, um mit dem Journalisten zu sprechen. Der Serviceauftrag lag einige Monate zurück, und sie war gespannt, wie er reagieren würde. Eine halbe Stunde später saß sie im Wagen und fuhr Richtung A24. Sie informierte Kathleen und Lukas Schöffe und nahm Kontakt zu dem Journalisten auf.

Frank Rottner hatte erfrischend unkompliziert noch für denselben Abend eine Bar in Hamburg-Altona vorgeschlagen. Er hatte in der Nähe eine Kinovorstellung besucht und war neugierig, was eine BKA-Kommissarin ausgerechnet von ihm wollte. So hatte der Journalist es ausgedrückt. Als Sarah ihm schließlich gegenübersaß, war sie ziemlich sicher, dass Rottner sich Gewissheit zu ihren Angaben verschafft hatte. Der vierzigjährige Redakteur – Bartträger, Jeans, Sneaker und Sakko – blickte ihr lächelnd entgegen, als sie die Bar betrat. Sie war etwas müde nach der langen Fahrt.

»Man kann hier übrigens auch ganz gut essen«, erklärte Rottner nach herzlicher Begrüßung. »Falls Sie mit einem Snack zufrieden sind. Ich kann den kleinen Fischimbiss nur empfehlen.«

Sarah bestellte eine Portion und einen doppelten Espresso.

»Ich bin sehr gespannt«, wiederholte Rottner und nippte an seinem Weinglas.

»Wie ich schon kurz erläuterte habe – ich recherchiere zurzeit den Hintergrund zu einem Mordfall«, wiederholte Sarah ihre Erklärung von dem kurzen Telefonat einige Stunden zuvor. »Und ich muss Sie vorab bitten, unser Gespräch vertraulich zu behandeln.«

»Natürlich.«

»Sie kannten das Opfer.«

Frank Rottner blickte sie verblüfft an. »Ach? Das haben Sie vorhin nicht erwähnt.«

Sarah öffnete ihre Foto-App und zeigte ihm ein Bild von Monica Seffgen. »Sie haben vor einiger Zeit einen Betreuungsservice engagiert – für Vera Tarp, Ihre Tante.«

»Das ist richtig. Sie war schwer gestürzt und benötigte Unterstützung. Leider ist sie inzwischen verstorben.«

»Das tut mir sehr leid.«

»Nun, Vera ist immerhin über neunzig Jahre alt geworden – und die einzige Verwandte, die ich noch hatte. Und sie war meine Großtante, um genau zu sein, die ältere Schwester meiner Großmutter.« Er blickte kurz zur Seite. »Wir standen uns relativ nahe.«

Sarahs Essen wurde serviert. Sie aß einen Bissen und ließ das Schweigen zu.

»Und diese Betreuerin ist ermordet worden?«, ergriff Rottner schließlich wieder das Wort.

»Ja, auf Bornholm. Sie hat ihren Urlaub dort verbracht. Als zuständige BKA-Verbindungsbeamtin bin ich nun auch an den hiesigen Ermittlungen beteiligt. Kannten Sie die Frau näher?«

»Das würde ich nicht sagen. Ich habe einige Male mit ihr gesprochen«, erwiderte Frank Rottner. »Sie machte einen kompetenten Eindruck. Eine herzliche Frau, die ihren Beruf sehr ernst genommen hat. Wer bringt eine Pflegerin um?« Er klang perplex.

»Dieser Frage gehen wir gerade nach. Sie sind Journalist, und es gehört zu Ihrem Job, auf Zwischentöne zu achten. Ist Ihnen vielleicht etwas an der Frau aufgefallen, was Ihnen im Nachhinein zu denken gibt?«

Rottner überlegte, fuhr sich mit einer Hand durch den Bart.

»Hat Ihre Tante womöglich mal etwas erwähnt, was Sie jetzt anders gewichten?«, fuhr Sarah fort.

Er schüttelte den Kopf.

Sarah bestellte ein alkoholfreies Bier, dann fasste sie den Journalisten wieder ins Auge. »Wir haben Hinweise darauf entdeckt, dass Monica Seffgen sich an ihren Schutzbefohlenen bereichert hat«, erklärte sie.

»Was? Ernsthaft?«

»Ja – Schmuck, Bargeld. Die Beweislage ist eindeutig.«

Der Journalist runzelte die Stirn. »Sie hat gestohlen?«

»Das wohl auch.«

»Wie meinen Sie das?«

»Sie hat ihre Schützlinge umgarnt – und ausgenommen, so drückte es eine Zeugin aus.«

Rottner kniff ein Auge zusammen. »Ich will nicht ausschließen, dass meine Tante ihr den einen oder anderen Schein zusätzlich zugesteckt hat«, meinte er dann. »Aber … ausgenommen? Den Eindruck hatte ich nicht. Wissen Sie, meine Tante war nicht der Typ, der sich ausnehmen ließ.«

»Könnten Sie hundertprozentig feststellen, wenn etwas fehlte?«

»Wahrscheinlich nicht. Ich bin ja als letzter Angehöriger auch ihr Erbe … Bisher ist mir nichts aufgefallen.«

Sarah war sicher, dass er beunruhigt war und nicht lange zögern würde, sich noch einmal sehr genau im Haus von Vera Tarp umzusehen, die Konten zu prüfen und Ähnliches. Das zumindest würde sie genauso machen. »Für welche Ressorts schreiben Sie eigentlich?«, fuhr sie kurz darauf fort.

»Tagespolitik ist mein Gebiet, aber ich schreibe auch mal eine Reportage zu sportlichen oder kulturellen Events oder recherchiere zu weltpolitischen Themen. Die Redaktion ist nicht so groß – jeder und jede muss sich schnell überall einarbeiten können.«

»Verstehe. Hat Sie in letzter Zeit ein besonderes Thema beschäftigt, das Ihnen unter den Nägeln brannte?«

Frank Rottner betrachtete sie aufmerksam. »Warum interessieren Sie sich dafür? Reine Höflichkeit?« Er lächelte. »Das glaube ich nicht.«

»Ich kann durchaus sehr höflich sein.« Sie erwiderte das Lächeln. »Aber ich gebe zu, dass mehr dahintersteckt.«

»Und was genau?«

»Wir müssen in alle Richtungen ermitteln – dazu gehören auch Ihr Job und besondere Aktivitäten oder Dinge, die Ihnen im Alltag aufgefallen sind, nachdem Sie die Betreuung beauftragt haben.«

»Das klingt sehr allgemein.«

»Das soll es auch.«

»Eine Pflegerin, die sich im Rahmen ihrer Betreuungsaufgaben wahrscheinlich bereichert hat, wurde ermordet, und Sie ermitteln in alle Richtungen? Was habe ich damit zu tun? Sie hat mich nicht beklaut.« Rottner hob eine Braue. »Verzeihen Sie – ich bin Journalist, und ich rieche auf drei Meilen gegen den Wind, wenn ich mit ausweichenden Erklärungen abgespeist werden soll.«

Das hätte Sarah – zugegeben – berücksichtigen müssen. Sie zuckte betont lässig mit den Achseln. »Ich will Sie nicht abspeisen …«

»Aber ja doch.«

»Na schön, wir haben bei anderen Patienten oder auch Kunden Hinweise entdeckt, die möglicherweise mit Erpressungsversuchen im Zusammenhang stehen könnten«, erklärte Sarah schließlich. Das stimmte natürlich so nicht, die Erklärung klang andererseits jedoch keineswegs völlig abwegig und könnte den Journalisten fürs

Erste zufriedenstellen. »Falls Sie zum Beispiel in letzter Zeit den Eindruck hatten, dass Sie beobachtet wurden ...«

Er starrte sie verdutzt an und schien einen Moment perplex. »Wer sollte mich womit erpressen?«

»Das kann ich Ihnen nicht sagen. Wir gehen auch bei anderen Kunden beziehungsweise Patienten dieser Frage nach.«

»Aber das ist doch ...« Er brach ab und schüttelte den Kopf. »Ich wüsste nicht ...«

Sarah beugte sich vor. »Vielleicht doch?«

Erneutes Kopfschütteln. »Sie irren sich. Ich bin keiner von diesen hochmotivierten investigativen Journalisten, die für ihre Story brennen und viel riskieren, um Politiker, Geschäftsleute oder Kriminelle ins Visier zu nehmen und – möglicherweise – zu entlarven.«

So wie Frederik, dachte Sarah; ein feiner Nadelstich ging durch ihr Herz.

»Ich bin bei einem Online-Magazin beschäftigt, und wir können uns gerade so am Markt halten – allgemeine Themen, Infos, Sport. Nichts Aufregendes«, erklärte er. Seine Stimme klang deutlich angespannt, und Sarah musterte ihn aufmerksam.

»Wenn ich mich mit Geschäfts- oder Interviewpartnern treffe, ist das alles andere als bemerkenswert. Das mit Abstand interessanteste Gespräch in der letzten Zeit habe ich vor zwei Wochen mit einer Musikerin geführt.« Rottner zuckte betont lässig mit den Achseln und lächelte. »Meine Tante hat höchstwahrscheinlich ein wesentlich aufregenderes Leben geführt als ich«, schob er nach. »Sie ist früher bei jeder Demo mitgelaufen – für Frauenrechte und Linke. Sie war eine ziemlich Wilde und immer voll dagegen, egal, worum es ging.« Er lachte plötzlich. »Bei Familientreffen in ihrem Hause ist es meist hoch hergegangen. Ich erinnere mich natürlich an keine Einzelheiten, dazu war ich ja seinerzeit viel zu jung, aber meine Großmutter – also ihre Schwester – war häufig damit beschäftigt, die Wogen zu glätten, und hat mir viel davon erzählt.«

»War Ihre Tante berufstätig?«

»Natürlich. Sie gehörte zu den wenigen Frauen ihres Jahrgangs, die studiert haben – Slawistik mit dem Schwerpunkt Russland, seinerzeit Sowjetunion. Darf man ja heute kaum noch sagen – aber sie war ganz begeistert von der russischen Kultur und hatte einen Job an der Uni.«

Sarah horchte auf. Vielleicht wehte der Wind aus dieser Richtung. Wobei sich die Frage stellte, wofür die Begeisterung der alten Dame Verwendung finden könnte. Namen, Daten, gesellschaftliche Zusammenhänge, Ein-, Rück- und Ausblicke, auch wenn vieles Jahrzehnte zurückliegen mochte, überlegte Sarah. Eine Neunzigjährige, die ihren wohlsituierten Lebensabend in einem Haus an der Alster verbrachte, von der russischen Kultur schwärmte, während ihr Großneffe – der einzige noch lebende Verwandte – als Journalist arbeitete.

»Was beschäftigt Sie?«, fragte Rottner und musterte Sarah eindringlich. »Und was genau hat diese Betreuerin angestellt?«

Sarah lächelte und trank ihr Bier aus. »Danke für Ihre Zeit«, sagte sie und stand auf. »Falls Ihnen noch etwas einfällt, rufen Sie mich an – bitte.«

Frank Rottner sah sie an und nickte. »Na schön.«

Als Sarah die Bar verließ, ging es auf elf Uhr zu. Bis Kiel brauchte sie noch eine gute Stunde, aber das Gespräch und der Kaffee hatten ihre anregende Wirkung nicht verfehlt. Das LKA-Kiel hatte ihr die Adresse und den Zugangscode zu einer Dienstwohnung geschickt. Sie fuhr auf die A7 und dann weiter die 215 hoch in den Norden. Sie war keine zehn Minuten unterwegs, als eine Nachricht von Kathleen auf dem Smartphone aufploppte. *Bist du noch unterwegs?*

Sarah zögerte. *Ja. Inzwischen Richtung Kiel. Ich melde mich morgen*, gab sie als Sprachnachricht ein.

Kurzer Hinweis zu dem Gespräch mit dem Journalisten?

Sarah seufzte. *Schwierig einzuordnen*, erklärte sie dann und fasste ihr Treffen in wenigen Sätzen zusammen. *Morgen mehr dazu*, beendete sie schließlich den Kurzbericht.

Regen setzte ein. Als sie in Kiel-Kronshagen eintraf, war sie so müde, dass sie sofort ins Bett fiel. Erst am nächsten Morgen fiel ihr auf, dass sie vergessen hatte, Bettwäsche aufzuziehen.

6

Der Beschattungsauftrag selbst klang wenig spektakulär – jemanden rund um die Uhr verdeckt zu observieren gehörte zu Lennart Paulsens leichtesten Übungen. Der Hintergrund hatte aber durchaus das Potenzial einer anspruchsvollen Aufgabe: Eine Tatverdächtige, die eine Vereinbarung mit der Staatsanwaltschaft erreicht hatte, weil sie interessantes Hintergrundmaterial zum Mordopfer aus dem Ärmel geschüttelt hatte – angeblich durch eigenständige Spitzelaktivitäten, um einer habgierigen Betreuerin und Diebin auf die Schliche zu kommen. Die Informationen, die sie gesichert hatte, könnten im Zusammenhang mit Spionage stehen. Ob sich der Verdacht gegen das Serviceunternehmen bestätigte – im Ganzen oder in Teilen –, war zurzeit unwichtig.

Lennart Paulsen, der als verdeckter Ermittler im Umfeld von BND, MAD und BKA unterwegs war und immer wieder auch so manch schmutzigen Auftrag zu erledigen hatte, von dem niemand etwas wissen sollte, hielt die Tarnung für überaus gelungen. Ein Betreuungsservice inmitten des Alltags, unauffällig angesiedelt im Umfeld interessanter Branchen und Berufe; gut situierte Leute oder Familien mit Vermögen und womöglich schillernden Kontakten; versteckte Einflussnahme in sensiblen Bereichen; personenbezogene Daten, die vielfach Verwendung finden könnten – zum Beispiel um neue Identitäten zu kreieren und Lügengeschichten zu verbreiten.

Fotos vom Marinestützpunkt Eckernförde. Paulsen war wenig überrascht, dass dieser entscheidende Hinweis für einen beschleunigten und engagierten Einsatz gesorgt hatte. Wäre den Beamten nicht ausgerechnet diese Beobachtung in die Hände gefallen, hätten sich die Ermittlungen deutlich träger gestaltet, und der Verdacht wäre wohl zunächst in eine andere Richtung gelaufen. Nun aber stand die gut begründete These im Raum, dass der russische Geheimdienst aktuell darauf angewiesen war, andere Informationskanäle zu nutzen und neue auszubauen. Es wurde personell ein bisschen eng für die Russen. Bestehende Netzwerke mussten ersetzt werden, nachdem mancher Diplomat und Botschaftsangehörige des Landes verwiesen worden waren. Auf Nimmerwiedersehen, wenn es nach Paulsen ginge. Die Erklärung klang überzeugend – allerdings bestand dieser Betreuungsservice bereits seit etlichen Jahren, wie er seinem Auftragshintergrund entnommen hatte, und nicht erst seit dem aktuellen Überfall auf die Ukraine. Somit dürfte der Beginn der Aktivitäten bereits sehr viel länger zurückliegen.

Es blieb abzuwarten, was sich beim Durchleuchten der Geschäftsführung und der Überprüfung der Mitarbeiter und Kolleginnen der ermordeten Betreuerin an weiteren Tätigkeiten und Einflussnahmen abzeichnete. Das sollte zügig über die Bühne gehen – und so unauffällig wie möglich, dachte Paulsen, aber er hatte Bedenken. Der Mord an Monica Seffgen dürfte bei dem angenommenen Hintergrund längst die entscheidenden Leute alarmiert haben – oder aber die Tat hing sogar mit ihrer Schnüffeltätigkeit oder Geldgier zusammen. Dann dürfte es schwer werden, weiteres relevantes Material zu sichern, Lücken zu schließen und behördliche Maßnahmen zu ergreifen, noch dazu möglichst schnell. Das Ganze würde auf eine langfristige Beobachtung hinauslaufen, was ganz im Sinne der östlichen Spionage sein dürfte: Die deutschen Geheimdienste waren nicht gerade als hocheffizient und erfolgreich verschrien; elegante Taktik und zupackende Strategien hatten sie sich nicht unbedingt auf die Fahne geschrieben. Abgesehen davon war das Leben von Marina Kleisberg in allergrößter Gefahr. Dass sie Seffgen beobachtet hatte und wichtige Belege sichern konnte, war bemerkenswert – ein Deal mit den Behörden würde sich früher oder später herumsprechen, falls er nicht schon längst bekannt geworden war. Undichte Stellen gab es in jeder Polizeibehörde der Welt, dazu brauchte es nicht immer einen Maulwurf; manchmal genügte die Unachtsamkeit oder Gesprächigkeit eines Beamten, und schon gerieten wichtige Informationen in Umlauf. Umso behutsamer musste Paulsen vorgehen.

Er arbeitete nicht zum ersten Mal im Umfeld östlicher Spionagedienste oder sogar mittendrin, und er wusste, dass gerade sie sich durch besondere Geduld, vorausschauende Organisation, straffe Disziplin und Langatmigkeit auszeichneten. Putins Russland bereitete sich seit vielen Jahren auf kriegerische Expansion vor, nicht erst seit dem Angriff auf die Ukraine vor einem guten halben Jahr, und jegliche Informationen gerade über den westlichen Nachbarn Deutschland waren äußerst hilfreich, erst recht im Bereich einflussreicher und sensibler Branchen. Eine trotz aller Krisen immer noch insgesamt reiche, satte und doch so fragile Gesellschaft mit zu vielen Verlierern, offen und schamlos Benachteiligten, um die sich die Öffentlichkeit selten ernsthaft und engagiert kümmerte, immer mehr durchdrungen von Dummschwätzern und Scheinempörten, die mit ihrem Geschrei um Aufmerksamkeit buhlten, die dann an anderer Stelle fehlte, genauso wie Weitsicht, Empathie und Faktenbewusstsein. All das nährte die rechten und rechtsextremen Ränder, in denen sich Hass und Hetze, Rassismus und Antisemitismus, Frauenfeindlichkeit und Demokratiezweifel immer besser verbreiten ließen. Insofern – ja, es war gut vorstellbar, dass die Ermittler und Ermittlerinnen hier zufällig auf ein Netzwerk der besonderen Art gestoßen waren.

Was zunächst wie ein relativ normaler Mordfall ausgesehen hatte, entwickelte sich gerade zu einem Spezialeinsatz – und wieder waren die bekannten Namen dabei: die Pirohl-Tochter Sarah, außerdem Bischoph mit ihrem Team, das bestens vernetzt war und über besondere Möglichkeiten verfügte. Fehlte eigentlich nur noch Krølle, dachte Paulsen. Seine letzten Aktivitäten im Umfeld dieser Teams lagen einige Monate zurück – Krølle hatte sich verdammt weit aus dem Fenster gelehnt, um mal wieder für den Journalisten und Ex-Freund von Pirohl die Kastanien aus dem Feuer zu holen und bei der Aufklärung des Mords an Bernd Pirohl mitzuwirken. Da ihn ausgerechnet die BKA-Psychologin Hannah Jakob um Unterstützung gebeten hatte, hatte er nicht widerstehen können, natürlich nicht. Diese Verbindung beschäftigte ihn seit Jahren, wie Paulsen wusste – und eines Tages dürfte sie ihm das Genick brechen, fügte er hinzu. Hannah Jakob und ihr Hund Kotti. Die beiden gehörten offenbar zu seinem Leben – auch wenn das ein bisschen melodramatisch klang und Krølle sich Paulsens Kommentare verbitten würde.

Paulsen schüttelte den Kopf. Immerhin hatte Krølle sein Häuschen in Brandenburg inzwischen aufgegeben und war komplett abgetaucht. Der Standort am Roofensee war nach den letzten Ereignissen wahrscheinlich zu unsicher geworden, und er hatte es – womöglich – selbst abgefackelt. Schade eigentlich. Ein hübsches Häuschen mit selbst gezüchteten Rosen, von Wald und Wasser und manchem Geheimnis umgeben. Krølle hatte mit seiner Scheinidentität hervorragend dorthin gepasst.

Soweit Paulsen einer kurzen Nachricht von ihm entnommen hatte, war er längst weitergezogen, und wenn ihn nicht alles täuschte, hatte es zudem noch zwei Tote gegeben, die seinen Aufbruch unter Umständen beschleunigt hatten. Ein Fall, der unter den Teppich gekehrt worden war, und Paulsen hatte es gar nicht genauer wissen wollen, ihm genügte, dass er wusste, wie er Krølle erreichen konnte. Dessen seltsam innige Verbindung zu Tieren war ihm ein Rätsel. Krølle konnte kein Tier leiden sehen, doch wenn es darum ging, als Auftragskiller seinen Job zu machen oder mit grausamer Folter Menschen zum Reden zu bringen, blieb er kühl, gelassen und distanziert wie ein Soziopath, der das Wort Mitgefühl nicht einmal buchstabieren konnte.

Lennart Paulsen schob die Gedanken beiseite. Krølle war Krølle, und das war gut so – nur ein Typ wie er war seinerzeit in der Lage gewesen, Paulsen aus einer brenzligen Situation zu befreien, die er ohne ihn nicht überlebt hätte. Fünf Nazis hatte er abgeknallt, und zwar mit größtem Vergnügen. Ich werde immer in seiner Schuld stehen, dachte Paulsen zum wiederholten Male. Brüder im Geiste. Aber das klang schon wieder viel zu melodramatisch.

Paulsen stieg aus dem Wagen, als er sicher war, dass ihn niemand im Blick hatte. Die Wohnung im Dachgeschoss des anonymen Plattenbaus mitten in Lichtenberg war eine von mehreren Unterschlupfmöglichkeiten, die ihm in Berlin und im Umland zur Verfügung standen. Er nahm den Fahrstuhl bis in den siebten Stock und lief von dort über das Treppenhaus weiter nach oben – eine Angewohnheit, die er von seinem alten Ausbilder übernommen und beibehalten hatte. »Steig nie in der Etage aus, in der sich dein Ziel befindet.« An der Wohnungstür hing ein unscheinbares Schild mit der Aufschrift »Hauswart/Technik/Zutritt für Unbefugte verboten«. Der Zugang erfolgte mit einem Code über ein elektronisches Türschloss, das unter dem Rahmen versteckt war. Vom dahinter liegenden Flur gingen zwei kleine Räume und ein Bad ab. Der Standard der Unterkunft war bescheiden. Das hatte Paulsen noch nie gestört. Bett, kleine Küche, Dusche, Schreibtisch, dafür ein hochwertiger Rechner. Zur Not konnte man hier übernachten oder auch ein paar Tage von der Bildfläche verschwinden.

Die Heizungsrohre summten leise. Paulsen fuhr den PC hoch und aktivierte das Observationsprogramm, während sich sein Essen in der Mikrowelle unter leisem Rauschen drehte. Paulsen hatte nicht lange gebraucht, um die Wohnung von Marina Kleisberg mit gut verborgener Spyware auszustatten, auch der Zugang zu ihrem Account war bereits erfolgt. Die Genehmigungen hatten verdammt schnell vorgelegen. Er prüfte die Kameras und war zufrieden. Alles lief bestens. Von nun an würde jeder ihrer Schritte in ihrer Wohnung aufgezeichnet werden – einschließlich des Bades. Die Annahme, dass bei Observationen die Intimsphäre berücksichtigt wurde, war schlicht falsch – oder auch Wunschdenken. Der Rückzug aufs Klo war keine Lösung, auch minutenlanges Wasserrauschen, wie es in vielen Filmen immer wieder genüsslich dargestellt wurde, konnte mit moderner Aufzeichnungstechnik herausgefiltert werden. Kleisbergs Wagen war mit einem GPS-Tracker ausgestattet, und Paulsen würde jede WhatsApp mitlesen, jeden Anruf verfolgen können und zügig mitbekommen, sobald sie ein anderes Gerät benutzte. Und falls sie ohne Wagen unterwegs war, würde er sich an ihre Fersen heften und in besonderen Fällen von einem zusätzlichen Kollegen Unterstützung erhalten. Oder von einer Kollegin. Sollte die Frau Geheimnisse haben, würde er sehr bald mehr dazu erfahren – es sei denn, sie war ein Profi, rechnete längst mit Überwachungsmaßnahmen und hatte Vorsorge getroffen. Davon war nach jetzigem Stand der Dinge allerdings nicht auszugehen.

Lennart Paulsen hörte das leise Pling der Mikrowelle und holte sein Essen. Marina Kleisberg traf zu Hause ein, als er zwei Bissen zu sich genommen hatte. Sie ging duschen und setzte sich dann mit einer Pizza vor den Fernseher, wo ein Vorabendkrimi lief – Soko Stuttgart. Paulsen lächelte in Richtung Monitor. »Guten Appetit«, sagte er leise. »Lass es dir schmecken.«

Die Nachrichten, die sie später schrieb, waren belanglos. Paulsen speicherte den Austausch dennoch – man konnte nie wissen.

Er hatte vor Jahren mal einen Zwanzigjährigen observiert, der nur an Musik, Football, dummen Sprüchen und Frauen interessiert schien – bis sich herausstellte, dass er mit einem aufwändigen Code verschlüsselte Nachrichten übermittelte. Derlei war bei Marina Kleisberg nicht zu vermuten. Dennoch war Argwohn angebracht. Die Frau hatte Spitzelmaßnahmen aufgedeckt, die Spionin verfolgt und Material gesichert, mit dem sie die Behörden derart beeindruckt hatte, dass sie sich auf einen Deal mit ihr einließen. So etwas lernte man nicht, indem man ein paar Wochen bei einem Privatdetektiv jobbte oder gerne Regionalkrimis sah. Anfängerinnenglück einer intelligenten und begabten Frau mit viel Phantasie? Womöglich war es ganz anders gewesen. Es gehörte nicht zu Paulsens Aufgaben, Motive und Gewichtung von Tätern oder Handlungszusammenhänge zu deuten beziehungsweise zu hinterfragen, doch er übernahm schon lange keine Jobs mehr, ohne zu wissen, worum es ging – ein Arbeitspapier, das ihn mit den einzelnen Aspekten des Geschehens vertraut machte und den Ansatz des Ermittlungsteams klar benannte. Und der lautete hier: Spionageverdacht.

Richard Billstedt, der Leiter des Betreuungsservice im Bereich Kiel und Flensburg war sichtlich ungehalten, als Sarah ihn gleich am nächsten Tag – diesmal begleitet vom Kollegen Lukas Schöffe – erneut mit Fragen konfrontierte. Und es dauerte eine Weile, bis er bereit war, sämtliche Namen der Beschäftigten sowie Betreuungs- und Servicepläne seiner Kundschaft herauszugeben. Als die Kommissare – wie zuvor vereinbart – mit weitreichenden Erpressungsversuchen als angenommenem Motiv für Schnüffeleien argumentierten, wirkte er völlig konsterniert. »Also hören Sie, das kann doch gar nicht sein …«

Sarah zählte mehrere Namen von der Kundenliste auf. »Um nur

einige von ihnen zu nennen. Zu ihnen liegen uns detaillierte Informationen vor. Der jeweils zuständige Mitarbeiter oder die Betreuerin hat sich für alles Mögliche im Umfeld der anfallenden Aufgaben interessiert. Und darüber würden wir gerne mehr erfahren. Frau Seffgen hat sich an ihren Kunden und Patienten bereichert – und nun nehmen wir an, dass sie kein Einzelfall in Ihrem Unternehmen war. Sie hat Informationen gesammelt und versteckt, und das, was wir im Rahmen der Mordermittlung ausfindig gemacht haben, gibt uns sehr zu denken.«

Billstedt schluckte und blickte Lukas Schöffe an. »Das kann doch nicht Ihr Ernst sein … Wenn Ihre Befürchtung zuträfe …« Er schluckte erneut. »Erpressung? Noch dazu gemeinschaftlich durch mehrere Mitarbeiter verübt? Meinen Sie nicht, dass sich längst mal jemand über die Angestellten beschwert hätte? Bei unserer Kundschaft handelt es sich doch grundsätzlich um Leute, die sich zu wehren wissen. Die lassen sich doch nicht einfach so ausnehmen.«

Gar kein schlechtes Argument, dachte Sarah.

»Könnte man vermuten – und doch hat Monica Seffgen sich an ihrem Kunden Kleisberg schamlos bereichert, und wer weiß, was sie noch so alles entdeckt und benutzt hat«, wandte Hauptkommissar Schöffe ein. »Er war garantiert nicht ihr einziges Opfer. Und womöglich war in seinem Fall Erpressung gar nicht nötig. Fest steht, dass wir nach den uns vorliegenden Informationen alles sehr genau prüfen müssen.«

Billstedt atmete tief durch und blickte wieder Sarah an. »Na schön, aber wenn sich herumspricht, was hier los ist und welchem Verdacht Sie nachgehen …«

»Das muss sich nicht herumsprechen, und das sollte es auch nicht«, erklärte sie rasch. Genau das durfte nicht passieren. »Wir prüfen und checken erst einmal den Hintergrund. Das ist alles. Davon muss nicht das Geringste nach außen dringen. Sprechen Sie mit niemandem darüber, auch nicht hier in der Firma und schon gar nicht mit den Beschäftigten.«

Er nickte langsam. »Na schön. Aber ich sage Ihnen – Sie irren sich. Ich will nicht ausschließen, dass ...« Er sah kurz zur Seite. »Manchmal werden Begehrlichkeiten geweckt«, fügte er leise hinzu. »Und der eine oder die andere kann womöglich nicht widerstehen, obwohl unsere Leute vergleichsweise gut verdienen. Und Seffgen war vielleicht besonders ... Aber Erpressung?« Er schüttelte den Kopf. »Das glaube ich nicht.«

»Wir werden sehen.«

Keine Viertelstunde später händigte Billstedt die Unterlagen auf einem USB-Stick aus. Das war reibungsloser über die Bühne gegangen, als Sarah befürchtet hatte, auch wenn sie nicht ausschließen konnten, dass das Material unvollständig war. Sie leitete die Daten unverzüglich nach ihrer Rückkehr ins LKA-Büro nach Berlin weiter. Wenig später saß sie mit den Kieler Kollegen im Team-Raum zusammen. Die Liste der Mitarbeitenden erschien auf dem Wandmonitor – eine Gesamtansicht mit sämtlichen Kontaktdaten sowie eine zweite Aufstellung mit den Mitarbeitern, die die ausspionierten Kunden betreut hatten, ergänzt um zwei Angestellte aus dem Qualitätsmanagement.

»Das sind viele Namen«, murmelte Schöffe. »Dutzende insgesamt und deutschlandweit.«

Sarah kniff die Augen zusammen. »Und immerhin noch fast ein Dutzend, die im ersten Schritt für uns relevant sind.« Sie zögerte. Das kann nicht sein, dachte sie plötzlich. Wir liegen falsch, oder wir folgen einem Ansatz, der nicht stimmig ist.

Kommissarin Julia Kern stellte ihre Kaffeetasse ab und warf einen zweifelnden Blick in die Runde. »Also, ich weiß nicht – sag niemals nie, aber das sollen alles Spione sein? Alleine hier oben zehn, zwölf Leute?« Sie wies Richtung Monitor. »Jeder einzelne Betreuer, jede

Pflegerin, zu deren Kunden Material vorliegt, agiert nebenbei als Spion? Und nie zuvor ist dieser Dienst aufgefallen?«

»Du sprichst meinen Gedanken laut aus«, warf Sarah ein. »Das klingt kaum vorstellbar. Eine Gruppe von drei, vier Leuten, die als Spitzel gewonnen oder eingeschleust wurden – ja, okay, aber …« Sie schüttelte den Kopf.

Lukas Schöffe atmete laut aus. »Es wird anders laufen«, meinte er. »Lasst uns zunächst festhalten, dass wir nun über die Kontaktdaten der Serviceleute verfügen, die als Betreuer in den Fällen tätig sind oder waren, zu denen Informationen gesammelt und versteckt wurden – entdeckt beim Mordopfer.«

»So jedenfalls lautet die Aussage der Tatverdächtigen Kleisberg selbst«, fügte Sarah hinzu. Unruhe bereitete sich in ihr aus. Sie hatte zunehmend den Eindruck, dass ihre Überlegungen in die falsche Richtung liefen.

Einen langen Moment herrschte Stille im Raum. Nur der Laptop rauschte leise.

»Ich denke, Berlin wird die Checks schnell vornehmen«, meinte Schöffe schließlich. »Ohne deren Ergebnis sollten wir die Leute nicht befragen und uns ausschließlich um Monica Seffgen kümmern. Gesicherte Daten gibt es bislang nur zu ihr.« Er sah in die Runde. »Wie seht ihr das?«

Sarah nickte. »Das Ferienhaus, die eingelagerten Möbel, das gesamte Umfeld. Wir sollten einfach noch mal von vorne anfangen und natürlich auch Marina Kleisberg einbeziehen. Es beruhigt mich sehr, dass sie observiert wird. Und was ist eigentlich mit diesem Cold-Case-Fall?«

»Die Akte schicke ich gleich in die Runde.«

»Okay.« Sarah stand auf. »Ich spreche mich mit den Berlinern ab.«

Kathleen war zunächst nicht erreichbar und meldete sich eine gute halbe Stunde später zurück. Sarah fasste die erste skeptische Reaktion der Kieler in wenigen Worten zusammen.

»Wir sind in unserer Runde gerade zu einem ähnlichen Ergebnis gekommen«, erwiderte Kathleen. »Ich bin gespannt, was die Tiefenrecherche zutage fördert. Fest steht aber wohl, dass Seffgen unmöglich allein oder auch nur mit einem oder zwei Partnern aus dem Service so viele Leute bespitzelt haben kann – neben ihrem Job. Wie soll sie das angestellt haben?«

»Sie war monatelang ausschließlich in Eckernförde beschäftigt und hat sich um Kleisberg gekümmert – es wäre kaum praktisch durchführbar gewesen, auch noch gleichzeitig andere Kunden oder auch deren Umfeld an weiteren Orten im Blick zu behalten«, ergänzte Sarah den Gedanken. »Einige Zeit vorher hat sie die Tante des Journalisten betreut und war in der Familie der Restaurantbesitzerin beschäftigt. Ihr Bewegungsprofil ist eindeutig, und selbst wenn sie verdeckt agiert hat …«

»Sie konnte sich nicht zerreißen. Die Informationsbeschaffung und Observation müssen anders gelaufen sein.«

»Nur wie? Wer hat da mitgewirkt?«

»Das ist die entscheidende Frage, um die wir uns kümmern müssen.«

»Leute von außerhalb«, schlug Sarah vor. »Und die Fäden liefen bei Seffgen zusammen. Sie hat auch die Kundendaten weitergegeben, und andere sind extern als Schnüffler tätig geworden – abgesehen von ihren eigenen Patienten. Das hat sie selbst erledigt. Wie klingt das?«

Kathleen zögerte nur kurz. »Wie ein neuer, gut nachvollziehbarer Ansatz – allerdings finden sich bislang dazu keine Belege. Wir sollten auch die beiden Mitarbeiter vom Qualitätsmanagement einbeziehen. Sie haben Zugriff auf sensible Daten und sind nicht an Zeitfenster aufgrund von Betreuungsaufgaben gebunden.«

»Richtig! Und ich fahre gleich raus zu diesem Ferienhaus.« Sarah spürte die Anspannung plötzlich wie eine zweite Haut.

»Mach das nicht alleine. Wir haben keine Ahnung, wer und was dahintersteckt. Wir wissen nur, dass die Frau, die in die Sache verwickelt war, professionell ermordet wurde – und zwar auf deiner Insel, quasi vor deiner Haustür.«

Das klang übertrieben, doch Sarah verkniff sich eine Entgegnung. Kathleen hatte recht. Noch war überhaupt nicht klar, was hier gespielt wurde. »Wer war diese Betreuerin?«, überlegte sie leise. »Die einen beschreiben sie als zugewandt, fleißig, herzlich, engagiert, Marina Kleisberg und ihre Geschwister zeichnen hingegen das Bild einer raffgierigen Betreuerin, die dafür sorgte, dass ihr Vater seinen Kindern das Erbe beschneiden wollte. Eine Frau mit ausländischen Konten, teurem Schmuck und einem Hang zu üppiger Lebensweise. Gibt oder gab es einen Partner? Wir müssen viel mehr zu ihr wissen.«

»Ich richte es Ben aus.«

Zehn Minuten später fuhr Sarah gemeinsam mit Julia Kern über Eckernförde und Kappeln nach Brarupholz/Scheggerott. Die Kollegin Bianca Krüger aus Flensburg würde dort auf sie warten.

Sie hielten vor einem beschaulichen Häuschen mit klassischem Reetdach und kleinen Fenstern, einsam gelegen zwischen Feldern, sanften Hügeln und Waldabschnitten. An der Haustür hing ein Schild mit schwungvollem Schriftzug: Moin. Eine verwunschen wirkende Terrasse mit bulligen Pflanzkübeln war zu sehen und dahinter eine Gartenoase, die im nächsten Frühjahr wieder blühen würde. Die Küche bestach mit blauem Mobiliar und einem runden Eichentisch, im Wohnraum machte sich ein wuchtiger Kachelofen breit, über der Tür hing ein Bild von der Schlei. Wie schön, dachte Sarah. Ein wunderbar friedlicher Ort zum Entspannen und Träumen, an dem eine inzwischen brutal ermordete Frau, die gestohlen und betrogen hatte, sehr wahrscheinlich als Spionin tätig gewesen war, viel Zeit verbracht und die Ausbeute von weitreichenden Schnüffeleien versteckt hatte. Soweit wir wissen oder vermuten. Was wir nicht wissen, ist, wie weitreichend das Material tatsächlich ist, ob weitere Kundeninformationen und Daten gesammelt wurden und wer noch an den Spitzelaktionen beteiligt war, überlegte Sarah weiter, während sie durch den Flur ging und sich eingehend umschaute. Wer organisierte die Spitzeleien? Wer trug welche Informationen an wen weiter? Ihr Blick schweifte über Ostseebilder an den Wänden, Aufnahmen aus Arnis und Hafenbilder von der Förde. Eine Region zum Ankommen und Wohlfühlen.

Bei einer ersten Besichtigung hatten sich die Flensburger Kollegen lediglich einen Überblick verschafft sowie die grundstücksbezogenen Daten überprüft. Das Haus gehörte einem Hamburger Geschäftsmann, der es an Feriengäste vermietete – gerne auch langfristig, wie er bereitwillig Auskunft gegeben hatte. Monica Seffgen hatte es in den letzten zwei Jahren immer wieder für längere Zeit gebucht. Sie galt als zuverlässige Kundin, die pünktlich gezahlt und Haus und Grundstück immer ordentlich hinterlassen hatte. Alles andere hätte mich jetzt tatsächlich gewundert, dachte Sarah.

Marina Kleisberg hatte nicht erläutert, wo sie die Unterlagen – oder auch einen Speicherstick – entdeckt hatte. Vielleicht musste sie nicht lange suchen, weil Seffgen sich sicher gefühlt hatte und das Material offen herumlag. Oder Kleisberg hatte sie beobachtet. Das klang wenig wahrscheinlich. Wer an diesem abgelegenen Haus herumschlich, würde auffallen, erst recht einer Frau, die ein hochkriminelles Zweitleben führte. Marina Kleisberg hatte ungefähr gewusst, wo sie suchen musste, dachte Sarah. Und vielleicht hatte der Zufall auch eine Rolle gespielt. Dass sich Kleisberg an der Stelle ebenfalls bedeckt hielt, war wenig hilfreich und auffällig.

Sarah betrat das Wohnzimmer. Durch das Fenster beobachtete sie, wie die Kollegin Krüger durch den Garten lief, über ihr knarrte es leise – im oberen Stockwerk sah sich Julia Kern um. An einer Wand stand ein alter rustikaler Schreibtisch mit zahlreichen Fächern und quietschenden Schubladen. Sarah öffnete jede einzelne – Papier und Stifte, Broschüren für Urlauber und Stadtpläne. Sie richtete sich auf und ging hinüber zum Regal – Ferienlektüre, Taschenbücher und Comics, Kerzen und Nippes, die Ostseeflair verbreiten sollten. Warum hat sich Seffgen entschieden, brisantes Material ausgerechnet in einem Ferienhaus zu verstecken? Weil es hier sicherer und unauffälliger war als bei ihr zu Hause? Durchaus kein dummer Gedanke.

Sarah ging in die Küche. Das Fenster über der Spüle gab den Blick in den Garten frei. Strandkorb, stabiler Steingrill, ein Holzhaus für die Gartenmöbel und Fahrräder. Ferienidylle pur. Sarah ließ den Blick schweifen. Monica Seffgen ist die treibende Kraft gewesen, und wir kennen nicht mal die Hälfte des Materials, dessen war sie plötzlich völlig sicher – unabhängig davon, ob sie für den russischen oder irgendeinen anderen Geheimdienst tätig gewesen war oder für welchen Zweck sonst das erschnüffelte Material noch benutzt werden konnte. Das wichtigste Indiz waren die Unterlagen zum Marinestützpunkt – beunruhigend in vielerlei Hinsicht. Sie hatten die Stoßrichtung vorgegeben.

Sarah drehte sich um, als sie ein Geräusch an der Tür hörte. Julia Kern kam ihr entgegen. »Ich denke nicht, dass wir auf diese Weise weiterkommen. Ich sage einem Technikteam Bescheid.«

Wir werden hier nicht mehr viel finden, womöglich gar nichts, überlegte Sarah. Und das Gleiche dürfte für das eingelagerte Mobiliar gelten. Hier hatte längst jemand gründlich aufgeräumt – womöglich direkt nach Seffgens Abreise auf die Insel. Und ihr Mörder hatte schon dort gewartet. So könnte es gewesen sein. Oder auch ganz anders.

»Wie geht es dir eigentlich hier bei uns in Kiel?«, fragte die Kollegin später, als sie auf dem Rückweg waren.

Sarah warf ihr einen erstaunten Seitenblick zu. »Wunderschöne Gegend«, erklärte sie schließlich. »Küste, Wasser – damit bin ich immer zufrieden. Oder worauf willst du hinaus?«

Julia Kern lächelte. »Es geht mir weniger darum, die Werbetrommel zu rühren.«

Plötzlich wusste Sarah, worauf die Kollegin anspielte. »Es geht um Thilo Berger?«

Julia nickte. »Er gehörte zum LKA-Team Kiel, wenn auch zu einer anderen Gruppe, und er hat dir und dem Journalisten vor gar nicht allzu langer Zeit übel mitgespielt.«

Das war zweifellos richtig, dachte Sarah. Er war die undichte Stelle, ein Maulwurf, der für jeden gearbeitet und Frederik in allergrößte Bedrängnis gebracht hatte. Wäre Krølle nicht gewesen ... »Er hat sein Ziel nicht erreicht, muss sich dafür verantworten und wird nie wieder als Polizist arbeiten. Ihm dürften viele schwere Jahre in Haft bevorstehen. Und um ehrlich zu sein – ich habe bislang kein einziges Mal an ihn gedacht, bis jetzt.«

Julia sah sie an. »Wie schön, dass du das so unkompliziert und nüchtern betrachtest. Ein Arschloch, wie es ihn in jeder Behörde gibt. Gut, dass er aufgeflogen ist.«

»Wunderbar. Diese Schlussworte können wir gerne so stehen lassen und damit das Thema beenden.«

7

Der Mann hatte sich einen besonders grausamen Tod verdient – aus drei Gründen: Er arbeitete im Auftrag des rumänischen Geheimdienstes, und es war ihm gelungen, Krølle aus der Reserve zu locken, er hatte dazu den Streunerkater Copper benutzt, was unverzeihlich war, und er hatte dafür gesorgt, dass Krølle sein Häuschen am Roofensee aufgeben musste. Wie schwer ihm das fallen würde, hatte Krølle längst geahnt; dass er eines Tages diese Entscheidung fällen musste, war ihm auch klar gewesen. Doch unter Zugzwang gewann das Szenario einen besonders bitteren Beigeschmack.

An irgendeinem Punkt in den vergangenen Monaten hatte Krølle ein Schlaglicht geworfen – er hatte sich zu weit vorgewagt, um erneut im Umfeld von Hannah Jakob zu agieren und dem Journalisten auf der schönen dänischen Insel den Arsch zu retten, mal wieder. Es war genau einmal zu viel gewesen. Seine alten Feinde hatten danach auf verschlungenen Wegen die Spur aufgenommen – der rumänische Geheimdienst und seine speziellen Freunde in der Organisierten Kriminalität hatten ihn nie gänzlich vergessen. Welch vielschichtige Verbindungen genutzt werden konnten, wusste Krølle selbst nur zu genau, und dass ein Geächteter früher oder später bezahlen musste, war eine unumstößliche Regel. Also war auch das keine Überraschung. Krølle hatte vor vielen Jahren eine zwanzigjährige Verbindung und höchst erfolgreiche Zusammenarbeit von einem Augenblick zum nächsten gekappt und sich abgesetzt, weil er Hannahs Hund Kotti nicht töten konnte – damals hieß Krølle noch Mirko. Das war lange her, und es klang immer noch seltsam, auch wenn er seine Entscheidung, sosehr sie ihn damals verblüfft hatte, zu keinem Zeitpunkt je auch nur eine Sekunde bereut hatte.

Mit den Ermittlungen in Lübeck und Rostock hatte es begonnen – die lagen mittlerweile fast zehn Jahre zurück, und sein Verbindungsoffizier Roman Radu war längst tot. Ein paar Jahre nach seinem Abtauchen hatte Krølle ihn auf höchst geschickte Weise persönlich erledigt. Ein Meisterstück, dessen Hintergründe nie aufgeklärt wurden. Seitdem dürfte sein Kopfgeld noch einmal erheblich gestiegen sein, und er musste stets auf der Hut sein – vor alten und neuen Feinden. Als er den deutschen Behörden ins Netz gegangen war, hatte er die Wahl gehabt – Gefängnis oder ein neuer Job im Umfeld deutscher Behörden und Geheimdienste, der in etwa den Aufgaben entsprach, mit denen er sich bereits ein Leben lang beschäftigte. Die Entscheidung war ihm nicht schwergefallen. Der neue Deckmantel hatte ihn einige Zeit gut schützen können, doch irgendwann hatte Krølle sich womöglich zu sicher gefühlt und den einen entscheidenden Fehler begangen – oder war schlicht jemandem aufgefallen, der eins und eins zusammengezählt und sich sogar in seine Nähe gewagt hatte.

Wie auch immer – fest stand nun, dass Krølle oder Erik, Mirko, Sven oder unter welchem Namen auch immer er geführt wurde, seit einiger Zeit unter Beobachtung stand. Und eines Morgens am Ende des Sommers und zu Beginn der ersten Herbststürme hatte das Foto in seinem Briefkasten gesteckt, das alles wieder auf Anfang setzte. Es zeigte Copper, den alten Streunerkater, in einer Box. Seit Tagen war er nicht aufgetaucht, hatte seine Milchschale nicht angerührt, und er machte auf dem Bild keinen glücklichen Eindruck. Krølles Herz hatte zu trommeln begonnen, und allein diese Reaktion, dessen war er sich zugleich bewusst gewesen, bedeutete das Ende für sein beschauliches Zuhause am Roofensee und die erneute

Flucht ins Ungewisse. Die Rosengartenidylle, an die er sich ein wenig verloren hatte, wohl wissend, dass Typen wie er diesen Fehler niemals machen durften. Bindung, Gefühle, ein anhängliches Tier, duftende Pflanzen, der eine oder andere vertraute Mensch. Das war immer das Ende für einen Auftragskiller wie ihn. Er hätte es besser wissen müssen. Und doch wünschte er sich nicht, alles rückgängig machen zu können. Er wünschte sich nur mit aller Kraft, denjenigen in die Finger zu bekommen, in dessen Fänge Copper geraten war.

Auf der Rückseite des Fotos war eine Telefonnummer angegeben. Krølle war ohne von außen sichtbare Eile zwei Stunden später aufgebrochen – mit dem Wagen zum Discounter und allem, was er brauchte, ohne je wieder in das Haus zurückkehren zu müssen. Durch den Lieferanteneingang hatte er den Laden wieder verlassen und war mit dem nächsten Bus zum Bahnhof gefahren. Dort stand ein Zweitwagen – für den Notfall bestens gerüstet: Papiere, Geld, Prepaidhandy, Waffen, Laptop, Klamotten für alle möglichen Anlässe und was man sonst noch so benötigte, um für einige Tage über die Runden zu kommen. Er fuhr zunächst Richtung Berlin und dann weiter nach Neuruppin. Auf dem Segelfluggelände stellte er den Wagen hinter einem Hangar ab und griff zu einem der Telefone. Nach zweimaligem Klingeln meldete sich eine männliche Stimme mit leisem Lachen. »Lerne ich dich endlich kennen.« Erneutes Lachen. »Du hast es ziemlich eilig gehabt.«

»Was willst du?«

»Nicht so hektisch. Wir haben einige Jahre gebraucht, bis es endlich eine Spur von dir gab. Du bist eine Legende, weißt du das eigentlich? Der Mann, der es wagte, Radu auszutricksen. Wie darf ich dich nennen?«

»Spar dir die Mühe. Was willst du?«

»Ein Geschäft. Ich soll dich abliefern. Das wird ein großer Spaß, macht mich zum reichen Mann und meinerseits zur Legende. Schöne Aussichten.«

»Entschuldige, dass ich mit den Gratulationswünschen noch etwas warte.«

Wieder das Lachen. »Selten um eine Antwort verlegen. Gut ...«

»Was willst du?«

»Ich würde gerne noch etwas Schwung in die Sache bringen, wenn du verstehst, was mir durch den Kopf geht.«

Natürlich, dachte Krølle – wer am besten zahlt, hat die Nase vorn, und besonders lukrativ war es, zwei Fliegen mit einer Klappe zu schlagen und zweimal zu kassieren. Oder, kurz gesagt: Der Mann war ein korruptes Arschloch. Immerhin erhöhte das waghalsige Spiel eines Killers, der grundsätzlich zunächst auf das Pferd setzte, das den größeren Gewinn versprach, seine eigenen Chancen. Solche Typen lebten eine Weile ganz gut, starben aber in der Regel jung und auf grausame Weise. Oder es war eine Finte.

»Du musst schon ein bisschen deutlicher werden.«

»Also, ich gewähre dir einen Vorsprung, wenn du mir ein besseres Angebot machst. Außerdem kannst du das Katerchen retten – wenn du möchtest. Du hast es doch mit Tieren, oder?« Lautes Lachen. »Soll ich den Kleinen mal ein bisschen verärgern, damit du hörst, dass er noch lebt?«

Krølle starrte ins Leere. Sein Herz schlug absurd schnell. »Ich biete dir eine halbe Million«, erwiderte in gelassenem Ton.

»Wow! Du magst den Kleinen wirklich!«

»Ich will meine Ruhe vor Typen wie dir.«

»Verstehe. Aber was soll ich mit so viel Bargeld?«

»Was hältst du von Diamanten? Eine hervorragende Währung, wenn du mich fragst.«

Schweigen. Nun denkt er intensiv darüber nach, wie er alles unter einen Hut kriegt, dachte Krølle. Ich verrat dir was – gar nicht. Ich werde dich töten, und zwar auf so grausame Weise, dass die Hölle verstummt. Der Gedanke war tröstlich. »Ich will den Kater und zwei Tage Vorsprung.«

»Na ja …«

»Das ist nicht verhandelbar.«

»Und wenn es dem Kater nicht gut geht?« Hämisches Lachen.

»Dann sorg dafür, dass es ihm gut geht.« Krølle gab sich allergrößte Mühe, gleichmütig zu klingen. Seine Stimme verbarg nur mit Mühe die Anspannung. Und sie verhinderte gleichzeitig, dass sein innerer Sensor Aussetzer hatte. Ohne ihn war Krølle nur halb so gut in seinem Job. Er ließ ihn Lüge und Wahrheit, Angst und Verwirrung, Hass und Verzweiflung spüren. Er war sein wichtigstes Werkzeug, denn alles andere konnte man lernen.

»Ich will den Kater und zwei Tage«, wiederholte Krølle. »Ich nenne dir den Treffpunkt und …«

»Vergiss es. Man hat mich gewarnt. Du bist nicht ohne Grund so weit gekommen. Ich sage dir, wie es abläuft.«

»Eine halbe Million in Diamanten. Dafür hältst du deine Infos zurück und händigst mir den lebenden Kater aus«, entgegnete Krølle. »Dir steht die ganze Welt offen. Wir treffen uns …«

»An einem diskreten Ort!«

»Sei nicht dumm. Wir sind beide am sichersten an einem belebten Ort, wo wir nicht auffallen.«

Schweigen. Er denkt wieder nach, dachte Krølle. Und es wird noch jemanden im Hintergrund geben – vielleicht. Sehr wahrscheinlich. Unter Umständen ein ganzes Team. Krølles Ruf dürfte inzwischen tatsächlich legendär sein – in diesen Kreisen. Und die Frage lautete auch, ob es nicht besser wäre, Copper zu vergessen und sofort unterzutauchen. Aber es ging nicht alleine um den Streunerkater. Der Typ und seine Leute würden sich eine Blöße geben, und es wäre dumm, sie nicht zu nutzen und auf seine Art an der Legende weiterzustricken.

»Okay, red weiter.«

»Eine Tierklinik oder eine gut besuchte Praxis«, fuhr Krølle fort. »Dort fällt man am wenigsten mit einer Transportbox auf.«

»Woran du so alles denkst. Du hast es wirklich mit Tieren, oder?«

»Sei doch froh – auf die Weise wirst du reich, und ich gewinne Zeit. Ich melde mich in zwei Stunden noch mal mit den Einzelheiten. Und du schickst mir vorher ein Video mit dem Kater. Solltest du tricksen, vergiss den Deal.« Und dein Leben.

»Wie kann ich sicher sein …«

»Ich besorge die Diamanten, sobald das Video vorliegt. Sie befinden sich in einem Schließfach. Um sie zu holen, muss ich ein bisschen was vorbereiten.«

Schweigen. »Na schön. Klingt gar nicht schlecht. Ich denke, so machen wir es.«

Das Video traf nach anderthalb Stunden ein. Es handelte sich eindeutig um den Streunerkater. Sie werden ihn trotzdem quälen und töten, dachte Krølle. Das zumindest dürfte der Plan sein. Ein totes Tier und ein toter Killer – nach Tagen und Nächten unter der Folter. Diamanten und ein lebenslanger, gut bezahlter Job in welchem Dienst auch immer, Ehre und Anerkennung, den Verräter aufgespürt zu haben. Das dürfte dem Team, das ihm aufgelauert hatte, vorschweben. Es wird anders ausgehen, dachte Krølle. Einen Moment lang überlegte er, Lennart Paulsen einzuschalten, dann verwarf er die Idee. Hiermit sollte er allein klarkommen, zumindest fürs Erste. Und falls nachgeschliffen werden musste, würde ihm Paulsen ohne Zögern beistehen. Oder Krølles letzte Tage waren angebrochen. Copper und der grausame Tod.

Krølle hatte eine große Tierarztpraxis in Oranienburg ausgewählt. Sie verfügte über einen geräumigen Parkplatz, etwas Grün und ein paar Bäume; auf der anderen Straßenseite gab es ein größeres Einkaufscenter, auf dem Parkplatz herrschte ein stetes Kommen und Gehen; an einer Baustelle fuhr eine Planierraupe auf und ab, zwei Arbeiter bohrten Löcher in den Asphalt. Lärm. Es war vereinbart, dass der Mann, der Copper in seiner Gewalt hatte, und Krølle gleichzeitig um Punkt elf Uhr ihre Fahrzeuge verließen und am Eingang der Praxis kurz aufeinandertrafen – gut sichtbar für andere Praxisbesucher und damit Zeugen. Riskante Aktionen verboten sich in dieser Situation, alle Beteiligten waren gezwungen, sich für den Moment unauffällig zu verhalten. Der Tierentführer würde einen Blick in die Tasche mit den Diamanten werfen und dann gemeinsam mit Krølle zu seinem Fahrzeug gehen, wo er sich davon überzeugen konnte, dass Copper auch Copper war und lebte. Erst dann würde der Tausch erfolgen – Tierbox gegen Diamantentasche, während ringsherum das Kleinstadtleben tobte. So weit der Plan, der wenig Spielraum bot – genauer gesagt nur eine einzige Lücke.

Krølle stellte seinen Wagen mit den falschen Kennzeichen kurz nach Beginn der Sprechstunde gut sichtbar ab. Zur Not konnte er das Fahrzeug stehen lassen. Sein Hab und Gut für die weitere Flucht hatte er an einem sicheren Ort gebunkert. Er war davon überzeugt, dass auch die anderen längst in der Nähe und bestens vorbereitet waren. Um mehrere und sehr wahrscheinlich gut unterrichtete Feinde zu überlisten und auszuschalten, noch dazu in aller Öffentlichkeit, war er gezwungen, seine Strategie zu ändern, und zwar radikal. Im Umfeld seiner früheren Mitstreiter war bekannt, dass er Verkleidungen liebte, elegant mit gefälschten Identitäten jonglierte, hervorragend mit dem Wurfmesser umgehen konnte und eine Pistole nur benutzte, wenn der Fluchtweg absolut sichergestellt war. Man wusste, dass er als Killer beste Quoten hatte, und beim Foltern machte ihm so schnell keiner etwas vor. Wer immer ihn erwartete, war auf all das vorbereitet. Also musste Krølles Plan ebenso radikal anders wie unauffällig sein.

Der erste Teil seines Vorgehens verstand sich von selbst: Die Diamanten sahen hervorragend aus, nichtsdestotrotz waren sie eine Fälschung – was sonst? Sie wirkten absolut echt und waren immerhin einige tausend Euro wert. Bei der Übergabe würde der Copper-Entführer die Echtheit nicht so schnell prüfen können. Das sollten seine Partner zügig erledigen. Davon abgesehen – womöglich waren die Diamanten tatsächlich nur ein nebensächlicher Aspekt, und der Radu-Nachfolger war derart erpicht darauf, Rache an Krølle zu nehmen, dass er genug bezahlte, um jede Version des weiteren Geschehens möglich zu machen, Hauptsache, es gelang, den seit Jahren flüchtigen Verräter endlich zu stellen. Kurzum: Das Ausweichmanöver war nur Teil eines Spiels, bei dem die direkt Beteiligten aus ihren Löchern kriechen würden. Dennoch dürfte niemand daran interessiert sein, Krølle unter Zeugen zu überwältigen und womöglich dabei zu töten. Er sollte spurlos verschwinden, anschließend lange leiden und vieles aus seinem Berufsleben preisgeben, bevor er starb. Das war der Plan.

Und den werde ich vereiteln, dachte er.

Um Punkt elf stieg er aus dem Wagen und ging in Richtung Eingang. Der Mann, der wenig später den Parkplatz überquerte und zu ihm aufschloss, war allenfalls dreißig – ein bulliger Kerl mit glatt rasiertem Schädel und Tätowierungen im Nacken und am Hinterkopf. Er lächelte ihm entgegen. In dem Fahrzeug, das er verlassen hatte, saß ein weiterer Mann, wie Krølle mit schnellem Blick erfasst hatte. Auf der Straßenseite gegenüber der Tierarztpraxis hatte gerade ein schneller BMW-Flitzer gestoppt. Immerhin, dachte Krølle – sie waren der Ansicht, dass sie nur eine Chance hatten, wenn sie zu dritt oder sogar zu viert auftraten. Das sollte mir schmeicheln. Er kniff die Augen zusammen, fixierte den Bulligen einen Moment, öffnete die Umhängetasche und ließ ihn hineinschauen. In einem geöffneten Lederbeutel glänzten die kleinen Schmuckstücke. Der Bullige setzte eine Kennermiene auf, nickte, und sie gingen gemeinsam zum Auto. Die Tür zum Kofferraum öffnete sich langsam. Krølle bemerkte aus den Augenwinkeln, dass zwei weitere Wagen auf den Parkplatz fuhren. In einem bellten mehrere Hunde, auf der Tür des anderen Fahrzeugs war das Schild der Tierarztpraxis zu erkennen. Krølle atmete tief und ruhig durch und nahm die Situation mit jedem Zug in sich auf.

Der Bullige zog die Tierbox nach vorn, und Krølle erkannte Copper sofort – der Kater lebte und sah ihm aus dunklen Augen entgegen. Verzeih, mein Kleiner, dass du in diese Sache hineingezogen wurdest. Das ist meine Schuld, und ich mache es wieder gut – versprochen. Und plötzlich ging alles sehr schnell. Eigentlich viel zu schnell, aber für eine lange Folteraktion waren die Bedingungen alles andere als ideal. Krølle händigte dem Bulligen die Tasche mit der Linken aus, mit der anderen Hand griff er nach seiner Klinge, die unter dem Jackenärmel verborgen war. Der Mann hinterm Steuer konnte nichts erkennen, weil die geöffnete Kofferraumklappe die Sicht versperrte. Hätte er freie Sicht gehabt, wäre ihm mit dem Blick in den Rückspiegel nicht verborgen geblieben, dass Krølle seinem jungen Partner die Kehle mit einem kraftvollen Schnitt aufschlitzte. Bevor der mit geweitetem Blick begriff, was geschehen war und zu Boden sacken konnte, schob Krølle ihn in den Kofferraum, öffnete mit schnellen Fingern die Tierbox, griff sich Copper und steckte ihn unter seine Jacke. Auf der Straße dröhnten zwei Lastwagen vorbei. Krølle schob sein Gesicht über den Rand der Gepäckablage. Als der Mann am Steuer sich umdrehte, blickte er direkt in den Lauf von Krølles Waffe.

»Du kommst nicht weit«, flüsterte er.

»Du auch nicht«, erwiderte Krølle. Er drückte ab, und der Schalldämpfer schluckte das unfreundliche Geräusch. Die entscheidende Frage lautete, ob die Männer im BMW mitbekommen hatten, dass ihre Partner bereits den Kürzeren gezogen hatten, oder ob Krølle noch Zeit für eine geordnete Flucht blieb. Der Motor des BMW heulte laut auf, womit die Frage beantwortet war.

Krølle ging in Deckung, umrundete das Fahrzeug und lief eilig Richtung Eingang zur Tierarztpraxis. Vom Flurfenster konnte er erkennen, dass der BMW langsam auf den Parkplatz rollte und neben dem Wagen ihrer Partner stehen blieb. Sie werden ihre Leichen und sämtliche Spuren beseitigen, dachte Krølle und frohlockte leise – sie lassen ihre Leute nie zurück, schon gar nicht, wenn eine polizeiliche Untersuchung drohte. Bislang sah es so, als hätte niemand etwas mitbekommen, und das blieb hoffentlich auch so. Menschen wuselten über den Parkplatz, der Baulärm schluckte die meisten Geräusche; jeder hatte etwas zu tun oder starrte auf sein Handy.

Krølle sah weiter durchs Fenster, während Copper sich leise schnurrend an seine Brust kuschelte. Der Beifahrer aus dem BMW stieg aus und wechselte in das Fahrzeug seiner toten Kumpel. Einen Moment lang starrte er hoch zu Krølle, der ihm lächelnd zunickte und den Mittelfinger hob. Der Beifahrer kniff die Augen zusammen, dann bugsierte er den Mann mit der Kugel im Kopf auf den anderen Sitz, stülpte ihm ein Basecap übers Gesicht und schlüpfte hinters Steuer. Krølle behielt die Umgebung im Blick. Beeilt euch, dachte er, als eine Frau mit Hund und kleinem Kind an der Hand näherkam. Das Mädchen schaute konzentriert in Richtung des BMW und zupfte am Ärmel der Mutter, die beugte sich herunter. Dann röhrten die Motoren beider Wagen gleichzeitig auf, die Frau blieb stocksteif stehen, drückte ihr Kind an sich, der Hund jaulte erschrocken auf, und Augenblicke später rasten die Fahrzeuge vom Parkplatz. Als die Frau die Praxis betrat, bebte ihre Stimme vor Empörung, und sie suchte Krølles Blick. »Haben Sie das gesehen?«

»Allerdings. Unfassbar!«

»Ich werde Anzeige erstatten.«

»Tun Sie das.« Es wird nichts bringen, weil die Kennzeichen gestohlen sind, dachte Krølle, während das Mädchen ihn aufmerksam ansah. Plötzlich wanderten ihre Augen ein Stück nach unten. Sie lächelte. »Eine Katze!«, rief sie leise, als Copper seinen Kopf aus der Jacke schob und die Umgebung musterte. »Wollte sie nicht in die Transportbox?« Leises Kichern.

Krølle stutzte.

»So eine hatten wir auch mal«, fuhr das Mädchen fort. »Nichts zu machen, und Papa hatte immer ganz zerkratzte Arme.« Sie lachte auf, dann verstummte sie. »Ist sie krank?«, fragte sie dann. »Du hast so besorgte Augen.«

»Sei nicht so neugierig«, wandte die Mutter verlegen ein und wollte ihre Tochter zur Seite ziehen. »Entschuldigen Sie bitte.«

»Lassen Sie nur«, meinte Krølle. »Ich suche ein neues Zuhause für ihn«, schob er sodann – einem plötzlichen Impuls folgend – hinterher. »Ich habe ihn gefunden – oder er hat mich gefunden. Aber nun kann ich mich nicht mehr um ihn kümmern. Er heißt Copper und streunt gerne herum.«

Das Mädchen bekam glänzende Augen. »Mama, hör mal …« Sie zupfte am Arm der Mutter, ohne Krølle und Copper aus den Augen zu lassen. »Unsere Katze lebt nicht mehr und …«

»Louise, nun hör schon auf. Wir haben genug mit dem Hund zu tun, und außerdem sollst du nicht immer …«

Krølle suchte den Blick der Frau und hielt ihn fest. »Es ist ein Notfall«, sagte er leise. »Er wäre gut bei Ihnen aufgehoben, da bin ich sicher. Sorgen Sie für ihn. Ich bezahle das.«

Sie starrte ihn verdutzt an. »Aber …«

»Mama!«, warf das Mädchen ein. »Bitte!«

Krølle griff nach seiner Geldbörse und drückte der Frau zweitausend Euro in die Hand. »Ab und zu ein Schälchen Milch«, flüsterte er. »Er verträgt sie gut, obwohl es immer heißt, dass Katzen keine Kuhmilch trinken dürfen. Und er braucht seine Freiheit. Ich kann nicht mehr für ihn sorgen. Nehmen Sie ihn mit – jetzt gleich. Und behalten Sie unsere Vereinbarung für sich.«

Sie sah ihn lange an, während das Kind Coppers Kopf streichelte. Zwei Leuten betraten die Praxis, ein anderer drängte sich an ihnen vorbei.

»Ich weiß nicht … wir haben keine Box, und irgendwie ist das Ganze ziemlich seltsam …«

»Die Klinik verleiht bestimmt welche. Das ganze Leben ist seltsam.« Krølle fasste in seine Jacke und drückte Copper dem Mädchen in die Arme. Der Kater wehrte sich nicht. Damit war es entschieden.

Krølle nickte, wandte sich ab und öffnete die Tür zu den Praxisräumen. Er ging schnurstracks den Flur hinunter, die verwunderte und zugleich vor Glück vibrierende Stimme des Mädchens im Ohr. Am Ende führte eine Tür in den Keller, wie Krølle im Vorfeld ausgekundschaftet hatte. Wenn alles gut ging, hatte zumindest anfangs niemand auf dem Schirm, dass er den Wagen stehen lassen und zu Fuß fliehen würde – Richtung Lehnitzsee. Dort hatte er in einer kleinen Pension als Karl Bechthold, Versicherungsangestellter aus Chemnitz, ein Zimmer gemietet und alles für seine weitere Flucht vorbereitet. Das Häuschen am Roofensee würde er nie wiedersehen. Vielleicht hatten sie es bereits gründlich durchsucht, dann in Brand gesteckt oder mit Giftgas-Fallen ausgestattet, weil sie davon überzeugt waren, dass er zurückkehren würde. Aber immerhin: Copper hatte ein neues Zuhause gefunden. Sofern Streuner ein Zuhause brauchten.

Das Haus am Roofensee tauchte einige Tage später kurz in den Schlagzeilen auf. Es war tatsächlich in Flammen aufgegangen. Nach Ende der Löscharbeiten waren zwei Leichen entdeckt worden, zu deren Identität noch keine Erkenntnisse vorlagen. Weitere Untersuchungen würden spezielle Dienststellen durchführen. Das Ergebnis hatte in der öffentlichen Berichterstattung nicht das Geringste verloren. Der rumänische Geheimdienst und seine Vasallen hatten kurzen Prozess gemacht. Krølle hatte eine kurze Nachricht an seinen Verbindungsbeamten im Dunstkreis des BKA/BND/MAD sowie an Paulsen geschickt. »Roofensee ist abgebrannt. Bin wieder unterwegs. Kontakt wie üblich.«

Eine gute Woche später hatte er die Pension nachts verlassen und war auf Umwegen nach Prag gereist. Ein paar Wochen Abstand konnten nicht schaden. Ein Plan musste her. Ein Ort, wo ihn niemand kannte. Eine neue Identität. Lebensordnung. Unauffälliger Alltag. Zum allerersten Mal in seinem Leben als Killer fühlte er sich entwurzelt. Und er sehnte sich mit aller Macht zurück an die Küste. Auch das war in dieser Deutlichkeit ein neues Gefühl. Er war in Rostock geboren und aufgewachsen. Durfte er es wagen, in alte Gefilde zurückzukehren, in der schlichten Hoffnung, dass ihn niemand für so töricht und risikofreudig halten würde? Oder war der Gedanke gerade darum durchaus genial? Nichts daran war genial.

Kurze Zeit später machte er sich wieder auf den Weg. Er hatte in der Nähe von Oldenburg in Holstein am Rande eines Dorfes ein Häuschen gekauft – der Makler hatte es als Handwerkerobjekt mit dem berühmt-berüchtigten Potenzial angeboten. Es kam ganz darauf an, wie man Potenzial definierte. Es war marode und hässlich und erforderte monatelange Sanierungsarbeiten, wenn man es auch nur halbwegs gemütlich haben wollte – und trotzdem aufgrund seiner Lage perfekt für Krølle. Autobahn in der Nähe, Kiesgrube, weiter Blick über Felder, die Ostsee ganz in der Nähe. Ein zurückhaltender Menschenschlag; niemand würde ihm dumme Fragen stellen. Seine neue Identität klang unaufgeregt und ein bisschen albern, zugegeben: Friedrich Locke, Webdesigner – mit diesem finanziellen und beruflichen Hintergrund, gekoppelt angeblich mit einigen Ersparnissen, fuhr er schon eine ganze Weile ziemlich gut. Falls sich irgendwann mal jemand die Mühe machen würde, seine Einkünfte genauer zu durchleuchten, würde er den Schwindel natürlich entdecken, aber das allein bedeutete noch nicht viel und würde kaum Konsequenzen nach sich ziehen – sein Job bei den Geheimdienstlern und besonderen Schnüfflern war ein guter Schutzschild. Solange er auch für sie arbeitete und keine Probleme bereitete, würde dort immer jemand eine schützende Hand über ihn halten.

Als Krølle das Haus bezog, konnte er gerade einmal zwei Zimmer bewohnen und würde den ganzen Winter über viel zu tun haben. Das war nicht der schlechteste Start für einen Neubeginn. Auf Bornholm hatte es einen Mord gegeben – eine deutsche Touristin –, das hatte er von Weitem mitbekommen. Wenig später nahm er nach gründlicher Prüfung einen Privatauftrag an. Ein raffgieriger Typ aus Hamburg hatte es sich mit zu vielen Geschäftsleuten verdorben. Ein Unfall oder ein tragisches Unglück sollte dem Mann ein sauberes und schnelles Ende bereiten. Der Typ fiel schließlich von einem Baugerüst. Ein Leben, das von einem Moment auf den nächsten erlosch. Schnell verdientes Geld. Alles lief wieder in den gewohnten Bahnen. Fast. Manchmal träumte Krølle von üppig blühenden Rosen und dem geheimnisvollen Glitzern in der Tiefe des Roofensees. Und hin und wieder meinte er, Copper vorbeiflitzen zu sehen, und er musste dem Drang widerstehen, eine Milchschale vor den Hintereingang zu stellen.

Als Lennart Paulsen sich bei ihm meldete, hatte Krølle den Mord auf Bornholm schon längst nicht mehr auf dem Schirm. Doch wie es aussah, ging es um einiges mehr. Sein Job klang fürs Erste harmlos und würde ihn erneut nach Hamburg führen. Dort sollte er einen Mann im Blick behalten, der sein Geld mit Immobilien verdiente.

»Was hat er angestellt?«, fragte Krølle bei einem Telefonat.

»Das wissen wir nicht. Er hat ein Ferienhaus in Angeln an das Mordopfer vermietet. Die Tatverdächtige, die ich observiere, hat dort Material gesichert – angeblich. Und vielleicht steckt etwas ganz anderes dahinter. Falls sich der Verdacht bestätigt und der russische Geheimdienst an der Stelle mitmischt, müssen wir tiefer graben, um die Strukturen aufzudecken.«

»Hauptsache, die Rumänen sind nicht mit von der Partie«, murmelte Krølle.

»Sie sind dir verdammt nahe gekommen.«

»Zwei von ihnen haben sich so weit vorgewagt, dass sie sich die Finger verbrannt haben.«

»Nette Ausdrucksweise. Aber schade um dein Häuschen.«

Dazu sagte Krølle nichts.

»Die Kommissarin von der Insel ist auch wieder dabei. Du dürftest sie ja inzwischen ganz gut kennen.«

»Kann man so sagen.«

»Sie arbeitet mit den Berlinern und den Norddeutschen zusammen – Kiel und Flensburg.«

»Hauptsache, der eifrige Journalist hält sich da raus«, meinte Krølle zähneknirschend.

»Von ihm hört man tatsächlich nichts mehr. Er ist komplett abgetaucht oder hat endlich gelernt, sich besser zu tarnen und nur noch aus der Ferne aktiv zu werden.«

»Besser ist es.«

»Vielleicht hatte er einen guten Lehrer.« Paulsen lachte leise. »Gib es zu – du hast ihn doch ins Herz geschlossen, oder?«

»Welches Herz? Ich habe keins, Kumpel, das weißt du doch.«

»Wer es glaubt.«

8

Bislang war von den betreuenden Angestellten niemand im Raster der Tiefenprüfung hängen geblieben – weder auffällige Kontakte noch Reisen oder Geldquellen, die verschleiert wurden, und keinerlei Hinweise in den sozialen Netzwerken, die auf zweifelhafte Verbindungen deuteten. Wer immer in dem Betreuungsunternehmen neben Monica Seffgen Kunden und Patienten ausspioniert und Daten erfasst hatte, war es gelungen, komplett unauffällig zu bleiben. Umso mehr verwunderte es, dass Seffgen derart offen protzig gelebt hatte. Sie wäre bei jeder Recherche aufgefallen. Und vielleicht war genau das der Punkt gewesen, der den Stein ins Rollen gebracht hatte. Oder sie lagen doch falsch mit dem Spionageansatz. Kathleen schüttelte den Kopf. Nein, sie war sicher, dass sie sich auf der richtigen Spur befanden, doch unter Umständen gab es mehrere Motive für den Mord. Aber das war kein neuer Gedanke.

Bei der Observation von Marina Kleisberg waren bisher ebenfalls keine Auffälligkeiten verzeichnet worden. Kathleen hatte mittlerweile zusätzlich die Beschattung des Hamburger Ferienhausvermieters auf kurzem Dienstweg beantragt, und ihr Chef Oliver Mahlen hatte nichts dagegen gehabt – frei nach dem Motto: Irgendwo musste es schließlich eine Verbindung geben, die weiterführte.

Kathleen saß am frühen Morgen keine drei Minuten hinter ihrem Schreibtisch, als Ben in der Tür stand – mit tiefen Schatten unter den Augen und verwuscheltem Haar. Sie blickte auf die Uhr. Es war kurz nach sieben. »Seit wann bist du hier?«

»Seit gestern.« Er gähnte herzhaft und ungeniert, ohne sich die

Mühe zu machen, die Hand vor den Mund zu halten. »Raimund Harms«, sagte er dann.

»Lass mich raten – einer der Typen vom Qualitätsmanagement?«, fragte Kathleen und wies auf den Stuhl vor ihrem Schreibtisch.

Ben setzte sich und nickte.

»Und warum hat das so lange gedauert?«

Ben warf ihr einen schrägen Blick zu. »Ich bin gründlich. Außerdem hatte ich erst den anderen am Wickel, aber der ist komplett sauber. Und bei Harms ...«

»Schon gut! War nicht ernst gemeint. Wir prüfen hier gerade Dutzende von Leuten und sind immer noch schneller und gründlicher als der BND mit seinen Experten.«

»Das ist ja auch keine Kunst!«, warf Ben trocken ein.

Kathleen lächelte. »Okay – dann berichte mal.«

»Ich musste eine ganze Weile suchen, viele Jahre zurückgehen und zig Querverbindungen prüfen, aber ich bin sicher, dass Harms da mit drinhängt. Er hat vor Jahren als Student mal eine Weile in einem Club gejobbt, und bei der Hintergrundrecherche habe ich entdeckt, dass der Laden einem Mann gehört, der engen Kontakt zu russischen Botschaftsangehörigen hat. Später hat Harms in einer Privatklinik in der Verwaltung gearbeitet – ich lasse auch die Besitzverhältnisse gerade prüfen –, bevor er ins Qualitätsmanagement wechselte und vor einigen Jahren schließlich beim Service anfing.«

Kathleen ließ sich in die Lehne sinken. »Kein schlechter Ansatz.«

»Es ist vor allem der erste Ansatz, der uns in die Nähe unseres Verdachts führt«, entgegnete Ben. »Und es gibt sogar eine Überschneidung zu dem Kieler Cold-Case-Fall. In Hamburg verschwand vor circa drei Jahren eine junge Frau – Sophia Month, gebürtige Kielerin –, die übrigens für ihren Vater den Service gebucht hatte.« Ben hob eine Braue, klappte sein Tablet auf und startete einen Videoclip. »Die Kollegen haben immer vermutet, dass ein Gewaltdelikt vorlag – es gab Hinweise auf eine gewaltsame Entführung, aber der endgültige Beweis fehlte, und die Spurenlage war äußerst dünn.«

»Und was hast du entdeckt?«

»Eine Verbindung zwischen Raimund Harms und Sophia Month. Sie tauchen gemeinsam auf einer Party auf, wenige Tage bevor sie verschwand – das war Ende 2019.« Ben stoppte die Aufzeichnung und vergrößerte ein Bild, das die beiden am Rand der Tanzfläche zeigte. Sie tanzte, er sah ihr zu.

Kathleen machte große Augen. »Die kennen sich – oder haben sich auf der Party kennengelernt.«

»Yep.«

»Woher hast du das Video?«

»Social Media. Die Partyveranstalter tauchten im erweiterten Kontaktbereich von Harms auf, außerdem gab es eine Gästeliste, viele Selfies und Posts, und – na ja – die Nacht war lang, und ich hatte die Hoffnung, dass sich der Aufwand lohnen würde.«

»Große Klasse«, schwärmte Kathleen. Sie strahlte. »Ich bewundere deine Hartnäckigkeit.«

»Ich auch«, gab Ben mit ungerührter Miene zurück. Er klappte das Tablet zu und stand auf. »Ich schick dir gleich alles, und dann muss ich erst mal ein paar Stunden schlafen, bevor ich weitermache.« Er sah auf die Uhr und gähnte erneut. »Am frühen Nachmittag bin ich wieder hier. In der Zwischenzeit wird mein Team aber sicher noch weitere Ergebnisse zum Umfeld gewinnen.«

»Alles klar.«

Kathleen trank ihren Tee, während sie wenig später Bens Material sichtete. Nach fast zwei Wochen angestrengter Recherchen gab es eine erste Spur, die ihren Verdacht bestätigte – oder zumindest bestätigen könnte. Ein Mann aus dem Qualitätsmanagement, der vor vielen Jahren Kontakt in die russische Szene hatte und bislang nie in den Fokus der Behörden geraten war – unauffällig, mitten im Leben, Qualitätsmanagement in einem Betreuungsservice. Das klang gähnend langweilig, und so sollte es wohl auch sein. Sophia Month hatte womöglich etwas mitbekommen – ihr Vater, vor einem Jahr verstorben, war selbständiger Ingenieur gewesen. Auch an dem Punkt mussten sie nachfassen. Es fragte sich nur, wie sie vorgehen sollten, ohne aufzufallen. Kathleen schob ihre Tasse beiseite und griff zum Telefon. Sie informierte Oliver Mahlen und entschied später, die Kieler erst ins Bild zu setzen, sobald Bens Angaben einer weiteren Überprüfung standgehalten hatten und Details vorlagen.

Sarah hatte sich in den letzten Tagen mehrfach des lähmenden Eindrucks erwehren müssen, dass sie sich seit geraumer Zeit im Kreis drehten und die eigentlichen Aktivitäten im Hintergrund stattfanden. Nach der spektakulären Finte von Kleisberg sowie den ersten Recherchen dazu bot die Faktenlage – abgesehen von nachvollziehbaren Verdachtsmomenten – wenig neue Möglichkeiten, die die Ermittlungen forcieren könnten. Der Spionageansatz hatte die entsprechenden Dienststellen zwar auf den Plan gerufen und Maßnahmen waren eingeleitet, doch abgesehen von verstärkten Observationen, Überprüfungen, erneuten Nachforschungen und Herumstochern in sattsam bekannten oder vermuteten Zusammenhängen geschah nicht viel – oder es fand in Bereichen statt, zu denen sie keinen Zugang hatte. So fühlte es sich wie Stillstand an, und zugleich war es bekannter Ermittleralltag.

Sarah war nach einer langatmigen Besprechung im LKA auf dem Weg in ihre Dienstwohnung. Vielleicht sollte ich packen und auf die Insel zurückkehren, bevor der Winter durchstartet, dachte sie. Diesen Mord klären wir in nächster Zeit nicht auf, und vielleicht war es ja doch Marina Kleisberg gewesen. Die Berlinerin hatte sich ausgesprochen geschickt verhalten, das fiel immer wieder ins Auge. Und um alle anderen Auffälligkeiten, die womöglich noch mit dem

Tatgeschehen zu tun haben könnten, würden sich die Spezialisten und Sonderdezernate kümmern. Darüber hinaus: Was ich hier tue, können auch die Kollegen übernehmen, dachte sie. Allerdings vermisst mich auf der Insel niemand, ganz im Gegenteil. Dort ist der Mord geschehen, bei mir um die Ecke, und die Tat ist nicht im luftleeren Raum passiert. Also ist es mein Job.

Sie seufzte und ging unter die Dusche. Als sie sich, in den Bademantel gehüllt, auf dem Sofa einkuscheln wollte, traf eine Nachricht vom Berliner Team ein – ein Update, das es in sich hatte, wie sie innerhalb weniger Augenblicke feststellte. Eine Viertelstunde später – Sarah hatte sich gerade ihr Essen aufgewärmt und vertiefte sich erneut in den Bericht – rief Kathleen an.

»Es kommt endlich Bewegung in die Sache«, meinte Sarah statt einer Begrüßung.

»Kann man so sagen. Die einzige entscheidende Frage lautet nun: Wie gehen wir weiter vor? Und was bringt uns die Erkenntnis? Damit hätten wir allerdings zwei entscheidende Fragen.«

»Wir bitten Raimund Harms im Zusammenhang mit dem Mordfall zum Gespräch«, erwiderte Sarah ohne Zögern. »Und beobachten ihn.«

»Das habe ich bereits veranlasst.«

Sarah wartete einen Moment, dass Kathleen fortfahren würde, doch das tat sie nicht. »Hast du Bedenken?«

»Nun … falls Seffgen und Harms ein Team waren oder zu einem Team gehörten, das sich längst in dem Serviceunternehmen eingerichtet hat, wird es keine Beweise mehr geben, die die Spionage belegen können. Sie sind gewarnt und haben Vorsorge getroffen. Wir sind viel zu spät. Wie so oft.«

»Das heißt für die Ermittlungen?«

»Langwierige Hintergrundobservation unter Federführung der Geheimdienstexperten – jeder beobachtet jeden und so weiter. Beinahe wie im Kalten Krieg … Na ja, die allgemeine Lage ist ja deutlich angespannt. Krieg in Europa, sogar ein überaus heißer. Von daher hinkt der Vergleich nicht einmal.«

»Und trotzdem gilt es, den Mordfall aufzuklären«, betonte Sarah nach kurzer Pause. »Er gibt uns die Möglichkeit zu agieren, die einzige, um genau zu sein. Darüber sprachen wir schon …«

»Die Situation hat sich verschärft!«

»Aber nicht geändert. Lass uns trotzdem bei diesem Plan bleiben. Womöglich fällt uns in dem Zusammenhang noch mehr in die Hände. Wenn wir gar nichts unternehmen, dürften wir uns fast noch verdächtiger machen, als wenn wir dem Fall nachgehen und Leute befragen.«

»Das stimmt natürlich«, gab Kathleen zu. »Dennoch ist die Gefahr groß, dass wir genau die Leute warnen, die wir schnappen wollen.«

Sarah strich sich eine Strähne aus dem Gesicht. »Ich bleibe dabei – wir ändern nichts, wenn wir gar nicht agieren.«

Kathleen schwieg einen Moment. »Wir sind übrigens inzwischen sicher, dass Harms eine zentrale Rolle spielt«, führte sie dann weiter aus. »Ben und seine Leute haben noch mehr entdeckt, Stichwort: Kontakte zu Botschaftsangehörigen. Alles sehr versteckt und harmlos anmutend, doch wenn man einem Anfangsverdacht nachgeht, mehren sich die Indizien, auch wenn sie allein noch keine gute Beweislage ausmachen. Es steht fest, dass Harms immer mal wieder Urlaub in Monaco macht – in einer Villa, die er sich mit seinem normalen Gehalt nicht leisten kann, auch wenn das gar nicht mal schlecht ist …«

»Wie habt ihr das jetzt so schnell erfahren?«

»Da musst du Ben fragen. Wem das edle Anwesen gehört, werden wir auch bald herausfinden.«

»Raimund Harms scheint es also richtig gut zu gehen.«

»Davon kannst du ausgehen.«

»Dann wird er sich das Geschäft mit den Russen – auch wenn es vielleicht etwas verfrüht scheint, das so deutlich auszusprechen – nicht durch eine Mordermittlung versauen«, meinte Sarah. »Im Übrigen gibt es ja auch noch den Cold-Case-Fall …«

»Willst du dich da wirklich reinhängen?«

»Ja, unbedingt. Wir beschäftigen den Mann und wiegen ihn in Sicherheit zumindest hinsichtlich der geklauten Informationen, während wir …«

»Er weiß doch längst, dass wir etwas entdeckt haben«, wandte Kathleen schnell ein. »Oder denkst du, der Firmenchef hat tatsächlich kein Wort über eure diesbezüglichen Nachfragen verloren?«

»Wir spielen das komplett herunter«, entgegnete Sarah. »Und wir bleiben bei unserer These, dass es sich unserer Überzeugung nach um Erpressung handelte. Harms weiß nicht, dass wir die Informationen zu Eckernförde haben. Und es wird sich bald herausstellen, ob und wie er aktiv wird, und dann sind die Beschatter an ihm dran.«

»Nun gut. Es ist einen Versuch wert und eine durchaus gute Gelegenheit. Aber …«

»Ich werde natürlich nicht alleine durch die Gegend fahren und Fragen stellen, die mich beziehungsweise uns entlarven.«

»Darauf wollte ich hinaus.«

»Gibt es eigentlich noch irgendetwas Relevantes zu Marina Kleisberg?«

»Nein. Sie gibt sich keine Blöße«, erklärte Kathleen. »Vielleicht sagt sie die Wahrheit, oder sie dreht ein ganz schräges Ding und lässt uns ins Leere laufen. Mir wäre wohler, wenn sich uns ihre Rolle bald komplett erschließen würde.«

»Denkst du, sie weiß, dass sie beobachtet wird?«

»Natürlich.«

»Also: Geduld.«

Sophia Month war Anfang dreißig, Single und als Dozentin für Architektur an der HafenCity-Universität beschäftigt gewesen. Sie verschwand im Spätherbst 2019 an einem Sonntag nach dem abendlichen Besuch im Fitnessstudio. Eine andere Besucherin des Fitnessstudios meinte, sich an einen Streit auf dem Parkplatz erinnern zu können, dann sei ein Wagen mit hoher Geschwindigkeit davongefahren. Einzelheiten: Fehlanzeige. Einer ihrer Doktoranden hatte zudem ausgesagt, dass sie in der Zeit vor ihrem Verschwinden nervös und abwesend gewirkt habe, belastet, so hatte er sich ausgedrückt. Die Zeugen blieben auch ein paar Wochen später bei ihren Aussagen, ohne ihren Eindrücken noch etwas hinzufügen zu können. Darüber hinaus gab es keine einzige Spur. Befragungen bei Freunden und an der Uni hatten nichts zutage gefördert, ein Bruder lebte auf Korsika, die Eltern waren längst geschieden – die Mutter hatte in Dänemark wieder geheiratet. Bei der Durchsuchung ihrer Wohnung wurden keine Auffälligkeiten bemerkt. Laptop und Handy hatte sie an dem Abend dabeigehabt; eine Beamtin hatte notiert, dass es keine externe Speichermedien gab, auch nicht in ihrem Büro an der Uni. Das könnte ein Hinweis darauf sein, dass sich jemand in der Wohnung umgesehen hatte. Oder Month hatte grundsätzlich alles in die Cloud geladen.

Sarah hatte sich gleich am nächsten Morgen in den Vorgang eingelesen. Der Abgleich mit Raimund Harms war – bis auf das Video in dem Club – ohne Übereinstimmungen geblieben. Als Julia Kern um zehn Uhr immer noch nicht im Kommissariat eingetroffen war, begann Sarah zu telefonieren. Sie erreichte den Doktoranden, der seiner Schilderung von damals nichts hinzufügen hatte, sowie eine Mitarbeiterin aus dem Institut, und wollte gerade im Fitnessstudio anrufen, als Lukas Schöffe ins Büro kam und die Kollegin krankmeldete. »Und der Rest des Teams ist voll ausgelastet«, schob er nach. »Falls du jetzt in den Cold-Case-Fall eintauchst, kann ich dir höchstens jemanden aus der Bereitschaft zur Seite stellen …« Er zögerte. »Das wird dann allerdings im Hinblick auf die Geheimhaltung ein bisschen schwierig.«

Sarah nickte. »Ich taste mich erst mal allein vor, befrage Leute in Hamburg und Kiel, und was Harms angeht …«

»Den bitten wir zum Gespräch hierher. Ganz offiziell. Das ist am wenigsten auffällig.«

»Gut.«

Sarah machte sich wenig später auf den Weg nach Hamburg. Sie hatte nicht das Geringste dagegen einzuwenden, allein aktiv zu werden. Das entsprach nicht der Absprache mit Kathleen, war aber im Moment nicht zu ändern. Auch im LKA konnte es zu Personalengpässen kommen. Im Übrigen war der Sophia-Berg-Fall ein Nebengleis, das zurzeit kaum tiefere Beachtung finden dürfte.

Die Gespräche an der Uni und im Fitnessstudio brachten keine Erkenntnisse, die über die Aktenlage hinausgingen. Auch die Unterredung mit den Hamburger Kollegen, die zunächst mit dem Vermisstenfall beschäftigt waren und die Sarah spontan aufsuchte, brachte keine neuen Ansätze – die Motivation, bei einem Cold-Case aktiv zu werden, schien nicht sonderlich ausgeprägt, und das war wenig verwunderlich. Die Kommissariate kamen kaum mit den aktuellen Fällen hinterher. Schließlich traf Sarah auf die Kriminaltechnikerin, die sich seinerzeit in der Wohnung umgesehen hatte.

»Ich wollte sowieso gerade einen Kaffee trinken gehen.«

»Ihnen ist aufgefallen, dass sich in der Wohnung der Dozentin keine externen Speichermedien befanden«, ergriff Sarah das Wort, als sie Minuten später in der Cafeteria Platz nahmen.

»Stimmt.« Die Kollegin trank einen Schluck Kaffee. »Das schien mir wichtig festzuhalten. Wir haben doch alle diese Dinger irgendwo rumliegen, oder? Cloud hin oder her.« Sie zuckte mit den Achseln. »Fand ich seltsam – noch dazu als Unidozentin.«

»Es könnte demnach doch noch jemand in der Wohnung gewesen sein. Darauf wollten Sie hinaus.«

»Der Gedanke sollte erlaubt sein, ja. In der Nachbarschaft ist niemandem etwas aufgefallen, aber das heißt ja nichts. Wer einen Schlüssel hatte, könnte dort gewesen sein. Muss ich Ihnen nicht erzählen.«

»Gibt es eigentlich noch mehr Bildmaterial zu dem Fall?«

»Wir haben alles dokumentiert und der Akte beigefügt, die das LKA dann übernommen hat – mit Fallnummern und so weiter. Manchmal trifft man eine Auswahl der geeigneten Fotos, und der Rest wird gelöscht.«

»Unwiderruflich?«

»Ja.« Die Beamtin lächelte. »Man kann nicht alles aufheben, einschließlich unscharfen und verwackelten Bildern und zig Kopien. Und sie kriegen viereckige Augen, wenn Sie bei jedem Fall Hunderte von Fotos durchsehen auf der Suche nach dem einen Hinweis. Mit der Digitalisierung hat sich die Anhäufung von Bildmaterial unglaublich gesteigert, wie Sie sich denken können. Geht schnell, kostet nichts. Aber mehr ist nicht immer hilfreich. Es geht um das Wesentliche.«

Sarah lächelte. »Und manchmal um das, was fehlt.«

Die Kollegin nickte nachdenklich. »Zum Beispiel ein Bild an der Wand oder ein Ordner oder …«

»Externe Festplatten.«

»So ist es.«

Sarah nippte an ihrem Tee. »Wer war eigentlich der Vermieter? Wissen Sie dazu Näheres?«

»Zufälligerweise ja – die Wohnung gehörte ihrem Vater. Das habe ich mitbekommen, als die Kollegen die Ordner durchblätterten.«

Sarah stellte ihre Tasse wieder ab. Interessant, dachte sie. Der Vater lebte nicht mehr, demnach gehörte die Wohnung inzwischen einem Erben.

Die Kriminaltechnikerin lächelte. »Man sieht Ihnen förmlich an, dass Ihre Gedanken zu kreisen begonnen haben.« Sie trank ihren Kaffee aus und erhob sich nach kurzem Blick auf die Uhr. »So leid es mir tut, aber ich muss wieder los. Alles Gute für die Ermittlungen.«

Sarah war fünf Minuten später auf dem Weg zur Wohnung. Am Türschild stand kein Name. Der Hausmeister zuckte nur mit den Achseln. »Die ist zurzeit nicht vermietet.«

»Das heißt, die Wohnung steht seit drei Jahren leer?«

»Keine Ahnung. Dafür bin ich nicht zuständig.«

Sarah blickte ihn wortlos an.

»Und?«, fuhr er sie unfreundlich an. »Kann ich doch nichts für. Ist eine Eigentümerwohnung. Die machen ihr eigenes Ding. Das geht Leute wie mich nichts an.«

Sarah winkte ab. »Vergessen Sie es.«

»Ja, mach ich.«

Sarah blickte dem Mann einen Moment hinterher. Manchmal zogen sich Erbschaftsangelegenheiten lange hin – ein Streit in der Familie? Bei ihren bisherigen Gesprächen hatte es nicht danach geklungen. Ein Bruder lebte im Ausland, der Vater war im letzten Jahr verstorben, die Ehe der Eltern längst geschieden. Und die Wohnung stand leer.

Sarah griff auf dem Weg nach unten zum Handy und rief in Kiel an. Das Rechercheteam meldete sich eine halbe Stunde später zurück. »Die Wohnung ist tatsächlich nicht vermietet, soweit wir in Erfahrung bringen konnten. Erbberechtigt ist der Bruder. Vielleicht kümmert er sich darum, wenn er mal wieder nach Deutschland kommt.«

»Das klingt merkwürdig. Immerhin ist seine Schwester seit drei Jahren verschwunden, und der Vater verstarb vor einem Jahr.«

»Stimmt. Es ist irre schwer, in Hamburg eine Wohnung zu einer halbwegs bezahlbaren Miete zu finden. Der Bruder könnte bei der Lage jeden Monat ein sattes Nebeneinkommen einstreichen«, überlegte der Kollege. »Vielleicht läuft da was unter der Hand. Dann wird es noch lukrativer.«

»Habt ihr die Kontaktdaten von ihm?«

»Wir kümmern uns darum.«

»Danke.«

Sophias Bruder Mark Month arbeitete in einem Touristenort im Süden Korsikas als Guide und Tauchlehrer. Sarah erreichte ihn während ihrer Rückfahrt nach Kiel. Der Stimme nach zu urteilen, war er ziemlich verblüfft.

»Ich werde Sie nicht lange stören«, versprach Sarah. »Ich bin Beamtin des BKA und unterstütze zurzeit das Kieler LKA. Das Verschwinden Ihrer Schwester gilt inzwischen als Cold-Case-Fall – und die Ermittlungen werden von Zeit zu Zeit neu aufgerollt.«

»Und nun ist es wieder so weit?«, fragte er. »Warum gerade jetzt? Haben Sie etwas entdeckt?«

Das waren drei Fragen auf einmal, und keine von ihnen klang begeistert. Sie zögerte. »Ja«, erwiderte sie schließlich in ruhigem Ton. »Nun ist es mal wieder so weit.«

Stille.

»Ich gehe die Akte durch, befrage Leute, hinterfrage das Geschehen. Da ich zuvor nicht an den Ermittlungen beteiligt war, gehe ich völlig unvoreingenommen an diese Aufgabe heran und entdecke womöglich einen neuen Ansatz.«

Es rauschte und raschelte im Hintergrund, eine Tür klappte. Vielleicht suchte Month sich ein ruhiges Plätzchen. »Warum sollten Sie ausgerechnet jetzt etwas finden«, sagte er dann. »Drei Jahre gab es nie eine Spur. Sie war einfach weg – so beschrieb es mein Vater.«

»Hatten Sie ein gutes Verhältnis zu Ihrer Schwester?«

»Was soll das jetzt?«

Sarah runzelte die Stirn. Warum war er so abweisend? »Weil Geschwister in engem Kontakt womöglich Veränderungen mitbekommen. Konflikte zum Beispiel.«

»Ich habe Deutschland vor über fünf Jahren endgültig verlassen, und die Verbindung zu meiner Schwester war nie besonders eng. Sie war Papas Liebling – er war ja Ingenieur, und sie schlug die Unilaufbahn als Architektin ein. Klingt wunderbar, oder? Als er den Unfall hatte, hat sie sich um ihn gekümmert; als sie verschwand, verließ ihn der Lebensmut. Ich bin nur der jüngere Bruder – der Reisende und Weltenbummler, der nie Verantwortung übernimmt. Ein Tauchlehrer für vermögende Touristen.« Er atmete tief durch. »Entschuldigen Sie, das führt jetzt gerade viel zu weit.«

Keineswegs, dachte Sarah. »Schon gut. Ich kenne mich aus mit Familiendramen.«

»Na dann.«

»Gestatten Sie mir ein paar kurze Fragen. Dann sind Sie mich auch schon wieder los. Und falls Sie sich vergewissern möchten, ob ich diejenige bin, die …«

»Schon gut, ich bin kein grundsätzlich misstrauischer Mensch. Fangen Sie einfach an.«

»Die Wohnung, in der Ihre Schwester gelebt hat, gehörte Ihrem Vater.«

»Stimmt. Er hat in seiner aktiven Zeit viel in Hamburg zu tun gehabt und auch dort gewohnt. Später dann Sophia. Wer auch sonst?« Das klang ziemlich verbittert.

»Und jetzt gehört sie Ihnen.«

»Warum ist das für Sie interessant?«

»Ich frage mich, warum sie nicht vermietet ist.«

»Ernsthaft?«

»Ja – es sind oftmals die Details, die mich beschäftigen. Je länger ein Fall zurückliegt, desto wichtiger könnten sie werden.«

»Tatsächlich?«

»Weil sie immer mehr in Vergessenheit geraten und im Rückblick durch die stets größere Distanz kaum noch zu erkennen, bis sie schließlich gar nicht mehr greifbar sind«, entgegnete Sarah. »Als hätte es sie nie gegeben.«

»Okay … es ist Ihr Job. Na ja, letztlich ist es ganz einfach. Als Sophia verschwand, hat mein Vater die Hoffnung nicht aufgeben wollen, dass sie zurückkehrt. Eine anderweitige Vermietung kam für ihn nicht infrage, darin ließ er sich nicht beirren. Was, wenn sie plötzlich wieder auftaucht?, hat er gesagt. Dagegen ließ sich nur schwer etwas vorbringen. Es gab ja keine … Na, Sie wissen schon. Und nach seinem Tod im letzten Jahr habe ich die Wohnung dann nach einigem Hin und Her schließlich geerbt. Meine Entscheidung, sie zu verkaufen, ist erst kürzlich gefallen. Und nun habe ich sie einem Makler übergeben.«

»Er dürfte einen guten Preis erzielen.«

»Das denke ich auch«, stimmte Mark Month zu. »Vielleicht nimmt er sie sogar selbst. Passt in mein Portfolio, hat er gesagt – wie diese Leute halt so reden. Ich brauche nicht mal nach Deutschland zu reisen, der Typ übernimmt das alles. Hat mich überzeugt.«

»Schöner Service. Wer bietet so etwas an?«

»Schmied-Immobilien«, erwiderte Month prompt. »Wir haben uns erst kürzlich per Videocall ausgetauscht.«

Sarah ließ kurz das Telefon sinken. Schmied war ein geläufiger Name, und doch … Der Vermieter des Ferienhauses in Brarupholz hieß … »Michael Schmied?«, setzte sie nach.

»Ja, genau.«

Interessante Parallele und ganz sicher kein Zufall, dachte Sarah.

»Sympathischer Typ und völlig unkompliziert«, fuhr Month fort. »Trifft man auch selten, zumindest in Deutschland – dort erstickt man lieber in Bürokratie und erfindet zwei Dutzend neue Gesetze und Richtlinien, Bestimmungen und sonstige Regelungen, statt die Dinge einfach mal anzupacken.«

»Sagt Ihnen der Name Raimund Harms etwas?« Die Frage war Sarah herausgerutscht, bevor sie genauer darüber nachdenken konnte, ob sie womöglich dünnes Eis betrat.

»Im Zusammenhang mit der Wohnung?«

»Nein.« Sie zögerte.

»Sie müssen schon deutlicher werden.«

Damit lag er unbestreitbar richtig. »Im Zusammenhang mit dem Betreuungsservice, den Sophia für Ihren Vater beauftragt hatte.«

»Dazu weiß ich nichts.«

»Existieren keine Unterlagen mehr?«

»Wahrscheinlich schon ... Ich habe alle möglichen Akten und Belege dem Notariat übergeben, mit dem mein Vater zu tun hatte. Das betraf auch den Verkauf seines Hauses in Kiel – der Erlös ging übrigens zu einem nicht unwesentlichen Teil an meine Mutter. Das war sein Wunsch, auch wenn die beiden längst geschieden waren.«

Sarah spürte, wie ihre Spannung gestiegen war.

Kurze Pause. »Lassen Sie mich raten – Sie wollen sich das genauer ansehen, wegen der Details?«

»Das würde mir sicher weiterhelfen.«

Er seufzte. »Na schön. Ich sage Bescheid, dass Sie vorbeikommen, und schicke Ihnen die Kontaktdaten.«

»Danke, das ist ausgesprochen freundlich ...«

»Sie meinen – für einen Unsympath wie mich?«

»Das würde ich nie so ausdrücken.«

»Natürlich nicht.« Er lachte leise. »Ich reagiere grundsätzlich etwas unruhig und maulig, wenn es um Familienkram geht, und brauche eine Weile, bis ich auftaue. Dann kann ich allerdings auch ziemlich charmant sein.«

»Stimmt.«

»Außerdem treten Sie durchaus überzeugend auf. Darf ich Ihnen auch eine Frage stellen?«

»Na klar.«

»Sie sagten, dass Ihnen familiäre Dramen nicht fremd sind. Dürfen Sie eine Andeutung dazu machen?«

Das war eine sehr direkte Frage, doch Sarah überlegte nur einen Moment. »Mein Vater war ein landesweit gesuchter Nazi, Wirtschaftsverbrecher und Schwerkrimineller. Ich habe mitgewirkt, sein Tun aufzudecken und die wichtigsten Mitstreiter zu identifizieren, so dass die Clique zur Verantwortung gezogen werden konnte.«

Sarah hörte, dass Month schluckte. »Wow, da kann ich nicht mithalten«, entgegnete er schließlich. »Das klingt ja dramatisch … Sitzt er im Knast?«

»Er ist tot.«

»Ich stelle lieber keine weiteren Fragen mehr.«

Sarah lächelte. »Eine alte Geschichte hat ihn eingeholt. Wie das manchmal so ist.«

»Puh … Okay, vielleicht melden Sie sich noch mal, falls es noch was zu klären gibt. Oder falls Sie Lust haben, sich zu entspannen und auf Korsika das Tauchen zu erlernen.«

»Das behalte ich gerne im Blick … Ach, noch was … Ihre Mutter …«

»Lebt in Dänemark. Sie hat dort wieder geheiratet. Meine Eltern sind tatsächlich als Freunde auseinandergegangen. Allerdings hatten die beiden in den letzten Jahren nur wenig Kontakt, soweit ich das beurteilen kann. Doch da kann mir natürlich auch etwas entgangen sein. Ich bin ja kein Familienmensch.«

»Gut, dass Sie es erwähnen.«

Er lachte leise.

»Mir geht es übrigens ähnlich. Hatte Sophia einen guten Draht zu ihrer Mutter?«

»Schwer zu sagen. Vielleicht sprechen Sie besser mit ihr. Sie ist allerdings nicht gut zu erreichen.«

»Danke für den Hinweis.« Sarah verabschiedete sich.

Sophias Mutter Marlies Johansen war laut Aktenlage im Zusammenhang mit dem Verschwinden ihrer Tochter zweimal befragt worden – ohne dass sich verwertbare Hinweise ergeben hatten. Es konnte nicht schaden, noch einmal das Gespräch zu suchen. Stichwort: die Details.

Wenige Minuten später trafen die Adressdaten des Notariats in Kiel ein, versehen mit dem Hinweis, dass Sarah vor Ort Einblick in die Dokumente nehmen durfte, auch ohne gerichtlichen Beschluss. Eine Minute darauf schickte Mark die Telefonnummer seiner Mutter. *Vielleicht versuchen Sie es einfach mal.*

Na bitte, dachte Sarah. Der zu Beginn so angriffslustige und abweisende Tauchlehrer war sichtlich aufgetaut. Und das Gespräch mit ihm hatte hochinteressante Verknüpfungen aufgedeckt: Harms und Seffgen als Vertreter des Serviceunternehmens, Schmied, der das Ferienhaus an Seffgen vermietet hatte und darüber hinaus als Makler für die Wohnung von Sophia Month beziehungsweise ihrem Vater in Erscheinung getreten war; und, nicht zu vergessen, war Stefan Month vom Service betreut worden. Darüber hinaus gab es ein Zusammentreffen von Harms und Month. Ein interessantes Geflecht, das ganz sicher nicht zufällig entstanden war.

9

Stefan Month hatte nach einem schweren Fahrradunfall einige Zeit Unterstützung im Alltag benötigt. Ein Kollege von Monica Seffgen hatte die Betreuung übernommen. Die Unterlagen dazu waren in einem Ordner unter dem Stichpunkt »Gesundheit« zusammengestellt. Sehr akkurat, dachte Sarah, als sie kaum eine Stunde später im Kieler Notariat in einem Archivraum die Unterlagen zu sichten begann. Um eine Herausgabe der gesamten Dokumente würde sich das LKA kümmern, sobald sich weiterführende Belege fanden. Das hatte sie bereits im Vorfeld angesprochen.

Sarah scannte einige Abschnitte und leitete sie umgehend an die Kieler und Berliner Teams weiter. Dazu gehörten auch die Dokumente bezüglich des Maklerauftrags für den Wohnungsverkauf, den Mark Month mit Schmied eingefädelt hatte. Sarah war sicher, dass Kathleen dieser Zusammenhang alarmieren würde. Wir brauchen Hintergrundmaterial, überlegte sie weiter. Was könnte an Stefan Month interessant gewesen sein? Er hatte als Ingenieur gearbeitet – in der Bau- und Maschinenbranche – und sich später als Freiberufler selbständig gemacht. Ein Techniker und Tüftler mit bemerkenswerten Ideen? Dazu würden sie hoffentlich auch bald mehr erfahren, zum Beispiel von seiner Ex-Frau. Bei der ersten Überprüfung der Kundenliste von Seffgen war der Name Stefan Month zwar aufgetaucht, hatte jedoch wenig Beachtung gefunden, zumal der Auftrag schon etliche Jahre zurücklag – erst die Verknüpfung mit dem Cold-Case-Fall könnte nun durch ausgeweitete Ermittlungen auf einen anderen Hintergrund verweisen.

War es klug, sofort eine Wohnungsdurchsuchung zu beantragen? Auf keinen Fall. Sarah schüttelte den Kopf. Falls Schmied – in welcher Weise auch immer – an den Spitzeleien beteiligt war, gäbe es keine Möglichkeit mehr, unter dem Radar zu bleiben.

»Das sehe ich auch so«, erklärte Kathleen wenig später in einem Telefonat, als Sarah gerade im LKA angekommen war. »Wie gut, dass wir Schmied bereits im Blick behalten haben. Habt ihr schon einen Termin mit diesem Harms vereinbart?«

»Darum kümmern sich die Kieler Kollegen gerade.«

»Es war der richtige Ansatz, dass du dich mit dem Cold-Case beschäftigt hast. Es könnte deutlich mehr dahinterstecken.«

»Vielleicht hat Sophia etwas mitbekommen – und musste verschwinden«, meinte Sarah. »Nur so ein Gedanke …«

»Und wie passt Harms da hinein?«

»Er hat eine Routinekontrolle bei der Betreuung durchgeführt – einschließlich Befragung des Patienten und so weiter, das ist sein Job. Der Vorgang ist in der Akte aufgenommen – eine Routineangelegenheit, hinter der allerdings wesentlich mehr stecken könnte. Ich bin gespannt, wie er sich in der Befragung verhält.«

»Lasst euch bloß nichts anmerken.«

Das haben wir jetzt hinreichend besprochen, und ich mache so etwas nicht zum ersten Mal, dachte Sarah, das Gleiche gilt für die LKA-Kolleginnen und Beamten.

»Du sagst ja gar nichts. Aber ich ahne, was in dir vorgeht.«

»Ja?«

»Schon gut – ich hab's verstanden. Ihr kriegt das schon hin.«

Sarah lächelte.

»Wir sind ein gutes Team, findest du nicht?«

Aus der Distanz, dachte Sarah.

»Ich denke, dass ich auch diesen Gedanken mitgekriegt habe«, erklärte Kathleen trocken. »Bis dann.«

Sarah legte das Smartphone beiseite, atmete tief durch und fuhr nach einer kurzen Lagebesprechung in ihre Dienstwohnung. Marlies Johansen rief an, als Sarah die Wohnungstür aufgeschlossen hatte und eintrat. »Danke für Ihren Rückruf, Frau Johansen.«

»Haben Sie etwas entdeckt? Gibt es ein Lebenszeichen von meiner Tochter?«

»Leider nein. Aber ich untersuche den Fall neu und beleuchte so viele Aspekte wie möglich …«

»Nach drei Jahren?«

»Ja.«

»Ich will Sie ja nicht entmutigen, aber …«

»Ich habe mich immer dann gut geschlagen, wenn alles gegen die Klärung eines Falles sprach«, warf Sarah in selbstbewusstem Ton ein. »Mit all den Argumenten, die gegen ein solches Vorhaben sprechen, befasse ich mich erst gar nicht.«

»Nun, dann … Stellen Sie Ihre Fragen. Ich schicke voraus, dass Sophia und ich zwar in Kontakt standen, aber von einer intensiven Mutter-Tochter-Beziehung würde ich nicht sprechen, und zwar weniger aufgrund der räumlichen Distanz. Sie war immer ein Papa-Kind und hat mir die Scheidung nie verziehen. Mein Ex-Mann war im Übrigen der Kindernarr in der Familie. Ich bin sicher, dass er vor Kummer gestorben ist. Sie wissen, dass er nicht mehr lebt, oder?«

»Ja. Er hatte einen Unfall …«

»Vor einigen Jahren. Eine seltsame Sache übrigens. Er ist angefahren worden, als er mit dem Rad unterwegs war. Der Unfallverursacher beging Fahrerflucht, der Hergang konnte nie abschließend geklärt werden.«

Sarah hatte inzwischen im Wohnzimmer Platz genommen und ihren Laptop aufgeklappt. Sie machte sich eine Notiz.

»Ihre Tochter hat dafür gesorgt, dass ihr Vater gut betreut wurde, soweit wir informiert sind.«

»Sie hat einen privaten Pflegedienst engagiert, den wohl jemand empfohlen hatte. Ziemlich teuer, aber es hat sich gelohnt. Es ging schnell wieder bergauf mit ihm – bis Sophia verschwand. Das hat er nicht verwunden.«

»Woran ist er gestorben?«

»Er erlitt einen Herzstillstand. Und dieser Tod passte so gar nicht zu ihm. Er war noch recht jung, gerade mal siebzig, topfit und sportlich und hatte nie Probleme mit dem Herzen oder dem Kreislauf. Sophias Verschwinden … Nun, das sagte ich schon. Er hat es nicht verkraftet. Sie war sein Ein und Alles.«

Sarah ließ einen Moment der Stille zu. »Darf ich Ihnen noch einige Fragen zu Ihrem geschiedenen Mann stellen?«

»Was immer Sie interessiert, wenn es weiterhilft.«

»Danke. Ihr Ex-Mann war Ingenieur und viele Jahre als freiberuflicher Berater tätig. Kannten Sie seine Schwerpunkte?«

»Ich fürchte, dass ich Ihnen dazu nur wenig sagen kann. Er hat sich für alles Technische interessiert, war im Bau- und Maschinenwesen tätig und ein gefragter Spezialist für kreative Lösungen – so nannte er es immer. Aber Details dazu … Nein, da bin ich die falsche Ansprechpartnerin.«

»Gibt es vielleicht einen Freund oder ehemaligen Arbeitskollegen, den ich dazu befragen könnte?«

»Tja … So auf Anhieb kann ich Ihnen niemanden nennen, aber ich denke darüber nach.«

»Vielen Dank.«

Sarah wusste, dass es gefährlich war, aufgrund einzelner Details den Focus auf eine These zu richten. Doch hier lagen eine Handvoll Aspekte dicht beieinander, die im Zusammenspiel vor dem Hintergrund eines Spionageverdachts ein mehr als verschwommenes Bild zeichneten – ein Ingenieur, der für kreative Lösungen bekannt war, wird bei einem Unfall schwer verletzt; seine Tochter engagiert den

Service; Harms und Sophia scheinen sich zu kennen, wie ein Treffen bei einer Feier nahelegt; eine Zeit lang später verschwindet sie spurlos, und Stefan Month verkraftet den Kummer nicht. Auch die Zeitschiene passte. Umso dringlicher war es, genauer nachzuforschen, woran Month gearbeitet hatte. Auch der Frage, wer Sophia den Dienst empfohlen hatte, sollte nachgegangen werden – und nicht zuletzt: der Unfall mit Fahrerflucht.

Falls es gelang, eine Verbindung zwischen Raimund Harms und Michael Schmied nachzuweisen, dürften sie einen wesentlichen Schritt weitergekommen sein.

Schmied-Immobilien verfügte über ein kleines unauffälliges Büro in Hamburg-Eppendorf, zwischen Parkanlage und einem Seniorenzentrum gelegen – eine Handvoll Angestellte, einige freie Mitarbeiter. Das Dossier, das er auf den üblichen Wegen erhalten hatte, war auf den ersten Blick wenig aufschlussreich. Allerdings wies Schmieds Lebensstil darauf hin, dass er mehr Geld ausgab, als seine Firma abwarf. Krølle zuckte mit den Achseln. Schwarzgeld, was sonst? Und die kleine Stadtvilla in der Nähe des Mühlenteichs hatte seine Frau in die Ehe mitgebracht.

Krølle war vor zwei Tagen angereist. Er wohnte in einer billigen Pension und fuhr einen unauffälligen Lieferwagen, den er mit verschiedenen Firmenschildern und wechselnden Kennzeichen ausstaffieren konnte. Paulsen war inzwischen ebenfalls in der Hansestadt eingetroffen, um eine andere Observation im selben Fallumfeld zu übernehmen. Sie würden als Partner agieren, und Krølle war es recht.

»In Berlin tut sich nichts – die weitere Beschattung kann das LKA jetzt selbst managen«, hatte er erklärt. »Spannend wird es wohl erst in einigen Monaten.«

»Du meinst, wenn die Aufmerksamkeit allmählich abebbt?«

»Das meine ich. Dann dürfte die eigentliche Gefährdungslage für die Frau beginnen. Es würde mich jedenfalls nicht großartig wundern, wenn sie bei einem Unfall ums Leben käme.«

»Ja, so was passiert«, hatte Krølle lapidar entgegnet. »Es geht wild zu auf unseren Straßen. Wir hören uns.«

Die nächsten beiden Tage verbrachte er in wechselnden Outfits entweder in der Nähe der Villa oder vor dem Bürogebäude, um die zeitlichen Abläufe festzuhalten. Die Möglichkeit, Spyware einzuschleusen, musste wohlüberlegt sein. Die Kollegen vom BND und all seiner Unterfirmen waren immer ganz heiß darauf, vor ihren Bildschirmen zu sitzen und – angeblich – alles aus dem Leben der Verdachtspersonen mitzubekommen. Aber es war gefährlich, sich in falscher Sicherheit zu wiegen. Die Beschattung lief ins Leere, wenn die Gegenseite auch nur den Hauch einer Ahnung davon hatte – oder womöglich mit eigener versteckter Videoüberwachung Aktivitäten aufzeichnete. Sollte dieser Immobilienfuzzi da tatsächlich mit drinhängen – womöglich an entscheidender Stelle –, war er längst gewarnt worden und benutzte andere Kanäle. Das Gleiche galt natürlich für den Mann, den Paulsen im Blick behielt.

Krølle verzichtete auf das Auskundschaften der Gebäude, als er feststellte, dass sowohl die Villa als auch die Geschäftsräume mit modernen Kameras gesichert waren. Man sollte da anders herangehen, überlegte er am dritten Morgen, als die beiden Kinder der Schmieds zusammen mit der Mutter das Haus verließen. Man schnappte sich eines der Kids, und die Leute würden sich sehr schnell als ausgesprochen mitteilsam erweisen. Mit den auf diese Weise gewonnenen Informationen ließe sich in einem gewissen Zeitfenster einiges angefangen. Krølle seufzte. Aber die Zeiten waren vorbei, in denen er allein und selbstverantwortlich agierte – zumindest bei diesen Aufträgen. Davon abgesehen konnte es tatsächlich nicht schaden, in keiner Weise aufzufallen. Die Kontakte zwischen den Rumänen und den Diensten der Russen dürften gut funktionieren. Krølle stand auch dort auf jeder schwarzen Liste.

Am vierten Morgen – er hatte die Nacht diesmal im Lieferwagen verbracht und besorgte sich gerade ein Frühstück – meldete sich Paulsen. »Harms wird in einer guten Stunde aufbrechen. Das LKA erwartet ihn zum Gespräch. Gut möglich, dass er sich anschließend mit deiner Zielperson treffen wird.«

»Dann käme Bewegung in die Sache.«

»Das wollte ich zum Ausdruck bringen.«

»Du wolltest zum Ausdruck bringen, dass ich nicht einschlafen soll, weil es spannend werden könnte.«

»Würde ich so nie sagen.«

»Na gut. Wir hören uns.«

Schmied fuhr eine Viertelstunde später in sein Büro. Krølle folgte ihm in großem Abstand. Der Immobilienfuzzi parkte diesmal direkt an der Straße. Krølle beobachtete beim Vorbeifahren, wie er ausstieg und die Umgebung mit langem Blick scannte. Ich bin sicher, dass du einen anderen Plan hast, dachte Krølle. Im Hinterhof befanden sich Parkplätze. Er könnte ein anderes Fahrzeug benutzen, um etwaige Verfolger abzuschütteln. Oder er verließ das Gebäude durch den Keller, ging zu Fuß zwei Straßen weiter und bestieg dort den Bus oder ein Taxi. So würde ich es machen. Das allein hieß noch nichts, aber es war wichtig, alle Möglichkeiten in Betracht zu ziehen. Zum Beispiel auch die, dass Schmied jemand anders schicken würde. Ein Ablenkungsmanöver der eleganten Art.

Sarah hatte den leitenden LKA-Kommissar davon überzeugen können, dass sie die Befragung selbst durchführte. Lukas Schöffe hatte anfangs dafür plädiert, dass sie im Hintergrund blieb.

»Das ist noch auffälliger«, hatte sie eingewandt. »Wenn unser Verdacht zutrifft, wissen sie ohnehin, dass es eine länderübergreifende Ermittlung gibt, bei der ich von Anfang an dabei war, und zwar in vorderster Linie, und sie erwarten das auch. An der Stelle können wir mühelos mit offenen Karten spielen.«

Er hatte sie eine Weile nachdenklich angeblickt.

»Es sei denn natürlich, du legst besonderen Wert darauf …«

»Keineswegs. Mach mal. Ich bin nebenan.«

Raimund Harms war ein gut aussehender Mann um die vierzig mit sorgfältig gestutztem Vollbart und Designerbrille. Er wirkte komplett entspannt und begrüßte Sarah mit freundlichem Lächeln. »Ich denke, ich weiß, worum es geht«, erklärte er, während er sich setzte.

»Ja?«

»Nun, Sie haben sich ja bereits mit vielen Kolleginnen und Kollegen unterhalten. Wir sind immer noch ziemlich erschüttert, wie Sie sich denken können.« Er atmete tief durch, und sein Blick wurde ernst. »Wird ja nicht alle Tage jemand aus dem direkten beruflichen Umfeld ermordet.« Er schüttelte den Kopf. »Noch dazu mitten im Urlaub auf der schönen Insel Bornholm.«

Sarah nickte verständnisvoll. »Kannten Sie Monica Seffgen näher?«

»Eigentlich nicht. Sie war eine unserer besonders engagierten Betreuerinnen, und wir hatten natürlich hier und da miteinander zu tun. Sehr nah kommt man sich dabei allerdings nicht.«

»Sie war sehr beliebt.«

»Das stimmt.«

Sarah blätterte in ihren Unterlagen und gab vor, etwas zu suchen. »Ist Ihnen nicht aufgefallen, dass der Lebensstandard Ihrer Kollegin ziemlich hoch war?«

Harms legte die Hände auf den Tisch und biss sich auf die Unterlippe. »Ich habe davon gehört, welchem Verdacht Sie nachgehen«, entgegnete er schließlich. Er sah kurz zur Seite. »Nichts Schlechtes über Tote, ja, aber … offenbar hat sie es ein bisschen übertrieben.«

»Was genau?«

»Ich habe da was munkeln gehört.«

»Geht das etwas konkreter?«

Er schüttelte den Kopf. »Sie soll Patienten beklaut haben.«

Natürlich hatte die Geschichte in der Firma die Runde gemacht, und die Ermittlungen waren wenig diskret behandelt worden, das war kaum verwunderlich. Der Tratsch schien sich allerdings in eine ganz bestimmte Richtung entwickelt zu haben, dachte Sarah. Und solange die Gier und das persönliche Fehlverhalten des Opfers im Mittelpunkt standen, hatten sie gute Karten. »Wir hegen inzwischen sogar den Verdacht, dass sie Informationen über Patienten und Kunden gesammelt hat – um sie zu erpressen.«

Harms Miene wirkte überzeugend perplex. »Um Gottes willen!«, entfuhr es ihm.

»Können Sie uns irgendetwas dazu sagen?«

»Natürlich nicht!« Das klang fast empört.

»Schade.«

Er warf ihr einen irritierten Blick zu. »Wie ich schon sagte – wir sind uns manchmal beruflich über den Weg gelaufen …«

»Nennen Sie mal ein Beispiel«, warf Sarah ein.

»Bei Kontrollbesuchen ihrer Patienten war sie natürlich dabei.«

»Und da ist Ihnen nie etwas aufgefallen?«

»Was hätte mir denn dabei auffallen sollen?«

»Ein sehr enger Kontakt zum Beispiel …« Sarah blickte wieder in ihre Unterlagen. »Greifen wir mal ein Beispiel heraus – Heinrich Kleisberg aus Eckernförde.« Sie sah wieder hoch.

Harms zuckte mit den Achseln. »So auf Zuruf kann ich dazu nichts sagen. Ich müsste nachsehen.«

»Tun Sie das.«

Er blinzelte irritiert, dann griff er nach seiner Tasche und zog ein Tablet heraus. Er tippte eine Weile, rief verschiedene Dokumente auf und nickte schließlich. »Ja – eine aufwändige Betreuung. Monica hatte sehr viel zu tun.«

»Ja, das wohl auch. Und nebenbei hat sie den Mann systematisch ausgenommen«, erklärte Sarah. »Die Angehörigen haben sich dazu überzeugend geäußert.«

Harms atmete tief durch.

»Das wirft nicht gerade ein gutes Licht auf Ihr Unternehmen.«

»Sind Sie davon überzeugt, dass die Darstellung der Angehörigen Hand und Fuß hat?«, hielt er dagegen.

»Bin ich. Wie kommen Sie darauf, dass es anders sein könnte?«

Er beugte den Oberkörper vor. »Es ist alles andere als ungewöhnlich, dass sich ein einsamer alter Mann, der sich von seinen Angehörigen in einer schwierigen Zeit im Stich gelassen fühlt, auf seine Betreuerin fokussiert. Und wenn er ihr Geschenke macht, sind die Angehörigen schnell bereit, von Diebstahl und Betrug und systematischer Ausbeutung zu sprechen. Dabei …«

»Dabei hätten sie sich einfach nur ein bisschen mehr um ihn kümmern müssen – wollen Sie darauf hinaus?«

Harms hob die Hände. »Diese Geschichten haben immer zwei Seiten, das muss Ihnen klar sein.«

»Das ist es. In dem Fall wissen wir jedoch, dass Monica Seffgen sich schadlos gehalten hat und offenbar weitere Möglichkeiten in Betracht zog. Stichwort: Erpressung.«

»Das müssen Sie mal näher erklären. Wen soll sie denn mit welchen Informationen erpresst haben?«

Vorsicht, dachte Sarah. »Dazu darf und kann ich Ihnen nichts sagen. Wir wissen aber auch, dass sie Gäste eines Restaurants aufgelistet hat und einen Journalisten im Auge behielt. Belege, dass sie daraus bereits Schlüsse gezogen hatte, die sich womöglich versilbern ließen, existieren allerdings nicht. Fest steht in jedem Fall, dass die Frau über ein durchaus ansehnliches Geldvermögen verfügte, das nichts mit ihrem Gehalt zu tun hatte. Da Ihr Service auf gut situierte Kundschaft zugeschnitten ist, gab es wohl einiges zu holen für sie.«

Harms verzog das Gesicht, dann schüttelte er den Kopf. »Das hätte ich ihr nicht zugetraut. Meine Güte!«

»Haben Sie nie einen Verdacht gehegt, dass sie ein doppeltes Spiel treiben könnte?«

»Nein, natürlich nicht! Und warum hätten wir stutzig werden sollen?« Harms blickte sie an. »Es hat sich doch nie jemand beschwert. Wie erklären Sie sich das?«

»Die Leute weigern sich zu sehen, dass sie ausgenutzt wurden, oder sie schämen sich, wenn es ihnen klar wird. Und womöglich ist es ihnen ab einem gewissen Punkt ohnehin egal.«

Außerdem war Monica zweigleisig gefahren – sie hatte immer wieder Leute ausgenommen, vorzugsweise ältere Männer umgarnt und zugleich für ihre Schnüffeleien abkassiert. Da war über die Jahre einiges zusammengekommen, dachte Sarah.

Harms nickte nachdenklich. »Wir werden wohl einiges aufarbeiten müssen«, sagte er leise.

»Tun Sie das.«

Er suchte ihren Blick. »Und Sie überprüfen aufgrund der Vorfälle das gesamte Unternehmen? Alle Mitarbeiter und Mitarbeiterinnen aus sämtlichen Bereichen?« Das sollte beiläufig interessiert klingen.

Sarah wiegte den Kopf. »Wir haben einen Mord aufzuklären und suchen nach einem Motiv. In dem Zusammenhang hat sich uns ein Hintergrund erschlossen, der natürlich näher betrachtet werden muss.«

»Liegt das Motiv nicht auf der Hand?«, wandte Harms ein. »Könnte nicht ein Angehöriger dahinterstecken, der ihr auf die Schliche gekommen ist und sich rächen wollte?«

»Ein solcher Beweggrund ist natürlich auch Gegenstand unserer Untersuchungen.«

»Dann hoffe ich, dass Sie bald zu einem Ergebnis kommen.« Harms erhob sich langsam, etwas zögerlich, als erwartete er, dass sie noch etwas hinzufügen würde.

Sarah nickte. »Falls Ihnen noch etwas einfällt ...«

Er lächelte. »Natürlich – dann hören Sie von mir.«

An der Tür drehte er sich noch einmal um. »Warten Sie mal – da ist tatsächlich etwas, was Sie vielleicht interessieren könnte. Sie hatte mal was mit einem Krankenpfleger.« Er überlegte einen Moment. »Auf einer Betriebsfeier soll es zwischen denen gefunkt haben. Das Ganze war aber wohl schnell wieder vorbei – mit ziemlich großem Theater von seiner Seite, so hieß es.« Harms zuckte mit den Achseln. »Vielleicht auch nur Gerede in der Firma. Ich kann das nicht beurteilen. Aber wenn Sie schon in alle Richtungen forschen ...«

Du willst uns auf eine andere Fährte setzen, dachte Sarah. »Haben Sie einen Namen parat?«

Er blickte einen Moment angestrengt ins Leere, dann griff er wieder zu seinem Tablet. »Sascha Lehmann, gebürtiger Flensburger«, sagte er dann. »Er ist nicht mehr bei uns. Das hat nicht gepasst mit ihm. Er war immer ein bisschen drüber.«

»Wie meinen Sie das?«

»Zu energisch und forsch. Ein bisschen laut.«

»Verstehe.« Sarah notierte sich den Namen. Sie war sicher, dass nichts dahintersteckte und Harms lediglich um Ablenkung bemüht war, aber selbstverständlich griff sie den Hinweis auf.

Zwei Stunden später telefonierte sie mit dem Krankenpfleger, der inzwischen in einer Klinik in Flensburg arbeitete – und verblüfft auf die Kontaktaufnahme reagierte. »Ja, ich habe von dem Mord gehört ... Unfassbar ... Und was erwarten Sie von mir?«

»Wir überprüfen das gesamte Umfeld und auch zurückliegende Kontakte«, erklärte Sarah. »Sie hatten zumindest eine zeitweise Beziehung mit Monica?«

»Ach je – das ist lange her, und es war keine Beziehung«, gab Lehmann zurück. »Eher eine kurze Liaison.«

»Sicher?«

»Ja, ganz sicher. Und der Rest ist dummes Gerede«, behauptete er nachdrücklich.

»Es gab keinen Konflikt, als das Ganze beendet war?«

»Wer erzählt denn einen solchen Scheiß?«

Sarah runzelte die Stirn. »Ich erledige meinen Job, Herr Lehmann!«, erklärte sie ruhig. »Wir haben erfahren, dass es Streit zwischen Ihnen gab oder auch laute Töne – und im Rahmen eines Mordfalls interessiert uns genauer, worum es dabei ging.«

»Echt jetzt? Das ist so was von komplett daneben … meine Güte, wir sind zwei-, dreimal in der Kiste gewesen, ich weiß schon gar nicht mehr, wann das war. Mit einer Beziehung hatte das jedenfalls nichts zu tun. Es hatte sich auch zügig wieder erledigt …«

»Warum?«

»Was?«

»Weshalb hat es sich schnell wieder erledigt?«

»Sie wollen das so genau wissen?«

»Unbedingt.«

»Na schön. Monica hat sich für was Besseres gehalten, das habe ich ihr mal in aller Deutlichkeit unter die Nase gerieben. Ende, aus, vorbei. Kapiert?«

»So in etwa. Danke für Ihre Auskünfte. Wir melden uns, falls wir noch Redebedarf feststellen. Außerdem müssen wir ein Gesprächsprotokoll anfertigen.«

»Aber ja doch – nichts wichtiger als das.«

Sarah atmete tief durch und legte auf. Der Umgang mit aggressiven Leuten war anstrengend. Der Kurzcheck zu Lehmann hatte im Vorfeld keine Besonderheiten aufgedeckt. Doch der Mann hatte häufig die Arbeitsstelle gewechselt. Ein ehemaliger Arbeitgeber ließ sich nicht lange bitten, den Hintergrund anzudeuten. »Lehmann hatte sich nicht im Griff. Ganz einfach. Und das als Krankenpfleger – geht gar nicht.«

Sarah war davon überzeugt, dass Lehmann unwichtig für die Aufklärung des Mordfalls und seiner Hintergründe war. Aber sie durfte die Hinweise natürlich auch nicht einfach unter den Tisch fallen lassen und regte eine Tiefenrecherche an.

Wenig später trafen Stefan Months Akten aus dem Kieler Notariat ein, und Sarah vertiefte sich in die Unterlagen.

10

Raimund Harms fuhr vom LKA direkt in die Geschäftsstelle des Betreuungsdienstes. Lennart Paulsen folgte ihm und informierte Krølle. Gegen den Mann aus dem Qualitätsmanagement lag bisher nicht genug vor – eigentlich: fast nichts –, um ihn mit geheimdienstlichen Mitteln zu observieren. Doch die Nachforschungen hatten immerhin ergeben, dass er im Dunstkreis der Verdachtsmomente auftauchte, und so kamen Leute wie Paulsen und Krølle ins Spiel – immer an juristischen Grauzonen entlang und oft auch weit darüber hinaus, je nachdem, wie ein Fall sich entwickelte, wie viel die Öffentlichkeit oder auch nur einzelne Dezernate erfahren durften und ob es überhaupt offizielle Akten dazu geben sollte. Manchmal wurden Akten angelegt, um sie dann später in der Versenkung verschwinden oder komplett einschwärzen zu lassen. Eigentlich ein bescheuertes Spiel, aber die Bürokraten freute es, und Lennart Paulsen musste bei jedem Einsatz kopfschüttelnd darüber nachdenken. Selbst wenn er sich anstrengte und derlei Gedanken zu verbannen versuchte – es gelang nie. Nun also Harms.

Der Qualitätsprüfer klapperte am späten Nachmittag mehrere Termine ab und fuhr schließlich nach Hause. Paulsen parkte in der Nähe. Gegen Mitternacht war er davon überzeugt, dass in dieser Nacht nichts mehr passieren würde. Er wollte gerade aufbrechen, als Krølle sich meldete.

»Der Immobilienfuzzi hat offensichtlich noch einen späten Termin«, meinte er. »Wie sieht es bei dir aus?«

Paulsen sah zum Fenster hinaus. Die Flurbeleuchtung im Haus

blieb dunkel, doch dann flammten Scheinwerfer auf, und ein Wagen fuhr langsam vom Parkplatz. »Ich glaube, hier tut sich auch was. Und der Mann hat versucht, die Wohnung unauffällig zu verlassen.«

»Na dann bis gleich.«

»Lass uns die Leitung offen halten.«

»Alles klar.«

Lennart Paulsen wartete so lange wie möglich. Harms fuhr in gemächlichem Tempo und würde ihn entdecken, wenn er zu hastig die Verfolgung aufnahm. Schließlich startete er den Motor und fuhr langsam los. »Wohin soll die Reise gehen?«, fragte Paulsen leise.

»Richtung Barsbüttel – ins Gewerbegebiet, schätze ich«, erwiderte Krølle. »Jede Menge Firmen und Parkplätze, und um die Zeit ist wenig los. Dort können sie sich in Ruhe austauschen und kriegen sofort mit, wenn sie beobachtet werden.«

»Also bleiben wir auf Abstand.«

»Und was soll das dann?«

»Wir protokollieren das heimliche Treffen, einschließlich guter Fotos – damit unsere Kollegen vom LKA was in der Hand haben.«

»Ganz schön langweilig.«

»Gib es zu – für deinen Geschmack fließt hier zu wenig Blut.«

Krølle schnaubte leise. »Schmied hat gerade hinter einem Laden für Motorradtechnik gehalten«, erklärte er dann. »Ich fahre weiter und parke hinter dem Möbelgeschäft.«

»Alles klar.«

Das Treffen der beiden dauerte eine gute Viertelstunde. Sie blieben in ihren Fahrzeugen sitzen und tauschten sich über die offenen Fenster an den Fahrerseiten aus, wie Paulsen von Weitem mit seinem Nachtsichtgerät feststellte. Er schoss eine Serie von Fotos und leitete sie unmittelbar weiter. Als Harms in sein Wohnhaus zurückkehrte, war eine gute Stunde vergangen. Paulsen gähnte. Das war es, dachte er. Die beiden haben sich kurz abgesprochen, und mehr passierte in dieser Nacht nicht mehr. »Ich schätze, hier ist Schluss«, teilte er Krølle mit.

»Hier nicht.«

»Das heißt?«

»Schmied fährt auf die Autobahn.«

»Soll ich ...«

»Nein. Bleib da. Vielleicht ist das ein Trick, um Verfolger abzuschütteln oder abzulenken. Ich hänge mich an ihn ran.«

»Okay.«

Schmied fuhr Richtung Flensburg und schließlich in die Innenstadt. Im Hafenbereich hätte Krølle ihn beinahe beim Umschalten der Ampel verloren. Er musste stoppen, um nicht aufzufallen, und ließ Schmied damit einen Vorsprung. Augenblicke später bog er auf gut Glück zweimal ab und entdeckte das Fahrzeug an der nächsten Querstraße, die zu einer Klinik führte. Schmied hielt vor der Einfahrt zum Personalparkplatz und stellte den Motor ab.

Krølle war unsicher, ob dieser nächtliche Ausflug von Hamburg nach Flensburg tatsächlich etwas mit ihrem Fall zu tun hatte. Er parkte hinter einem SUV in Sichtweite zu Schmied und teilte Paulsen seinen Standort mit. Zehn Minuten später stieg Schmied aus dem Wagen und steckte sich eine Zigarette an. Von Weitem erkannte Krølle plötzlich die Umrisse einer sich schnell nähernden Silhouette – ein Mann in Klinikklamotten. Krølle verließ seinen Wagen und schlich im Schutz parkender Fahrzeuge näher, bis er hinter einem alten VW-Bus auf die Knie ging, kaum zehn Meter entfernt von Schmied. Es war relativ still in Kliniknähe – wenn er Glück hatte und die beiden deutlich sprachen, konnte er Einzelheiten des Gesprächs belauschen. Außerdem hatte er ein hochmodernes Aufnahmegerät dabei.

»Muss ja echt dringend sein«, meinte der Kliniktyp in schnoddrigem Ton.

Ein Rettungswagen bog um die Ecke, und Krølle nutzte die Ablenkung und die aufflammenden Scheinwerfer, um rasch hintereinander mehrere Fotos zu schießen.

»Ja, die hat sich gemeldet«, hörte er dann den Typen sagen.

»Wer genau?«

»Eine Kommissarin.«

»Ein bisschen genauer wäre ganz hilfreich. Name zum Beispiel.«

»Irgendeine Sarah. Ich bin nicht gut im Merken von Namen.«

»Okay – weiter«, forderte Schmied. Er sprach sehr leise, aber deutlich, wofür Krølle dankbar war.

»Wieso weiter? Mich würde mal interessieren, wer mir die warum auf den Hals gehetzt hat.«

»Wir mussten eine andere Karte ins Spiel bringen.«

»Was?«

»Hör zu, Sascha – du hattest mal was mit der Seffgen …«

»Wir sind ein paarmal in die Kiste gesprungen!«

»Sag ich doch. Und es gab Zoff zwischen euch.«

»Ich habe ständig Zoff – mit wem auch immer.«

»Da ist was dran, ändert aber nichts.«

Schweigen. »Worauf läuft das hier hinaus?«, fragte der Kliniktyp schließlich.

»Du könntest etwas mit ihrem Tod zu tun haben, weil du so ein Aggrotyp ist.«

Erneutes Schweigen. »Wollt ihr mich verarschen?«

»Keineswegs. Man wird dich sicher noch mal befragen.«

»Das befürchte ich auch. Und?«

»Achte auf die Zwischentöne. Wir müssen wissen, in welche Richtung die ermitteln.«

»Na, in welche wohl? Sie wollen den Mörder, was denn sonst? Das ist doch völlig klar.«

»Ist es nicht. Wir müssen vorsichtig sein.«

»Die haben was entdeckt?«

»Möglich. Aber wir wissen nicht genau, was.«

»Und darum bringt ihr mich ins Spiel?«

»Ganz genau. Sie werden dir gegenüber längst nicht so vorsichtig mit ihren Fragen sein.«

»Weil sie mich für blöd halten?«

»Weil sie davon ausgehen, dass du nicht das Geringste mit den anderen Geschichten zu tun hast, aber möglicherweise etwas wissen könntest, was ihnen weiterhilft.«

Krølle grinste. Wir haben euch längst am Wickel.

»Spiel ein bisschen mit denen, falls sie wieder auf dich zukommen. Lock sie aus der Reserve. Es soll nicht dein Schaden sein.«

»Na schön. Ich gebe mir Mühe. Aber jetzt muss ich erst mal zurück in den Dienst. Meine Pause ist längst um.«

»Alles klar. Du weißt ja, wie du uns erreichst.«

Der Kliniktyp machte sich auf den Weg. Krølle wartete darauf, dass Schmied wieder ins Auto steigen und die Rückreise antreten würde. Doch der Immobilienfuzzi rührte sich nicht, sondern zündete sich die nächste Zigarette an, und einen Moment später vernahm Krølle erneut seine Stimme. »Ja, erledigt. Er weiß Bescheid.« Pause. »Schon klar«, fuhr er schließlich fort. »Aber er ist nützlich und lenkt von uns ab. Das ist wichtig. Und bei dir? Haben sie dich im Blick?«

Krølle grinste.

»Ja, verstehe. Bis dann.«

Eine Minute später saß Schmied hinterm Steuer, und die Rücklichter seines Wagens verglommen in der Dunkelheit. Krølle blickte ihm einen Moment nach, dann ging er zu seinem Auto und rief Paulsen an. »Es gab ein Treffen mit einem Typen, der hier in der Klinik arbeitet und von der Kommissarin bereits befragt wurde. Namen sind nicht gefallen. Ich konnte eine Unterredung aufzeichnen.

Es dürfte nicht schwer sein, den Mann zu identifizieren und Adressdaten zu recherchieren. Und wenn es schnell geht, kann ich seine Bude noch heute Nacht verwanzen. Der Typ hat nämlich Nachtdienst.«

»Ich kümmere mich darum.«

»Ich könnte mir den Knaben natürlich auch einfach mal vornehmen. Das geht dann alles ein bisschen schneller, und wir verfügen über zuverlässige Aussagen.«

»Das ist nicht der Job!«, warf Paulsen ein.

Krølle grinste. »Schon klar. Sollte ein Witz sein.«

»Das glaube ich dir nicht.«

»Na gut.«

Gegen vier Uhr schickte Paulsen ihm Namen und Adresse. Eine gute Stunde später hatte Krølle sich Zugang zur Wohnung verschafft und Spyware installiert. Anschließend sah er sich in aller Ruhe um, fotografierte Dokumente, knackte den Laptop und kopierte die Festplatte. Kurz nach sechs verließ er die Wohnung durch den Hinterausgang.

Gegen acht Uhr früh kehrte er in seine Pension zurück. Er frühstückte in aller Ruhe, währenddessen lud er die gespeicherten Daten in eine zigfach gesicherte Cloud und schickte Paulsen eine kurze Mitteilung. Erst danach ging er unter die Dusche und legte sich ins Bett. Er brauchte keine zwei Minuten, um abzuschalten und einzuschlafen.

Sarah staunte nicht schlecht, als Kathleen ihr am nächsten Tag mitteilte, dass es eine Verbindung zwischen Harms, Schmied und Lehmann gab. »Es hat ein Treffen stattgefunden. Es gibt sogar eine Gesprächsaufzeichnung und jede Menge Material, das bei Lehmann gesichert wurde – verdeckt natürlich.«

»Ich bin beeindruckt.«

»Das hoffe ich. Die Daten sind bereits unterwegs zu euch. Wir müssen uns aufteilen, um sie so schnell wie möglich zu sichten.«

»Und wir haben zurzeit tatsächlich nicht die geringste Möglichkeit, die drei verschärft zu befragen?«

»Auf gar keinen Fall. Aus der Ferne beobachten und in Sicherheit wiegen, Strukturen aufdecken, Verbindungsleute enttarnen, und zwar so leise wie möglich. Und nebenbei löst ihr dort euren Mordfall und könnt euch womöglich sogar die Cold-Case-Akte vornehmen.«

»Nebenbei.« Sarah räusperte sich.

»Je länger sie davon ausgehen, dass wir nichts ahnen, desto besser sind unsere Chancen.«

»Ich weiß.«

»Höre ich ein Aber?«

»Nein, und wir müssen das nicht erneut diskutieren. Dennoch melde ich leise Bedenken an«, wandte Sarah ein. »Die sind doch nicht blöd. Und sowohl der Mord an Seffgen und als auch das Verschwinden von Sophia Month stellen keine isolierten Straftaten dar. Früher oder später stoßen wir auf den großen Zusammenhang, und das wissen die doch auch. Ich an ihrer Stelle hätte längst …«

»Sie sind misstrauisch und aufgescheucht, befinden sich jedoch zurzeit in einer abwartenden Haltung – um ja kein Aufsehen zu erregen. Davon können wir gesichert ausgehen. Und nun setzen wir alles daran, weiter Zeit für die Schaffung einer ausreichenden Beweislage zu gewinnen, die uns alle Handlungsmöglichkeiten lässt, und zwar bevor ein größerer Schaden entstanden ist«, warf Kathleen ein.

»Und das heißt im Klartext?«

»Unsere Geheimdienste hoffen auf einen Ermittlungserfolg, bevor sich die entscheidenden Leute auf und davon gemacht haben – mit wertvollen und sicherheitsrelevanten Informationen. Wäre mal was anderes.«

»Ich nehme an, sie vermuten auch Spitzel bei den Behörden?«, fragte Sarah.

»Selbstverständlich. Diesbezüglich herrscht ohnehin gerade jetzt eine verschärfte Sicherheitslage.«

Daher weht der Wind, dachte Sarah. Bei solchen Fällen ging es auch immer darum, die eigenen Reihen im Blick zu behalten. Das wäre nichts für mich, dachte Sarah. Ständiges Misstrauen, und dann wird ein Kollege identifiziert, den niemand auf dem Zettel hatte. Das war keine angenehme Arbeitsatmosphäre.

»Wie geht es aktuell für dich weiter?«, fragte Kathleen einen Augenblick später.

»Ich sehe mir den Unfall von Stefan Month genauer an sowie seinen Job. Ein Ingenieur mit breit gefächertem Wissen und kreativem Talent, noch dazu freiberuflich tätig – wer weiß, wohin diese Spur führen könnte …«

»Verstehe.«

»Und falls Harms Sophia Month im Blick hatte, muss es dazu noch wesentlich mehr Hinweise geben als bisher vorliegen«, fügte Sarah hinzu.

»Ich bin sicher, dass du etwas entdecken wirst. Aber hör dir zunächst an, was Schmied und Lehmann zu besprechen hatten. Ihr Gespräch bestätigt zudem unsere eingeschlagene Linie.«

»Okay, bis dann.«

Sarah blickte einen Moment ins Leere, während sie die Audiodatei herunterlud und die Gedanken kreisen ließ. Die Arbeit gestaltete sich immer aufwändiger, vielschichtiger und anspruchsvoller – LKA-Dezernate in Kiel, das Kommissariat in Flensburg, Spezialisten in Berlin, im Hintergrund und auf leisen Sohlen Geheimdienste, die alles verschärft im Blick behielten. Beschatter bewegten sich inzwischen im nahen Umfeld einzelner Personen, die plötzlich in den Fokus geraten waren und den Verdacht eines Spionage-Netzwerks – installiert in einem Betreuungsservice – immer wahrscheinlicher machten. Und mittendrin sie selbst – die Bornholmer Kommissarin, die aufgrund des Mordgeschehens die Ermittlungen mit ausgelöst hatte. Je tiefer sie gruben, desto mehr Auffälligkeiten und neue Aspekte wurden sichtbar – Sophia Month und ihr Vater, der alte Vermisstenfall und ein ungeklärter Fahrradunfall. Und dennoch war Sarah davon überzeugt, dass der geheimdienstliche Aspekt längst andere und deutlich weitere Kreise gezogen hatte, von denen sie nichts mitbekommen würde – ebenso wenig wie die Mitarbeiter und Kolleginnen im Bereich des LKA-Kiel und des Flensburger Teams. Diese Erkenntnisse waren herausgefiltert worden und blieben den besonderen Zirkeln vorbehalten. Womöglich hatten sie längst jemanden im Blick, der an einer ganz anderen Stelle Informationen bündelte und weiterleitete, und konnten sich nun, basierend auf den Recherchen zum Betreuungsservice, von einer dritten Seite nähern. Stichwort: Marinestützpunkt Eckernförde.

Im Grunde ähnelten die stetig ausufernden Nachforschungen auf frappierende Weise den verschlungenen und aufreibenden Ermittlungen, an denen sie so lange mitgewirkt hatte, um schließlich ihren Vater und sein Netzwerk zu stellen. Sie schüttelte den Kopf. Und kaum schien der Fall endlich gelöst und zu den Akten gelegt, war klar geworden, dass er sich längst in eine andere Richtung entwickelt hatte. »Es wird immer eine Dienststelle geben, die mit Hilfe deiner Erkenntnisse ihre eigenen Schlussfolgerungen zieht und auf dieser Grundlage Entscheidungen trifft – ohne dass du unmittelbar davon erfährst. Die Früchte deiner Arbeit fallen in den Schoß von Leuten, von denen du noch nie gehört hast – und sie veredeln sie dann, ohne dass du je etwas davon mitbekommst.«

So hatte Kathleen es mal ausgedrückt. Und es war darüber hinaus klar geworden, dass ihr das nicht gefiel. Sie arbeitete daran, genau zu jenem illustren Kreis von Kolleginnen und Kollegen zu gehören, die jeden Aspekt eines Falles kannten, einschließlich seiner Abgründe, Verwertbarkeit und Vielschichtigkeit. Kathleen wollte an konkret dieser Schaltstelle sitzen und sämtliche Schritte kontrollieren, und auf jede Entwicklung, die ihr vor Augen führte, dass die Geschehnisse – oder zumindest ein Teil davon – an ihr vorbeiliefen, reagierte sie massiv ungehalten. Das war bei den abschließenden Pirohl-Ermittlungen überdeutlich geworden. Die Frau konnte richtig sauer werden – das hatte sogar Hannah erfahren müssen.

Sarah war nach den gefährlichen Nachforschungen nicht mehr sicher, ob sie tatsächlich jeden einzelnen Winkelzug der Bedeutung eines Falles kennen musste, um sich mit ihrer Arbeit im Einklang zu sehen. Fest stand allerdings, dass sie nicht zur Ruhe kam, bevor sich Misstöne und Motivlage im Detail erschlossen. Bei den Recherchen entstand oftmals eine Vielzahl von einzelnen Puzzleteilen, die auf den ersten Blick nicht zusammenpassten oder einander sogar widersprachen. Doch sobald man begann, sie in Beziehung zueinander zu setzen und dabei Überschneidungen entdeckte, die den Zusammenhang schärften, entstand genau das: ein Bild. Womöglich voller Schatten, dunkler Flecken und bizarrer Gegensätze, und dennoch war eine zugrunde liegende Struktur erkennbar – wie der Firnis über einem Gemälde.

Mit der Auflistung aller Beteiligten hatte sie damals in den ersten dunklen Monaten auf Bornholm begonnen, die Rostocker Fälle in Angriff zu nehmen. Mit Hilfe einer Tapetenrolle und farbigen Stiften war ein großes Schaubild entstanden, in dem sie jeden Aspekt erfasst hatte: Namen, Opfer, Tatverdächtige, Orte, Bezüge, Hintergrund, Zeitlinien, Indizien, Hinweise, Querverweise und Beweise. Und sie hatte damals gedacht, dass sich das Geschehen auf diese Weise eindringlicher, lebendiger und anschaulicher erfassen ließe als in einer schnöden App.

Auch wenn die Fälle nicht vergleichbar waren, da aktuell längst klar war, aus welcher Richtung der Wind wehte – ihre damalige Vorgehensweise wirkte schon in der Nachbetrachtung anregend. Auf der Suche nach Knotenpunkten. Sie nickte nachdenklich. Dann spielte sie die Audiodatei ab. Eine Intrige, in Gang gesetzt von Leuten, die verhindern wollten, dass sie sich mit dem eigentlichen Hintergrund beschäftigten. Das war nichts Neues. Immerhin – sie waren unsicher und auf Ablenkungsmanöver angewiesen. Das bedeutete, dass sie Zeit gewinnen konnten.

Wenig später besorgte Sarah sich Filzstifte mit feiner Spitze, einen A1-Zeichenblock und eine große Wandtafel. Sie konnte es kaum abwarten, nach der Besprechung im Team in ihr Büro zurückzukehren. Monica Seffgen, die Umstände ihrer Ermordung auf Bornholm, Heinrich und Marina Kleisberg, die Geschwister, der Betreuungsservice, die Kundenliste, Raimund Harms, Michael Schmied, Sascha Lehmann; Sophia Month und ihr Vater Stefan, der Hamburger Journalist und die Restaurantbesitzerin. Welche gewonnenen Erkenntnisse waren bedeutsam? Wie detailliert und ausführlich mussten Nebenfiguren und familiäres sowie berufliches Umfeld und die Zeitschiene einfließen, ohne den Gesamteindruck zu verwässern, weil zu viele Informationen den Blick auch ablenken konnten?

Als Sarah Stunden später innehielt, tat ihre rechte Hand weh. Sie holte sich einen frischen Tee, dann blickte sie auf eine beeindruckend verzweigte Darstellung, die sie spontan an ihren Chemieunterricht erinnerte – Reaktionsformeln kompliziert aufgebauter Stoffe, die miteinander agierten, reagierten und schließlich etwas Neues entstehen ließen, manchmal hochexplosiv. Wenn wir uns auf den Ausgangspunkt konzentrieren, sehen wir einen brutalen Mord, überlegte sie zum wiederholten Mal und trank in langsamen Schlucken ihren Tee. Die Tatverdächtige Marina Kleisberg hatte perfekt ins Geschehen gepasst. Das Motiv erschloss sich auf Anhieb – Rache, Neid und Wut. Seffgen hatte dafür gesorgt, dass ihr Vater sich von seinen Kindern distanzierte, sie hatte sich zudem bereichert und durfte wohl mit einem Teil des Erbes rechnen. Und als es richtig eng geworden war, hatte Marina das Kaninchen aus dem Hut gezogen und die gesammelten Schnüffeleien – oder auch lediglich einen Ausschnitt daraus – präsentiert. Das hatte gereicht, mehrere Dezernate zu alarmieren und eine breit angelegte Ermittlung zu starten.

Sarah stellte ihre Tasse beiseite. Marina Kleisberg hatte Monica Seffgen ausspioniert, und ihre Vorgehensweise wirkte durchaus professionell. Die Frage, ob die älteste Tochter des ehemaligen Marineoffiziers womöglich noch deutlich mehr bewegt und angetrieben hatte und warum sie in einem Umfeld von ausgefeilten Schnüffleraktivitäten nicht bemerkt worden war, entzog sich nach wie vor einer eindeutigen Antwort.

Sarah nahm ihre Tasse wieder zur Hand, als es klopfte und die Kollegin Julia Kern eintrat. Sie blieb abrupt stehen, als ihr Blick auf das Wandbild fiel. »Okay … old school?«

»Manchmal hilft das kleinteilige Aufdröseln«, erwiderte Sarah. »Meiner Erfahrung nach.«

Die Kollegin stellte sich neben Sarah und scannte die Darstellung. Einen Moment blieb es still. »Der Lehmann hat für morgen zugesagt«, erklärte sie dann. »Er hat gerade angerufen und wirkte nahezu freundlich.«

Sarah lächelte. »Das wundert uns jetzt nicht.«

»Nein.« Julia wies auf das Wandbild. »Was meinst du – er dürfte der Mann fürs Grobe sein, oder?«

Sarah nickte nachdenklich. »Möglich. Gibt es schon Details zu seinem Lebenslauf?«

»Ja, aber nichts Auffälliges bezüglich der Delikte.«

Der Mann fürs Grobe, wiederholte Sarah stumm. Sie trat an die Tafel. »Der Unfall von Stefan Berg liegt vier Jahre zurück …« Sie drehte den Kopf und blickte Julia an.

Die Kollegin hob eine Braue. »Dieses Zeitfenster sollten wir uns noch einmal genauer ansehen.«

»Das denke ich auch.«

»Im Grunde ist es doch ganz einfach«, meinte Julia abschließend. »Ein lukratives Schnüffelgeschäft – unabhängig davon von, für wen hier spioniert wird – droht aufzufliegen, weil dieser Mord an Seffgen den Blick der Behörden geschärft hat.«

»Und davon wissen wir nur, weil eine Tatverdächtige die Katze aus dem Sack gelassen hat – das ist mir gerade auch wieder durch den Kopf gegangen. Ich schätze, da werden wir durchaus noch die eine oder andere Überraschung erleben.«

11

Sascha Lehmann gelang das Kunststück, zugleich entspannt und auf subtile Weise genervt zu wirken. Sarah hatte sich eingehend damit beschäftigt, wie sie in der Befragung vorgehen sollte, um dem Mann etwas zu entlocken, ohne die Position der ahnungslosen Polizistin aufzugeben. Das Material, das die Rechercheexperten inzwischen entdeckt hatten – allen voran Ben –, war zudem höchst aufschlussreich; es durfte sie nur nicht dazu verführen, alle Karten auszuspielen.

Der Mann fürs Grobe, dachte sie erneut an Julia Kerns spontane Beschreibung, als Lehmann Platz genommen hatte – ein schmaler Typ mit dunklen, neugierigen Augen, die sie aufmerksam musterten. Nun war ihm die Aufgabe zugefallen, abzulenken, ein wenig provokant aufzutreten und auf Zwischentöne zu achten. »Sie sind die, mit der ich telefoniert habe?«, fragte er.

»Sarah Pirohl. BKA-Verbindungsbeamtin in Dänemark.«

»Verstehe. Und nun sitze ich hier, weil wir noch mal alles durchkauen müssen?«

»Wir müssen ein Protokoll anfertigen – so lauten die Bestimmungen. Lassen Sie uns zusammenfassen …«

»Sehr gerne, denn es ist ganz einfach – Monica und ich sind ein paarmal zusammen in die Kiste gesprungen, und das war es dann auch schon wieder. Das unterschreibe ich Ihnen sofort.«

»Können Sie das zeitlich einordnen?«

»Liegt schon eine Weile zurück. Und es war kein großes Ding. Ein bisschen Zeitvertreib und Entspannung.«

»Und dann hat sie Schluss gemacht?«

»Es war einfach vorbei.«

»Das hat Ihnen nicht gefallen ...«

»Was soll das? Wollen Sie mir ernsthaft einen Strick aus dieser alten Geschichte drehen?«

Sarah setzte eine betont gelassene Miene auf. »Wie kommen Sie darauf? Das ist völlig unnötig. Ich untersuche den Mord an einer Frau, mit der Sie zeitweise in einer Firma gearbeitet haben. Daraus ergab sich eine kurze Liaison, wie Sie es beschreiben. Wir haben außerdem erfahren, dass Sie zu Aggressionen neigen, und Sie haben selbst erwähnt, dass Monica sich wohl für was Besseres hielt. Das gefiel Ihnen nicht, es gab eine streitlustige Auseinandersetzung, und nun zählen wir natürlich eins und eins zusammen und ...«

»Na bitte – Sie basteln daraus ein Motiv.«

»Beziehungsstress ist immer ein starkes Motiv.«

»Es gab keine Beziehung! Und das Ganze liegt Jahre zurück.«

»Lassen Sie uns über Ihr Alibi sprechen«, fügte Sarah hinzu. »Sehen Sie mal in Ihrem Kalender nach ...«

»Wo ich zur Tatzeit war?«

»So in etwa – ja. Das sind übrigens Routinefragen.« Sarah nannte ihm die Daten. Dabei wussten sie längst, dass Lehmann in der Zeit keinen Urlaub hatte. Er war zum Dienst eingeteilt.

»Ich war in der Klinik«, erklärte er schließlich. »Zehn Nachtdienste. Das können Sie jederzeit überprüfen.«

»Prima. Das werden wir tun. Erinnern Sie sich daran?« Sie schob ihm ein paar Fotos zu – die Bilder von jener Feier, die Ben ausgegraben hatte und Raimund Harms mit Sophia Month am Rand der Tanzfläche zeigten. Wie sich bei einer weiteren Überprüfung gezeigt hatte, war auch Sascha Lehmann an dem Abend mit von der Partie gewesen. Das Foto zeigte ihn an der Bar. Sein Gesicht war gut zu erkennen.

Er runzelte die Stirn. »Ach du liebe Güte – wie lange ist das denn her? Irgendeine Party. Und?«

»War Monica Seffgen auch dabei?«, fragte Sarah weiter. Auf den vorhandenen Bildern tauchte sie nicht auf, aber das musste ja nichts heißen.

»Keine Ahnung. Ich weiß noch nicht mal, wann das war.«

»Es dürfte ungefähr drei Jahre zurückliegen.«

»Damals war die Sache mit der Seffgen noch nicht aktuell.«

Nun gelang ihm interessanterweise doch eine zeitliche Einordnung, dachte Sarah.

»Also, was soll das? Graben Sie jetzt sämtliche Feiern aus, auf denen ich in den letzten Jahren war?«

»Das gehört manchmal zu meinem Job dazu«, gab Sarah gelassen zurück.

Lehmann beugte sich vor. »Entscheidend ist doch etwas ganz anderes: Ich war nicht auf Bornholm. Monica war schon ewig kein Thema mehr. Also? Was wollen Sie noch von mir?«

Sarah sah ihn wieder nachdenklich an. »Vielleicht haben Sie ja mal einen Streit bemerkt – oder Konflikte, mit denen Frau Seffgen konfrontiert war. Schließlich waren Sie auch Kollegen. Wir wissen außerdem, dass Monica Seffgen …« Sarah spitzte die Lippen. »Sie hat ihre Position ausgenutzt.«

»Ach?«

»Sie haben garantiert davon gehört. So etwas spricht sich in einem Betrieb schnell herum.«

Er setzte eine überhebliche Miene auf. »Ich arbeite schon längst nicht mehr dort. Das dürfte sich doch auch bis zu Ihnen herumgesprochen haben.«

Sarah lächelte. »Ach, kommen Sie – den einen oder anderen Kontakt werden Sie noch zu den ehemaligen Kollegen haben oder etwa nicht? Und wenn so etwas Dramatisches passiert und die Polizei zu ermitteln anfängt, greift man doch mal zum Telefon und tauscht sich aus. Auf Tratsch und Klatsch ist doch immer Verlass.«

Er zuckte mit den Achseln. »Und? Was hat Monica angestellt?«

»Ihre Kollegin hat Patienten und Kunden betrogen, ausgenommen. Das ist inzwischen eindeutig belegt.«

»Na ja, ich sagte ja bereits, dass sie sich schon immer für etwas Besseres hielt.«

»Stimmt, das sagten Sie. Und damit verband sich ihrer Ansicht nach das Recht, Patienten auszunehmen, zu bestehlen, ihr Vertrauen zu missbrauchen?«, fragte Sarah weiter.

»Das hätte sie wahrscheinlich anders ausgedrückt.«

»Und wie?«

»Sie hätte wohl eher von Geschenken gesprochen, die ihr zustanden«, meinte Lehmann.

Sarah atmete tief aus. »Worauf genau beruhte Monicas Selbsteinschätzung eigentlich?«

»Das sollten Sie eher ihren Therapeuten fragen«, erwiderte Sascha Lehmann lässig.

»Hatte Sie einen?«

»Das war ein Scherz!« Er verdrehte die Augen.

»Wir sitzen hier nicht, um zu scherzen«, entgegnete Sarah zum ersten Mal in schärferem Ton.

»Schon gut«, wiegelte Lehmann ab.

»Also noch einmal in aller Deutlichkeit – Monica Seffgen hat ihre Patienten betrogen, beklaut, ausgenommen, ihre Gefühle benutzt, wo immer sie konnte.«

»Sie hat insbesondere älteren Männern gerne Honig ums Maul geschmiert. Das war mein Eindruck«, erklärte Lehmann schließlich. »Aber ich war nicht dabei, wenn sie sich die Taschen gefüllt hat, falls Sie darauf hinauswollen. Allerdings bin ich nicht überrascht. Wie Sie längst wissen dürften, handelt es sich bei vielen Kunden des

Service um Leute mit dem nötigen Kleingeld. Wenn sie dann noch alt, verwitwet und einsam sind, werden sie gerne großzügig, sobald sie das Gefühl haben, im Mittelpunkt zu stehen. Außerdem überblicken sie vieles nicht mehr, zum Beispiel ihre Finanzen.«

»Diese Leute sind ein leichtes Opfer.«

Er nickte abwartend. »Monica war richtig gut darin, sich unabkömmlich zu machen und den Leuten das Gefühl zu geben, etwas ganz Besonderes, ja – einzigartig zu sein. Sie verstand das Spiel mit den Gefühlen. Gerade die alten Herren haben sich gebauchpinselt gefühlt. Wer weiß, was sie denen noch so alles versprochen hat.« Er zog eine Braue hoch. »Klingt unappetitlich? Muss es nicht. Auch achtzig-, neunzigjährige alte Herren – und Damen! – haben Bedürfnisse.« Das klang vergleichsweise ehrlich und nachdenklich.

Sarah wartete einen Moment, doch Lehmann fügte dem nichts mehr hinzu. »Monica Seffgen hat außerdem Informationen gesammelt – wir nehmen an, sie wollte ihre Kunden und Patienten erpressen, wahrscheinlich mit delikaten Details aus ihrem Leben. Was wissen Sie dazu?«

Er schüttelte den Kopf und setzte eine verblüffte Miene auf. »Nichts«, betonte er. »Das ist mir neu.«

Sarah lehnte sich zurück. »Wir gehen davon aus, dass es in Frau Seffgens Umfeld jemanden gibt, der über ihre Machenschaften bestens im Bild war und …«

»Sich gerächt hat?«

»Fällt Ihnen dazu mehr ein?«

»Na ja. Wenn ich ein Angehöriger wäre, dessen Vater ausgenommen oder gar erpresst wurde, hätte ich sicherlich ein Hühnchen mit ihr zu rupfen.«

»Dieses Motiv ist natürlich längst überprüft worden und steht weiterhin im Mittelpunkt unserer Nachforschungen«, erklärte Sarah.

»Ich wette, dass Sie dort bald fündig werden. Das liegt doch auf der Hand.«

Sascha Lehmann wirkte inzwischen deutlich ruhiger und selbstsicher, wenn auch nicht sonderlich erschüttert angesichts der Tatsache, dass eine ehemalige Kollegin, mit der er eine Affäre hatte, getötet worden war. Das allerdings war nicht von strafrechtlicher Relevanz. Sarah hatte den Eindruck, dass er längst davon überzeugt war, die Befragung im Griff und die richtigen Stichworte geliefert zu haben.

»Ich jedenfalls habe seit Ewigkeiten nichts mehr mit Monica zu tun gehabt«, fügte er achselzuckend hinzu.

Sarah überlegte nur kurz, dann zog sie ein weiteres Foto hervor. »Kennen Sie eigentlich diese Frau?« Das Bild zeigte Sophia Month.

Lehmann beugte sich darüber und atmete tief ein. Sarah war sicher, dass er die Frau erkannte.

»Sie war auch auf dieser Feier.«

»Wie schon erwähnt – ich kann mich kaum noch an die Party erinnern und schon gar nicht an diese Lady«, erwiderte und blickte langsam hoch. »Wer soll das sein? Auch eine Kollegin?«

Du spielst den Ahnungslosen, und zwar nicht einmal besonders überzeugend, dachte Sarah. »Nein. Wir sind bei den Recherchen zufällig auf sie gestoßen – das ist ein ganz anderer Fall«, erklärte sie, winkte gespielt beiläufig ab und deutete ein Seufzen an. »Sie verschwand vor drei Jahren spurlos, und nun haben wir sie ganz zufällig auf dem Foto hier entdeckt. Wäre schön gewesen, wenn wir dem Cold-Case-Team einen Hinweis hätten liefern können.«

»Ach so … Verstehe. Tja – nein, noch nie gesehen die Frau.«

»Schade – hätte ja sein können. Nun gut, dann war es das erst mal, Herr Lehmann.« Sarah stand auf. »Wir drucken das Protokoll zur Unterschrift aus, und dann können Sie gehen. Danke für Ihre Unterstützung.« Sie wandte sich zur Tür.

»Wie heißt die Frau eigentlich?«, fragte Lehmann mit übertrieben ahnungsloser Miene, als sie die Hand auf die Klinke legte.

»Kommt sie Ihnen doch bekannt vor?«

»Nein – reines Interesse.«

»Sophia Month. Ihr Vater war für einige Zeit auch Kunde des Service«, erwiderte Sarah. »Noch so ein Zufall.«

Lehmann sah sie abwartend an. Sarah lächelte und verließ den Raum. Sie wusste, dass sie mit dem letzten Punkt unsicheren Boden betreten hatte. Und doch könnte ihr gewagter Vorstoß dafür sorgen, dass Bewegung entstand. Lehmann war kein professioneller Spitzel, davon war sie überzeugt. Er nutzte jede Gelegenheit, nebenbei dazuzuverdienen, und sofern sein Job ihm eine lukrative Möglichkeit bot, wurde er aktiv. Ein schlechtes Gewissen oder moralische Bedenken konnte er kaum buchstabieren. Er erledigte seinen Job – und gab das zusätzliche Geld schnell wieder aus. Oder die Leute, die ihn benutzten, hatten ihn mit irgendeiner miesen Geschichte in der Hand. Viel mehr Möglichkeiten gab es nicht, warum Menschen sich in derartige Abhängigkeiten begaben.

Wenig später verließ der Krankenpfleger das LKA. Sarah blickte von ihrem Büro auf den Parkplatz und sah, wie er mit raschen Schritten zu seinem Wagen eilte. Sie ging davon aus, dass er beschattet wurde. Dann drehte sie sich zu ihrer Wandtafel um und ließ den Blick eine Weile unschlüssig schweifen, bis sie bei dem Namen von Sophia Months Vater hängen blieb. Die Auswertung der Unterlagen aus dem Notariat würde noch einige Zeit in Anspruch nehmen, doch soweit Sarah wusste, waren die ersten Dokumente zum beruflichen Hintergrund sowie dazu recherchierte Informationen bereits digitalisiert. Sie öffnete die Datei, vertiefte sich in die Auflistung und konzentrierte sich auf den Zeitraum in unmittelbarem Zusammenhang mit dem Unfall. Die Akte der Kollegen von der Verkehrspolizei bot dazu keinerlei Anhaltspunkte.

Sarah hob plötzlich den Kopf. War der Betreuer, der sich seinerzeit um ihren Vater gekümmert hatte, bereits genauer unter die Lupe genommen worden? Sie griff zum Telefon.

»Eine Aushilfe – ein Medizinstudent, der sich für einen vergleichsweise kurzen Zeitraum um ihn gekümmert hat«, erklärte ihr Julia Kern wenig später. »Der Mann ist inzwischen Arzt und hat nichts mehr mit dem Service zu tun.«

»Gibt es mehr zu ihm?«

»Bislang nicht. Das Profil gab einfach zu wenig her – im Sinne unserer Ermittlungen.«

»Ich würde trotzdem gerne mit ihm sprechen«, meinte Sarah nach kurzem Überlegen. »Vielleicht fällt ihm im Nachhinein etwas zu seinem Patienten ein. Und dabei wäre es hilfreich, im Vorfeld ein bisschen mehr zu ihm zu wissen.«

»Okay. Ich leite das weiter und melde mich.«

Doktor Harald Sander leitete inzwischen eine orthopädische Praxis in Kappeln. Als Sarah dort eintraf, brach soeben die Dämmerung an. Es war herbstlich kühl und trübe. Sie wartete eine gute Viertelstunde im bereits leeren Wartezimmer – die Sprechstunde war beendet, die Angestellten räumten auf und trafen Vorbereitungen für den nächsten Tag, irgendwo klingelte ein Telefon. Doktor Sander trat ein, als Sarah sich gerade entschlossen hatte, noch einmal höflich nachzufragen. Der Arzt war geschätzt zwei Meter groß, breitschultrig wie ein Footballspieler, zugleich jedoch spindeldürr, schwarze Locken fielen ihm bis auf die Schultern. Er war dreißig Jahre alt und hatte große Ähnlichkeit mit dem jungen Cat Stevens – an ihn erinnerte sich Sarah nur so eindringlich, weil ihre Mutter ihn verehrt hatte und immer noch ein Poster von dem schwarz gelockten Interpreten aus den späten 1970er Jahren in ihrem Zimmer hing. Manchmal spielte sie die alten Hits und geriet ins Schwärmen. Sarah war verblüfft – so wenig, wie sie mit ihrer Mutter zu tun hatte, war es schon bemerkenswert, dass sie sich ausgerechnet an einen ihrer Jugendidole erinnerte.

Doktor Sander lächelte. »Tut mir leid, wenn Sie länger warten mussten – ich hatte noch eine Videobesprechung mit einer Kollegin, und sie ist immer sehr redselig.« Er ergriff Sarahs Hand mit festem Druck, setzte sich zu ihr und blickte sie aufmerksam an. »Sie sind von der Polizei? Meine Mitarbeiterin meinte nur, dass Sie im Zusammenhang mit Ermittlungen Fragen zu einem ehemaligen Patienten haben. Was kann ich für Sie tun?« Er musterte sie aufmerksam. Sein Lächeln war ausgesprochen charmant, und Sarah empfand es als wohltuend, dass er sich nicht sofort auf die ärztliche Schweigepflicht berief.

Sie ließ den Moment auf sich wirken und zückte erst mit einiger Verzögerung ihren Ausweis, während sie sich vorstellte.

»Lassen Sie nur – ich glaube Ihnen.«

»Erinnern Sie sich an Stefan Month?«

Der Arzt überlegte kurz.

»Sie waren damals noch Student und haben für einen Betreuungsservice als Aushilfe gearbeitet. Month war bei einem Unfall schwer verletzt worden, und seine Tochter hat dafür gesorgt, dass er betreut wurde. Er war Mitte sechzig und alleinstehend.«

»Richtig … Warten Sie, das war in Kiel, nicht wahr?«

»Ja. Liegt circa vier Jahre zurück.«

Sander wischte sich eine Locke aus der Stirn und nickte. »Ein zäher Typ. Der dürfte mit seiner Konstitution hundert Jahre alt werden. Ich wünschte, ich wäre heute so fit, wie er damals war. Und dabei könnte er locker mein Vater sein.«

Sarah schüttelte langsam den Kopf. Sander blickte sie fragend an.

»Was ist passiert?«, fragte er.

»Er starb vor einem Jahr – sein Herz blieb stehen«, berichtete Sarah.

Sander blickte sie perplex an. »Das ist schwer vorstellbar«, sagte er schließlich. »Wie gesagt …« Er schüttelte den Kopf.

»Seine Frau, genauer gesagt Ex-Frau, beschrieb ihn ähnlich wie Sie«, fügte Sarah hinzu. »Jung geblieben und beneidenswert fit. Es war wohl der Kummer, der ihn das Leben gekostet hat.«

Sander sah sie interessiert an.

»Seine Tochter verschwand vor drei Jahren, ohne irgendeine Spur zu hinterlassen. Das hat er nicht verwunden.«

»Sie meinen, dass er gewissermaßen an gebrochenem Herzen starb?«

»Die genauere Diagnose kenne ich nicht, doch die Beschreibung seiner Ex-Frau lässt diese Erklärung wohl zu.«

Sander schlug eines seiner langen Beine über das andere. »Das ist … erschütternd.« Er zögerte und warf Sarah einen langen Blick zu. »Aber was genau führt Sie zu mir?«

»Das Verschwinden seiner Tochter Sophia ist ein Cold-Case-Fall, den ich neu aufrolle und so gründlich wie möglich untersuche – im Umfeld einiger anderer Ereignisse, um genau zu sein. So interessiert mich auch der Unfall, bei dem Stefan Month so schwer verletzt wurde und der nie aufgeklärt werden konnte.«

»Ich verstehe.« Sander nickte, dann warf er einen Blick auf die Uhr.

»Halte ich Sie von einem Termin ab?«

»Ehrlich gesagt – ja. Ich komme um vor Hunger! Mein Blutzuckerwert dürfte im Keller liegen.« Er lächelte kurz. »Haben Sie ganz spontan etwas Zeit und vielleicht auch Lust auf ein gemeinsames Abendessen?«

»Durchaus.«

Zwanzig Minuten später saßen sie in einem einfachen Fischrestaurant an der Schlei. Sander hatte zwei kurze private Nachrichten verschickt und schließlich sein Smartphone auf lautlos gestellt. Als der

Fisch serviert wurde, spürte Sarah erst, wie hungrig sie war. Minutenlang aßen sie schweigend. Schließlich seufzte der Arzt zufrieden und suchte Sarahs Blick. »So, der erste Hunger ist gestillt.« Er griff nach seiner Serviette. »Jetzt kann ich mich auch wieder auf etwas anderes konzentrieren. Stellen Sie Ihre Fragen. Ich bin gespannt. Soweit ich mich erinnere, hatte ich noch nie etwas mit der Polizei zu tun.«

»Schön, dass Sie das so locker sehen.« Sarah legte ebenfalls kurz ihr Besteck beiseite und trank einen Schluck. Sie überlegte einen Moment. »Haben Sie Sophia Month je kennengelernt?«

»Ja – wir haben uns zu Beginn der Maßnahme kurz zusammengesetzt und die wesentlichen Dinge besprochen und zwischendurch auch mal telefoniert.«

»Ist Ihnen damals etwas aufgefallen, was jetzt im Nachhinein und in Kenntnis der Ereignisse bedeutsam sein könnte – im Gespräch mit Sophia und auch mit ihrem Vater?«

»Na ja …« Er legte seine Serviette wieder zur Seite und aß langsam weiter. »Stefan Month war wohl der Meinung, dass dieser Unfall kein Unfall war.«

Sarah hielt inne. »Der Verantwortliche hat Fahrerflucht begangen. Er konnte nicht ermittelt werden.«

»Das weiß ich. Aber Stefan meinte mehrfach, dass der Wagen es auf ihn abgesehen hatte. Er war ziemlich erbost.«

»Und warum sollte ihn jemand auf dem Kieker haben? Hatte er einen Verdacht, über den er sprach?«

Der Arzt überlegte. »Er hat irgendeinen Auftrag oder auch eine Zusammenarbeit abgelehnt – so erzählte er mir, ohne ins Detail zu gehen. Er wirkte nur … ja, aufgebracht.«

Sarah beugte sich vor. »Und seine Tochter? Hat sie sich dazu geäußert?«

»Nein. Daran erinnere ich mich nicht.« Doktor Sander wiegte den Kopf. »Ich hielt das für ein bisschen … na ja, es klang sehr nach

Verschwörungstheorie. Ich habe nicht so viel darauf gegeben, um ehrlich zu sein. Der Mann war ja ansonsten fit, und wenig später hatte er meine Hilfe gar nicht mehr nötig.«

»Und eine Weile danach verschwand seine Tochter, sie war Dozentin für Architektur in Hamburg«, fügte Sarah hinzu.

Er sah sie forschend an. »Das wusste ich nicht. Ich war im Endspurt meines Studiums und hatte kaum Zeit, regelmäßig zu schlafen. Nachrichten, Fernsehen, Internet – es ist an mir vorbeigegangen, wie so vieles andere auch.«

»Das ist nachvollziehbar. Und jetzt sind Sie Leiter einer großen Praxis und verfügen auch nicht über viel mehr freie Zeit, oder?«

Er lächelte. »Da könnten Sie recht haben.« Dann runzelte er die Stirn. »Habe ich noch mehr verpasst?«

»Eine langjährige Mitarbeiterin aus dem Betreuungsdienst wurde vor einigen Wochen ermordet – Monica Seffgen.«

»Das ist die Pflegerin, die auf Bornholm getötet wurde?«

»So ist es.«

»Doch, davon allerdings habe ich gehört. Allerdings kannte ich die Frau so gut wie gar nicht. Ich glaube, wir sind uns einmal bei einer Besprechung in größerem Kreis über den Weg gelaufen.« Sander trank einen Schluck. »Und Sie sehen einen Zusammenhang zwischen diesen Geschehnissen?«, fragte er dann verblüfft. »Stefans Unfall, das Verschwinden seiner Tochter und dieser Mord?«

»Es ist eher so, dass der Vermisstenfall zufällig im Umfeld der Recherchen auftauchte«, erwiderte Sarah. Der Unfall, Harms' Zusammentreffen mit der Tochter, das Verschwinden von Sophia, die Wohnung, die Schmied als Makler übernommen hat, reihte sie in Gedanken die Überschneidungen auf, die alles Mögliche bedeuteten, aber sicher kein Zufall waren.

»Und Sie fassen nach«, meinte Doktor Sander. »Das ist nachvollziehbar, und ich wünschte, ich könnte Ihnen mehr dazu sagen …«

Er runzelte plötzlich die Stirn. »Warten Sie, vielleicht habe ich doch etwas, was für Sie bedeutsam sein könnte.«

Sarah blickte ihn gespannt an.

»Month hat, glaube ich, jemanden gefeuert oder die Zusammenarbeit beendet – Teile eines Telefonats dazu habe ich zufällig mitbekommen, als ich da war.«

Sarah beugte sich vor. »Haben Sie dazu mehr aufschnappen können?«

»Month verwahrte sich gegen irgendein Angebot oder einen Auftrag, während sein Kollege oder auch Mitarbeiter ihn von einer guten Gelegenheit überzeugen wollte. Vielleicht war es auch ein Geschäftspartner.« Sander hob die Hände. »So ähnlich klang es. Bitte zitieren Sie mich nicht. Genauer kann ich es nicht wiedergeben, ich habe ja nicht gelauscht, und das Ganze liegt auch schon eine Weile zurück. Fest steht, dass er ziemlich aufgebracht war. Es könnte sich dabei natürlich um ganz normalen Berufsstress gehandelt haben. Month war ja noch als Ingenieur tätig. Und in deren Alltag dürften Stress und Ärger der unterschiedlichsten Art auf der Tagesordnung stehen – so wie bei Ihnen auch.« Der Arzt lächelte wieder sein charmantes Lächeln. »Trinken Sie noch einen Espresso, oder schlafen Sie dann die halbe Nacht nicht?«, fügte er hinzu.

Das macht nichts, dachte Sarah. »Das wäre nicht das erste Mal.«

Eine halbe Stunde später verabschiedete sie sich von Doktor Sander und schob den kleinen Flirt, der sich zwischen ihnen angebahnt hatte, rasch beiseite. Während der Rückfahrt entschied sie spontan, ins LKA zu fahren, auch wenn es schon spät war. Sie war hellwach. Schließlich saß sie minutenlang vor dem Schaubild, ergänzte es mit Sanders Angaben und schrieb ein Memo für die Teams, bevor sie sich in Months Dokumente vertiefte.

Kurz nach Mitternacht stieß sie auf einen Namen. Matthias Schröder – ein Baustatiker, der in Norddeutschland tätig war –

hatte häufig mit Stefan Month zusammengearbeitet, doch die Kooperation endete nach Months Unfall. Allerdings war der Ingenieur insgesamt kürzergetreten, wie Sarah feststellte – das belegten auch seine Buchhaltungsunterlagen. Und als Sophia verschwand, hatte er nur noch wenige Aufträge angenommen.

Sarah ließ den Namen in der polizeilichen Datenbank durchlaufen – ohne etwas zu entdecken. Das ist ein Fall für die Recherchespezialisten, dachte sie und beschloss, Feierabend zu machen. Die Wirkung des Espresso ließ zudem deutlich nach. Eine letzte Anfrage, entschied sie dann und gab den Namen in der allgemeinen Recherche ein. Beim vierten Treffer der Suchmaschine tauchte Matthias Schröder auf einem Foto von einem Richtfest in Hamburg auf. Sarah stutzte – das Gebäude kam ihr bekannt vor. Sie schlug die Adresse nach. In dem Haus befand sich die Online-Redaktion des Journalisten aus der Hansestadt – Frank Rottner. Er hatte den Service für seine Tante gebucht – eine alte Dame, die sich für Russland begeistert hatte, wie Sarah sich sofort an das Gespräch in der Hansestadt erinnerte. Ihre Müdigkeit verflog, als sie darüber hinaus auf einem anderen Foto einen weiteren Bekannten entdeckte: Michael Schmied.

Sarah atmete tief ein, stand auf und ging ein paar Schritte, dann setzte sie sich wieder. Bau- und Ingenieurwesen, Bauprojekte, Immobilien, Berichterstattung – welche Verbindungen bestanden hier vor welchem Hintergrund? Und welche weiteren Verknüpfungen würden sich bei Einbeziehung der Kundenliste von Monica Seffgen ergeben? Existierten weitreichende Pläne? Ein mulmiges Gefühl durchströmte sie. Welchen Auftrag oder welche Zusammenarbeit hatte Stefan Month warum abgelehnt? Einzelheiten dazu würden sie nicht mehr erfahren, überlegte Sarah. Womöglich hatte Stefan Month sich mit seiner Tochter darüber ausgetauscht – und als Architektin hatte sie unter Umständen nachvollziehen können, worum es dabei gegangen war. Dokumente oder Hinweise dazu hatten sich vielleicht in der Hamburger Wohnung befunden. Stefan Month war tot, und seine Tochter lebte wahrscheinlich auch nicht mehr.

Sarah stand erneut auf und trat an das Schaubild. Sie fügte den Namen von Matthias Schröder ein und zog mehrere Verbindungslinien. In einer zweiten Spalte notierte sie in Kurzform Anmerkungen und Fragen, Anregungen und Befürchtungen. Dann fotografierte sie ihre Darstellung und schickte sie Kathleen, ergänzt um ein detailliertes Update. Sarah war sicher, dass sich die Berliner unverzüglich mit den neuen Hinweisen beschäftigen würden.

Zehn Minuten später fuhr sie in ihre Dienstwohnung. Ihr war plötzlich schwindlig vor Müdigkeit.

12

Kathleen hatte Sarahs Nachricht noch in der Nacht an Ben weitergeleitet. Als sie um sieben Uhr früh im Büro eintraf, brannte bei dem Kollegen bereits das Licht. Nichts anderes hatte sie erwartet. Kathleen goss sich eine Tasse Tee ein und ging zu ihm hinüber. Ben sah kurz hoch und nickte mit knappem Gruß.

»Und? Hast du schon was zu dem Typen?«

»Na ja, auf den ersten Blick macht der Mann einfach seinen Job. Er ist ein gefragter Statiker und verdient gutes Geld mit seinem Büro. Details habe ich auf die Schnelle dazu natürlich noch nicht vorliegen. Wenn du mich fragst, fährt er allerdings ein ziemlich großes Auto, seine Frau ebenfalls, und das Haus, das die beiden vor einiger Zeit am Plöner See gekauft haben, dürfte kaum mit dem Geldbeutel des Durchschnittsverdieners finanzierbar sein – das trifft allerdings auf viele Immobilien in der Gegend zu. Da hilft nur erben oder klauen. Hinzu kommen weite Reisen – Karibik und so weiter.«

»Spielraum also?«

»Ich schätze schon. Vielleicht existiert auch ein gewisses Familienvermögen, doch den Verdacht, dass da noch Geld über andere Kanäle geflossen ist, können wir durchaus im Kopf behalten. Verifizieren kann ich das aber nicht innerhalb einiger Stunden. Was ansonsten auffällt und ziemlich interessant ist …« Ben wies auf den zweiten Monitor. »Es gibt Verbindungen zu zahlreichen anderen Namen im Umfeld der Kundenliste. Die Kollegin Sarah hat da mit ihrem bunten Schaubild und ihren Querstrichen durchaus etwas deutlich gemacht.«

Kathleen zog sich einen Stuhl heran und setzte sich neben Ben.

»Schröder taucht bei mehreren anderen Projekten des Immobilientypen Schmied auf – was nicht weiter verwunderlich ist. Diese Zusammenarbeit liegt nun mal in der Natur der Sache in der Branche. Doch darüber hinaus existieren Verbindungen in die Baubehörde und zu verschiedenen Bauvorhaben sowie zu mehreren Leuten, die zugleich auf der Liste des Servicedienstleisters zu finden sind.«

»Beispiel?«

Ben tippte auf seine Datenauswertung. »Schröder hat bei Sanierungsarbeiten für das Privathaus eines Wissenschaftlers mitgewirkt, der den Service für seine Mutter beauftragt hatte. Sein Büro hatte zudem den Statik-Job für ein Amtsgebäude in Hamburg sowie für aufwändige Arbeiten im Rathaus Kiel – und auch dort finden wir Übereinstimmungen zu Namen, die auf der Liste stehen.«

Kathleen runzelte die Stirn. »Und um welchen Auftrag könnte es sich bei Stefan Month seinerzeit gehandelt haben, zu dem dieser Streit entbrannte? Falls der damalige Betreuer Doktor Sander sich korrekt erinnert.«

Ben öffnete ein weiteres Dokument. »Ich schätze, dass es um dieses Projekt gegangen sein könnte – die Komplettsanierung eines Luxushotels in Schwedeneck, das hauptsächlich für Tagungen, Geschäftstreffen und politische Veranstaltungen genutzt wird.«

Kathleen warf Ben einen langen Blick zu. »Month war als Ingenieur für diesen Auftrag gefragt? Ist das sicher?«

»In seinen Buchhaltungsunterlagen finden sich mehrere Bewirtungs- und Fahrtkostenbelege für Treffen in der Gegend. Sie passen auch in den Zeitrahmen. Die Zusammenarbeit fand jedoch über diese erste Phase hinaus keine Fortsetzung.«

»Nun, er war nach dem Unfall außer Gefecht gesetzt.«

»Richtig. Aber womöglich wollte ihn jemand erschrecken – weil er Bedenken angemeldet hatte, welcher Art auch immer.«

Kathleen ließ den Atem laut entweichen. »Das Telefonat, das Doktor Sander mitbekommen hat, fand wenig später statt.«

»Stefan Month hat sich jedoch nicht einschüchtern lassen, sondern Schröder abgesagt«, meinte Ben. »So könnte es gelaufen sein.«

»Und nicht lange danach verschwand Sophia, seine Tochter.«

»Doch ihr Vater hat nie einen Zusammenhang zu einem Bauprojekt und Konflikten hergestellt, als die Polizei damals die Suche aufnahm. Warum nicht?«

»Weil er möglicherweise unter Druck gesetzt worden war und ahnte oder sogar wusste, was hinter dem Verschwinden seiner Tochter stecken könnte. Er hatte Angst um sie, vielleicht wurde er sogar erpresst. Oder Sophia wusste einfach zu viel«, mutmaßte Kathleen. »Die Polizei hat ja ohnehin nur die Ermittlungen aufgenommen, weil eine Zeugenaussage dazu vorlag, dass sie entführt worden sein könnte. Sonst wäre das Ganze gar nicht weiterverfolgt worden. Dieser Zusammenhang bietet sich an, wenn wir unsere Spekulationen zu einer These ausweiten.«

Ben stand auf und goss sich frischen Kaffee ein.

»Die Frage ist jedoch, was konkret dahintersteckt«, führte Kathleen ihre Überlegungen fort. »Welche Baumaßnahmen könnten geplant gewesen sein? Oder was hat Month dabei vielleicht zufällig entdeckt? Die uns vorliegenden Unterlagen geben kaum noch etwas dazu her – und das Beweismaterial dürfte längst vernichtet sein, falls es je existierte.«

Ben setzte eine angestrengte Miene auf, dann legte er die Hände aneinander und stützte das Kinn auf die Fingerspitzen. »Wir vermuten, dass es um Spionage geht, nicht wahr? Um heimlichen Erkenntnisgewinn, Schnüffeleien, die für was auch immer genutzt werden können. Zentrum der ganzen Geschichte: Mitarbeiter eines Serviceunternehmens, das beste Kontakte hat und daraus Kapital auf vielfältige Weise schlägt – was wohl offensichtlich Monica Seffgen sehr wörtlich genommen hat. Betroffen sind Privat- und Geschäftsleute ebenso wie Politiker, Behörden, Wissenschaftler. Eine Spielwiese, die national, international und auch im privaten Umfeld genutzt werden kann.«

Kathleen nickte. »Und zwar auf denkbar unauffällige Weise. Ohne den Mord auf Bornholm wüssten wir nicht das Geringste dazu.«

»Ganz genau«, stimmte Ben zu. »Und nun stell dir mal vor – um wieder zu den Bauprojekten zurückzukommen –, dass bei größeren Maßnahmen oder Neubauten in Hotels, Regierungsgebäuden und so weiter hoch entwickelte Spyware gleich mitverbaut wird. Und zwar Spezialgeräte, die sonst nur in militärischem Zusammenhang benutzt werden und die mithilfe eines Profis – eines Tüftlers und begabten Ingenieurs – unentdeckt bleiben.«

Kathleen starrte Ben fassungslos an. »Meinst du das ernst?«, fragte sie in rauem Ton.

Er zuckte mit den Achseln. »Nur mal so angedacht ...«

»Ein Horrorszenario.«

»In den solchermaßen verkabelten Gebäuden könnten ständig Informationen abgefangen werden, ohne dass jemand von außerhalb noch aktiv werden muss – die Chinesen verstehen sehr viel von dieser Technik. Keine aufwändige Observation mehr, bei der zu viel übersehen wird oder schiefgehen kann oder die Beschatter dann doch auffallen. Es geht nur noch um die Aktivierung einer verbauten Anlage, deren Standard so hoch ist, dass sie höchstens mit militärischen Geräten identifiziert werden kann. Wie klingt das?«

»Das sagte ich schon: scheußlich. Und ich hoffe, du übertreibst einfach nur maßlos und überlässt dich deiner schrillen Phantasie.«

»Ich befürchte, dass solche Maßnahmen längst nicht mehr dem Phantasiegeschehen angehören.«

»Wie könnten wir einem solchen Verdacht nachgehen?«

»Nicht so einfach. Es wird natürlich keine offiziellen Einfuhrlisten für derartiges Material geben. Die Geheimdienstler müssten sich da mal hinterklemmen. Und natürlich würde ich mir ein fertiges Bauprojekt sowie Pläne und Zeichnungen durchaus mal näher ansehen. Selbst wenn die Originale entsprechend unauffällig abgewandelt wurden, dürfte es nachvollziehbare Änderungen geben.« Ben hob eine Braue. »Dieser Schröder dürfte dazu eine Menge wissen – und ganz sicher hat der irgendwo die echten Pläne –, soweit mein Ansatz stimmig ist.«

»Ich spreche mit dem Chef. An dem sollten die Kieler in jedem Fall erst mal dranbleiben.«

Als Kathleen zwei Stunden später von einer Besprechung mit ihrem Chef in ihr Büro zurückkehrte, konnte sie sicher sein, dass die zuständigen Leute zeitnah in Kenntnis gesetzt wurden, kaum dass sie den Raum verlassen hatte. Ben neigte nicht zu hysterischen Verschwörungstheorien. Das wusste auch Oliver Mahlen. Und Versuche, Spyware so gut wie möglich zu verstecken – oder zu verbauen –, war keine neue Erfindung. Ein derartiges Szenario in dem von Ben ausgemalten Umfang und angesichts der Befürchtung, dass der KGB beziehungsweise seine Nachfolgedienste angesichts einer brenzligen politischen Lage in Europa ihre Hände im Spiel hatten, käme jedoch einer hochbrisanten Entwicklung gleich. Telefone abhören, GPS aktivieren und Accounts hacken, um Menschen in die Enge zu treiben, Kampagnen loszutreten oder Informationen für perfide Zwecke auszunutzen war gestern. Heute lassen wir die Leute in Häusern agieren, die rund um die Uhr alles aufzeichnen – um dann mit eigens entwickelten Programmen Stichworte zu filtern, Bedeutsames zu sichern, Profile zu speichern, Material zu verwenden.

Wenn Kathleen nicht alles täuschte, war Mahlens Gesichtsfarbe dezent erblasst – auch wenn die konkrete Beweislage bisher dürftig war.

»Stell dir mal vor, politische Verhandlungen hinter verschlossenen Türen oder Einsatzbesprechungen bei der Polizei wären nicht mehr sicher«, hatte sie schließlich noch hinzufügt. »Die Lauscher wären immer einen Schritt weiter oder zwei …«

Ihr Chef hatte geschwiegen, und wenig später war ihre Besprechung beendet. Was Kathleen keine Ruhe ließ, war die Rolle von Stefan Month – der Streit, das Schweigen des Ingenieurs, sein früher Tod. Es musste Hinweise geben, die den Hintergrund dieses Streits beleuchteten. Sie aß eine Kleinigkeit und rief dann Sarah an. Den Hintergrundgeräuschen nach zu urteilen, war sie im Auto unterwegs. »Hast du ein paar Minuten für ein Update?«

»Natürlich.«

Sarah sagte kein Wort, nachdem Kathleen Bens Überlegungen erläutert hatte. »Und wir brauchen mehr zu Stefan Months Streit mit dem Statiker«, fügte sie schließlich hinzu. »Falls es so war, wie wir vermuten, muss es doch irgendeinen Ansatz geben, der uns weiterführt.«

»Das ist mir auch durch Kopf gegangen«, erwiderte Sarah. »Ich habe mich gerade mit einem Freund von Stefan Month verabredet und bin auf dem Weg zu ihm. Die beiden sind früher oft gemeinsam mit dem Rad unterwegs gewesen – lange Touren an der Ostsee. Ich bin auf ihn gestoßen, als ich mir alte Kalendernotizen genauer angesehen habe, die sich unter den Dokumenten aus dem Notariat befanden. Er muss sich mit jemandem ausgetauscht haben – der Mann ist völlig erschüttert gestorben! Er wird das nicht komplett für sich behalten haben.«

»Es sei denn, man hat ihm klargemacht, dass genau davon das Leben seiner Tochter abhängt. Entweder er schweigt, oder Sophia stirbt.«

»Sie ist längst tot.«

»Das ist wohl zu befürchten.«

»Nun gut, ich hoffe, ich erfahre mehr. Und dieser Schröder …«

»Den überlässt du vorerst uns«, warf Kathleen ein. »Du bist die Kommissarin für den Cold-Case-Fall und …«

»Dabei habe ich Schröder entdeckt!«

»Du weißt, was ich meine. Komm nicht aus der Deckung. Selbst wenn unsere Befürchtungen nur zur Hälfte zutreffen – Leute mit Plänen, die sie seit Jahren auf hochprofessionelle Weise vorantreiben, dürften kein Problem damit haben, eine vorwitzige Kommissarin zu beseitigen. Wer weiß, wie viele Menschen in diesem Zusammenhang bereits ihr Leben lassen mussten, ohne dass es den geringsten Hinweis auf einen strafbaren Hintergrund gab. Vergessen wir nicht, dass der Betreuungsdienst auf denkbar unauffällige Weise hochpotente Medikamente einsetzen kann.«

Stille.

»Ich meine es ernst, Sarah«, betonte Kathleen. »Da laufen ein paar richtig schräge Sachen. Unternimm keine spontanen Aktionen, auch wenn sie dir in dem Moment sinnvoll und folgerichtig scheinen. Es war schon ein bisschen drüber, dass du in der Vernehmung mit Lehmann auf Sophia Month hingewiesen hast.«

Erneutes Schweigen.

»Melde dich.«

»Mach ich.«

Kathleen legte das Telefon beiseite. Sarah würde in keinem Dezernat der Welt einfach nur ihre vorgeschriebene Rolle und die damit verbundenen Aufgaben übernehmen. Sie schoss immer übers Ziel hinaus, wenn die Ermittlungen nach ihrer Ansicht ein schärferes Vorgehen oder eine plötzliche Finte nötig machten. Das hatte in der Vergangenheit im Endergebnis zu bemerkenswerten Resultaten geführt, daran bestand keinerlei Zweifel. Doch die Risiken waren nicht zu unterschätzen, die Abläufe in den Teams wurden nachhaltig gestört, und Vorgesetzte fühlten sich immer wieder übergangen, nicht nur auf Bornholm. Kathleen räusperte sich. Lassen wir das. Sie macht zweifelsohne einen guten Job, und Kathleen würde viel dafür geben, wenn sie sich ins Berliner Team integrieren ließe. Sarah hatte ein Gespür für die versteckten Berührungspunkte, wie sich gerade wieder gezeigt hatte. Das war ihre große Stärke.

Bernd Granther und Stefan Month hatten sich während des Studiums kennengelernt und waren in lockerem Kontakt geblieben. Granther, ein paar Jahre jünger, war später als Bauleiter nach Lübeck gegangen und hatte einige Zeit im Ruhrgebiet gearbeitet, bevor er schließlich an die Küste zurückgekehrt war und nun nördlich von Kiel in Freidorf lebte – zusammen mit seinem Mann, einem Fotografen, der sich auf Industriefotografie spezialisiert hatte.

Granther hatte einem Gespräch zugestimmt, sein Zögern war allerdings deutlich spürbar, und diese Zurückhaltung zeigte sich auch bei der Begrüßung. Granther war ein kleiner unscheinbarer Mann, der jünger als Mitte sechzig wirkte; er strahlte Unsicherheit aus, als wolle er einen unangenehmen, aber unabwendbaren Termin so schnell wie möglich hinter sich bringen. Er führte Sarah in ein kleines behagliches Wohnzimmer und blieb in der Tür stehen, als sie Platz genommen hatte. Sie warf einen Blick durch den Raum – auf der Fensterbank hatte sich eine Katze auf einem Kissen eingekringelt, ein kleiner Holzofen bollerte leise vor sich hin, im Hintergrund war leise Musik zu hören; an einer Wand hingen Landschaftsfotos von der Küste. Verträumte Ecken, Sanddünen, der Blick übers Meer, ein Leuchtturm unter winterblauem Himmel.

»Möchten Sie etwas trinken? Kaffee?«, fragte er höflich.

»Sehr gerne.«

Kurz darauf nahm er Sarah gegenüber Platz. Sie entschied, nicht lange um den heißen Brei herumzureden. »Ich bin hier, weil ich hoffe, dass Sie mir etwas zu Ihrem Freund Stefan Month sagen können.«

Er nickte, blickte auf seine Tasse und sah sie schließlich an.

»Sie wirken alles andere als begeistert, wenn die Bemerkung erlaubt ist.«

»Merkt man das so deutlich?«

»Es steht Ihnen quer über die Stirn geschrieben.« Sarah lächelte vorsichtig. »Ich kann wohl froh sein, dass Sie dem Gespräch überhaupt zugestimmt haben.«

»Nun … Ich bin nicht sicher, dass ich den Hintergrund Ihres Besuchs tatsächlich verstanden habe. Stefan ist vergangenes Jahr gestorben, und ich bin immer noch betroffen, auch wenn wir in letzter Zeit wenig Kontakt hatten.«

»Warum, wenn ich fragen darf?«

»Er hatte sich zurückgezogen. Wir haben uns früher regelmäßig getroffen, sind Rad gefahren oder gesegelt. Er hatte sich vergraben, war wenig zugänglich. Das war ganz ungewohnt.«

»Denken Sie, dass der Unfall der Auslöser war?«

»Ja, der hatte offenbar deutlich mehr verändert, als es anfangs schien, und als seine Tochter verschwand, war er völlig erschüttert.«

Sarah griff nach ihrer Tasse. »Hat er sich mit Ihnen darüber ausgetauscht?«

Granther musterte sie abwartend. »Sie suchen nach Sophia? Nach all den Jahren?«

»Möglicherweise steht ihr Verschwinden im Zusammenhang mit anderen Geschehnissen.«

Bernd Granther strich seine Hose glatt. Einen Moment wirkte er perplex. »Wissen Sie … Stefan hat Andeutungen gemacht, die ich für völlig absurd hielt. Ich hatte das Gefühl, dass er …« Er senkte kurz den Blick. »Ich weiß nicht, ob ich das überhaupt erwähnen sollte.«

»Unbedingt. Darum bin ich hier«, betonte Sarah. »Ich hoffe, etwas zu entdecken – vielleicht nur ein Stichwort, das zu einer neuen Spur führen könnte.«

»Sie nehmen das tatsächlich ernst?«

»Natürlich. Was genau hat er Ihnen erzählt?« Ihre Stimme klang dezent angespannt, das hörte sie selbst.

»Es ging um einen neuen Auftrag, ein Projekt ...« Bernd Granther schüttelte den Kopf. »Mit den Bauplänen beziehungsweise der Ausführung stimmte etwas nicht. Der Statiker ...«

»Kennen Sie den Namen?«

»Schröder, soweit ich mich erinnere.«

»Kannte Stefan ihn von anderen Projekten?«

»Ich bin nicht hundertprozentig sicher, aber das ist sehr gut möglich. Auf jeden Fall ist Schröders Statikbüro gut im Geschäft. Er wollte Stefan überreden, bei einem Projekt ein Auge zuzudrücken – so ungefähr klang Stefans Beschreibung.«

»Wie darf ich mir das vorstellen? Ich bin ja nicht vom Fach«, warf Sarah ein.

»Kaum eine Branche muss sich mit so vielen Richtlinien, Regelungen und Vorgaben herumschlagen wie das Baurecht, und die wenigsten steigen da komplett durch, nicht mal die Fachleute«, erklärte Granther. »Auch in den Behörden sehen sich die Sachbearbeiter nicht jede Wand, jedes Kabel, jede einzelne Zeichnung und so weiter an. Das wäre kaum durchführbar. Und so manches Mal wird großzügig über dieses oder jenes hinweggesehen, und hin und wieder beschleunigen gute Kontakte das langwierige Verfahren – wenn Sie verstehen, worauf ich hinauswill.«

»Ich denke ja. Doch inwiefern hätte Stefan ein Auge zudrücken können?«

Granther schüttelte den Kopf. »Dabei kann es nur um eine Trickserei gegangen sein und die Aufforderung, seine guten Verbindungen spielen zu lassen. Stefan hat da jedenfalls noch mal nachgehakt und etwas aufgeschnappt und ist der Sache nachgegangen.«

»Welcher Sache?«

»Das hat er nicht gesagt – das wollte er nicht sagen. Es klang ziemlich nebulös.«

Sarah atmete tief durch.

»Er stand unter Stress«, fuhr Granther fort. »Dann geschah der Unfall, und ich war fest davon überzeugt, dass das nur passieren konnte, weil er so angespannt war. Aber er behauptete …«

»Dass ihn jemand absichtlich angefahren hatte.«

»Genau. Und als dann schließlich Sophia verschwand …« Granther schüttelte den Kopf. »Stefan war völlig niedergeschlagen und hysterisch zugleich. Ich war fast versucht, davon auszugehen, dass er bei dem Sturz eine Kopfverletzung davongetragen hatte, die diese heftige Reaktion verursachte. So hatte ich ihn noch nie erlebt.«

»Sophia könnte das Opfer einer Entführung geworden sein«, wandte Sarah ein. »Berechtigt das nicht zu einer heftigen Reaktion?«

»Das war trotzdem nicht der Stefan, den ich kannte. Diese Baugeschichte ließ ihn gar nicht mehr los. Was sollte Sophias Verschwinden denn damit zu tun haben?«

Das ist die alles entscheidende Frage, dachte Sarah. »Allerdings waren die Baupläne oder dieses Projekt und seine Bedenken ja bereits vor dem Unfall ein Thema.«

Bernd Granther nickte langsam. »Da muss ich Ihnen recht geben.«

»Haben Sie je mit Sophia darüber gesprochen?«

»Nein.« Er biss sich auf die Unterlippe. »Vielleicht hätte ich das tun sollen.«

»Wann hatten Sie zum letzten Mal Kontakt zu Stefan?«

»Ein paar Wochen vor seinem Tod. Er rief an. Er klang so deprimiert, dass ich bereute, überhaupt ans Telefon gegangen zu sein – um ehrlich zu sein. Ich habe ihm gesagt, dass er sich Hilfe holen muss, therapeutische Hilfe. Da hat er nur gelacht. Und wenig später starb er. Es hätte mich nicht gewundert, wenn er Suizid begangen hätte.«

Sarah blickte Granther abwartend an.

»Aber es war das Herz. Ein Typ wie er … Auch das passte nicht ins Bild.«

Das hörte Sarah nicht zum ersten Mal. Wer weiß, wer hier nachgeholfen hatte, dachte sie. Kathleens Bemerkung zur unauffälligen Beschaffung potenter Medikamente durch den Service ging ihr ebenfalls durch den Kopf.

»Er hat mir sogar etwas hinterlassen.«

Sarahs Blick weitete sich.

»Sein Fahrrad. Als Erinnerung an unsere gemeinsamen Touren. Es steht im Schuppen. Ich habe es nie angerührt.«

»Dürfte ich einen Blick darauf werfen?«

»Ernsthaft? Wonach suchen Sie eigentlich?«

»Das weiß ich wahrscheinlich erst, wenn ich es entdeckt habe.«

Die Techniker des LKA-Kiel entdeckten den Speicherstick nach wenigen Minuten. Er war im Sattel verbaut. Er enthielt Bau- und Sanierungspläne zu verschiedenen Projekten, von denen Sarah nicht das Geringste verstand, doch sie war sicher, dass die Experten sehr schnell Auffälligkeiten feststellen würden. Außerdem hatte Stefan Month Fotos gesichert, auf denen neben dem Statiker Matthias Schröder auch Michael Schmied auftauchte. Andere Namen würden in Kürze identifiziert werden.

»Ich denke, wir sind gut vorangekommen«, erklärte Lukas Schöffe in der Videokonferenz mit den Berliner Kollegen am darauffolgenden Tag. »Es gibt bauliche Abweichungen und Manipulationen sowie Hinweise auf Spyware der neuesten Generation, die eine vielfältige Nutzung ermöglichen – das haben die Spezialisten schon im Verlauf der ersten Sichtung festgestellt.« Der Hauptkommissar hielt kurz inne. »Die Vorstellung, dass hoch spezialisierte Abhöranlagen in Gebäuden jeglicher Art – darunter Behörden, Ämter, Regierungsgebäude, Privathäuser hochrangiger Beamter und so weiter – verbaut werden sollten oder bereits verbaut sind, dürfte uns allen den Schweiß auf die Stirn treiben. Wir gehen davon aus, dass Stefan Month diese baulichen Veränderungen mittragen und vielleicht auch gestalten sollte, wozu er nicht bereit gewesen war. Oder aber er hat den Betrug bemerkt und geriet in einen tiefen Gewissenskonflikt.« Schöffe blickte Sarah kurz von der Seite an. »Die Ergebnisse der Befragung des Freundes durch die Bornholmer Kollegin passen dazu und auch zum weiteren Geschehen in diesem Bereich der Ermittlungen.«

Sarah nickte.

»Es muss uns klar sein, dass dieser Fund nur einen einzelnen Ausschnitt, ein zufällig in den Fokus geratenes Teilgeschehen widerspiegelt«, ergriff Kathleen das Wort. »Der Betreuungsservice ist seit vielen Jahren aktiv, und die Nutzung seiner Ressourcen für Schnüffeldienste immensen Ausmaßes dürfte von langer Hand geplant und vorbereitet und gerade in den letzten Monaten noch einmal entscheidend vorangetrieben worden sein. Was jetzt noch fehlt, ist eine eindeutige Beweislage, die uns in eine gerichtssichere Lage versetzt – Namen, Geldflüsse, Materiallieferungen, Kontakte und so weiter und so fort. Bis wir an dem Punkt befriedigende Ergebnisse erzielen, dürften etliche Monate vergehen. Da unsere Nachforschungen jedoch bislang unter dem Radar geblieben sind und es uns gelungen ist, wenig Aufsehen zu erregen, bin ich optimistisch, dass die entscheidenden Leute davon ausgehen, wir würden uns lediglich mit einem Mordfall beschäftigen und hätten dabei ganz zufällig Stefan und Sophia Month entdeckt. Und dabei sollte es auch bleiben. Je weniger man uns zutraut, desto besser. Ich weiß, dass ich mich an der Stelle gerne wiederhole, aber der Punkt ist immens wichtig.«

Und nun übernehmen geheimdienstliche Dezernate mit Sondervollmachten die weiteren Ermittlungen, dachte Sarah weiter. Bislang haben sie von unseren Ergebnissen profitiert, nun werden sie versuchen, in einem geschützten und sicheren Bereich die Verantwortlichen aus dem Verkehr zu ziehen. Dabei dürfte der eine oder andere Kopf rollen, und auch das sollte nicht in der Öffentlichkeit bekannt werden. Und wahrscheinlich ging es vorrangig genau darum – stilles Agieren unter jedem Radar.

»Die Geheimdienste schalten sich deutlich verstärkt ein«, fuhr Kathleen fort. »Wir werden sie mit unseren Nachforschungen entsprechend unterstützen.«

»Das heißt, dass von dort die weiteren Anweisungen kommen?«, fragte Sarah.

Kathleen sah direkt in die Kamera. »Falls es nötig sein sollte – ja. Ansonsten …«

»Beschränken wir uns auf den Mordfall Monica Seffgen?«

»Genau.«

»Und Sophia Month?«

Kathleen nickte. »Die weitere Suche könnte noch so manches andere Fundstück zutage fördern, nach dem wir – so wirkte es ja glücklicherweise überzeugend für Außenstehende – gar nicht gesucht haben. Diese Strategie hat sich bislang hervorragend bewährt. Versuchen wir es weiter damit. Alles andere läuft verdeckt ab – dazu gehören engmaschige Observierungen und Tiefenrecherchen zu allen Beteiligten, die uns ins Netz gegangen sind, sowie die Prüfung von Bauvorhaben aufgrund der neuesten Erkenntnisse und Verdachtsmomente.«

Fragt sich nur, wie lange diese Maßnahmen geheim bleiben können, fuhr es Sarah durch den Kopf.

Kathleen hob eine Braue. »Einwände?«

»Sobald diese Bauvorhaben intensiv geprüft werden, sind die entsprechenden Leute alarmiert.«

»Warten wir es ab. Die Prüfung von Bauanträgen, einschließlich

Checks vor Ort, muss nicht mit dem ganz großen Getöse erfolgen – die Kolleginnen und Kollegen dürften Mittel und Wege kennen.«

»Na schön. Hoffen wir das Beste. Darüber hinaus fällt mir zu Stefan und auch Sophia Month noch ein Punkt ein, den ich bereits heute früh hier im Team angesprochen habe«, fuhr Sarah fort.

»Ich bin ganz Ohr.«

»Stefan Month hat sich große Mühe bei der versteckten Weitergabe von brisanten Unterlagen an seinen Freund Bernd Granther gegeben. Der hat ihn aber leider nicht ganz so ernst genommen, sonst wäre ihm sicherlich klar geworden, dass die Sache mit dem Fahrrad einen ganz besonderen Hintergrund hat, und er hätte sich das Bike sofort näher angesehen. Doch Granther hat das Rad nie angerührt. Schade ... Und schließlich haben wir den Datenstick entdeckt.«

»Weil du der Sache nachgegangen bist.«

»Weil wir hier gemeinsam verschiedenen Ansätzen folgen«, spielte Sarah ihren Erfolg ein wenig herunter. »Doch was wir nicht finden konnten, sind Hinweise zu Sophia«, fuhr sie fort. »Eine persönliche Stellungnahme fehlt auch. Warum? Stefan Month ist davon ausgegangen, dass sein Freund den Stick entdecken und auslesen würde. Warum gibt es keine Erklärung dazu? Wieso äußert er sich nicht zu seinen Ängsten, insbesondere auch zum Verschwinden seiner Tochter und zu der Entscheidung, diesen ungewöhnlichen Weg zu wählen, um die brisanten Informationen weiterzuleiten? Eine persönliche Erklärung, irgendetwas in der Art. Wäre das nicht angemessen gewesen?«

»Vielleicht war er vorsichtig. Falls ein Fremder den Speicherstick entdeckt hätte ...«

Sarah schüttelte den Kopf. »Das hätte doch keine Rolle mehr gespielt. Er war zu diesem Zeitpunkt tot. Ein Fremder wäre womöglich zur Polizei gegangen. Das hätte der Suche nach Sophia neuen Auftrieb geben können. Aber er verzichtet auf jegliche Hinweise und

Erklärungen.« Sarah behielt Kathleen im Blick und runzelte die Stirn. »Ich kann mir das einfach nicht erklären. Die beiden Männer waren seit Jahrzehnten befreundet, Month sucht nach einer versteckten Möglichkeit, Informationen – brisante noch dazu – weiterzugeben, und verzichtet auf jegliche Erläuterungen.«

Sarah blickte Lukas Schöffe an. Sie wusste, dass er diesem Punkt weniger Bedeutung beimaß und davon ausging, dass Month die Übersicht verloren hatte.

»Und auch damit zusammenhängend möchte ich bei Months Tod nachfassen.«

»Das dachte ich mir schon«, meinte Kathleen. »Diesbezügliche Ermittlungen passen zu deiner bisherigen Vorgehensweise und dem Ansatz des Teams. Also mach nur.«

Sarah nickte zufrieden. »Noch ein letzter Punkt«, fügte sie schließlich hinzu. »Die jüngere Schwester von Kleisberg hatte auch einen Fahrradunfall.«

Einen Moment blieb es still.

»Ich bin nicht sicher, ob ich im Zusammenhang mit den anderen Ermittlungen ungefragt an einen Zufall glauben möchte, nur weil sich bisher keinerlei Anhaltspunkte für eine Straftat fanden. Da fehlt womöglich lediglich ein zweiter scharfer Blick.«

»Und den möchtest du darauf werfen?«

Sarah nickte.

»Ich habe nichts dagegen einzuwenden«, erklärte Kathleen.

Wenig später war die Konferenz beendet. Sarah verabschiedete sich und war auf dem Weg nach unten, als Kathleen sie anrief.

»Was steckt deiner Ansicht nach dahinter, dass Month sich nicht zu seiner Tochter geäußert hat?«, fragte sie ohne einleitende Worte. »Oder anders gefragt: Hast du vielleicht schon einen Verdacht, den du im großen Kreis noch nicht äußern wolltest?«

Sie kennt mich mittlerweile ziemlich gut, dachte Sarah, während sie das LKA-Gebäude durch den Hinterausgang verließ. »Ich möchte mir noch mal die Aussagen zu der vermuteten Entführung vor dem Fitnessstudio ansehen und die Zeugin erneut befragen«, sagte sie dann. »Vielleicht ist es ja auch anders gewesen.«

»Wie anders?«

»Nun, womöglich spielt Sophia eine andere Rolle, als wir bisher annahmen.«

Sarah hörte, dass Kathleen scharf einatmete. »Wie kommst du darauf?«

»Das Schweigen ihres Vaters an dem Punkt. Er konnte nicht über sie reden, weil er ahnte oder sogar längst wusste, dass mit ihr etwas nicht stimmte. Und es war genau dieser Aspekt, der ihm so furchtbar zu schaffen machte.«

Kathleen schwieg.

»Überzeugt dich gar nicht?«

»Das ist ein interessanter Ansatz, der einiges erklären würde«, sagte Kathleen schließlich.

»Nicht nur das. Vielleicht lebt sie sogar noch.«

»Hast du einen Vorschlag, wie wir weiter vorgehen sollten?«

»Ben könnte nach ihr Ausschau halten, und zwar nach dem angeblichen Entführungstermin.«

»Ich verstehe. Das behalte ich im Blick.«

13

Krølle hatte nichts dagegen einzuwenden, gemeinsam mit Paulsen die Beschattungen fortzusetzen. Was ihn ein bisschen wunderte, war der schnelle Wechsel zur nächsten Zielperson innerhalb weniger Tage. Der Immobilienfuzzi war schon wieder Geschichte, ebenso der Kliniktyp, und auch Paulsens anfängliche Beobachtungen hatten sich wohl erledigt.

»Spielen die keine Rolle mehr?«, fragte Krølle bei einem Treffen in einem kleinen Landhauscafé in der Nähe der Plöner Seen.

»Das übernehmen gerade andere«, erklärte Paulsen. »Nachdem wir gute Vorarbeit geleistet haben. Vielleicht ist es auch nur sicherer, die Beobachter auszutauschen.«

»Die beiden Gestalten sind eine richtig große Nummer?« Krølle ließ den Blick schweifen. Das Café war gut besucht – irgendeine Ausstellung im Hinterhof hatte die Leute angelockt, obwohl das Wetter eher herbstlich trüb war. Die Gegend gefiel Krølle darüber hinaus außerordentlich. Dichte Wälder, Seen, hügelige Landschaft und nicht weit – die Ostsee.

»Wenn es um die Verstrickung mit Spionage geht, dürfte allein der Verdacht für rege Betriebsamkeit sorgen – selbst bei unseren eher gemütlich agierenden Diensten.« Paulsen senkte die Stimme. »Wie es aussieht, geht es inzwischen auch um Baumaßnahmen, öffentliche Gebäude und Ähnliches. Projekte der besonderen Art.«

Krølle zuckte mit den Achseln und vertilgte den letzten Bissen seines Käsekuchens. Er war sicher, dass Paulsen gleich deutlicher werden würde.

»Unsere Zielperson ist ein viel beschäftigter Statiker, der mit alldem womöglich sehr viel zu tun hat. Er wohnt hier ganz in der Nähe«, führte Paulsen weiter aus. »Hübsches Haus mit Büro. Und das sollen wir uns näher ansehen.«

»Wo ist das Problem?«

»Diese Leute arbeiten sehr wahrscheinlich mit hervorragender Überwachungstechnik.«

»Und? Wozu gibt es Aufspürgeräte?«

»Die nützen uns womöglich nichts.«

Krølle legte seine Gabel beiseite und sah hoch. »Militärstandard?«, fragte er leise.

»Das ist zu befürchten.«

»Was läuft da eigentlich?«

»Genau das – Schnüffeltechnik vom Feinsten.«

Krølle verzog keine Miene.

»Öffentliche Gebäude, Hotels, Behörden, Privathäuser – überall, wo gebaut und saniert wird. Das zumindest dürfte der weitreichende Plan sein, der womöglich bereits teilweise umgesetzt wurde, ausgehend auch von Leuten aus diesem Pflegedienst mit ihren Kontakten. Das prüfen die Kollegen gerade unter Hochdruck und gleichzeitig so verdeckt wie möglich. Da hängen garantiert noch andere große Namen mit drin – siehe Baubehörden, Politiker und so weiter.«

Krølle ließ den Gedanken sacken. »Du brauchst keine Spitzel mehr – oder nur noch ein paar ausgewählte Leute, die das Ganze in Gang bringen. Überwachung wie in China – oder auch Russland, nur sehr viel geheimer. Keine schlechte Idee. Wer ist dahintergekommen? Die Bornholm-Kommissarin? Sie ermittelt immer noch, oder?«

»Davon darfst du ausgehen. Wir sollen übrigens hin und wieder einen Blick auf sie werfen.«

»Zur Sicherheit?«

»Sobald sich herumspricht, dass die schönen Pläne nicht mehr geheim sind, dürfte sie in Gefahr sein.«

»Sie ist seit Jahren in Gefahr. Das ist nicht neu.«

»Diese Leute dürften ganz schnell kurzen Prozess machen. Und sobald es um Russland geht, ist auch das rechte Pack nicht weit.«

Krølle nickte gleichmütig. »Kann man unseren Statiker nicht auf irgendeine unkomplizierte und zugleich für mich höchst erfreuliche Weise zum Reden bringen? Ich meine, warum dieses ganze Observationstheater ...«

Paulsen verzog das Gesicht. »Untersteh dich!«, erwiderte er eilig.

Krølle grinste. »Schade.«

»Wir brauchen die Pläne und die Hinterleute.«

»Das habe ich schon verstanden, Kollege – du lässt dich aber heute schnell auf die Schippe nehmen. Lass mich doch ein bisschen vor mich hin träumen. Eine geschmeidige Folteraktion, und schon – jede Wette – plaudert der Mann vom Bau, als würde er dafür bezahlt. Anschließend arrangieren wir einen überzeugend echten Unfall – und zack, Fall geklärt.«

»Diese Methoden passen dann doch eher zu den östlichen Diensten«, entgegnete Paulsen.

Krølle winkte ab. »Die Amis haben Ähnliches drauf und scheuen sich nicht, mit brutaler Gewalt zuzuschlagen, sobald es um ihre Interessen geht – Stichwort: Guantanamo. Das gilt auch für die Israelis, von Nordkorea ganz zu schweigen. Auf den Punkt gebracht: Die nehmen sich doch alle nichts. Deutsche Geheimdienste stellen sich gerne sauberer dar und sind selten auf dem Laufenden. Manchmal werden sie sogar zum Gespött. Und was steckt dahinter? Eine ganz einfache Wahrheit – sie sind verdammt langsam und so umständlich und bürokratisch wie eine Amtsstube aus den fünfziger Jahren. Der Pandabär unter den Geheimdiensten. Hast du diesen Film gesehen, in dem … warte, ich glaube, es war ein Faultier … Ach, egal. Ich schätze jedenfalls, dass sogar die Schweizer schneller sind und das Geheimnis ihrer exakten Uhren besser schützen als die Deutschen die Kommunikation ihrer ehemaligen Bundeskanzlerin.« Krølle lachte, und er sah, dass Paulsen durchaus amüsiert war.

»Freut mich, dass du so heiter drauf bist. Doch du hast natürlich recht, sieht man mal von Leuten wie uns ab. Wir gehören ja auch dazu, ganz versteckt am Rande dieser und jener Dienste, und wir sind weder langatmig noch zögerlich. Die Leute für die schmutzigen Angelegenheiten, an denen gerade du ausgesprochene Freude hast. Dennoch ist dieser Auftrag eindeutig. Keine voreiligen Aktionen, mit denen wir die Gegenseite warnen. Ansonsten bin ich jedoch ziemlich irritiert – du guckst Filme? Ernsthaft?«

»Wenn Tiere mitspielen, klar, auch animierte oder gezeichnete. Und natürlich dürfen sie nicht sterben.«

Paulsen verdrehte die Augen. »Ach ja, ich vergaß – du und die Viecher. Das glaubt dir auch keiner.«

Dazu sagte Krølle nichts, lächelte aber still in sich hinein. Seit er den Rumänen wieder einmal entkommen war, Copper in Sicherheit wähnte und er sich in seinem neuen Leben in Holstein einrichten konnte, sobald der Auftrag beendet war, entdeckte er die heiteren Seiten – auch in sich.

Der Kollege trank seinen Kaffee aus, blickte hoch und warf einen langen Blick in den Gastraum. »Stell dir vor, hier wären überall Kameras verbaut sowie andere empfindliche Aufzeichnungsgeräte«, meinte er leise. »Außerdem im Bürgeramt, bei der örtlichen Polizei, im Restaurant, beim Sport, in Besprechungsräumen von Forschungseinrichtungen oder im Bordell, wo auch immer. Und das aufgezeichnete Material wird an diejenigen geliefert, die am besten bezahlen – Russen, Amerikaner, Rechtsextreme, Chinesen, Reichsbürger und wer sonst noch am Markt mitmischt. Das Geschäft mit den Informationen und wie man sie gegen wen verwenden kann – noch dazu in einer sicherheitspolitischen Weltlage, die mehr Brüche als Gewissheiten aufweist. Warte erst mal ab, wenn dieser Vollhonk Trump zurückkehrt.«

»Die Vorstellung macht richtig gute Laune.«

Paulsen atmete tief durch. »Lass uns aufbrechen.«

Der Statiker hieß Matthias Schröder, und ihm gehörte zusammen mit seiner Frau ein idyllisches Anwesen. Paulsen parkte ein paar Meter weiter in einem Waldweg hinter einem hohen Stapel Holz. Krølle musterte die Baumstämme und erinnerte sich an einen Typen, den er vor vielen Jahren in den Tiefen eines Brandenburger Waldes an so einem Stapel aufgeknüpft hatte. Was für eine herzerwärmende Aktion! Der Mann hatte eine kleine Katze getötet – aus purer Lust und um ein Nachbarskind zu erschrecken. Er hatte bis zum Schluss nicht glauben wollen, dass er genau dafür mit dem Leben bezahlen musste. Karma war ein geduldiger Lehrmeister und manchmal überaus humorvoll. Krølle seufzte leise.

Paulsen scannte das Grundstück mit dem Fernglas. »Es wirkt sehr still. Niemand zu Hause, wenn du mich fragst.«

»Videokameras?«

»Ich habe nichts erkennen können. Aber das heißt nicht das Geringste.«

»Gibt es eigentlich irgendeinen Plan?«

»Wir müssen zunächst einfach nur an ihm dranbleiben«, erwiderte Paulsen.

Also nein. Geduld, langer Atem, Stunden der Langeweile, Kälte und Ereignislosigkeit, die den Geist zu trüben versuchten, im Wechsel schlafen und eine Runde ums Haus drehen. Und einer von uns muss immer voll da sein, dachte Krølle. Dieser Typ wird sein Grundstück und die Eingangsbereiche hervorragend gesichert haben, doch im Haus dürfte er keine Spyware benutzen – sie könnte ihm sonst selbst zum Verhängnis werden. Wie würde ich es anstellen, etwas über diesen Typen und seine Aktivitäten zu erfahren? Ganz einfach – ich würde ihn mir schnappen, aber das hatten wir schon.

Sarah fuhr direkt am nächsten Tag in die Hausarztpraxis, in der Stefan Month Patient gewesen war. Mit ihrer Zuversicht, dass sich der zuständige Arzt ähnlich aufgeschlossen und kooperativ zeigen würde wie Doktor Sander, lag sie komplett falsch. Der Internist – ein Mann mittleren Alters mit dichtem, grau meliertem Haar und schwerer Hornbrille, der den irritierenden Namen Jörn Sanftleben trug – empfing sie in seiner Mittagspause im Sprechzimmer und wartete kaum ihre einleitenden Sätze ab. »Ich muss Ihnen doch nicht erklären, dass die Verschwiegenheitspflicht auch über den Tod hinaus Gültigkeit hat«, unterbrach er sie in kühlem Ton und hob beide Hände. »Wenn Sie nicht mehr haben als diesen wenig aufschlussreichen Hinweis auf weitreichende Ermittlungen …«

»Stefan Months Tochter verschwand unter ungeklärten Umständen«, warf Sarah ein. »Ich untersuche gerade diesen Fall, und der Tod ihres Vaters …«

»Dürfte nicht das Geringste damit zu tun haben.«

»So viel wissen Sie also, und diese Einschätzung dürfen Sie mit mir teilen?«

Doktor Sanftleben schob seine Brille ein Stück nach oben. Es war unübersehbar, dass er ihre Bemerkung unangemessen fand.

»Er starb an den Folgen eines Herzstillstandes«, fuhr Sarah fort.

»Dann wissen Sie, was passiert ist. Was wollen Sie dann noch von mir?«

»Der Zusammenbruch des Herz-Kreislaufsystems kann viele Ursachen haben.«

»Medizin scheint Ihr Steckenpferd zu sein.«

Und der höflich-freundliche Umgang mit Menschen scheint bei dir ganz oben auf der Liste zu stehen, dachte Sarah. Hoffentlich gehst du mit deinen Patienten anders um. Sie war froh, dass sie nicht zu unbeherrschten Äußerungen neigte, befürchtete allerdings, dass der sarkastische Gedanke längst seine Spur auf ihrer Miene hinterlassen hatte.

»Der Mann war gesund und hielt sich fit. Er hatte nie Herzprobleme, das betonen seine Angehörigen. Er hatte Kummer – ja ...«

»Das reicht manchmal, um das Herz außer Gefecht zu setzen«, warf Sanftleben ein. »Oder auch eine Herzmuskelentzündung, die unerkannt blieb oder nicht richtig verheilt ist und bei Stress zu großen Problemen führen kann. Oder es kommt vieles zusammen.« Das klang immerhin vergleichsweise sachlich und im Ton deutlich gemäßigter. »Als ich bei ihm zu Hause eintraf, war es zu spät.«

»Wer hat Sie eigentlich informiert?«

»Seine Putzfrau. Es ging Herrn Month nicht gut, und ich hatte einen Hausbesuch in der Nähe. Also entschloss ich mich, bei ihm vorbeizufahren.« Er hob kurz die Hände. »Stefan Month war nicht mehr ansprechbar und starb kurz nach dem Eintreffen im Krankenhaus. Die Reanimation war erfolglos geblieben.«

Es war keine gründliche rechtsmedizinische Begutachtung erfolgt, dachte Sarah. Natürlich nicht, warum auch? Month hatte einen Herzkreislaufzusammenbruch erlitten und konnte nicht mehr wiederbelebt werden. Er war nicht mehr der Jüngste gewesen und nach dem Unfall sowie dem Verschwinden seiner Tochter gesundheitlich und psychisch angeschlagen. Ein schneller und unauffälliger Tod, traurig und erschreckend für die Angehörigen, womöglich überraschend, weil der Mann als fit und gesund galt, aber insgesamt blieben keine Fragen offen, die eine zusätzliche Untersuchung oder gar eine Obduktion gerechtfertigt hätten. Sarah hob den Blick und stand langsam auf. »Danke für Ihre Zeit.«

Sanftleben nickte ihr zu und sparte sich einen Abschiedsgruß. Zwei Minuten später stieg sie in ihren Wagen und fuhr zu Months Adresse. Die zweite Nachbarin, die Sarah ansprach, war eine kleine kugelrunde Frau mit neugierigen Augen, die dem Herbstlaub in ihrem Garten den Kampf angesagt hatte. Zum Glück kannte sie den Namen der Putzfrau. »Helene«, antwortete sie prompt. »Die hat auch mal im Garten angepackt oder ein paar Einkäufe erledigt und schnell eine Mahlzeit zubereitet – ohne sich lange zu zieren. Wieso fragen Sie nach ihr?«

»Ich habe noch ein paar Fragen im Zusammenhang mit dem Tod von Stefan Month.«

»Nach so langer Zeit?« Die Augen der Nachbarin weiteten sich, dann musterte sie Sarah und winkte ab. »Na ja, geht mich nichts an, wie Sie Ihre Arbeit einteilen.« Ihr Blick sprach Bände. »Soll ich Ihnen die Nummer geben? Helene hat auch manchmal bei meinem Vater geputzt.«

»Das würde mir helfen. Vielen Dank.«

Sarah traf Helene schließlich eine gute Stunde später, als sie gerade mit vollen Einkaufstaschen bei sich zu Hause eintraf. Helene war höchstens Mitte dreißig, eine drahtige junge Frau, die Sarah freundlich begrüßte und mit Nachnamen Fischer hieß. »Aber so nennt mich niemand«, erklärte sie und bat Sarah in die Wohnung. »Und sehen Sie sich bitte nicht um – ich bin alleinstehend und habe drei Kinder, und das Chaos ist hier zu Hause.« Helene verdrehte die Augen. Dann lachte sie. »Mein Ex zahlt ein bisschen Unterhalt, und ich jobbe nebenbei, bis die Kinder aus dem Gröbsten sind. Mal sehen, was das Leben noch so für mich bereithält. Vielleicht kommt der Ex auch zurück. Wer weiß das schon?« Erneutes Lachen.

Sie wirkte bemerkenswert fröhlich und agil. Sarah folgte ihr in die Küche, wo Helene eilig Geschirr vom Tisch räumte und die Einkäufe auszupacken begann. Zwischendurch setzte sie Kaffee auf.

»Es geht also um Stefan«, sagte sie dann und warf Sarah einen fragenden Blick zu. Das Lachen war wie weggewischt. »Es hat mir so leidgetan um ihn.« Ihre Stimme war plötzlich leise und sanft. »Ein toller Mann.« Sie stellte ungefragt zwei Tassen bereit und setzte sich. »Freundlich und großzügig. Und nie hat er mich spüren lassen, dass er ein studierter Mann mit einem wichtigen Job war und ich eine junge Mutter, alleinstehend, die nebenbei putzt. Ganz im Gegenteil – Helene, sagte er immer, wenn ich alleine kochen und waschen sollte, ginge es hier drunter und drüber. Meine Klamotten wären verfärbt, und ich würde verhungern, weil das Essen so scheußlich schmeckt. Ich kann nicht kochen, ich kann höchstens Gerichte warm machen und nicht mal das zuverlässig.«

Sie stand auf und goss den Kaffee ein. »Das war natürlich komplett übertrieben. Er war ein kluger Mann, der seinen Haushalt auch alleine auf die Reihe bekommen hätte. Aber das war ja nicht nötig, und er wollte mir klarmachen, dass … Na ja, Sie haben das schon verstanden, denke ich.«

Sarah lächelte. »Das Bild, das Sie von ihm zeichnen, gefällt mir sehr. Offenbar haben Sie ihn ganz gut kennengelernt.«

»Kann man so sagen.« Helene senkte den Blick. »Es ging ihm die letzten Jahre gar nicht gut, eher immer schlechter – erst dieser Unfall, später verschwindet seine Tochter. Sein Leben war seltsam zerbrochen … Klingt vielleicht merkwürdig, aber so war es.«

»Er hat sich stark verändert?«

»Ja.«

»Ich habe bei meinen Nachforschungen erfahren, dass Stefan Ärger wegen eines Bauprojektes hatte. Haben Sie davon zufällig mal etwas mitbekommen?«

Helene nahm ihre Tasse in beide Hände. »Wenn ich bei ihm war, hatte ich immer gut zu tun, und er hat sich mit mir nicht über seine Arbeit unterhalten. Natürlich nicht, dafür war ich die falsche Ansprechpartnerin. Allerdings …« Sie nickte. »Es gab da so eine Bausache, die ihn ziemlich beschäftigte, mehr als sonst.«

»Können Sie das näher beschreiben?«

»Er war irgendwie nachdenklich … bedrückt oder angespannt, trifft es eher. Der Job gefiel ihm nicht, und wenn ich es richtig mitbekommen habe, hat er ihn dann auch beendet oder abgelehnt. So etwas in der Art erwähnte er mal – man muss nicht jeden Job annehmen, meinte er. Die Sache war nur die, dass er auch danach nicht erleichtert wirkte. Ganz im Gegenteil. Ich fand das ziemlich seltsam, sonst hätte ich mir die Situation kaum so genau gemerkt. Na ja, und nach dem Verschwinden seiner Tochter spielte ohnehin kaum noch etwas eine Rolle. Er war zutiefst erschüttert. Seine Lebensfreude war erloschen.«

Sarah ließ Helenes Worte nachklingen. »Haben Sie Sophia kennengelernt?«, fragte sie dann.

»Nur flüchtig.«

»Können Sie sich an Ihr letztes Zusammentreffen mit ihr erinnern?«

»Das liegt schon ewig zurück, aber ja, doch, ich habe mitbekommen, als sie ihren Vater zum letzten Mal besuchte – ich fuhr gerade mit dem Rad die Straße hinunter, als sie mit dem Wagen um die Ecke bog. Ich habe mich noch über die ungewöhnliche Zeit gewundert …« Helene blickte Sarah nachdenklich an. »Glauben Sie wirklich, Sie finden noch Anhaltspunkte zu ihrem Verschwinden – nach so langer Zeit?«

»Sonst wäre ich nicht hier. Manchmal stößt man erst im Nachhinein auf Ungereimtheiten – durch den Blick aus der Distanz, der mittendrin im Geschehen so gar nicht möglich ist.«

Helene nickte langsam. »Dass ausgerechnet Stefan an plötzlichem Herzversagen starb, ist ja schon ein bisschen merkwürdig«, sagte sie leise. »Aber so etwas kommt vor.«

»Durchaus. Dennoch – das ist so ein Punkt, der mich nachdenklich stimmt. Wie ist es bei Ihnen?«

Helene sah sie erstaunt an. »Was meinen Sie?«

»Was hat Sie noch stutzig gemacht?«

Helene zögerte nur kurz. »Na ja, also, da stimmte ein Datum nicht – ein Versehen, denke ich. Unwichtig, aber …«

Sarah schob ihre Tasse beiseite. »Welches Datum?«

»Die Vermisstenmeldung. Stefan hatte bei der Polizei angegeben, dass er Sophia an einem Sonntagmorgen zum letzten Mal gesehen und gesprochen hatte.«

Sarah nickte, während sie sich an den Bericht und die Aussage der Frau aus dem Fitnessstudio erinnerte.

»Doch es war ein Dienstag, als ich sie auf dem Heimweg in ihrem Wagen erkannte, also zwei Tage später.«

»Sind Sie sicher?«

»Ich muss die Zwillinge immer dienstags vom Sport abholen. Das ist ein besonders stressiger Tag. Und ich wunderte mich über die Besuchszeit, wie schon gesagt. Also ja, ich bin sicher, dass ich mich genau erinnere.«

Sarah blickte sie erstaunt an. »Haben Sie mit Stefan darüber gesprochen?«

»Ja. Er meinte, ich hätte mich geirrt.«

»Was glauben Sie?«

»Er hat sich vertan oder konnte sich nicht mehr erinnern. Vielleicht hat sie auch nur irgendwas abgeholt, ohne sich lange aufzuhalten, aber es spielte keine Rolle mehr. Seine Tochter war verschwunden und kam nie wieder.«

Die Auseinandersetzung vor dem Fitnessstudio hatte zwei Tage zuvor stattgefunden – sie war der Auslöser für die Ermittlungen gewesen, überlegte Sarah. Doch möglicherweise war Sophia nicht entführt worden, und alles war ganz anders gewesen.

»Sie sehen sehr nachdenklich aus«, stellte Helene fest.

Sarah stand auf. »Ein paar Ungereimtheiten, die ich unbedingt klären muss. Danke für Ihre Hilfe.«

Im LKA ging sie erneut die Aussagen der Zeugen durch, die für ein Bedrohungs- und Entführungsszenario sprachen. Sie waren eindeutig. Ein Streit auf dem Parkplatz, eine Dozentin, die Tage vor ihrem Verschwinden angespannt gewirkt hatte. Spielte das konkrete Datum der letzten Begegnung zwischen Stefan Month und seiner Tochter tatsächlich eine Rolle? Helene hatte vielleicht doch einen anderen Wagen gesehen oder das Ganze war später geschehen. Zwei Tage mehr oder weniger waren im Gesamtgeschehen nur dann bedeutsam, wenn sich dadurch der Hintergrund verschob oder neue Fragen aufgeworfen wurden. Dafür gab es bislang lediglich einen triftigen Anhaltspunkt – die Tatsache, dass Stefan Month sich beim Verstecken der Hinweise zu dem Bauprojekt nicht zu seiner Tochter geäußert hatte. Sarah blieb dabei – sie gewichtete diesen Punkt als bedeutsam, und der ungeklärte Unfallhergang war eng damit verknüpft, dessen war sie sicher.

Einen Moment blickte sie zum Fenster hinaus, dann suchte sie die Nummer von Katja Kleisberg heraus. Der Aufenthalt in der Rehaklinik dürfte längst beendet sein. Beim zweiten Versuch hatte sie Glück.

»Ich habe nur eine Frage«, versicherte Sarah ihr nach kurzer Begrüßung. »Wie ist es zu dem Unfall gekommen, bei dem Sie so schwer verletzt wurden?«

Verblüfftes Schweigen. »Keine Ahnung«, erwiderte Katja Kleisberg schließlich. »Jemand hat mich über den Haufen gefahren und ist anschließend weitergerast. Es konnte niemand ermittelt werden.«

Sarah ließ das Smartphone kurz sinken. »Sie haben nicht den kleinsten Hinweis?«

»Nein. Unfall mit Fahrerflucht. Warum interessiert Sie das eigentlich noch?«

»Ich bin wie so oft auf der Suche nach Details, die bislang unbeachtet blieben.«

»Aber was hat der Mord an dieser Pflegerin mit meinem Fahrradunfall zu tun?«

»Selbst wenn ich Genaueres wüsste, ich dürfte Sie nicht in Kenntnis setzen«, erklärte Sarah.

Katja Kleisberg atmete deutlich hörbar aus. »Wie schon gesagt – der Wagen fuhr sehr schnell, und bevor ich ausweichen konnte, hatte er mich auch schon erwischt. Ich habe einiges abbekommen, wie Sie ja selbst gesehen haben.«

Sarah ging hinüber zu ihrer Wandtafel und musterte die vielverzweigte Darstellung mit schmalen Augen. Marina Kleisberg steckte womöglich doch viel tiefer in der ganzen Sache drin, als sie bislang auch nur ahnten. Könnte der Übergriff auf die jüngere Schwester eine Warnung bedeuten? Ähnlich wie bei Stefan Month?

»Kommissarin Pirohl? Sind Sie noch dran?«

»Ja, entschuldigen Sie ...«

»Ich kann Ihnen nichts zu dem Fahrer sagen. Er war verschwunden, noch bevor ich so richtig mitbekam, was passiert war.«

»Ist Ihnen vorher etwas aufgefallen?«

»Was meinen Sie?«

»Hatten Sie den Eindruck, dass Ihnen jemand folgte?«

»Um Gottes willen – nein!« Das klang ungeduldig. »Ich finde, Sie sollten jetzt ...«

»Gab es im Vorfeld Ärger mit Ihrer Schwester? Hatten Sie Streit? Oder kam Ihnen Marina gestresst vor?«

Lange Pause. Gleich legt sie auf, dachte Sarah, und ich könnte ihr das nicht mal übel nehmen. Meine Fragen sind weder geschickt gestellt, noch ergeben sie einen Sinn für sie.

»Vielleicht sollten Sie mir mal erklären, worum es Ihnen geht«, sagte Katja Kleisberg schließlich. »So kommen wir nicht weiter.«

Stimmt, vielleicht sollte ich das tatsächlich, überlegte Sarah. »Im Umfeld der erweiterten Ermittlungen zum Mordfall Seffgen hat es einen anderen Verkehrsunfall gegeben, der einige Parallelen zu Ihrem aufweist«, erörterte sie schließlich. »Ich versuche herauszufinden, ob es sich dabei um einen Zufall handelt oder doch ein anderes Motiv dahintersteckt. Das mag ein bisschen übertrieben auf Sie wirken oder unverständlich, weil es keine direkte inhaltliche Verbindung zu geben scheint, aber es wäre hilfreich, wenn Sie meinen Ansatz dennoch unterstützen könnten – und darüber hinaus unsere Unterredung diskret behandeln.«

Stille. »Meine Schwester steht immer unter Stress«, erklärte Katja Kleisberg schließlich. »Und diese Geschichte um Monica …«

»Welche genau?«

»Die Einvernahme unseres Vaters, die Entfremdung, die entstanden war und offenbar nicht mehr zu heilen schien, und ja … Marina hat sich in den Kopf gesetzt, der Frau diese miesen Geschäfte nachweisen zu können.«

»Sie meinen die Schnüffeleien?«

»So klang es. Und mehr hat sie dazu nicht gesagt. Besser, ich kümmere mich alleine darum, meinte sie. Und das war es dann. Wie es weiterging, muss ich hier nicht wiederholen. Ich bin zu keinem Zeitpunkt davon ausgegangen, dass mein Fahrradunfall etwas mit diesen Geschichten zu tun haben könnte. Sie dürfen nicht deutlicher werden?«

»Ich habe schon zu viel gesagt.«

»Ich verstehe. Ich werde nicht darüber reden.«

»Danke. Auch für Ihre Geduld.«

Sarah ließ das Handy sinken, dann schrieb sie Kathleen eine Nachricht. *Nehmt euch noch mal Marina Kleisberg vor. Da stimmt was nicht. Hinter dem Unfall ihrer Schwester könnte eine Warnung stecken.*

14

Die Auswertung und Analyse der gesicherten Daten und Dokumente sowie des Überwachungsmaterials aus der Wohnung des Krankenpflegers hatten bislang noch keine eindeutigen Treffer ergeben, wie Ben am frühen Morgen ein weiteres Mal überprüfte. Allerdings fehlten noch der Feinabgleich seines Bankkontos mit getätigten Einkäufen sowie die Überprüfung des Sparguthabens, das unter einem anderen Namen lief. Es war anzunehmen, dass ein Identitätsklau vorlag. Auch das Bewegungsprofil wies etliche Lücken auf – Ben ging davon aus, dass Sascha Lehmann mehrere Handys und PC-Accounts nutzte, um seine nebenberuflichen Aktivitäten zu verschleiern. Das dürfte ihm ganz gut gelungen sein, zumal die Ermittler den Hintergrund von Ereignissen zu klären versuchten, die zum Teil Jahre zurücklagen, und erst um mehrere Ecken herum zeigte sich ein gemeinsamer Hintergrund. Und der interessierte nun hauptsächlich die Geheimdienste.

Das war in solchen Fällen häufig die Crux – ein einzelner Mordfall verkam zur Bedeutungslosigkeit, sobald eine Verbindung mit Schnüffeleien in großem grenzübergreifendem oder gar sicherheitsrelevantem Umfang vermutet wurde. Die exakte Aufklärungsarbeit hatte sich dann übergeordneten Interessen zu beugen, und letztlich spielte es keine große Rolle mehr, wer Monica Seffgen erdrosselt hatte. Das Warum und die heiße Spur dahinter beflügelten die Behörden sowie die schlichte Frage, für wen hier wer warum tätig geworden war. Ähnlich dürfte es sich mit diesen Fahrradunfällen verhalten, überlegte Ben weiter. Dass irgendein rücksichtsloser

Idiot eine Radfahrerin und einen Biker vom Sattel geholt und unerkannt davongerast war, wurde nach einiger Zeit achselzuckend hingenommen. So etwas passierte jeden Tag, und den kriegen wir doch sowieso nicht mehr. Lag der Verdacht einer Auftragstat nahe – erst recht aus dem Spionageumfeld –, sah es gleich ganz anders aus, doch das hatte wenig damit zu tun, sich für die Opfer einzusetzen und wenigstens juristische Konsequenzen folgen zu lassen. Ben kannte dieses Spiel seit Jahren. Manchmal frustrierte es ihn, doch meistens gelang es ihm, Bedenken und Einwände für sich zu behalten und seinen Job zu machen. Übergeordnetes Interesse, womöglich von sicherheitspolitischer Relevanz, war das Zauberwort. Er konnte wenig ändern – je schneller er die entscheidenden Sachverhalte deutlich machte, umso besser.

Als er nach Kathleens Anruf einen Abgleich mit einer Kieler Adresse vornahm, staunte er nicht schlecht. Sascha Lehmann hatte sich die Daten in einem Messenger notiert – und wohl vergessen zu löschen. Zufälligerweise wohnte dort Katja Kleisberg mit ihrer Familie. Ben lächelte. Treffer, dachte er. Und warum erkennen wir dieses Detail als Treffer? Weil die Ausgangsfrage richtig gestellt war. Darüber hinaus machten auch solche Typen Fehler, was durchaus nachvollziehbar war. Der Mann arbeitete im Hauptberuf als Krankenpfleger, und das funktionierte als unauffällige Tarnung ganz hervorragend – solange nichts schiefging und er nicht spontan auf eine neue Situation regieren musste. Doch für einen Profi fehlte ihm dann doch der Feinschliff. Der Unfall von Stefan Month lag zwar schon lange zurück, aber womöglich fand sich auch hier noch ein Hinweis auf Lehmann, der zumindest Indizien für eine Übereinstimmung lieferte – eine Geldzahlung zum Beispiel oder Verbindungsnachweise, die in diese Richtung führten.

Ben runzelte die Stirn. Und wenn man dem Mann einfach mal was unterjubelte, um ihn auf die Weise aus der Reserve zu locken?

Nicht die feine Art, aber manchmal die einzige Möglichkeit, etwas herauszukitzeln, das die Bezeichnung Wahrheit verdiente.

»Wir können ihn ohnehin nicht offen vernehmen«, erklärte Kathleen wenig später, als Ben seine Ergebnisse präsentiert hatte, und sie klang frustriert. »Die Kollegin Sarah hat sich da schon ziemlich weit aus dem Fenster gelehnt. Mehr wäre zu riskant. Damit torpedieren wir die weiteren Ermittlungen. Die Kollegen hoffen, dass die eingehende Prüfung der Bauprojekte zeitnah erfolgen kann und sich die entscheidenden Strippenzieher bis dahin in Sicherheit wiegen. Wenn wir vorher …«

»Schon klar«, warf Ben ein. »Aber wenn der Typ als Auftragskiller unterwegs ist – und dazu gehört es für mich auch, dass er Leute vom Fahrrad holt, um Druck auf Angehörige auszuüben –, sollte zeitnah tatsächlich schnell bedeuten.«

Kathleen sah ihn lange an. »Diese Entscheidung kann ich nicht treffen. Ich spreche mit dem Chef und gebe die neuesten Ergebnisse gleich weiter.«

Was braucht ihr denn noch?, dachte Ben. Diese Typen sind seit Jahren bei uns aktiv, verkabeln Gebäude jeglicher Art, spionieren jeden aus und sorgen dafür, dass niemand mehr wirklich sicher sein kann, dass seine Worte tatsächlich in den vier Wänden bleiben, in denen sie gesprochen wurden – und das betrifft nicht nur Amtsträger und Geschäftsleute. Der Plan ist, dass sie weitergegeben, verfälscht und benutzt werden – für übelste Zwecke. Das zumindest war der Verdacht, und er hatte Hand und Fuß.

»Ohne die Bauprüfung von neutraler und zugleich geheimer Seite sind uns vorerst die Hände gebunden, und diese Vorbereitung nimmt Zeit in Anspruch, weil sie sämtliche Aspekte berücksichtigen muss«, fügte Kathleen hinzu. »Und ich weiß – wir sind schwerfällig und umständlich und kommen oft zu spät, selbst mit unserem Team.« Sie atmete tief durch. »Ich werde Druck machen.«

Und es wird nichts bringen, dachte Ben. Du betest nur die Worte vom Chef nach, und der äußert sich seinerseits wie die Kollegen vom MAD oder Staatsschutz oder welchem Dienst auch immer. Er nickte und wandte sich wieder zu seinem PC um.

Kathleen wusste sehr genau, was Ben bewegte – ihr ging es ähnlich. Dieses Herumgestochere in einzelnen Fällen, das hier und da zwar immer wieder neue Ansatzpunkte offenbarte, ohne ihnen dann jedoch tatsächlich Handlungsspielraum zu verschaffen, war frustrierend.

»Wir brauchen eine komplett klare Beweislage – und die kriegen wir nicht, wenn diese Typen Lunte riechen«, hatte Oliver Mahlen erneut betont. »Und dann sind die Hintermänner schneller verschwunden, als wir gucken können.«

»Oder werden schlicht ausgewiesen.«

»Oder das. Aber wir müssen konkret in Erfahrung bringen, aus welcher Ecke dieser Lauschangriff kommt – und können dann die Lücke schließen.«

»Warum schnappt ihr euch nicht einen von denen?«, hatte Kathleen, bereits an der Tür stehend, hinzufügt. Sie hörte selbst, dass ihre Stimme vor Spannung vibrierte. »Das schwächste Glied in der Kette zum Beispiel.«

»Und dann? Verschärfte Befragung? Niemand wird reden. Das dürfte wohl klar sein. Sie wissen, was ihnen blüht, wenn sie das tun. Wer weiß, warum Monica Seffgen sterben musste. Und wer weiß, in welcher Gefahr Marina Kleisberg schwebt. Und wer weiß, was bei diesen Bauprojekten so alles verwendet wurde«, erwiderte ihr Chef.

»Bei jedem herumstehenden Koffer auf irgendeinem gottverlassenen Bahnsteig rücken zwei Einsatzteams in Vollmontur an und sperren den Bahnhof und die halbe Stadt, aber hier …«

»Du weißt ganz genau, dass der Vergleich hinkt und ziemlich unfair ist!«

»Vielleicht ein bisschen. Progressive Spionage ist auch eine Art Terrorismus. Erst recht, wenn sehr wahrscheinlich ein Staat dahintersteckt, der gerade ein Land überfallen hat, Menschen foltert und mordet, Kinder entführt und seine Muskeln in alle Richtungen spielen lässt. Und ich muss meinen Leuten diese zurückhaltende Ermittlungstaktik verkaufen – jeden Tag aufs Neue. Die sind doch auch nicht blöd und im Übrigen diejenigen, die draußen agieren müssen.«

Dazu hatte ihr Chef nichts mehr gesagt.

Mahlens Worte geisterten Kathleen weiter durch den Kopf, als sie in ihr Büro zurückkehrte. Wir hinken immer zwei, drei Schritte hinterher, in diesem Fall erst recht. Die Fäden wurden bereits vor Jahren ausgeworfen, das Netz war längst gesponnen, und nur der Zufall hat uns auf die Spur der Schnüffler gebracht, überlegte sie. Und nun brauchen wir ewig und drei Tage, um auch nur in die Nähe der Ereignisse und ihrer Hintergründe zu kommen. Überwachung auf militärischem Standard der Extraklasse, neue Technologien, Verräter in den eigenen Reihen und auf höchster Ebene in allen gesellschaftlichen Bereichen – entweder machten sie mit oder wurden ausspioniert. Das spielte eigentlich keine Rolle mehr. Darauf dürfte es hinauslaufen, und die Beamten und Ermittlerinnen in der vordersten Reihe der Polizeibehörden kennen nur die ihnen zugewiesenen Bereiche, die sie behutsam abtasten sollen. Stichwort Geheimhaltung. Irgendwann werden stillschweigend Leute festgenommen – oder sonst wohin versetzt. Hier ein General, dort eine Mitarbeiterin aus einem Parteibüro oder der Fahrer eines Bundestagsabgeordneten. Die Öffentlichkeit sollte davon so wenig wie möglich mitbekommen, und falls es sich nicht vermeiden ließ, gab es eine Pressekonferenz mit dürren Erklärungen.

Kathleen holte ihr Sitzkissen vom Schrank, schloss die Tür und nahm Platz. Ihre Gedanken tanzten wie Kobolde in der Geisterbahn durch ihr Bewusstsein und rissen Grimassen. Sie blieb sitzen. Zehn Minuten hielt sie es aus, dann erhob sie sich wieder. Im nächsten Moment klopfte es an der Tür, sie schloss auf, und Ben trat ein.

»Ich bin fündig geworden«, sagte er. »Ich habe mir die Versicherungsunterlagen von Lehmann genauer angesehen. Der hat sein Auto verkauft beziehungsweise bei einem Händler in Zahlung gegeben – kurz nach Stefan Months Unfall. Es gibt einen Vertrag dazu, den er tatsächlich aufgehoben hat.«

Kathleen spitzte die Lippen.

Ben lächelte. »Im Vertrag werden Schäden aufgelistet, die ganz hervorragend zu einem Zusammenstoß mit einem Fahrrad passen. Der Typ hat sich so sicher gefühlt, dass er gar nicht auf die Idee gekommen ist, den Wagen komplett verschwinden zu lassen.«

»Oder …«

»Es war anders, und es gibt keinen Zusammenhang?« Ben hob beide Hände. »Und ein paar Jahre später hält er die Adresse von Katja Kleisberg fest, die dann auch zufälligerweise einen schweren Unfall hat, zu dem es ebenfalls keine weiteren Hinweise gibt? Können wir den immer noch nicht zum Gespräch bitten? Beziehungsweise die Kollegen in Kiel?«

Kathleen fuhr sich mit beiden Händen durchs Haar. »Er wird observiert – inzwischen durch ein neues Team.«

»Da bin ich ja beruhigt.« Das klang spöttisch.

»Wir kriegen mit, wenn der Typ erneut losgeschickt wird.«

»Aha.«

»Danke, Ben. Wirklich gute Arbeit – sie wird sich auszahlen, früher oder auch später.«

Ben nickte ihr zu und wandte sich ab.

»Einen Augenblick noch …«

Er sah sie an.

»Sophia Month.«

»Was ist mit ihr?«

»Such nach ihr – und zwar ab dem Zeitpunkt nach ihrem Verschwinden. Vielleicht liegt Sarah richtig – und wir müssen noch einmal genauer hinsehen.«

»Okay.«

Kathleen setzte sich an den Schreibtisch und ließ sich mit dem Leiter des Observierungsteams verbinden. »Ich benötige alle neuen Berichte, den aktuellen Stand zu den Observationen«, erklärte sie knapp.

»In aller Ausführlichkeit?«

»So ist es.«

Sie brauchte Stunden, um das Material zu sichten, Stichworte aufzugreifen, zu verwerfen oder zu vertiefen und Verbindungen zu hinterfragen. Harms, Schmied, Schröder, Lehmann, Kleisberg. Die Beschatter hatten gute Arbeit geleistet. Der Statiker konnte nicht mal zum Bäcker fahren, ohne dass sein Einkauf erfasst wurde; Schmieds Immobilienfirma wurde rund um die Uhr bewacht, sein Privathaus ebenfalls; bei Lehmann war Spyware aktiv, und Marina Kleisberg stand rund um die Uhr unter Bewachung. Telefone wurden abgehört, PCs waren erfasst, Bewegungsprofile aufgezeichnet. Die Gefahr bestand darin, dass in der Fülle der Daten und Informationen entscheidende Details untergingen – der berühmte Wald, der vor lauter Bäumen nicht mehr zu erkennen war und dessen Konturen sich nur abzeichneten, wenn man die richtigen Fragen stellte.

Am späten Abend unterbrach Kathleen ihre Arbeit und unternahm einen Rundgang durch die stillen Flure. Die Tür zu Bens Büro stand auf. Sie blickte um die Ecke. Ihr bester Recherchemann hatte den Kopf auf den Schreibtisch gelegt und schnarchte leise. Sie betrachtete einen Moment sein friedliches Gesicht. Wie jung er ist!, dachte sie. Sie zog die Tür behutsam zu und ging weiter. Ihre zwischenzeitliche Müdigkeit hatte sich davongestohlen. Als sie mit einem großen Milchkaffee an ihren Schreibtisch zurückkehrte und den nächsten Bericht abrief, entdeckte sie Hinweise auf die Verabredung zu einem Treffen, das dem Statiker wichtig zu sein schien, denn er hatte es bereits zweimal verschoben, wobei er den Eindruck erweckte, als ob er auf Nummer sicher gehen und etwaige Verfolger abschütteln wollte – so die Einschätzung des Agenten.

Die beiden Beschatter waren keine Unbekannten, wie Kathleen nach einem Blick in den Zwischenbericht feststellte. Paulsen und der Mann, den sie intern Krølle nannten und der nicht nur einmal die Kastanien aus dem Feuer geholt hatte. Na dann, dachte Kathleen. Hoffen wir, dass es bald etwas Konkretes zu berichten gibt.

Krølle tippte Paulsen auf die Schulter, der sofort die Augen aufschlug. »Geht es los?«

»Ich denke schon.« Krølle reichte ihm das Nachtsichtgerät. »Unser Mann macht sich gerade auf den Weg – um halb fünf in der Frühe. Und er versucht, das Grundstück klammheimlich zu verlassen.«

Paulsen hielt einen Moment Ausschau. »Stimmt. Der frühe Vogel oder so ähnlich.«

Schröder lief in der Dunkelheit die Straße hinunter.

»Er wird irgendwo abgeholt«, sagte Paulsen leise. »Wir müssen ihm folgen.«

»Oder er hat hier in direkter Nachbarschaft noch einen anderen Wagen geparkt. Wir sollten noch einen Moment warten.«

»Worauf?«

»Wenn er Richtung Autobahn fährt, muss er zurück und wieder an uns vorbei. Die Straße endet auf der anderen Seite in einem schmalen Weg.«

Paulsen zögerte. »Er könnte auch noch ein Stück zu Fuß weitergehen, weil das zweite Fahrzeug in einer der anderen Straßen Richtung See steht.«

»Vertrau mir. Das ist kein Typ für Frühsport. Er mag es bequem.«

»Na schön.«

Drei Minuten später bog ein unauffälliger Kleinwagen mit Plöner Kennzeichen um die Ecke. Am Steuer saß Matthias Schröder. Er fuhr betont langsam und inspizierte die Straße nach allen Seiten, während Krølle und Paulsen sich duckten.

»Du hattest recht.« Paulsen nickte. »Er ist extrem vorsichtig, und das bedeutet …«

»Dass sein Treffen sehr wichtig ist.«

Paulsen wartete, bis der Kleinwagen ein weiteres Mal abbog, dann startete er den Motor und folgte ihm langsam. »Haben wir noch Kaffee?«, fragte er, als sie auf die A7 Richtung Flensburg abbogen.

Krølle goss zwei Becher ein und gab dann eine Kurzmeldung an die Leitung des Observationsteam weiter. Er war hellwach. Höhe Schleswig verlangsamte der Statiker das Tempo und bog dann abrupt auf einen Parkplatz ab. Paulsen ging vom Gas, fuhr jedoch weiter. Krølle tauschte einen schnellen Blick mit ihm. Die Chance, dass Schröder sich hier mit jemandem traf, war genauso groß wie die Möglichkeit, dass er Verfolger identifizieren wollte – die klassische Fifty-fifty-Situation. In ungefähr zehn Minuten dürften wir schlauer sein, dachte Krølle, und mal sehen, wer von uns beiden zuerst ins Schwitzen gerät.

»Falls das schiefgegangen und der Kerl uns entwischt ist, schnappe ich ihn morgen und befrage ihn auf meine Art«, erklärte Krølle in lapidarem Ton. »Glaub mir, er wird uns in kurzer Zeit alle Missetaten gestehen, selbst die, als er noch Teenie war und seine Lehrerin angeschmachtet hat. Worauf wetten wir?«

Dazu sagte Paulsen nichts. Er fuhr zwischen zwei Lkws, als der

Kleinwagen plötzlich wieder auftauchte. Krølle lächelte. »Gute Entscheidung.«

Paulsen trank seinen inzwischen erkalteten Kaffee aus und wechselte auf die linke Spur. Höhe Oeversee verließ Schröder die Autobahn und fuhr über Umwege weiter in Richtung Flensburg.

»Wo will der Kerl hin?«, fragte Paulsen leise, als Schröder in die Harrisleer Straße bog und auf den Hafen zusteuerte.

»Jedenfalls nicht in die Klinik, um mit diesem Pfleger zu sprechen.«

»Wer weiß.«

»Fahr langsamer«, meinte Krølle.

Paulsen ging bis auf Schritttempo runter, als Schröder den Blinker setzte und auf den Parkplatz eines Supermarktes fuhr. Eine Einfahrt weiter befand sich ein dänischer Lebensmittelhändler. Paulsen bog ein und parkte hinter einem Transportanhänger. Sie stiegen aus und schlossen leise die Türen. Krølle blickte angestrengt in die Dunkelheit und lief ein paar Schritte. Aus der Entfernung war zu erkennen, dass der Kleinwagen im rückwärtigen Bereich am Lieferanteneingang gehalten hatte, die Scheinwerfer erloschen. Sonst war niemand zu erkennen. Paulsen und Krølle liefen geduckt am Gebäude entlang und postierten sich im Schutz der Müllcontainer.

Paulsen griff seinen Fotoapparat, während Krølle mit dem Nachtsichtgerät die Umgebung scannte. Es blieb still und dunkel. Ein kühler Morgen, der erste Winterfrost strich mit klammen Fingern übers Gesicht. Eine gute Viertelstunde später war ein Motorgeräusch zu hören – ein Wagen bog langsam und mit abgeblendetem Licht auf den Parkplatz und hielt direkt neben Schröder, beide Fahrer blieben im Wagen sitzen und ließen die Fensterscheiben herunter. Paulsen fotografierte eilig. Der zweite Mann war kein bekanntes Gesicht. Die Unterredung dauerte wenige Minuten, dann brach zunächst

Schröder auf. Der zweite Mann stieg kurz aus, erleichterte sich hinter einem Busch und fuhr dann langsam vom Parkplatz.

Krølle und Paulsen kehrten zu ihrem Fahrzeug zurück, diesmal übernahm Krølle das Steuer. Doch an der nächsten Ampel hatten sie Pech – an einer Baustelleneinfahrt blockierte ein Transporter die Spur, und als sie wieder freie Fahrt hatten, war der andere Wagen verschwunden.

»Macht nichts«, sagte Paulsen. »Wir haben die Kennzeichen und ein Gesicht.«

Kennzeichen kann man fälschen, dachte Krølle. Er war unzufrieden. Das aufwändig organisierte Treffen war immens wichtig gewesen, sonst hätte die Kommunikation über andere Wege stattfinden können.

»Lass uns unterwegs frühstücken«, meinte Paulsen. »Vielleicht gibt es ja gleich noch einen Anschlussauftrag für uns.«

»Das würde ja bedeuten, dass die Teamleitung richtig schnell reagiert und den zweiten Mann innerhalb kürzester Zeit identifizieren kann.«

»Soll vorkommen.«

»Ich lass mich gerne überraschen.«

15

Es war frostig kalt, als Sarah am frühen Morgen aufbrach. Sie hatte unruhig geschlafen und kurzerhand beschlossen, sich einen Abstecher an den Schönberger Strand zu gönnen – mit ihrem Thermosbecher Kaffee, wie es auf Bornholm zu einem geliebten Ritual geworden war. In der morgendlichen Ruhe dem Gesang der Wellen lauschen und die Gedanken treiben lassen. Mikkel Bentsen war der Erste, der sich meldete, kaum dass sie aus dem Auto gestiegen und in ihre dicke Kapuzenjacke geschlüpft war. *Es gibt einen neuen Namen. Ruf an, wenn es passt. M. B.*

Das war kurz und knapp. Sarah griff ihren Becher und lief hinunter zum Strand. Der Wind wehte durch ihr Haar, die ersten Sonnenstrahlen kämpften sich mühsam über den Horizont. Sie wählte die Rückruftaste.

»Wir haben den Zeitraum für die Überprüfung der Inselbesucher noch einmal erweitert und mit sämtlichen Hotelbuchungen abgeglichen«, erklärte er.

Dir auch einen wunderschönen guten Morgen, dachte Sarah, doch sie verkniff sich die Bemerkung. »Und?«

»Dabei taucht ein Name auf, den ihr euch genauer ansehen solltet – Mark Klinth, vierzig, stammt aus Hamburg. Er fiel uns erst jetzt auf, weil er sehr lange auf der Insel war, gut eine Woche vor der Tat, und Bornholm erst etliche Tage nach dem Mord verlassen hat, und zwar auf unbekanntem Weg. Das heißt, er hat im Hotel zwar ausgecheckt, doch weder den Flieger noch eine Fähre gebucht. Er könnte sich natürlich auch woanders einquartiert haben oder …«

»Er ist unter anderem Namen ausgereist«, fuhr Sarah fort.

»Auch nicht auszuschließen. Das wäre auf jeden Fall ein deutliches Zeichen dafür, dass er sich bemühte, Spuren zu verwischen. Ich schicke dir mal eine Kopie des Ausweises, den er vorgelegt hatte. Und wir schauen uns noch mal gründlich auf der Insel um.«

»Danke, Mikkel.«

»Wie kommt ihr voran?«

»Mühsam.«

»Das heißt, du bist noch eine Weile in Schleswig-Holstein beschäftigt.«

»Gut möglich.«

»Alles Gute.« Damit war das Gespräch beendet.

Sarah schüttelte den Kopf. Augenblicke später ging die Datei ein. Sarah schickte ein Update in die Teamrunde, trank einen Schluck Kaffee und lief eine knappe halbe Stunde am Strand entlang – bis sie völlig durchgefroren war. Im Wagen drehte sie die Heizung auf und fuhr nach Kiel. Kathleen rief an, als Sarah im Büro eingetroffen war und gerade von ihrem Baguettebrötchen abbeißen wollte. Sie legte es beiseite und stellte die Verbindung her.

»Der Ausweis ist gefälscht«, erklärte Kathleen nach kurzer Begrüßung. »Warum erfahren wir eigentlich erst jetzt von diesem Mann?«

»Er hat sich erst gezeigt, als der Erfassungszeitraum bei einem zweiten Check erweitert wurde und sich dann zudem herausstellte, dass die Abreise nicht nachvollzogen werden kann«, gab Sarah zurück.

Kathleen atmete angestrengt aus. »Seit Wochen mühen wir uns durch diesen Fall …«

»Das stimmt so nicht! Seit Wochen agieren wir nur mit gedrosselter Kraft, weil die Geheimdienste ihre Finger im Spiel haben und wir um Gottes willen nicht auffallen dürfen. Diese Typen wissen sich gut zu tarnen. Das ist ja nichts Neues.«

»Ja, schon gut, streich meine Bemerkung. Also – der Mann ist unter falscher Identität eingereist. Ob es einen Zusammenhang gibt, steht noch in den Sternen. Wir versuchen, mehr aus dem Foto herauszuholen. Ansonsten sind wir in einem anderen Punkt einen Schritt weiter. Wir können wohl davon ausgehen, dass Sascha Lehmann derjenige ist, der die Fahrradunfälle verursacht hat. Wir – das heißt, Ben hat starke Indizien entdeckt.« Erneutes Zögern.

»Lass mich raten – wir dürfen ihn nicht festnehmen und erneut befragen?«

»Noch nicht, aber er entkommt uns nicht. Hier sind etliche Teams in ständiger Alarmbereitschaft.«

»Dann bin ich ja beruhigt.« Das klang zumindest dezent ironisch.

»Außerdem gab es heute in aller Frühe ein Treffen in Flensburg«, fuhr Kathleen unbeirrt fort. »Der Statiker hat sich mit jemandem getroffen, der sich leider nicht auf Anhieb verifizieren ließ. Seine Vorgehensweise spricht dafür, dass die Verdächtigen mit großer Vorsicht agieren. Doch wider Erwarten haben uns die Autokennzeichen weitergeholfen …« Kathleen brach ab. »Sagt dir der Name Hansen etwas?«

Sarah lächelte. »Hier oben heißen die Leute entweder Klausen oder Petersen oder Hansen, manchmal auch Krüger, und besonders schön ist so ein Name wie Klaus Peter Hansen oder auch Hans Peter Klausen oder Heinrich Peters.«

»Der Mann heißt Rolf Hansen. Er ist der Schwager von Monica Seffgen.«

Sarah ließ das Handy kurz sinken. »Ihre Schwester heißt Birte, und ich habe vor vielen Wochen, zu Beginn der Ermittlungen, mit ihr gesprochen«, sagte sie schließlich leise. »Was bitte schön …«

»Der Mann arbeitet in einem Flensburger Fahrzeugunternehmen.«

»Und?«

»Das klingt erst mal harmlos.«

»Ist es nicht?«

»Es handelt sich um ein Rüstungsunternehmen.«

Sarah schwieg betroffen. »Das hatte ich nicht auf dem Schirm«, sagte sie leise.

»Niemand hatte das. Zu viele Daten und Informationen, und die Bedeutung zeigt sich erst, wenn man die Blickrichtung ändert.«

»Das ist trotzdem …«

»Vergiss es! Wir haben so viele überraschende und erschreckende Details gewonnen und sind nun auch bei ihm gelandet. Wir werden das jetzt zu nutzen wissen.«

Sarah strich sich durchs Haar. »Als ich bei Birte Hansen war, hat sie zwischenzeitlich mit ihrem Mann telefoniert, und sie erzählte beiläufig, dass er auf Dienstreise sei.«

»Schick mir mal die genauen Daten dazu.«

»Mach ich. Könnte er derjenige sein, der mit anderem Ausweis …«

»Das überprüfen wir so schnell wie möglich.«

»Und wie geht es jetzt weiter?«

»Es gibt gleich eine Besprechung mit den anderen Teams, und wir beraten das weitere Vorgehen«, erwiderte Kathleen. »Ich denke, wir forcieren die Maßnahmen. Ich melde mich.«

»Gut.« Sarah war einen Moment zutiefst frustriert. Sie setzte sich auf die Fensterbank und biss mit wenig Appetit in ihr Brötchen. An der Stelle hatte sie oberflächlich gearbeitet. Irgendwer fällt immer durchs Raster, dachte sie.

Gegen Mittag meldete sich Kathleen zum zweiten Mal im Videocall, zu dem nun das gesamte Kieler Team zusammenkam. »Nach langer Diskussion haben wir beschlossen, den Druck nunmehr deutlich zu erhöhen«, erklärte sie knapp. »Lehmann wird zeitnah vernommen, und zwar von dir, Sarah.« Sie suchte ihren Blick. »Der Cold-Case-Fall. Es gibt neue Erkenntnisse, die dir als Vorwand dienen. Die Details dazu sind unterwegs zu euch. Es liegen Versicherungsunterlagen zu dem Auto vor, das beim ersten Unfall beteiligt war – oder sehr wahrscheinlich gewesen sein könnte. An der Stelle pokern wir ein bisschen, zugegeben.«

»Und wie sind wir da rangekommen?«

»Der Autohändler musste durch eine Steuerprüfung, dabei ist der Verkauf irgendwie aufgefallen.« Kathleen hob eine Braue.

»Ernsthaft?«

»So etwas passiert. Schieb es ihm unter. Er wird es schlucken, weil er viel zu verblüfft sein wird, dass wir ihn damit konfrontieren.«

Sarah wechselte einen schnellen Blick mit den Kieler Kollegen. Lukas Schöffe wirkte nicht unbedingt begeistert. »Und wie argumentiere ich bei Katja Kleisberg?«, fragte sie dann.

»Ein später Zeuge, der erst kürzlich ausgesagt hat.«

»Und was hat der Zeuge gesehen?«

»Er erinnert sich an den Wagen, den Lehmann aktuell fährt. Oder er kann den Fahrer sogar identifizieren. Du hast erst jetzt in einer ruhigen Minute eins und eins zusammengezählt und dem Zeugen ein Foto präsentiert.«

»Das nimmt er uns so nicht ab.« Sarah runzelte die Stirn.

»Das befürchte ich auch«, warf Hauptkommissar Schöffe ein.

»Und ich schätze, er gerät unter Druck«, hielt Kathleen dagegen.

»Und dann?«, fragte Sarah. »Wird er einen Anwalt fordern, und wenig später machen sich die anderen Beteiligten dünne. Das ist doch genau das, was ihr bislang …«

»Die Kollegen und Kolleginnen stehen längst bereit«, entgegnete Kathleen. »Und noch was – man sollte Lehmann unbedingt klarmachen, dass es seine Situation entscheidend verbessert, wenn er seine Spielchen unterlässt und offen redet.«

Sarah lehnte sich zurück. »Und was ist mit Rolf Hansen?«, fragte sie einen Moment später.

»Den müssen wir allerdings zunächst im Blick behalten.«

»Und das kann eine Weile dauern, nicht wahr?«, entgegnete Sarah in sarkastischem Ton. Sie winkte ab. »Entschuldigung.«

Kathleen zuckte mit keiner Wimper. »Wenn du eine Idee hast, wie du ihn befragen kannst, lass es mich wissen.«

»Nun, wie wäre es damit? Er hat sich mit einem Typen getroffen, der im Verdacht steht, in Kooperation mit Partnern aus unterschiedlichen Branchen bautechnische Manipulationen vorzunehmen, um Spionagegeräte zu installieren, mit denen man Gott und die Welt belauschen kann.«

Kommissarin Julia Kern räusperte sich, ohne jedoch das Wort zu ergreifen.

»Eine Nummer darunter wäre es schon besser«, entgegnete Kathleen schließlich betont ruhig. »Wir hoffen, dass wir bald mehr zu seinen Verbindungsleuten und Kontakten erfahren. Er steht bereits unter Beobachtung. Es kann nicht schaden, die Falle erst dann zuschnappen zu lassen, wenn sämtliche Verantwortlichen sich in Sicherheit wiegen und auf dem Präsentierteller sitzen.«

Und ich bin heilfroh, wenn dieser Spionagemist vorbei ist, wir endlich den Mord aufklären, den Täter festnehmen und ich auf meine Insel zurückkehren kann, dachte Sarah.

Kathleen saß noch eine Weile stumm vor dem Monitor, nachdem sie die Verbindung unterbrochen hatte. Die letzten Stunden waren aufreibend gewesen, eine klare und eindeutige Entscheidung für das weitere Vorgehen hatte sich in der Besprechung mit den anderen Ressorts zunächst nicht abgezeichnet. Die Diskussion war zudem erschwert durch den Umstand, dass die Nachrichtendienste nicht alle Karten auf den Tisch legen konnten – oder durften. Wer da gerade wen warum verschärft beobachtete und an welchen Stellen noch Beweise fehlten, konnte nicht offen kommuniziert werden.

Die Gefahr, dass brisante Informationen weitergegeben wurden, war immens hoch – zufällig in der Anspannung oder absichtlich, weil ein Maulwurf mit ihnen am Tisch saß, sei dahingestellt. Doch das Risiko, durch langatmiges Taktieren und Abwägen endgültig den Anschluss zu verlieren, durfte ebenfalls nicht unterschätzt werden. Da der MAD auch mit von der Partie war, vermutete Kathleen, dass dieser Umstand weniger wog, weil verdeckt nach Maulwürfen ganz oben im Verteidigungsministerium gefahndet wurde. Namen und Verbindungen, die womöglich schon zu anderen Gelegenheiten aufgefallen waren und nun mit entscheidenden Beweisen untermauert werden konnten. Das dürfte die Hoffnung sein.

Die Identifizierung von Rolf Hansen war auf jeden Fall ein weiteres Indiz dafür, dass es um hochbrisante Informationen ging. Und doch: Die Kommissare und Ermittlerinnen, die angetreten waren, einen brutalen Mord aufzuklären und im normalen Polizeialltag bestehen mussten, fühlten sich zunehmend bedrängt und ausgebremst – an vorderster Linie: Sarah und das Kieler Team. Das war nicht neu.

Am späten Abend erhielt Kathleen die Nachricht vom Observationsteam, dass Rolf Hansen sich auf den Weg gemacht hatte. Ein Beschatter blieb ihm direkt auf den Fersen.

Sie hatten beschlossen, dass Paulsen sich weiter um den Statiker Schröder kümmerte, während Krølle in Flensburg Stellung bezog. Der Mann, der ihnen beim Treffen mit Schröder durch die Lappen gegangen war und inzwischen identifiziert werden konnte – Rolf Hansen, ein Typ, der in einer Rüstungsfirma sein Geld verdiente und zudem eine Verbindung zum Bornholmer Mordopfer hatte. Na bitte, dachte Krølle. Er folgte Hansen, nachdem er seinen Standort durchgegeben hatte, Richtung Mittelangeln. In einem kleinen Ort namens Satrup parkte er hinter der Dorfkneipe. Dort war einiges los – offenbar fand ein größeres Fest statt, zu dem Hansen eingeladen war oder das er als Deckung für ein Treffen nutzte. Keine schlechte Idee.

Krølle fuhr hundert Meter weiter und hielt an einem Feldweg. Er setzte eine Perücke auf, verzierte sein Gesicht mit einem Oberlippenbart und wechselte Jacke und Schuhe, bevor er zum Gasthaus ging. Am Eingang standen ein paar Raucher, an denen Krølle sich vorbeidrängte. Achtziger-Jahre-Musik tönte aus dem großen Festsaal. Es roch nach Rouladen, Rotkohl und Grillhähnchen. Krølle betrat den Saal und scannte den Raum – Kapelle, Tanzfläche mit Discokugel, Gelächter und Stimmengewirr, Gläser klirrten. Irgendein Jubiläum, dachte Krølle – Dutzende von Menschen, die was auch immer feierten und zum Anlass nahmen, mehr Alkohol zu konsumieren, als sie vertrugen. Die Fülle an Menschen war perfekt für ihn. Er tauchte in der Menge unter, und niemand beachtete ihn mehr als beiläufig. Er holte sich ein Bier, ohne davon zu trinken, und nickte jemandem zu, der ihn offensichtlich verwechselte und mit breitem Grinsen winkte.

Hansen hatte sich durch die Gästeschar geschoben, hier gegrüßt, dort Hände geschüttelt, jemandem gratuliert, einen Schnaps gekippt, laut gelacht und war schließlich Richtung Theke weitergegangen. Krølle folgte ihm, goss heimlich einen Teil seines Biers aus und ergatterte einen Platz am Tresen, gegenüber von Hansen, der mit forschendem Blick Ausschau hielt. Viel verstehen würde Krølle in dem Getöse nicht. Er musste entweder deutlich näher heran oder Hansen unbemerkt ein Mikro unterjubeln. Das dürfte in der Menge keine unlösbare Aufgabe darstellen. Doch bevor Krølle sich näher heranwagte, winkte Hansen jemandem zu – einem jungen Mann, wie Krølle feststellte – und wies mit dem Daumen über die Schulter. Augenblicke später verließen die beiden den Gastraum über die Küche.

Krølle zögerte nur einen Moment, dann folgte er ihnen. In der

Küche war so viel los, dass auch hier kaum jemand auf ihn achtete. Der hintere Ausgang klapperte. Durch ein Seitenfenster beobachtete Krølle, dass Hansen und der junge Typ ein paar Schritte weitergingen und schließlich neben einem Lieferwagen stehen blieben. Der junge Typ zündete sich eine Zigarette an. Krølle schob die Tür einen Spalt breit auf und trat ins Freie, als die beiden einige Schritte weitergingen und fast von der Dunkelheit verschluckt wurden. Er lief geduckt weiter und sprintete schließlich ein paar Meter, um sich dann auf der anderen Seite des Lieferwagens zusammenzukauern.

»Ich bin nicht mehr dabei, das weißt du doch«, erklärte der junge Typ. »Die Zeiten sind vorbei.«

Krølle nestelte sein Aufnahmegerät aus der Innenseite der Jacke und aktivierte die Aufzeichnung. Die Stimmen klangen leise und gedämpft, und er hoffte, dass dieses Zauberteil, von dem Paulsen so begeistert war, einen guten Job machen würde.

»Denk noch mal darüber nach«, forderte Hansen gerade in rauem Ton.

»Warum sollte ich das tun?«

»Doppeltes Honorar.«

»Das kann ja nur bedeuten, dass die Sache ziemlich heiß ist.«

»Für so viele Scheine darf die Aufgabe auch etwas anspruchsvoller sein.«

Der junge Typ blies den Rauch nach oben. »Anspruchsvoll? Du untertreibst ja mal wieder auf ganzer Linie. Hör zu, Hansen, ich bin raus aus der Sache. Ich habe einen neuen Job, meine Freundin ist schwanger, wir werden demnächst heiraten – das ist mir alles …«

»Eine junge Familie kann immer zusätzliches Geld gebrauchen.«

»Wozu genau braucht ihr mich denn noch?« Das klang selbst auf die Entfernung unwirsch.

Krølle beobachtete, dass Hansen die Schultern zuckte. »Ein zuverlässiger Kontaktmann ist viel wert.«

»Du willst von dir ablenken?«

»Mach es nicht kompliziert. Bist du dabei oder nicht? Ein paar kleine Botengänge, bei denen du besonders vorsichtig sein musst, und du kannst deinem Kind schon jetzt ein Pony kaufen.«

»Ich denke darüber nach.«

»Falls du dich dagegen entscheidest …«

»Hat unser Gespräch nie stattgefunden, schon klar.«

Hansen nickte. »Ich verlasse mich auf dich.«

»Das kannst du.«

»Prima, dann sollten wir …«

»Was ist eigentlich mit diesem Bullen?«

Krølle spitzte die Ohren.

»Welchen meinst du?« Hansen lachte leise.

»Na, dieser Typ aus Kiel, den sie im Sommer auf Bornholm geschnappt haben.«

»Ach der … Thilo – nun ja, er hat sich leider erwischen lassen. Der kann nichts mehr für uns tun. Und wir nicht für ihn.«

»Verstehe.«

»Er hatte sich in einer anderen Sache sehr weit vorgewagt, viel zu weit, und hat dabei den Kürzeren gezogen – soweit ich gehört habe. Wenn er Glück hat, sind ihm gute Anwälte an die Seite gestellt worden.«

»Die Russen haben doch ein Händchen dafür.«

»Tja, wir werden sehen. Das ist wenigstens im Moment nicht unser Bier.«

Krølle runzelte die Stirn. Thilo? Thilo Berger womöglich? Der Kieler Bulle war im Sommer auf Sarah Pirohl angesetzt worden und hatte sich ihren Ex-Freund, den Journalisten Frederik Thomsen, geschnappt – zumindest für ein paar Stunden. Hannah Jakob persönlich hatte sich dafür eingesetzt, dass Krølle auf der Insel aktiv wurde, und so hatte er dann dem Treiben ein Ende bereitet. Und wenn es nach ihm gegangen wäre, hätte der Bulle diese Aktion nicht überlebt, und niemand müsste sich noch Gedanken um ihn machen. Thomsen hatte ihn schließlich überredet, das Ganze den Behörden zu überlassen und eine insgesamt saubere Lösung zu finden. Das war womöglich ein Fehler gewesen, aber hinterher war die Erkenntnislage in der Regel besser. Immerhin war der Journalist seitdem in der Versenkung verschwunden – an der Seite einer skurrilen Hackerin sowie mit brandneuen Papieren ausgestattet, für die sich wichtige Leute starkgemacht hatten – und würde dort hoffentlich auch bleiben. Krølle hatte ihm bereits mehrfach aus misslichen und ziemlich brisanten Lagen geholfen, und dafür hatte er Thomsen seinen wunderschönen Spitznamen zu verdanken. Locke – dänisch Krølle – bezog sich auf seine Vorliebe für eine Perücke, die er seinerzeit häufig benutzt hatte.

Die Frage lautete in diesem Moment, was diese alte und vertrackte Geschichte aus dem Hintergrund der rechtsextremistischen und terroristischen Umtriebe, für die Sarahs Vater Bernd Pirohl und seine Kameraden verantwortlich gewesen waren, mit den aktuellen Spionagefällen zu tun hatte, die sehr wahrscheinlich zum ehemaligen KGB und in seine Nachfolgeorganisationen führten. Womöglich sehr viel, weil die Zusammenarbeit dieser beiden Lager nichts Neues war und ihre Ziele sich fatal ähnelten, erst recht in der momentanen wackligen politischen Lage.

Es ging darum, Instabilität zu schaffen, Menschen zu verunsichern und aufzuwiegeln, Zugriff auf sensible Daten und Informationen aus allen Bereichen zu nutzen – Fake, Erpressung und das ganze bittere Spiel um Macht, Einfluss und Geld. Das Ganze mithilfe von Leuten, die nichts lieber taten, als sich für ein Extrem einzusetzen, das ihnen das Gefühl gab, besser zu sein – überlegen. Nationalistische und rassistische Parolen, die ultrarechte Amerikaner genauso laut brüllten wie alte und neue Nazis, Putingetreue oder Russlandliebhaber und gewaltbereite Verschwörungstheoretiker, und Antisemiten waren auch mit von der Partie. Alles nicht neu. Rund um den Globus fanden sich viele Beispiele, die nach dem immer gleichen Prinzip funktionierten, und im Geschichtsunterricht hatten wohl nur diejenigen aufgepasst, die altbekannte psychologische Muster und Massenhysterie zu nutzen gedachten. So ähnlich hatte es Paulsen letztens ausgedrückt – Hetze funktioniert immer.

Krølle schob die Überlegungen beiseite, als Scheinwerfer den Hof erhellten, und duckte sich tief herunter, während Hansen und der junge Typ beiseitetraten. Einen Moment später schlenderten die beiden ins Lokal zurück. Krølle folgte ihnen kurz darauf. Er schoss unbemerkt ein paar Fotos, dann ging er zu seinem Wagen und gab die Informationen weiter. Abgesehen von einer Bestätigung, dass seine Meldung eingegangen war, und der Aufforderung, seine Position zu halten, tat sich zunächst nichts.

Eine Stunde später trafen neue Kontaktdaten ein, und eine weitere Stunde darauf meldete sich Paulsen. »Dein Wunsch geht in Erfüllung. Du kannst aktiv werden. Nimm dir den Typen vor. Ich schicke dir gleich noch ein paar Rahmendaten.«

Krølle war einen Moment verblüfft. »Ach? So plötzlich?«

»Sie forcieren die Maßnahmen. Und der Typ spielt keine Rolle in dem Gesamtgefüge, nicht mehr – aber er weiß viel. Du wirst ihn zum Reden bringen.«

Mit Vergnügen, dachte Krølle. »Warum ist er ausgeschieden?«

»Das solltest du ihn auch fragen.«

»Okay. Und falls das Ganze …«

»Solltest du keine Spuren hinterlassen und nicht den geringsten Hinweis auf einen Zusammenhang mit uns.«

Krølle lockerte seine Schultern. »Alles klar – ich melde mich.«

»Noch was – der lebt allein.«

»Das hat sich hier gerade anders angehört.«

»Das war wohl mal.«

»Wie habt ihr das so schnell in Erfahrung gebracht – ausnahmsweise? Noch dazu mitten in der Nacht?«

»Das musst du die Berliner fragen. Ansonsten ist der Blick ins Melderegister nicht die ganz große Herausforderung gewesen, auch nicht mitten in der Nacht – er ist kürzlich umgezogen, und zwar allein.«

Der junge Typ hieß Lars Pollner, war gerade mal dreißig Jahre alt und wohnte zehn Kilometer östlich von Flensburg in einem kleinen Ort namens Husby. Als Krølle an dem unscheinbaren Haus in direkter Nachbarschaft eines Fuhr- und Containerbetriebes vorbeifuhr, war es nach drei Uhr früh, und Pollner hatte das Fest in Satrup längst verlassen. Doch es brannte Licht. Krølle drehte eine Runde mit dem Wagen und sondierte in aller Ruhe die Lage. Dann parkte er hinter dem Containerdienst, schnappte sich seinen Rucksack und schlich näher an das kleine Haus heran. Es wirkte verwahrlost, selbst in der winterlich tristen Dunkelheit. Die Farbe blätterte von den Fensterrahmen, die Eingangsstufen waren verwittert, und das Dach machte keinen zuverlässigen Eindruck. Vor der Haustür stand ein Fahrrad, doch der Wagen war nirgends zu sehen. Leise Musik drang aus einem offenen Fenster.

Vielleicht handelte Pollner vorsichtiger, als es auf den ersten Blick zu vermuten war, überlegte Krølle. Seine ehemaligen Auftraggeber hatten ihm einen Job angetragen, einen brisanten noch dazu – er hatte dankend abgelehnt und eine Lüge als Vorwand benutzt. Bei seiner Vorgeschichte in dieser Clique gehörte es womöglich nicht zum guten Ton, auf ein geschäftliches Angebot zu verzichten – selbst dann nicht, wenn man sich vor längerer Zeit verabschiedet hatte –, und er war auf nächtlichen Besuch eingestellt. Krølle nickte. Wie würde ich vorgehen? Ich wäre nicht im Haus, sondern würde die

Lage aus sicherer Entfernung beobachten. Er hob den Blick. Der Fuhrbetrieb war mit einer stabilen Zaunanlage umgeben, doch vielleicht gab es im rückwärtigen Bereich ein gutes Versteck oder einen Zugang. Pollner war auf bekanntem Terrain im Vorteil, überlegte Krølle, und einfach in sein Haus einzusteigen und auf seine Rückkehr zu warten, war keine gute Idee, wenn außerdem noch berücksichtigt werden sollte, dass es hervorragende Überwachungstechnik gab.

Krølle ließ sich Zeit mit der Entscheidung für sein weiteres Vorgehen. Es war kalt und dunkel, das schärfte die Aufmerksamkeit und seinen inneren Sensor, der sich seit mehr als zwanzig Jahren als Wegweiser und Wahrheitsfinder bewährte. Krølle war inzwischen hundertprozentig sicher, dass Pollner nicht im Haus war, und womöglich würde er bald die Nase voll davon haben, in der Kälte auszuharren, und sich zunehmend sicherer fühlen. Je dunkler, ungemütlicher und kälter die Nacht, desto besser die Ausreden, für eine bequemere Lage zu sorgen und dabei das Risiko zu unterschätzen. Demnach war die Aufgabe klar – Krølle musste einfach nur warten, wie so oft. Ihm war es herzlich egal, ob er bei zehn Grad minus oder dreißig plus ausharren musste, im Regen oder Schnee, bei Sonne oder in der Finsternis, was keineswegs bedeutete, dass er die körperlichen Auswirkungen ungewöhnlicher Temperaturen nicht spürte – sie bestimmten jedoch nicht sein Handeln. So einfach war das. Er blieb sitzen und überprüfte in regelmäßigen Abständen mit dem Nachtsichtgerät die Umgebung. Zwischendurch streckte er sich immer wieder und sorgte dafür, dass seine Muskeln durchblutet wurden.

Eine gute Stunde später sah er einen Schatten, dann knarzte es leise. Pollner betrat das Haus über den Hintereingang. Krølle lächelte versonnen. Warum auch immer – der junge Typ ging davon aus, dass die Lage am frühen Morgen sicherer für ihn war. Ein Raum weiter flammte Licht auf, Krølle lauschte aufmerksam – Wasserrauschen. Pollner wärmte sich unter der Dusche oder in der Wanne auf. Das war eine gute Gelegenheit. Krølle griff seinen Rucksack und zog eine Maske übers Gesicht – für den Fall, dass eine Videoüberwachung aktiv war –, lief zum hinteren Eingang und verschaffte sich innerhalb von drei Minuten Zutritt, was ein relativ langer Zeitraum war. Das Schloss war durchaus anspruchsvoll. Endlich klickte es leise. Krølle schob die Tür auf – das Wasser rauschte immer noch. Pollner sang unter der Dusche. Die Tür zum Badezimmer stand auf.

Krølle lächelte und zog seine Waffe. Als er auf leisen Sohlen ins Bad trat, stellte Pollner gerade das Wasser ab und schob den Vorhang beiseite. Seine Augen weiteten sich, und ein Schrei blieb ihm offensichtlich in der Kehle stecken, als Krølle einen Finger über den Mund legte und dann auf seine Pistole wies.

»Wir wollen doch niemanden wecken, oder?«, fragte Krølle leise und in überaus freundlichem Ton.

»Ich wohne alleine«, flüsterte Lars Pollner. Das Entsetzen färbte seine Stimme grell.

»Umso besser. Trockne dich ab und lass uns einen heißen Kaffee trinken.«

»Na klar.« Pollners Hände zitterten, als er sich ein Handtuch um die Hüften schlang. »Darf ich mir was anziehen?«

»Ich bitte darum – nackte junge Männer am frühen Morgen nach einer eiskalten Nacht sind nicht nach meinem Geschmack.«

»Ja, schon klar.« Pollner war bis in die Grundfesten erschüttert und befürchtete Schlimmes. Er ging zweifellos davon aus, dass er auf Initiative von Hansen Besuch erhielt. Vorsichtig schob er sich an Krølle vorbei und ging einen schmalen Flur entlang. »Hier ist mein Schlafzimmer.«

»Wunderbar. Ich bewundere später die innenarchitektonischen Feinheiten deiner Einrichtung. Zieh dir endlich was über.«

Während Pollner mit fahrigen Bewegungen in Jogginghose und Pullover schlüpfte, aktivierte Krølle die Audioaufzeichnung und seine Bodycam.

»Soll ich wirklich Kaffee kochen?«, fragte Pollner schließlich, als Krølle ihm mit der Waffe bedeutete, in die Küche zu gehen.

»Selbstverständlich. Es sei denn, du legst Wert darauf, dass ich so richtig schlechte Laune bekomme.«

Das wollte Pollner auf jeden Fall verhindern. Er setzte die Kaffeemaschine in Gang. Seine Hände zitterten immer noch. »Milch, Zucker?«

»Nein.« Krølle wies auf den Küchentisch – ein trauriges Modell mit dünnen silbernen Beinen aus den 1970er Jahren, das hervorragend zum restlichen Resopal-Ambiente passte. Im Küchenfenster vertrocknete eine Pflanze, auf der Lampe über dem Tisch war der Schmutz von zwanzig Jahren zu einer dicken Patina eingebrannt, und auf dem Herd würde sich Krølle keine einzige Mahlzeit zubereiten wollen, egal, wie groß sein Hunger war. »Setz dich. Warum hast du den Auftrag abgelehnt?«

»Ich habe doch schon gesagt, dass ich ...«

»Warte.« Krølle hob eine Hand. »Lass uns Klartext reden, damit wir hier keine Zeit verplempern. Ich will wissen, was tatsächlich los ist, und habe keinen Bock auf Erklärungen, die in deinen Ohren irgendwie gut klingen. Und die Sache ist die: Wenn du lügst, kriege ich das sofort mit – das ist so ein Ding von mir. Ich spüre einfach, ob jemand die Wahrheit sagt, auch wenn es seine ganz persönliche Ansicht davon sein mag, oder ob er versucht, mir etwas anderes aufzutischen und mich für blöd zu verkaufen. Falls du das nicht glaubst oder davon ausgehst, dass ich hier mit der Knarre in der Hand dicke Backen mache, um dich einzuschüchtern, können wir es gerne ausprobieren. Ich stelle dir irgendeine Frage, und deine Antwort ist bewusst eine fette Lüge – und dann breche ich dir den ersten Finger. Deal?«

Pollner schluckte. »Also, ich finde, dass wir das nicht ausprobieren müssen. Ich habe das auch so kapiert«, flüsterte er. »Soll ja Leute geben, die alles Mögliche mitkriegen, während andere nicht mal merken, dass der Bus schon vor einer halben Stunde durch ist.«

»Das nenne ich mal ein richtig gelungenes Beispiel. Auf so etwas in der Art wollte ich hinaus.«

»Der Kaffee ist durchgelaufen.«

»Danke für den Hinweis.« Krølle holte zwei Becher aus dem Schrank, spülte sie nach einem prüfenden Blick kurz ab und goss dann ein. »Der ist gut«, sagte er nach dem ersten Schluck.

Lars Pollners Unterlippe zitterte, während er trank. »Hat Hansen dich geschickt?«, fragte er plötzlich.

»Ist es Hansens Art, jemanden vorbeizuschicken?«

»Eigentlich nicht, aber in dem Fall ...« Er zuckte mit den Achseln. »Ist ja auch egal.«

»Na siehst du. Du willst den Job nicht mehr machen, wie ich zufällig erfahren habe, und ich will wissen, warum.« Krølle lächelte. »Damit fangen wir an. Die Sache mit der schwangeren Freundin und deinem berechtigten Wunsch, dass du als angehender Familienvater etwas kürzertreten musst, hat Hansen höchstwahrscheinlich geschluckt – ich weiß allerdings bereits, dass es anders ist.«

»Das dachte ich mir schon.«

»Dieses Drecksloch hier«, Krølle warf einen Blick durch den Raum, »ist ohnehin kein geeigneter Ort für ein Kind – wenn du meine Meinung dazu hören willst.«

»Das ist ja hier auch nur vorübergehend«, beeilte sich Pollner zu versichern.

»Weil du bei deiner Freundin rausgeflogen bist? Warum genau?«

Kurzes Zögern.

Krølle winkte mit dem kleinen Finger.

»Ich bin Spieler und habe schon so einiges verzockt – nicht nur

Geld, auch einen richtig guten Job. Vertrauen sowieso. Auf so einen will sie nicht länger setzen.«

»Kann man verstehen.«

Pollner trank einen Schluck. »Darf ich rauchen?«

»Klar.«

Er griff in einen Korb auf dem Kühlschrank und zog eine Zigarettenschachtel heraus. »Willst du auch? Habe ich aus Polen mitgebracht. Die sind echt gut.«

Krølle schüttelte den Kopf. Einen Moment später inhalierte Pollner tief und wischte sich über die Nase.

»Also los – fang endlich an. Worum genau geht es? Du brauchst immer Geld. Zahlen andere besser? Pokerst du darauf?«

Pollner strich die Asche ab, kniff ein Auge zusammen und blickte hoch. Für einen Moment blitzte etwas auf, das nichts mit Angst und Verunsicherung zu tun hatte, sondern mit kühler Berechnung. Pollner hatte tatsächlich gepokert, dachte Krølle – sein innerer Sensor schlug aus. Und offenbar hatte er das ziemlich gut hingekriegt, sonst würde er nicht mehr leben.

»Mein Leben ist keinen Cent mehr wert, wenn ich deine Fragen beantworte«, sagte Pollner leise. »Die Russen werden mich garantiert töten lassen. Sie werden es sogar selbst erledigen.«

»Dein Leben ist keinen Cent mehr wert, wenn du meine Fragen nicht beantwortest«, entgegnete Krølle in kühlem Ton. »Und ich erledige das gleich hier heute Morgen – in diesem zauberhaften Ambiente.« Er warf einen Blick in die Runde. »Danach fackle ich die Bude ab. Ist wirklich nicht schade drum. Vielleicht zahlt ja die Versicherung noch ein paar Cent an deine Erben, solltest du welche haben.«

Pollner schluckte heftig. »Du gehörst zu ihnen, oder? Und du willst nur klären, was ich alles weiß oder schon an andere weitergegeben habe, nicht wahr?«

»Ich kann verstehen, dass dich der Hintergrund meines Besuchs interessiert, doch ich bin derjenige, der hier die Fragen stellt«, erwiderte Krølle. »Pack aus! Und fang sofort damit an. Ich werde langsam ungeduldig, und du willst nicht erleben, wenn es mir zu bunt wird.« Krølle beugte sich vor. »Am besten, du beginnst ganz vorne – damit ich mir ein Bild machen kann.«

»Ich weiß viel – ich finde, du solltest mir entgegenkommen und …«

Krølle griff blitzschnell über den Tisch und umklammerte mit einer Hand Pollners Hals. Dessen Augenäpfel traten hervor, als Krølle zudrückte. »Schluss jetzt!«

16

Kathleen meldete sich am späten Vormittag, als Sarah gerade erfahren hatte, dass Sascha Lehmann zur Befragung eingetroffen war. »Wir haben hochinteressante Neuigkeiten«, erklärte sie, und ihre Stimme vibrierte leise. »Einer unserer verdeckt agierenden Agenten hat einen ehemaligen Kollegen von Rolf Hansen befragt, nachdem er ein Treffen der beiden belauschen konnte. Die Datei ist unterwegs. Nur so viel vorab: In der Rüstungsfirma wird seit geraumer Zeit eifrig spioniert – Geschäfte mit den Russen –, und neben Hansen gehörte auch dieser Lars Pollner bis vor seinem Ausscheiden zum Schnüffelclub.«

»Und nun nicht mehr?«

»Scheint so. Er hat versucht, Abstand zu gewinnen – zu den Hintergründen erfährst du gleich mehr. Er ist wohl in mehrfacher Hinsicht übel gescheitert. Die Stimme des Agenten ist unkenntlich gemacht – zum Schutz seiner Identität. Die Audiodatei ist darüber hinaus bearbeitet worden – aus demselben Grund, denken wir.«

»Und ihr seid davon überzeugt, dass nichts anderes dahintersteckt? Eine Falle zum Beispiel?«

»Aber ja – wir können uns auf seine Ermittlungsergebnisse hundertprozentig verlassen.«

»Was macht euch so sicher?«

»Seine bisherige Arbeit. Du kennst ihn übrigens«, fügte Kathleen schließlich noch leise hinzu.

»Ich kenne den Agenten?«, fragte Sarah verblüfft.

»Und ob. Ein Typ, auf den insbesondere dein Ex geschworen hat –

und Hannah Jakob –, aber es muss unter uns bleiben, dass ich dir verrate, wer hier in vorderster Linie mitagiert.«

Sarahs Augen weiteten sich. Krølle!

»Der Mann ist eine Klasse für sich, und sein Hintergrund überzeugt vor allen Dingen bei Maßnahmen, die keinesfalls in irgendeine offizielle Akte gehören.«

»Das höre ich nicht zum ersten Mal«, meinte Sarah. Von Kathleen hätte sie diese Einschätzung allerdings kaum erwartet, nicht in dieser Offenheit.

»Wie auch immer. Hör dir das Gespräch schon mal an – dann können wir uns noch austauschen, bevor du dich mit den Kielern besprichst und wir uns später zu einer Videokonferenz mit den Teams zusammensetzen. Das Hintergrundmaterial ist auch unterwegs. Ich denke, es kommt jetzt so viel Bewegung in die Ermittlungen, dass wir endlich handeln können.«

»Eigentlich wartet Sascha Lehmann auf mich …«

»Lass ihn warten.« Damit wurde die Verbindung unterbrochen.

Die Datei traf keine Minute später ein. Sarah holte sich einen Tee und aktivierte die Wiedergabe.

»Ganz von vorne, Kumpel – wie hat das alles angefangen?«, erklang eine blechern verfremdete Stimme. Krølle. Sarah schüttelte den Kopf. Es war nicht nur verblüffend, sondern durchaus beruhigend, ihn im Hintergrund zu wissen.

»Das liegt schon länger zurück«, antwortete Lars Pollner – seine Stimme war jung, und die Unsicherheit war ihm anzumerken. Darüber hinaus schien er zu rauchen.

»Das war nicht die Frage.«

»Hansen hat mal …«

»Wie kann ein Typ wie du Rolf Hansen näher kennenlernen? Ein Ingenieur mit gutem Job bei einer großen Firma. Nimm es mir nicht übel, aber er spielt in einer anderen Liga.«

»Weiß ich. Frag ihn. Vielleicht hat er einfach nur jemanden gesucht, der drei Stufen unter ihm ist. Das vereinfacht vieles.«

Das klang gar nicht schlecht, dachte Sarah. Ein nützlicher Helfer.

»Wir sind in einer Bowlingmannschaft gelandet und haben uns häufiger mal unterhalten. Er hat mir vertraut.«

»Er hat schnell mitgekriegt, dass du immer klamm bist und als Spieler jeden Cent gebrauchen kannst.«

»Außerdem bin ich zuverlässig und nicht blöd.«

»Aha.« Das klang ironisch, selbst durch die Verfremdung hindurch. »Dann mal weiter.«

»Hansen hat von seiner Schwägerin und ihrem Job erzählt ...«

»Name?«

»Monica.«

»Was hat er erzählt?«

»Dass die jemanden kennengelernt hat – einen Typen, der an Informationen interessiert ist, aus allen Bereichen und Branchen und sehr gut bezahlt. Der hat sie auf die Idee gebracht, in ihrem Job die Fühler auszustrecken – so einem Pflegedienst für die Bessergestellten. Sie hat da alle möglichen Leute kennengelernt – Geschäftsleute, irgendwelche Fuzzis aus hohen Ämtern, reiche Leute, na, du weißt schon. Sie hat in der Firma mit jemandem zusammengearbeitet, der an die nötigen Daten herankommt, und fleißig Informationen gesammelt. So kam eins zum anderen. Und im Grunde ist das schon die ganze Geschichte, wenn ich es recht betrachte.«

»Und wenn ich es recht betrachte, hätte ich das schon gerne noch etwas detaillierter«, warf Krølle ein, und inmitten des blechernen Klanges hörte Sarah die Schärfe nun deutlich heraus.

»Ich weiß es an der Stelle tatsächlich nicht besser, weil ich erst zu einem richtigen Einsatz kam, als Hansen einen Ersatz für eine Übergabe brauchte.«

»Was für eine Übergabe?«

»Sticks, auf denen Fotos waren, außerdem Kopien aus den Auftragsbüchern, ein paar Namen, die ich nicht kannte.«

Einen Moment blieb es still. »Lüg mich nicht an.«

»Das habe ich nicht vor!«, beteuerte Pollner eifrig.

»Erzähl von der Übergabe.«

»Ich musste den Stick bei irgendeiner alten Frau in Hamburg abgeben – sie hatte Geburtstag, und ich habe ihr Blumen gebracht. Und ob du es glaubst oder nicht – da waren Leute, die russische Trinklieder sangen. Die Alte stand da irgendwie drauf, und es war schon ganz schön verrückt – wie in so einem alten Spionagefilm. Oder … ja, kennst du die Serie ›The Americans‹?

»Spielen da Tiere mit?«

»Was? Nein, wie kommst du …«

»Ich gucke nur Filme mit Tieren.«

»Okay …«

Sarah holte tief Luft, während sie das kurze Zwischengeplänkel weiterlaufen ließ – Pollner sprach von der Tante des Hamburger Journalisten Frank Rottner, die über neunzig Jahre alt geworden war und Slawistik mit dem Schwerpunkt Russland, seinerzeit Sowjetunion, studiert hatte. Eine streitlustige alte Dame, die hingerissen von der russischen Kultur gewesen und zeitweise vom Betreuungsdienst versorgt worden war. Die Verknüpfung war bemerkenswert. Hier schloss sich der Kreis. Sarah blickte hoch zu ihrer Wandtafel.

»Und weiter?«, fragte Krølle schließlich.

»Nichts weiter. Ich habe einem der Typen den Stick gegeben, das war es dann auch schon. Und später war das im Grunde immer wieder mein Job – irgendwo einen Stick abgeben. Das ist doch sicher alles nicht neu für dich.«

»Ich will es immer ganz genau wissen, und irgendwo reicht mir nicht. Denk nach.«

»Ich war mal bei einer Baufirma, in einem großen Hotel und bei einer Tagung mit zig Leuten …«

»Das brauche ich noch viel …«

»Ich habe es nicht genauer.«

»Du lügst!«

»Na schön«, fuhr Pollner einen Moment später fort, und seine Stimme klang plötzlich anders – verängstigt, scheu, schmerzverzerrt. Sarah war sicher, dass die Originalaufnahme an der Stelle noch etwas anderes verzeichnete und Krølle den Abschnitt mit seiner Überzeugungsarbeit vor der Weitergabe gelöscht hatte. »Ich habe mir einige Namen notiert, Fotos aufgenommen und ein paar Sachen zur Seite gelegt – für den Fall der Fälle, verstehst du? Falls ich in Gefahr gerate, sollen die wissen, dass ich …«

»Das verstehe ich sehr gut. Du wirst mir den Kram aushändigen, denn jetzt haben wir den Fall der Fälle.«

»Ich verstehe.«

»Weiter! Warum hast du dich von diesem derart einträglichen Geschäft zurückgezogen?«

»Es wurde mir zu heiß«, erwiderte Pollner zögerlich. »Es war die Rede von neuen Technologien. Hansen plant eine eigene Firma mit ein paar Leuten, die direkte Verbindungen in den Osten haben.«

»Überwachungstechnik?«

»Ja.«

»Zum Beispiel?«

»Versteckte Vorrichtungen für Abhörmaßnahmen, die im Baugewerbe und bei Industrieanlagen Verwendung finden könnten. Da gab es einen Ingenieur, den sie für Sonderanfertigungen gewinnen wollten.«

»Name?«

»Weiß ich nicht. Ich weiß nur, dass der sich wohl sträubte.«

Stefan Month, schoss es Sarah durch den Kopf.

»Was noch?«, fragte Krølle weiter.

»Schadsoftware und neue Drohnentechnologie.«

Sarah schluckte.

»Lauter gefährliches Zeug, mit dem man Gott und die Welt aushorchen und angreifen kann, ohne erfasst zu werden – oder aber erst, wenn es zu spät ist«, führte Lars Pollner aus. »Das ist die Idee. Und es geht um sehr viel Geld.«

»Verstehe. Weiter. Ich bin sicher, dass du noch mehr zu erzählen hast.«

»Dann habe ich mitbekommen, dass diese Monica offenbar ein doppeltes Spiel treiben wollte – das war der Verdacht.«

»Wie hast du davon erfahren?«

»Hansen hat einen Anruf gekriegt, und da fielen ein paar Sätze, die in diese Richtung gingen. Sie wäre nicht mehr zuverlässig und einfach nur … ja: geldgeil. Mehr weiß ich dazu wirklich nicht. Mir ist aber dabei irgendwie angst und bange geworden. Das war alles eine Nummer zu groß geworden, verstehst du? Ich bin Spieler, ich brauche Geld und setze auch mal auf eine unsichere Karte, aber das Ding lief immer mehr in eine total gefährliche Richtung. Diese Leute um Hansen und die Betreuungsfirma – das war richtig crazy. Ich habe mich dünnegemacht, und Hansen hat mir meine Story abgenommen. Der kennt mich ja als abgeranzten Typen, der immer knapp bei Kasse ist, und hatte keine Hintergedanken.«

»Da wir gerade dabei sind: Wie kommt ein abgeranzter geldgeiler Typ an einen Job in einer Rüstungsfirma?«, fragte Krølle.

»Ich war im Anlagenbau und Transportbereich tätig, übrigens auch als Vorarbeiter und technischer Leiter. Und auch wenn man es mir im Moment nicht ansieht – ich habe richtig was drauf, und es gibt Zeiten, da geht es mir verdammt gut. Du würdest mich nicht wiedererkennen. So ist das mit der Spielerei …«

»Darüber solltest du mit deinem Therapeuten reden. Hansen

hat dir also tatsächlich abgenommen, dass du dich wegen deiner schwangeren Freundin zurückgezogen hast?«

»Du bist aber gut informiert.«

»Also?«

»Hat er mir abgenommen.«

Das glaube ich nicht, dachte Sarah, und Krølle wird garantiert zu einer ähnlichen Einschätzung gelangt sein.

»Aber sicher warst du dir nicht, sonst hättest du kaum die halbe Nacht nebenan auf dem Gelände gewartet«, fuhr Krølle fort. »Noch dazu bei eisigen Temperaturen.«

»Vorsicht kann nicht schaden. Und ich weiß nicht, wer da noch so alles über Hansen steht und womöglich andere Entscheidungen trifft. Na ja, wie gesagt, das ist schon ein ziemliches gefährliches Treiben, das ich nicht mehr mitmachen will.«

»Aha. Was weißt du über den Tod von Hansens Schwägerin?«

»Nichts. Aber wenn ich einen Tipp abgeben sollte – sie hat zu viel gewollt. Das hat Hansen immer betont. Monica ist gierig. Die haben ihr jemanden vorbeigeschickt.«

So weit waren wir auch schon längst, dachte Sarah. Sie hat kranke, hilfsbedürftige und anhängliche Menschen ausgenommen und beklaut, und schließlich war sie womöglich der Versuchung erlegen, Spionagedienste gegeneinander auszuspielen. Das war dann wohl der Tropfen, der das berühmte Fass zum Überlaufen gebracht hatte.

Die Aufzeichnung endete wenig später. Leider konnte Lars Pollner den Mann nicht genauer beschreiben, dem er den Stick ausgehändigt hatte – mittelalt, mittelgroß, unauffällig. Ob er an der Stelle log oder tatsächlich nicht konkreter werden konnte, blieb dahingestellt. Der Anhang enthielt dafür eine ganze Reihe von hochinteressanten zusätzlichen Informationen und Bildmaterial, das sich bereits in der Auswertung befand. Sarah warf lediglich einen schnellen Blick darauf, dann rief sie Kathleen zurück.

»Wir müssen den Mann befragen!«, stieß sie hervor, kaum dass die Kollegin sich gemeldet hatte.

»Wir nehmen ihn in Kürze fest. Die Vorbereitungen für die anderen Festnahmen laufen bereits auf Hochtouren. Es wird eine gemeinsame große Aktion geben.« Kathleen klang hochzufrieden, fast ein wenig triumphierend. »Ich denke, die lange Warterei hat sich gelohnt.«

»Und die Vernehmung von Lehmann kann nun mit offenen Karten erfolgen?«

»Ich denke schon – Lars Pollner hat heimlich bei verschiedenen Treffen fotografiert, an denen Monica Seffgen, Raimund Harms sowie Rolf Hansen und Michael Schmied zusammenkamen, und auf einem Bild ist auch Sascha Lehmann zu erkennen.«

»Und was ist mit den Verbindungen in politische Kreise?«

»Darüber werden wir auch bald mehr erfahren.«

»Hoffst du oder weißt du es?«

»Das überraschende Moment ist komplett auf unserer Seite, wenn wir jetzt aus mehreren Richtungen gleichzeitig zuschlagen. So kann sich niemand unauffällig davonmachen. Und der eine oder andere wird seine Haut retten wollen und bereitwillig aus dem Nähkästchen plaudern, früher oder später zumindest. Und noch was – auch der Name Thilo Berger ist im Zusammenhang mit der letzten Observation gefallen.«

Sarah kniff die Augen zusammen. »Wie bitte?«

»Er war die entscheidende undichte Stelle im LKA-Kiel – und zwar nicht nur für die Rechtsextremen aus dem sattsam bekannten Kreis um Bernd Pirohl.«

Sarah ließ die Neuigkeit einen Moment sacken. Kathleen sprach nicht von ihrem Vater, sondern nannte ihn einfach nur beim Namen, dachte sie. Das rechnete sie ihr hoch an.

»Wir haben übrigens umdisponiert. Während du dich jetzt mit

den Kielern zu den Neuigkeiten besprichst und dann Lehmann befragst, und zwar endlich mit hochgeklapptem Visier, mache ich mich auf den Weg nach Schleswig-Holstein – mit von der Partie sind Kollegen vom BKA und dem Verfassungsschutz. Wir entscheiden dann vor Ort, wie es wo weitergeht und wer welche Anklage erhebt. Das ist auch logistisch eine ziemliche Herausforderung. Bis demnächst.« Das klang aufgeräumt und fast vergnügt.

»Warte!«, warf Sarah rasch ein, bevor Kathleen die Verbindung trennte. »Was ist mit Sophia Month? Ich werde das dumme Gefühl nach wie vor nicht los, dass noch etwas ganz anderes hinter ihrer Geschichte steckt.«

»Nicht auszuschließen. Bisher haben wir nichts entdeckt, was deine These stützt oder sie eindeutig widerlegt. Sie könnte ebenso untergetaucht als auch Entführungs- oder Mordopfer sein.«

»Und die Fotos …«

»Keinerlei Hinweise«, erwiderte Kathleen. »Allerdings – falls sie tatsächlich zum inneren Kreis der Spionageclique gehört, müsste sie spätestens jetzt oder im Zusammenhang mit den weiteren Vernehmungen irgendwo auftauchen. Ich denke, auch in diesem Punkt gibt es bald Klarheit. Hör mal, die Zeit drängt …«

»Der Geburtstag von der alten Dame …«

»Der Russlandliebhaberin an der Alster.«

»Genau der! Dazu wird es Fotos geben, und zwar nicht nur die, die Lars Pollner aufgenommen hat. Ich könnte noch mal Kontakt zu dem Journalisten aufnehmen.« Sarah spürte selbst, wie aufgeregt sie klang.

»Warum nicht? Ich muss jetzt aber wirklich los.«

»Bis später.«

Sarah hatte noch eine gute halbe Stunde mit den Kollegen im Teamraum zusammengesessen und die wichtigsten Punkte für den weiteren Ablauf durchgesprochen, bevor sie sich auf den Weg in den Vernehmungsraum begab. Die Anspannung war bei allen Ermittlerinnen und Kollegen deutlich spürbar. Der Durchbruch stand unmittelbar bevor – endlich. Es würde zahlreiche Festnahmen und Durchsuchungen geben – in einer gemeinsamen und zeitgleichen Aktion der Kieler und Berliner Behörden, ergänzt um BKA- und Staatsschutzbeamte. Spätestens morgen dürfte es so weit sein, mutmaßte Sarah, eine konkrete Uhrzeit stand noch nicht fest. Sie legte die Hand auf die Klinke und atmete mehrmals tief durch, bevor sie eintrat.

Sascha Lehmann blickte ihr feindselig entgegen. »Wissen Sie, wie lange ich hier schon warte?«, giftete er sie an, während sie sich setzte. »Mindestens zwei Stunden! Typisch …«

»Es ist etwas Wichtiges dazwischengekommen«, warf Sarah ein und lächelte höflich. »Ich hoffe sehr, dass Sie die Zeit wieder reinholen können.«

»Ich muss zum Dienst.«

»Ich weiß. Es ließ sich nicht ändern.«

»Was wollen Sie überhaupt noch von mir?«

Sarah klappte ihr Tablet auf. »Wir sprachen beim letzten Mal unter anderem auch über Sophia Month, Sie erinnern sich vielleicht?«

»Ach du liebe Güte – ja. Sie war auf irgendeiner Party, wo Sie mich auch ausfindig gemacht haben, das ist zig Jahre her. Bin gespannt, was das beweisen soll.«

»Das werden wir sehen. Sophias Vater wurde zeitweise von dem Service betreut, in dem Ihre Ex, das Mordopfer auf Bornholm, eine große Nummer war – in vielerlei Hinsicht.«

Lehmann blinzelte kurz, zog eine Braue hoch und verschränkte die Arme vor der Brust.

Sarah nickte nachdenklich. »Stefan Month hatte einen schweren

Radunfall – der liegt noch länger zurück als diese Feier. Der Unfallverursacher beging Fahrerflucht.«

»Stefan Month?«

»Sophias Vater. Inzwischen ist er verstorben.«

Sascha Lehmann ließ die Arme sinken und beugte sich nach vorn. »Warum erzählen Sie mir das eigentlich alles?«

»Weil wir einen Zusammenhang zwischen zwei Unfällen entdeckt haben, bei denen zwei Radfahrer schwer verletzt wurden«, gab Sarah gleichmütig zurück. »Stefan Month und Katja Kleisberg. In beiden Fällen besteht eine Verbindung zum Betreuungsservice sowie zu der Art des Unfallablaufs, nämlich Fahrerflucht, und zu guter Letzt zu Ihnen und einem Fahrzeug – dem Wagen, den Sie vor circa vier Jahren benutzten, um genau zu sein.«

Sascha Lehmanns Miene offenbarte ein Wechselbad der Gefühle. Von allmählicher Erstarrung über Verblüffung, Entsetzen und innerem Aufruhr war alles dabei. »Wie bitte?«, presste er schließlich hervor. »Wovon reden Sie eigentlich?«

»Ich erkläre es Ihnen gerne. Sie haben den Wagen wenige Tage, nachdem Sie Stefan Month von der Straße gefegt haben und das Weite suchten, verkauft. Und nun haben wir Zugriff auf Versicherungs- und Verkaufsunterlagen des Fahrzeugs erhalten – im Rahmen einer Steuerprüfung des Autohändlers«, führte Sarah aus. »Die Unfallschäden sind detailliert aufgeführt, und der Händler war in seiner Aussage ziemlich kooperativ. Er meinte, dass Sie es damals sehr eilig gehabt hätten, den Wagen loszuwerden. Für ihn klang das schon ein bisschen verdächtig, aber der Preis war gut, und so hat er mitgemacht, was er jetzt bereut.«

Das war eine dreiste Lüge – oder eine phantasievolle Ausschmückung der tatsächlichen Ereignisse, doch Sarah nutzte den Spielraum, der sich ihr an der Stelle geboten hatte, ohne zu zögern. Sascha Lehmann stand plötzlich unter Schock. Mit allem hatte er gerechnet, nur nicht mit so einem Vorstoß. Er war im Moment nicht in der Lage, einzelne Aspekte logisch zu durchdenken. Kathleen hatte das richtig eingeschätzt.

»Katja Kleisbergs Unfall liegt noch nicht so lange zurück. Der Ablauf war ganz ähnlich, und bei unseren erneuten aktuellen Recherchen konnten wir eine Zeugin ausmachen, die Sie identifiziert hat – nach einem Foto …«

»Unfall mit Fahrerflucht? Gleich zweimal?«, fuhr Lehmann sie an. »Das ist doch komplett irre.«

»Ja, das ist es«, stimmte Sarah zu. »Aber wenn man genauer hinsieht, erkennt man, dass es weder um einen Zufall geht noch um ein besonders dreistes und unverantwortliches Verhalten im Straßenverkehr. Das waren keine Unfälle, die ein Rowdy verursacht hat, sondern Anschläge – auftragsmäßig ausgeführt.«

Lehmanns Blick verdunkelte sich. Er zog die Hände vom Tisch.

»In beiden Fällen steckt ein Motiv dahinter: Einschüchterung beziehungsweise Warnung. Stefan Month hat einen Auftrag beziehungsweise die Zusammenarbeit abgelehnt und möglicherweise mit seiner Meinung nicht hinterm Zaun gehalten«, führte Sarah weiter aus.

Lehmann presste die Lippen aufeinander.

»Der Statiker Matthias Schröder hat ihn für verschiedene Projekte gewinnen wollen – für Bauvorhaben ganz besonderer Art, bei denen wohl seine besondere Expertise gefragt war. Month galt als phantasievoller Tüftler, der ungewöhnliche Lösungen kreierte. Aber Month hat diskutiert, Fragen gestellt, Einwände erhoben und schließlich abgelehnt – und er sollte eingeschüchtert werden. Darauf hat er nichts gegeben. Eine Weile danach verschwand seine Tochter. Zufall? Wohl kaum. Nun lebt er nicht mehr, aber wir haben trotzdem Kenntnis darüber, worum es geht. Er hat einen Weg gefunden, uns über die Projekte zu informieren. Das hat zwar eine Weile gedauert, aber nun wissen wir, was hier los ist.«

Lehmann rührte sich nicht.

»Bei Katja Kleisberg existiert ein durchaus vergleichbarer Hintergrund. Ihr verstorbener Vater wurde von Monica Seffgen persönlich finanziell ausgenommen und ausspioniert, aber die Angehörigen – drei erwachsene Kinder – haben sich das nicht einfach so gefallen lassen. Wir gehen nun davon aus, dass Katjas Unfall ebenfalls ein Warnschuss war.«

Das zumindest war nach den letzten Erkenntnissen eine mehr als realistische Annahme, überlegte Sarah, und sie würde gerne noch einmal mit Marina Kleisberg sprechen. Die ältere Schwester wusste womöglich deutlich mehr dazu. Sie blickte Lehmann auffordernd an. »Was sagen Sie dazu?«

»Wovon reden Sie eigentlich?«, presste er hervor. »Ich habe keine Ahnung, was Sie mir da warum unterschieben wollen. Zwei Unfälle mit Fahrradfahrern, und Sie konstruieren hier …«

»Sparen Sie sich doch bitte die Mühe«, unterbrach Sarah ihn. »Wir haben die detaillierte Aussage eines Zeugen und Mittäters vorliegen, dazu konnten wir bei weitreichenden Recherchen brisante Erkenntnisse gewinnen. Die Beweislage ist erdrückend«, erklärte sie weiter. »Sie können aufhören, den Unschuldigen zu spielen. Sie hängen da mittendrin, Sie und wohl ein gutes Dutzend andere, die seit Jahren gute Geschäfte machen, zudem ein Netzwerk besonderer Art ankurbeln und sich nicht darum scheren, zu welchen Konsequenzen Ihr Vorgehen führt. Hauptsache, der Rubel rollt. Und das dürfen Sie gerne wörtlich verstehen.«

Sarah musterte ihn mit kühlem Blick. »Und Sie, Herr Lehmann, sind der Mann fürs Grobe in diesem Schnüffelclub. Sie verteilen auf Zuruf Denkzettel. Und Sie kennen wohl die meisten Beteiligten aus diesem illustren Club. Ist Ihnen eigentlich klar, worum es bei der ganzen Sache geht und wie lange Sie dafür ins Gefängnis wandern?«

Lehmann ließ sich in die Lehne zurückfallen. »Ich will meinen Anwalt sprechen«, sagte er leise.

»Das dachte ich mir schon. Sie sollten sich allerdings überlegen, ob es nicht wesentlich klüger wäre, die Karten auf den Tisch zu legen und mit uns …«

»Sparen Sie sich Ihr Gerede! Ich lege gar nichts auf den Tisch. Und Sie sollten lieber ganz vorsichtig sein.«

»Ach? Nun also diese Variante. Glauben Sie, dass Sie der Erste sind, der mich einzuschüchtern versucht oder bedroht? Solange ich Polizistin bin, höre ich derlei – als letzten Aufschrei von Tatverdächtigen, die keinen anderen Ausweg mehr sehen, oder als hilflose Machtdemonstration, weil nichts anderes mehr bleibt.«

»Ich bedrohe Sie nicht. Ich rate Ihnen nur zur Vorsicht.« Er zeigte ein schmallippiges Lächeln. »Sie haben keine Ahnung …«

»Mit wem ich mich anlege? Ach, kommen Sie – solche Sprüche erschrecken mich schon lange nicht mehr. Hinter mir waren schon ganz andere Leute her.«

»Sagen Sie nicht, ich hätte Sie nicht gewarnt. Ihr Vater hatte weitreichende Verbindungen, nicht wahr?«

»Hatte er – und die Betonung liegt auf der Vergangenheit. Er ist tot. Erschossen aus dem Hinterhalt und zu einem Zeitpunkt, da er am allerwenigsten damit gerechnet hatte. Eine große Überraschung, die das Ende seines Lebens markierte. Und die meisten seiner Kumpane sind längst verurteilt oder hat es selbst erwischt.«

Sarah stand langsam auf. Der Hinweis auf ihren Vater hatte nur einen Augenblick wie ein Tiefschlag gewirkt. Damit musste sie immer wieder rechnen, und sie zuckte mit keiner Wimper. »Denken Sie lieber darüber nach, wie Sie Ihre persönliche Situation verbessern könnten. Oder glauben Sie tatsächlich, Sie sind im Gefängnis sicher? Sobald sich herumspricht, dass Sie kooperiert haben …«

»Sie hören nicht zu. Das habe ich nicht, und das werde ich auch nicht!«, warf er in schneidendem Ton ein.

»Ach ja? Behauptet wer?«

Lehmanns Gesichtszüge erstarrten.

»Sie werden morgen erneut vernommen. Heute Nacht bleiben Sie unser Gast. Und bis dahin ist dann der Antrag für die Untersuchungshaft durch. Was Ihren Anwalt angeht – den dürften Sie wohl auch erst morgen erreichen.«

Sarah ging zur Tür. Ihr Puls war deutlich erhöht. Sie hatte sich nach langem Warten und behutsamem Taktieren nun sehr weit vorgewagt, und womöglich hatte es sich gelohnt.

Die ersten Festnahmen waren in den frühen Morgenstunden erfolgt – zeitgleich standen Polizeibeamte bei Ingenieur Rolf Hansen, dem Immobilienkaufmann Michael Schmied, dem Statiker Matthias Schröder, bei Raimund Harms aus dem Betreuungsservice sowie bei Lars Pollner vor der Tür, informierte Kathleen Sarah um sechs Uhr früh. Das Handy hatte geklingelt, als Sarah gerade beschlossen hatte, sich nach nur wenigen Stunden Schlaf noch einmal umzudrehen.

»Nur Pollner war ausgeflogen«, fügte Kathleen hinzu.

Sarah setzte sich auf.

»Und seine Bude sieht ziemlich verwüstet aus.«

»Spuren eines Gewaltverbrechens?«

»Schwer zu sagen«, entgegnete Kathleen. »Die Kriminaltechnik muss da noch durch, aber im Moment sind alle Einsatzkräfte gebunden. Wir haben richtig viel zu tun – Verhöre rund um die Uhr, Durchsuchungen von Privat- und Geschäftsräumen, weitere Festnahmen sind vorgesehen, Observationen, Auswertungen und …«

»Du klingst ziemlich munter und voller Energie«, warf Sarah ein.

»Verständlich, oder?«

»Lars Pollner lebt vielleicht nicht mehr.«

»Ich erkundige mich, ob es neue Hinweise aus der Beschattung gibt. Wahrscheinlich hat er sich einfach nur vom Acker gemacht.«

Sarah war skeptisch. »Tja, ich weiß nicht …«

»Das kann jetzt unmöglich unsere erste Sorge sein«, fügte Kathleen hinzu. »Der Mann wusste, worauf er sich einließ, als er beschloss, Aufträge dieser Gruppe auszuführen.«

»Er gehört nicht mehr zu diesen Leuten.«

»Ich weiß! Und ich weiß auch, dass seine Aussage wichtig für die weiteren Ermittlungen ist. Aber …«

»Der Fokus ist gerade ein anderer?«

»So ist es.«

Kurzes Schweigen.

»Ich habe mir gerade deine Lehmann-Befragung angehört«, erklärte Kathleen schließlich. »Den hast du völlig auf dem falschen Fuß erwischt und bis in die Grundfesten erschüttert – so, dass er wild um sich zu schlagen beginnt. Darauf können wir aufbauen, denke ich. Wann kommst du?«

»Du willst mich dabeihaben?«, fragte Sarah erstaunt.

»Ja, natürlich.«

»Du hast doch die Geheimdienstleute und das BKA persönlich an deiner Seite. Ich bin eigentlich nur hier, um einen Mordfall aufzuklären.«

Kathleen lachte leise. »Einen Mordfall, der ziemlich ausgeufert ist, würde ich mal behaupten. Wie auch immer – es gibt genug für alle zu tun«, bekräftigte sie. »Und die Kolleginnen und Kollegen warten nur darauf, dass Namen aus Politik und Behörden fallen. Im Übrigen gehörst du auch zum BKA, wenn ich dich erinnern darf. Wir wären ohne dich kaum so weit gekommen. Und nun solltest du dabei sein, wenn wir die Früchte dieser langwierigen und schwierigen Arbeit auf wackligem Terrain ernten.«

»Darf ich noch duschen?«

»Nur zu.«

Und Seffgens Mörder haben wir immer noch nicht entlarvt, dachte Sarah, als sie das Handy beiseitelegte. Dafür war es gelungen, ein Netzwerk von Spionageaktivitäten aufzudecken, von denen sich Geheimdienste und Extremisten jedweder Couleur viel versprochen hatten.

17

Am Tag nach den ersten Festnahmen hielt der Winter Einzug, und als am Ende der Woche ein hoher Beamter aus dem Verteidigungsministerium sowie eine Angestellte aus der obersten Etage der Kieler Baubehörde, ein Polizeirat und der zweite Geschäftsführer eines großen Sicherheitsunternehmens abgeholt wurden, fiel gerade der erste Schnee. Krølle war sicher, dass noch viele weitere Festnahmen folgen würden. Die Pressemeldungen überschlugen sich. Sondersendungen und Reportagen – manchen beschränkten sich auf ihre Informationsaufgabe, die meisten schossen jedoch übers Ziel hinaus, erst recht die aus der rechten Ecke.

Er freute sich auf die Rückkehr in sein Haus, in dem noch so viel Arbeit auf ihn wartete. Doch so weit war es wohl noch nicht, wie ihm Paulsen bei einem Treffen in einem kleinen Café in Laboe mitteilte. Hier sollte es angeblich den besten Kaffee von Schleswig-Holstein geben.

»Was wollen die noch von uns?«, fragte Krølle. »Ein Dutzend Festnahmen bisher, wenn ich richtig mitgezählt habe, und es sind sogar Köpfe aus der ersten Reihe gerollt – Politiker, Beamte, Polizei. Klingt doch wunderbar. Fall erledigt, würde ich sagen. Oder ist da noch mehr im Gange?«

Paulsen kostete seinen Kaffee und nickte anerkennend. »Schmeckt ganz hervorragend … ansonsten: Ja, es ist eine Menge Dreck aufgewirbelt worden, aber letztlich dürfte der eine oder andere bereits abgetaucht sein – unerkannt natürlich.«

»Die Spitze des Eisberges?«

»Nicht ganz, zugegeben, aber da sind noch ein paar gefährliche Leute unterwegs, wie es aussieht.«

Krølle hob eine Braue. »Und die Namen sollen aus den offiziellen Ermittlungen herausgehalten werden?«

»So habe ich es auch verstanden. Leisetreten, mal wieder. Der Erfolg hat ihnen ja recht gegeben.«

»Na schön. Und worum genau geht es jetzt für uns?«

»Um ein Pärchen, das regelmäßig Urlaub in Polen macht und sich dort mit einem Verbindungsmann trifft. Einzelheiten gibt es noch nicht, auch nicht zur Identität. Die gehen sehr vorsichtig zu Werke – meiden das Internet, wo immer es geht.«

»Unsere Aufgabe?«

»Wir sollen sie schnappen.«

Krølle wartete.

»Und zum Reden bringen.«

»Egal wie?«

»So ähnlich habe ich es verstanden.« Paulsen nahm sich einen Keks von dem kleinen Teller und betrachtete ihn einen Moment versonnen. »Spekulatius, sehr lecker. Weihnachten steht vor der Tür ...«

»Die Dinger kriegst du doch schon im September.«

»Das finde ich traurig.«

Krølle verdrehte die Augen. »Sag nicht, dass du auf Weihnachtsklimbim stehst und am ersten Advent eine Kerze entzündest!«

»Sagt der Typ, der Filme mit Pandabären guckt und bei jedem Vierbeiner feuchte Augen kriegt.« Paulsen lächelte schräg. »Noch was – solange es keine weiteren Informationen über das Gesamtausmaß gibt, sollen wir ein Auge auf die Pirohl haben.«

»Wird sie mal wieder bedroht?«

»Klingt so. Verdeckter Polizeischutz. Sie soll davon nichts mitbekommen.«

»Ab wann?«

Paulsen blickte auf seine Uhr. »Ab sofort. Vorschlag: Ich schau mich mal in ihrer Wohnung um, ob da alles sicher ist, und du bleibst in ihrer Nähe.«

»Mach ich.« Und ich sollte diesmal keine Lockenperücke tragen, dachte Krølle.

»Was ist eigentlich mit diesem Pollner, den du so reizend befragt hast?«, fragte Paulsen ein paar Minuten später, als sie bezahlt hatten und das Café verließen.

»Keine Ahnung. Er wird sich aus dem Staub gemacht haben.«

»Solltest du nicht an ihm dranbleiben?«

Krølle zuckte mit den Achseln. »Nach der Befragung habe ich mich zurückgezogen. Wieso fragst du?«

»Er ist unauffindbar. Sie werden ihn geschnappt haben – das ist wahrscheinlicher. Könnte er dich irgendwie …«

»Identifizieren? Natürlich nicht. Für wie blöd hältst du mich?«

Paulsen blieb stehen und sah ihn forschend an. »Oder war es anders, und du hattest den Auftrag, ihn …«

»Nein«, warf Krølle ein. »Reg dich ab.« Aber ich habe es trotzdem getan, dachte er. Weil mir mein innerer Sensor gesagt hat, dass es besser ist, wenn ich ihn töte, bevor ihn die anderen in die Finger bekommen – denn sie hätten ihn in die Finger bekommen, gar keine Frage. Und niemand muss davon erfahren, auch Lennart Paulsen nicht. Manchmal war es besser, weniger zu wissen, insbesondere wenn Krølle Aufträge ausschließlich auf seine ganz eigene Art erledigte.

Sie hatten in der Nacht noch einen Kaffee zusammengetrunken, und Krølle hatte ein starkes Beruhigungsmittel in Pollners Tasse gegeben. Minuten später war er am Tisch eingeschlafen und schnarchte leise. Krølle hatte anschließend die Datei mit dem aufgezeichneten Verhör bearbeitet und versendet. Und dann war alles sehr schnell gegangen. Er hatte sich neben Pollner gesetzt und seinen Oberkörper dicht an sich herangezogen. Mit der anderen Hand hatte er sein Gesicht umfasste – eine kräftige ruckartige Drehbewegung der Halswirbelsäule hatte alles beendet. Der Schlaf hatte seine Arme ausgestreckt und war mit ihm zusammen in die Tiefe des Todes gestürzt.

Krølle hatte Pollner anschließend an der Hintertür in seinen Wagen verfrachtet, seine Spuren beseitigt und für ein wenig Chaos gesorgt, um den Eindruck zu erwecken, dass ein Überfall stattgefunden hatte. Die ersten Strahlen der Wintersonne waren hervorgekrochen, als er schließlich an einem einsamen Feldweg anhielt und die Leiche in einer verfallenen Bauernkate ablegte, sie mit Steinen und Holzplanken beschwerte und schließlich die Rückfahrt antrat. Er war sicher, dass Pollner in den Händen seiner ehemaligen Mitstreiter über Stunden und Tage übelste Qualen hätte erleiden müssen. Dieser Tod war gnädig gewesen.

Sarah war bei einem Teil der stundenlangen Befragungen dabei gewesen. Irgendwann war es ermüdend, die immer gleichen Fragen zu stellen, Verdächtige mit den immer selben Tatsachen zu konfrontieren, in die Ecke zu treiben oder sich mit dem Taktieren der Anwälte auseinanderzusetzen. Kathleen lief zur Höchstform auf, das war unübersehbar. Sie glühte förmlich vor Ermittlungseifer, während Sarah sich oftmals in ihr stilles Büro zurücksehnte, um sich in ihr Schaubild zu vertiefen, Stück für Stück die Abläufe sichtbar zu machen und den Fall endlich zu einem runden Abschluss zu bringen, der sie zufriedenstellte. Wer hatte Monica Seffgen ermordet? Doch angesichts der großen Politik und einer unbestreitbaren Gefahrenlage, die Spionage immer mit sich brachte – erst recht in dieser Größenordnung –, ging es oft genug um anderes: Wer hatte wen in der Hand? Wer sollte zum Bauernopfer stilisiert werden, und wer versteckte sich dahinter? Welche Lücken mussten so unauffällig wie möglich geschlossen werden, um keine Unbeteiligten bloßzustellen? Wer von den Tatbeteiligten war womöglich deutlich nützlicher, wenn er in einer Doppelrolle weitermachte? Wie hielt man sich die Presse vom Leib, ohne deren Aufgabe zu boykottieren? Und – besonders wichtig – wie ließ sich der angerichtete Schaden beheben, ohne die Öffentlichkeit zu verunsichern und politischen Streit heraufzubeschwören, der in einer Schlammschlacht enden würde, die nur denen diente, die all das angezettelt hatten?

Sarah war fasziniert, mit welcher Vehemenz und Leidenschaft Kathleen ihren Job machte. Ihr Scharfsinn war bemerkenswert, ihr Talent, fünf Befragungen gleichzeitig im Kopf zu haben, während sie ein Resümee zu Protokoll gab, die Teams auf den neuesten Stand brachte und nebenbei neue Erkenntnisse aus der IT einflocht, war beeindruckend. Und sie war besonders gut darin, Tatbeteiligte von den Vorteilen der Zusammenarbeit zu überzeugen. Das gelang ihr zwar bei Sascha Lehmann nicht im ersten Anlauf, aber Sarah war sicher, dass er längst wankte. Ähnliches galt für Harms.

Nachdem endlich die bekannteren Namen gefallen und die Festnahmen in die zweite Runde gegangen waren, gönnte sich Kathleen eine Pause und ein zufriedenes Lächeln, als sie zu Sarah in den Besprechungsraum trat. Sie wollte etwas sagen, doch ihr Handy klingelte, und sie winkte Sarah zu, während sie sich für ein Gespräch abwandte. Minuten später kehrte sie zurück.

»Wir sind auf einem guten Weg«, sagte sie leise und goss sich eine Tasse Tee ein. Sie hob den Blick, als Sarah nichts sagte. »Oder siehst du das anders?«

»Natürlich nicht.«

»Aber?«

Sarah überlegte nur kurz. »Ich möchte in die aktive Ermittlung zurückkehren.«

»Findest du, dass die direkte Auseinandersetzung mit Tatverdächtigen oder sogar überführten Straftätern passiv ist?«, fragte Kathleen. »Noch dazu, wenn wir in jeder Befragung neue Erkenntnisse über den Hintergrund und eine Gefährdungslage gewinnen können?«

Sarah schüttelte den Kopf. »Vielleicht drücke ich mich falsch aus. Mein Platz ist nicht – oder zumindest nicht durchgehend – der Verhörraum. Ich fühle mich da …«

»Du machst dort eine ganz hervorragende Figur.«

»Danke, nur …«

Kathleen hob das Kinn. »Was fehlt uns deiner Ansicht nach noch für die Beweisaufnahme?«

»Details zu den Treffen mit der alten Dame an der Alster – ihre Geburtstagsfeier, die Analyse von Fotomaterial und so weiter.«

»Ja, stimmt, wir sprachen darüber … Aber brauchen wir das wirklich noch? Wir wissen, dass die alte Dame ein Faible für Russland hatte und bei ihr ein Zusammentreffen von Monica Seffgen mit einem Spion – oder dem Freund eines Spions – sowie eine Übergabe stattfanden. Dazu liegen ja inzwischen bereits Namen und verschiedene andere Informationen vor. Was willst du dort noch? Zumal Vera Tarp gar nicht mehr lebt.«

»Aber ihr Neffe und Erbe – der Journalist. Ich habe ihn bereits kennengelernt. Er könnte noch mehr dazu wissen. Insbesondere vor dem Hintergrund seines Berufes frage ich mich zudem, ob er tatsächlich nie einen Verdacht schöpfte.«

Kathleen runzelte die Stirn.

»Das Bild ist immer noch nicht vollständig«, fuhr Sarah rasch fort. »Auch wenn wir den großen Zusammenhang inzwischen kennen.«

»Und der ist jetzt entscheidend«, erwiderte Kathleen. »Erst recht in diesem brisanten Fall. Du kannst aufhören, jedes Detail noch dreimal zu überprüfen und mit weiteren Aspekten zusätzlich zu untermauern oder gar einen Journalisten auf eine heiße Spur zu bringen! Es kommt in der Sache und ihrer Gewichtung nichts Neues dabei heraus.«

»Vielleicht doch. Immerhin fehlt uns noch der Mörder von Monica Seffgen, und wir wissen nach wie vor nicht, was mit Sophia Month passiert ist. Das sollte nicht einfach so untergehen.«

»Sie sind beide vor demselben Hintergrund getötet worden«, erklärte Kathleen. »Das ist mehr als wahrscheinlich.«

»Reicht das?«

»Eigentlich ja. Monica Seffgen hat es gewaltig übertrieben mit ihrer Geldgier, das darf wohl inzwischen als gesicherte Erkenntnis gelten, und sie wurde dadurch zur Gefahr für das eigentliche Ziel der Spionage. Und Sophia … Sie hat zu viel gewusst oder sich, wie ihr Vater, der Mitarbeit verweigert.«

»Es könnte auch anders gewesen sein. Ihr Vater hätte sich nicht so verhalten, wenn er das befürchtet hätte, sondern wäre deutlicher geworden. Der Gedanke taucht nicht zum ersten Mal auf, und du wolltest …«

»Ja, schon gut.« Kathleen atmete tief durch. »Na schön. Womöglich passt es hier und da noch nicht hundertprozentig, doch es haben sich bislang keine weiterführenden Hinweise gefunden. Das Gleiche gilt ja für diesen Bornholmbesucher mit dem falschen Pass, den wir noch nicht identifizieren konnten. Wahrscheinlich ein Killer, der seinen Job gemacht hat.« Sie hob kurz beide Hände. »Wir können an der Stelle nichts ändern, Sarah«, betonte sie. »Wir verlassen uns hier auf gesicherte Annahmen, die hundertprozentig in das Umfeld der Geschehnisse passen und keine zusätzliche Untermauerung benötigen, nicht derzeit. Wir können aber mit unserer weiteren Aufklärungsarbeit im Kreis der Täter und Verdächtigen, die wir hier Stunde um Stunde vernehmen, helfen, weiteres Unheil abzuwenden und Schaden zu beheben sowie mehr über die entscheidenden Drahtzieher herauszufinden. Und genau das ist jetzt vorrangig wichtig. Dort sind Extremisten aus allen Richtungen vertreten, und es erfordert eine Menge …«

»Ich weiß. Und mein Job bleibt es, den Mörder zu finden – notfalls mit kleinteiliger Detailsuche. Deswegen habe ich vor Wochen die Insel verlassen.«

Einen Moment taxierten sie einander. Sarah hielt Kathleens Blick stand. »Okay«, meinte Kathleen schließlich. »Ich fürchte, ich kann dich ohnehin nicht aufhalten. Dann mach dich auf den Weg nach Hamburg, aber sei vorsichtig, wie viel du preisgibst. Rottner könnte daraus eine Story basteln, die zurzeit keiner lesen will, der sich bemüht, brisante Informationen zu schützen.«

Das war durchaus ein gewichtiges Argument. Kathleens abschließende Worte klangen alles andere als entspannt oder gar nach einem sachlich abwägenden Einlenken, stellte Sarah fest. Eher war sie kurz davor gewesen, Sarahs eigenmächtige Entscheidung infrage zu stellen und eine klare Grenze zu ziehen. Und doch war es für sie der richtige Entschluss.

»Sarah?«

Sie drehte sich an der Tür noch einmal um.

»Noch etwas. Du solltest die eindeutigen Drohungen gegen dich ernst nehmen.«

»Wenn ich das täte, hätte ich schon vor Jahren meinen Job an den Nagel gehängt«, erwiderte Sarah eine Spur zu heftig. »Ich bin den gleichen Anfeindungen ausgesetzt wie andere Kollegen und Kolleginnen auch, wie Rettungskräfte im Einsatz und Journalistinnen, die zu brisanten Themen recherchieren oder aus umkämpften Gebieten Bericht erstatten.«

»Das stimmt nicht, und das weißt du auch. Außerdem würde es die Situation nicht vereinfachen.«

»Doch, würde es.«

Damit verließ Sarah das Büro und war Minuten nach einem kurzen Telefonat mit dem Journalisten unterwegs. Die Aufregung flachte langsam ab. Sie stellte das Radio laut und ließ die kurze Unterredung – oder auch Auseinandersetzung – nachklingen. So oder so ähnlich wird es wohl in Zukunft zwischen uns ablaufen, wenn wir gemeinsam ermitteln, dachte sie. Eine unterschwellige Spannung begleitet jedes Gespräch und jeden Blickkontakt, und das manchmal stille und tiefe Verständnis in der Zusammenarbeit, deren Ergebnisse sich sehen lassen konnten, wechselt abrupt mit Konflikten und womöglich offenem Streit, sobald sie nicht einer Meinung waren – und das würde dann heftige Reaktionen auslösen. Das kommt davon, wenn man mit einer Kollegin oder sogar Vorgesetzten ins Bett geht. Keine neue Erkenntnis.

Frank Rottner hatte etwas erstaunt reagiert, aber schließlich einem weiteren Treffen zugestimmt. »Wir könnten uns wieder in der Bar an der Alster treffen«, schlug er vor. »Am späteren Abend nach meiner letzten Besprechung.«

»Sehr gerne.«

»Nennen Sie doch mal ein Stichwort.«

»Der neunzigste Geburtstag Ihrer Tante.«

»Wie bitte?«

»Ich möchte Ihnen einige Fotos zeigen, die damals entstanden sind, und hoffe, dass Sie ebenfalls über Bildmaterial verfügen«, erklärte Sarah.

»Ich befürchte, ich verstehe nicht.«

»Wir reden später darüber.«

»Na schön. Gute Fahrt.«

Kathleen hatte Sarah mindestens zwei Minuten mit zusammengepressten Lippen stumm nachgeblickt. Jeder anderen Kommissarin hätte sie an dem Punkt ihre Grenzen aufgezeigt. Sie leitete im Zentrum mehrerer Dezernate den logistischen Einsatz der Ermittlungen, und die Entscheidung, wer wann wo neu ansetzte, Recherchen vertiefte oder auch Ressourcen anderweitig einsetzte, lag in ihrer Hand. Das hat man davon, wenn man mit einer Kollegin schlief – geschlafen hatte! Sie wischte den Gedanken beiseite und rief Ben an. »Frank Rottner«, sagte sie. »Ein Journalist aus …«

»Hamburg. Schon klar.«

»Wunderbar, dass du sofort im Thema bist. Ich will, dass du ein bisschen mehr zu ihm herausfindest – mal abgesehen von der Sonderrolle, die seine Tante mit dem Russlandspleen spielte, der zu Kontakten in ihrem Haus führte. Die Kollegin Sarah hakt da gerade noch mal nach.«

»Gute Idee.«

»Ja? Wieso?«

»Ähm … Nun, vielleicht weiß der doch einiges mehr, als er bislang erwähnt hat. Beim ersten Check zu ihm ist nicht viel herausgekommen.«

»Na schön, dann vielleicht im zweiten Anlauf.« Kathleen verdrehte kurz die Augen. Plötzlich war sie froh, dass sie klammheimlich Polizeischutz für Sarah geordert hatte.

»Ich melde mich dann«, meinte Ben und legte auf.

Es klopfte dezent. Einer der BKA-Leute trat ein und informierte Kathleen über den anstehenden Termin: Teambesprechung unter Einbeziehung der Ermittlungsleiter aller beteiligten Dezernate. Kathleen schnappte sich ihr Tablet und machte sich auf den Weg. Wenn sie weiter in dem Tempo vorankamen, konnten sie zeitnah ihre Zelte beim LKA-Kiel wieder abbrechen und die Arbeit in den regionalen Dienststellen fortsetzen beziehungsweise den entsprechenden Gerichtsbarkeiten zuordnen. Die Geheimdienstler kochten ohnehin ihr eigenes Süppchen. Kathleen hatte bei alldem eine gute Figur gemacht, ohne sich allzu deutlich selbst in den Mittelpunkt zu rücken – das stellte sie ganz nüchtern fest. Ihrer Karriere würde dieser Fall guttun – und ob der Mörder von Monica Seffgen oder der Verbleib von Sophia Month ermittelt werden konnten, spielte tatsächlich eine nur noch untergeordnete Rolle. Sie hatten einen Spionageangriff erheblichen Ausmaßes abgewehrt, und die Aufklärung würde nahezu lückenlos gelingen, wie es bislang aussah – nun ja, zu vielleicht achtzig oder gar neunzig Prozent. Um die noch dunklen oder verschwommenen Punkte greifbar zu machen, würden Wochen und Monate vergehen, und manches blieb sehr wahrscheinlich für immer verborgen oder durfte nicht restlos ans Licht gezerrt werden, sobald Sicherheitsbedenken oder was auch immer als Argument herangezogen wurden.

An der Tür zum Besprechungsraum blieb Kathleen noch einmal stehen und blickte auf ihr vibrierendes Smartphone, während der Kollege ihr zunickte und vorausging. Eine Nachricht von einem verdeckten Ermittler vom BND. *Swinemünde*, las sie. Dort hatten womöglich die Treffen zur Übergabe stattgefunden. Der Hinweis stammte von den polnischen Kollegen. Die Identifizierung des Paares war noch nicht möglich gewesen, doch der Abgleich mit den bisher gewonnenen Daten lief auf Hochtouren.

18

Frank Rottner wartete bereits auf sie. Er hielt Ausschau und winkte ihr zu, als Sarah die Bar betreten hatte und sich umsah. Er trug ein ähnliches Sakko wie bei ihrem ersten Treffen und war zwischenzeitlich beim Friseur gewesen, wie sie feststellte. »Hunger?«, fragte er und lächelte, als sie neben ihm an der Theke Platz nahm.

Sarah nickte. »Der Fischimbiss letztens war lecker.«

»Na dann.«

Einige Minuten tröpfelten mit seichtem Plaudern dahin. Sarah war sicher, dass Rottner hellhörig geworden war, als die Polizei eine neuerliche Befragung für nötig hielt. Der Barkeeper servierte alkoholfreies Bier und wenig später den Fisch. Als ein Tisch frei wurde, verließen sie die Theke.

»Ich bin gespannt«, erklärte Rottner schließlich. »Was haben Geburtstagsfotos meiner verstorbenen Tante mit Ihren Ermittlungen zu tun?«

»Das ist eine knifflige Frage«, entgegnete Sarah.

»Eher eine berechtigte.«

»Stimmt. Die ich aber nicht offen beantworten kann.«

»Warum?«

Sie lächelte. »Ach, kommen Sie – Sie sind Journalist und wissen doch, was mich bewegt und warum ich zurückhaltend bleiben muss.«

»Es gab in letzter Zeit hier oben deutlich verschärfte Ermittlungen in alle möglichen Richtungen und kürzlich Festnahmen, doch die Polizei hält sich zu den Hintergründen bemerkenswert zurück«, meinte Rottner und nippte an seinem Bier. »Das ärgert meine Branche natürlich. Nachrichtensperren sind so gar nicht nach unserem Geschmack.«

»Kann ich verstehen. Doch die Situation ist durchaus speziell, und Sie müssen sich gedulden.«

Er seufzte. »Kann ich wenigstens auf Sie zählen, wenn die Nachrichtensperre fällt?«

»Das kann ich Ihnen versprechen.«

»Vielleicht ein Stichwort vorab?«, insistierte er, charmant lächelnd. »Bei so viel Geheimnistuerei gerät man ins Spekulieren ...«

»Kein Stichwort, tut mir leid.«

»Schade.«

Sarah klappte ihr Tablet auf und rief einige Fotos auf den Bildschirm, die im Rahmen der Geburtstagsfeier von Rottners Tante entstanden waren. Sie gehörten zu der Serie, die bei Lars Pollner, dem ehemaligen Kollegen von Seffgens Schwager, sichergestellt worden war – im Rahmen einer verdeckten Ermittlung und Befragung, an der ausgerechnet Krølle mitgewirkt hatte. Die erste Aufnahme zeigte Vera Tarp, eingerahmt von einigen Gästen, am Esstisch vor einer Torte, auf der eine riesige Neunzig mit bunter Sahne ausgeschmückt war. Die Schnappschüsse waren alles andere als gelungen, was sicherlich dem Umstand geschuldet war, dass Pollner heimlich fotografiert hatte. Doch einige Gesichter waren gut zu erkennen.

Rottner beugte sich über das Tablet und blickte kurz wieder hoch. »Woher haben Sie ...« Er winkte ab. »Schon gut. Also ich erkenne ein paar Nachbarn, zwei, drei ehemalige Studenten meiner Tante. Ich werde da wohl auch irgendwo sein – wahrscheinlich in der Küche, um für frischen Kaffee zu sorgen.«

»Sie selbst haben auch Fotos von dem Fest?«

Er zuckte mit den Achseln und öffnete die Foto-App. »Na klar. Meine Tante hat großen Wert darauf gelegt, dass ich das alles dokumentiere. Der Bürgermeister hat gratuliert, außerdem jemand vom Gemeinderat. Das sind sicherlich zwei Dutzend Bilder. Möchten Sie die wirklich einzeln durchgehen?«

»Eigentlich schon.«

Er seufzte leise. Dann reichte er Sarah sein Smartphone. »Schauen Sie schon mal in Ruhe.« Er trank einen Schluck Bier. »Ich würde gerne noch etwas bestellen – für Sie auch?«

»Sehr gerne.«

Frank Rottner ging zur Theke und verschwand anschließend in Richtung Toiletten. Sarah scannte die einzelnen Bilder. Sie erkannte zunächst niemanden – bis auf Vera Tarp und ihren Großneffen. Auf einem der letzten Fotos entdeckte Sarah Monica Seffgen – mit breitem Lächeln überreichte sie einen Blumenstrauß. Sie hat als Vertreterin des Betreuungsdienstes gratuliert, dachte Sarah – das war nachvollziehbar. Sarah wischte weiter. Im Mittelpunkt des nächsten Bildes stand der Geburtstagstisch, der überquoll von Blumen und Glückwunschkarten. Rechts und links waren Bilder an den Wänden zu erkennen – Familienfotos, schätzte Sarah. Sie sah auf, als Rottner an den Tisch zurückkehrte und die Gläser bereitstellte.

»Monica Seffgen hat Ihrer Tante auch gratuliert«, sagte sie.

»Ja, kann sein.« Er nickte. »Wie gesagt, das war ein ziemliches Kommen und Gehen an diesem Tag, und Tante Vera war am Abend total platt.« Er nahm sein Handy wieder an sich.

Warum war Lars Pollner mit der Stickübergabe betraut worden, wenn auch Seffgen zu den Gästen gehörte?, grübelte Sarah. Weil es logistisch genauso geplant war? Ein vorsichtiges Ausweichmanöver? Vielleicht. Oder andere Überlegungen hatten im Vordergrund gestanden. Seffgen hatte sich zu dem Zeitpunkt bereits hauptsächlich in Eckernförde um Heinrich Kleisberg gekümmert. Sie könnte zudem bei Vera Tarp längst ein anderes, zusätzliches persönliches Ziel verfolgt haben – die reiche alte Dame. Außerdem war Seffgen zu diesem Zeitpunkt als nicht mehr vertrauenswürdig eingestuft gewesen, überlegte Sarah weiter. Man hat sie außen vor gelassen bei dieser wichtigen Übergabe und das Ganze mehrfach abgesichert, und womöglich war ihr Schicksal längst besiegelt.

»Vielleicht sagen Sie mir der Einfachheit halber, was Sie auf diesen Fotos suchen«, schlug Rottner vor. »Das könnte zielführender sein als dieses Herumgestochere. Ich kenne sehr viele dieser Leute nicht. Aber vielleicht erinnere ich mich an eine Situation, wenn Sie etwas deutlicher werden.«

Es war ein Besucher im Haus, der nicht nur einen üppigen Blumenstrauß überreichte, sondern militärisch wichtige Unterlagen an einen Spion weitergegeben hat, der für Russland tätig war, dachte Sarah. Und ich hätte gerne den Namen, denn dieser Spion hat womöglich auch Monica Seffgen im Blick gehabt und längst anderes mit ihr vor. Oder so ähnlich. Sarah lächelte. »Tut mir leid, aber wir müssen es umständlicher machen. Wir gehen die Fotos durch, und Sie sagen mir die Namen, an die Sie sich erinnern.«

Lautes Seufzen. »Na schön. Ich versuche, mich bestmöglich zu erinnern«, versprach Rottner.

Nach einer guten halben Stunde hatte Sarah zumindest ein Dutzend Namen beziehungsweise Hinweise zur Identität der Gäste notiert. Ob die gesuchte Person überhaupt auf den Fotos abgebildet war oder sich zielführende Schlussfolgerungen ableiten lassen würden, wagte sie nicht einzuschätzen. »Zeigen Sie mir noch mal das Foto aus Ihrem Fundus – das mit dem üppigen Geburtstagstisch?«, fragte sie schließlich.

Rottner benötigte nur einen Moment. »Da ist nicht viel zu erkennen. Oder hoffen Sie, auf den Glückwunschkarten Namen identifizieren zu können?« Er lächelte amüsiert.

»Keine schlechte Idee.« Sie lächelte zurück. »Darf ich?« Rottner reichte ihr sein Handy, und sie vergrößerte die Aufnahme mit den

Familienbildern an der Wand, einige waren offensichtlich Jahrzehnte alt. Auf einem Bild saß ein Teenager zwischen Vera Tarp und einer anderen Frau.

»Wir sind nur eine kleine Familie«, erklärte Rottner, während er auch kurz auf das Foto sah. »Besser gesagt – wir waren es. Nun gibt es nur noch mich – abgesehen von einer Handvoll weit entfernten Verwandten, die ich seit hundert Jahren nicht mehr zu Gesicht bekommen habe.«

Sarah betrachtete die Dreiergruppe. »Vera Tarp, Sie und Ihre Großmutter?«, fragte sie nach und war einen Moment überrascht. Bei dem Teenager handelte es sich offensichtlich um Frank Rottner – er war damals stark übergewichtig gewesen, und sie hatte Mühe, ihn zu erkennen, denn auf anderen Bildern war er schlank, so wie auch als Erwachsener.

»Ja. Meine Eltern sind früh bei einem Unfall gestorben, als ich kaum drei Jahre alt war, ich bin bei meiner Großmutter aufgewachsen. Sie starb kurz nach meinem achtzehnten Geburtstag.« Frank Rottner entfernte das Foto aus der Ansicht. Er wirkte plötzlich unsicher. »Vera hat das Bild partout nicht von der Wand nehmen wollen«, fügte er hinzu.

Sarah zuckte mit den Achseln. »Nun, es ist eine schöne Erinnerung an ihre Schwester.«

»Sie hat es wohl eher für mich hängen lassen.« Er senkte kurz den Blick. »In Erinnerung an die fetten Jahre.« Das klang bitter.

Sarah blickte ihn irritiert an.

»Ich war damals ein kleiner fetter Bengel«, schob er hinterher. »Aber dann habe ich die ganzen Pfunde verloren. Ist ja auch egal …« Er winkte ab und wirkte einen Moment verlegen. »Meine Großmutter und Vera waren sich immer einig darin, dass ich unbedingt abnehmen müsste … Hat ja auch geklappt. Aber das gehört nicht hierher.«

Sarah zuckte betont gleichmütig mit den Achseln. Rottner wirkte seltsam betroffen. Das Thema nagte offenbar immer noch an ihm. Doch diese persönliche Geschichte hatte nicht das Geringste mit ihren Ermittlungen zu tun.

»Wenn Sie wollen, maile ich Ihnen eine Auswahl meiner Fotos«, ergriff er plötzlich das Wort. »Vielleicht entdecken Sie ja doch noch etwas Bedeutsames. Und wenn es so weit ist …«

»Melde ich mich, und Sie kriegen Infos, damit Sie mit Ihrer Story schneller sind als die Konkurrenz.«

»Darauf wollte ich hinaus.« Er blickte auf die Uhr.

Sie nickte ihm zu. »Ja, ich weiß, es ist spät. Danke für Ihre Zeit.«

Wenige Minuten später saß Sarah im Wagen. Das Gespräch war seltsam eingebrochen, als es persönlich wurde. Familiendramen, dachte sie. Immer wieder höchst unerfreulich.

Frank Rottner fuhr direkt in die kleine Villa an der Alster. Er war aufgewühlt wie schon lange nicht mehr. Das Foto vom fetten Kind. Sein Leben lang würde er sich selbst immer so und nicht anders wahrnehmen und die Angst und den Mangel spüren wie damals, aber er hatte gedacht, gehofft, gefleht, dass sich diese Empfindung abmildern würde – nach ihrem Tod.

Sein erster Gedanke nach Veras Tod war kalt und klar gewesen – und unmissverständlich. Weg mit diesem Haus. Dieser böse Ort wird viel Geld einbringen, wenigstens das. Der Entschluss war nach dem ersten einsamen Rundgang nach der Beerdigung noch stärker hervorgetreten – eine tiefe, fast glückselig anmutende Sehnsucht, sich von diesem Ort zu verabschieden, endgültig, nie wieder zurückkehren zu müssen und damit sämtliche Erinnerungen tief in sich zu vergraben, so tief wie irgend möglich, und dort sollten sie verrotten.

Er hatte Tage, nein, Wochen benötigt, bis er schließlich den Mut aufgebracht hatte, den Raum im Keller zu betreten, den Vera das dünne Zimmer genannt hatte. Und dabei hatte sie immer dieses wissende und zugleich höhnisch herablassende Lächeln aufgesetzt, das er so gehasst hatte – an ihr und auch an seiner Großmutter. Die beiden hatten sich nicht viel genommen, wenn es darum gegangen war, den fetten Bengel niederzumachen. Einen hässlichen fetten Bengel. In der Schule hatten sie ihn gemobbt, natürlich, das war doch klar, doch bei seiner Großmutter war es schlimmer gewesen und insbesondere bei Vera unerträglich. Sie hatte ihn gehasst, und seine Großmutter hatte ihn nicht beschützt. In der Villa gab es kein Schulklo, auf dem er sich einschließen konnte, bis die Pause oder die Freistunde vorüber waren. Jeder Bissen wurde ihm vorgerechnet, jede Süßigkeit zur bitteren Speise, jeder erzwungene Gang auf die Waage zu einem Spießrutenlaufen. Manchmal hatte er sich gewünscht, tot zu sein. Keinen Hunger mehr zu spüren. Das Leben würde davonkriechen, das Fett vergehen oder wie Eis in der Sonne schmelzen. Der Drang, Mund und Magen und die Leere zu füllen, würde sich auflösen wie ein hysterisch böser Geist, der bei Tageslicht verschwand oder keine Kraft mehr hatte.

Und dann kam dieser Sommer. Heiß und vielversprechend für die meisten Schülerinnen und Schüler, die großen Ferien, vor denen Frank sich immer fürchtete. Kein Normalgewichtiger konnte sich vorstellen, wie es sich anfühlte, als Dicker am Strand zu liegen oder im Freibad schwimmen zu gehen. Selbst wenn er nur liegen blieb, erstarrt vor Scham und Angst, sammelten sich alle Blicke dieser Welt auf seinem Schwabbelbauch und brannten tiefe Löcher hinein. Seine Großmutter hatte eine Reise entlang der Ostseeküste unternommen, und Frank sollte zunächst bei Vera bleiben; später würden sie gemeinsam nachfahren, so hieß es. Aber es war ganz anders gekommen. Ein lang gehegter, ein perfider Plan.

Frank Rottner parkte hinter der Villa und betrat das Haus durch den Hintereingang. Er ging direkt ins Tiefgeschoss und blieb vor dem muffigen Kellerraum stehen. Hier hatte sie ihn eingesperrt – über einen Monat lang, bis auf ein, zwei Stunden am Tag, die er an der Sonne und im Bad verbringen durfte, bevor er etwas zu essen bekam. Er begann zu zittern. Das dünne Zimmer hatte ihn dünn gemacht. Und dann krank und noch dünner. Ein großer Erfolg. Der dünne Frank – wie schön er plötzlich aussah. Seine Großmutter und Vera hatten ihn neu eingekleidet und waren völlig hingerissen gewesen. Und er blieb dünn, schlank. Phönix aus der Asche, den Großmutter und ihre Schwester feierten wie einen Popstar, während sein Herz verbrannt war und sich nichts mehr wie zuvor anfühlte. Die Befreiung durch das Aushungern in einer kleinen Zelle. Etwas in ihm war damals gestorben, etwas anderes angewachsen – sein Selbsthass und eine tief gärende Sehnsucht, Rache zu üben, Ausweglosigkeit und Angst mit gleicher Münze zurückzuzahlen. Warum war er nicht in der Lage gewesen, sich zu wehren? Warum hatte er die Tante nicht einfach umgerannt und war davongelaufen? Was sie mit ihm machten, war Kindesmisshandlung, Quälerei. Das war ihm bewusst gewesen – und doch: Was für ein nutzloses Wissen! Der Schwächere hatte in dem Moment verloren, in dem der Stärkere den Fuß auf seine Brust stellte – oder ihm die Luft abdrehte, zuschlug, quälte. Die Nahrung verweigerte – egal, aus welchem Grund.

»Schau nur, es hat Erfolg«, hatte sie ihm alle paar Tage zugeflüstert und dabei leise gelächelt. »Endlich wird etwas aus dir. Ich weiß, wie sich das anhört, aber denk mal darüber nach: Ich befreie dich von all deinem Fett. Du wirst mir dankbar sein, auch wenn es jetzt eine Qual für dich ist. Einem Trinker muss man auch den Alkohol entziehen.«

Ich bin kein Trinker, hatte er gedacht, ich sterbe, wenn ich nicht mehr esse. Doch er bekam ja zu essen – Salat und Gemüse, etwas Obst, hin und wieder Fleisch. Er verlor rapide an Gewicht und wurde ein dünner Junge, der das Gefühl zu verhungern auch fünfundzwanzig Jahre später tief in der Seele spürte. Einen Hunger, der sich in alle Sinne fräste und jede Stunde in seinem Gefängnis zu purer Verzweiflung aufblähte.

Ein Jahr später hatte er sich zum ersten Mal gerächt. Dass ausgerechnet Veras Lieblingskatze daran glauben musste, war unfair, doch der Schmerz, den seine Tante ertragen musste und den er aus der Ferne mitverfolgte, hatte es wettgemacht. Die Katze war im dünnen Zimmer verhungert. Das hatte nacktes Entsetzen in ihr ausgelöst. Sie hatte nicht einen Augenblick darüber nachgedacht, dass kein Zufall dahintersteckte, sondern ihr Neffe verantwortlich war. Er hatte sie nie so weinen gesehen. Wenn er eines Morgens in diesem Sommer tot auf dem kalten Boden gelegen hätte, wäre sie kaum so aufgewühlt gewesen.

Es war ungerecht und abscheulich, dachte Frank Rottner erneut, als er nun in den Raum starrte – die Katze konnte nichts dafür, ich hätte keine Umwege gehen sollen. Aber es war zu spät, und das Hadern brachte ihn auch nicht weiter. Vera hatte doppelt und dreifach bezahlt. Und der fette Bengel, der ein dünner Junge und ein schlanker Mann geworden war, würde nun das Erbe antreten.

Rottner lächelte sanft. Es würde noch eine Weile dauern, bis er den Hausstand komplett inspiziert hatte und eine Entrümpelungsfirma beauftragen konnte, besenrein zu räumen, damit er den Verkauf beauftragen konnte. Vera hatte so manches Geheimnis mit sich herumgetragen und auch in diesem Haus versteckt – Papiere aus alten Zeiten, Briefe, Liebhaber, Bargeld, von dem wohl inzwischen einiges fehlen dürfte. Ihre innige Verbindung zu Monica Seffgen hatte auch dazu gehört. Weitere Überraschungen sollte es nicht geben.

Dass die Kommissarin noch einmal bei ihm nachgehakt hatte, war etwas verwunderlich. Irgendetwas war auf diesem Geburtstag passiert – ein Besucher, der in einem anderen Fall eine Rolle spielte, in einer Ermittlung, die mit einer Nachrichtensperre versehen war. Aber vielleicht gab es doch eine Möglichkeit, mehr zu erfahren. Rottner war keiner von diesen stets gefährlich lebenden Investigativjournalisten, das war ihm viel zu aufwändig und riskant, doch auch er verfügte über einen Kontakt zur Polizei, den er hin und wieder nutzte. Vielleicht war es an der Zeit, sich aus seiner Komfortzone herauszuwagen.

Der Kommissar, der ihm immer mal wieder eine Info zukommen ließ, meldete sich eine halbe Stunde später mit einer klaren Absage. Keine Chance in diesem Fall. Dabei sollte er es belassen.

Wenig später verschloss Rottner das Haus und fuhr in seine Wohnung – Zwei-Zimmer-Altbau in schöner Lage Nähe Stadtpark in Winterhude. Er absolvierte ein dreißigminütiges Work-out und ging anschließend unter die Dusche. Im Schlafzimmer betrachtete er seinen nackten Körper im Wandspiegel. Er war vierzig, schlank und muskulös. Und auch wenn das dünne Zimmer ihn bis zu seinem Ende begleiten würde – seit diesem Sommer, als er fünfzehn Jahre alt war und in diesem Kerker fast verhungert wäre, hatte er nie wieder ein Gewichtsproblem gehabt.

Krølle hatte nur einen Moment gezögert und dann entschieden, dem Journalisten zu folgen. Das entsprach nicht dem eigentlichen Auftrag, aber er war sicher, dass Sarah unbehelligt nach Hause kommen würde. Was er von dem Gespräch in der Bar belauschen konnte, hatte ihn neugierig gemacht, und Paulsen hatte nichts dagegen einzuwenden, dass Krølle spontan umdisponierte. Der Großneffe der reichen Tante und zugleich ihr einziger Erbe, die Geburtstagsfotos, auf denen Sarah nach Anhaltspunkten Ausschau hielt, ohne genau zu wissen, wonach sie eigentlich suchte, und der plötzlich angespannte Ton, als es um Familienkram ging. Diese Geschichte hatte vielleicht noch eine andere, tiefere Ebene, die nicht unbedingt mit den Ermittlungen zusammenhängen musste. Sie schien Krølle dennoch interessant genug zu sein, um dranzubleiben – mehr noch, sie aktivierte seinen inneren Sensor.

Die Villa lag zauberhaft, stellte Krølle wenig später fest. Der Journalist ließ sich ein Stündchen Zeit und brach dann wieder auf. Es war still und dunkel, eine hohe Hecke umsäumte das Grundstück, eine Videoüberwachung war nicht zu erkennen. Das musste nichts heißen, schon gar nicht in diesem Fall, in dem Spyware eine derart große Rolle spielte.

Ein später Gassigänger schlurfte an dem Haus vorbei; Krølle wartete noch eine Minute, dann schlich er zum hinteren Grundstücksende, wo die Hecke weniger dicht war. Er nutzte die Deckung eines Gartenhäuschens und kroch durch das Buschwerk. Es blieb still, und Krølle lief über das Grundstück bis zur Terrassentür. Sie war bestens gesichert, doch ein Fenster auf der Längsseite des Hauses war lediglich gekippt. Krølle benötigte drei Minuten, um es auszuhebeln und einzusteigen. Minutenlang schlich er durchs Haus und tat dabei nichts anderes, als sich auf sein Gespür zu verlassen. Hier drohte keine Gefahr für ihn, dessen war er sicher – er konnte sich in Ruhe umsehen. In den meisten Zimmern waren die Rollläden heruntergelassen und würden den Schein einer Taschenlampe nicht durchlassen. Er ging von Raum zu Raum auf der Suche nach Versteckmöglichkeiten. Es war nicht auszuschließen, dass die alte Dame und ihr Haus als Treffpunkt eine größere Rolle in der Spionageaffäre gespielt hatten. Die Frage stellte sich dann, warum ihr Neffe offenbar nichts davon bemerkt hatte – weil er auch beteiligt gewesen war? Weil er tatsächlich völlig ahnungslos gewesen war?

Krølle blickte auf die Uhr – er würde die ganze Nacht brauchen, um alles gründlich zu durchsuchen. Die ersten Kartons und Kisten waren bereits gepackt, Schranktüren standen offen, Mobiliar war zur Seite gerückt, Kleidung in Tüten verstaut, Teppiche aufgerollt, Bilder zusammengestellt, Bücher und Ordner auf dem Boden gestapelt. Alles Offensichtliche würde nichts verbergen oder auf eine so geschickte Weise, dass es erst auf den dritten Blick sichtbar wurde – geheime Aufzeichnungen inmitten harmloser Briefwechsel, Datenträger im Geschirrschrank oder bei den Badutensilien, wichtige Papiere im Schmutzwäschekorb.

Nach gut zwei Stunden ging Krølle in die Küche und nahm sich aus der Vorratskammer eine Flasche Wasser. Auf dem obersten Bord stand eine Reihe alter Kochbücher mit angeschlagenen, vergilbten und in alle Richtungen gebogenen Kanten sowie ein bunt beklebter Karton mit der Aufschrift »Familienrezepte«. Krølle breitete den Inhalt des Kartons auf dem Küchentisch aus. Kladden mit Rezepten für die typisch norddeutsche Küche, handgeschrieben sowie aus Heften ausgeschnitten, mit Anmerkungen ergänzt und bunten Aufklebern geschmückt. Das wirkte kindlich, verträumt, idyllisch. Einige Backrezepte steckten in Plastikhüllen, auf denen Spuren von Mehl und Fett zu erkennen waren, und einen Moment lang war Krølle fest davon überzeugt, köstlichen Kuchenduft wahrzunehmen – Vanille- und Mandelaroma, Karamell. Es fehlte nicht viel, und ihm wäre das Wasser im Mund zusammengelaufen.

In einem blauen Hefter waren Fotos abgelegt – Bilder von gelungenem Sonntagsbraten inmitten goldgelber Kartoffelberge und bunter Gemüseteller, dazu Puddingschüsseln und Torten, ergänzt um eine Hülle, in der eine Handvoll Briefe steckte. Mit Füller auf dünnstem Papier geschrieben und deutlich verblasst, die ältesten waren zwanzig, dreißig Jahre alt, wie die Datumsangaben verrieten, die jüngsten nur wenige Jahre. Krølle scannte die einzelnen Bogen und verschob das Lesen auf später. Dann durchstreifte er den Keller und das Obergeschoss, der Dachboden war bereits leer geräumt, und seine dunkle Leere gähnte ihm entgegen. Als Krølle aus der

Villa trat, waren viele Stunden vergangen. Er schlich übers Grundstück und verließ es auf demselben Weg.

Als er in seiner Pension ankam, dämmerte es bereits. Er schrieb Paulsen eine kurze Nachricht und wollte sich anschließend hinlegen. Doch die Müdigkeit wollte sich nicht einstellen. Er stand wieder auf, dann kochte er Kaffee in der kleinen Teeküche, belegte ein paar Brote und übertrug die gescannten Briefe auf seinen Laptop. Er begann zu lesen.

19

Ein Gespräch mit dem zurzeit noch in Kiel inhaftierten LKA-Beamten Thilo Berger sollte Kathleens vorerst letzte Amtshandlung in Schleswig-Holstein sein, bevor sie nach Berlin zurückkehrte, um dort im Team und mit den anderen Dezernaten die kleinteilige Fortführung und Aufarbeitung der Ermittlungen in Angriff zu nehmen. Sie hatte Sarah eine Nachricht geschrieben und hoffte, dass sie hinzukommen würde. Kathleen war sicher, dass Berger unter Druck geraten würde, wenn ausgerechnet Pirohls Tochter mit am Vernehmungstisch Platz nehmen würde.

Berger hatte sich bislang geweigert, über seine Beteiligung an den Geschehnissen zu reden – egal, ob sich die Interne mit ihm befasste oder Staatsschutzleute, und die Entscheidung über das weitere Vorgehen war in der Staatsanwaltschaft immer noch nicht gefallen. Fest stand, dass er aktiv an der Entführung des Journalisten und Expartners von Sarah beteiligt war, zudem hatte er Informationen für Pirohls Leute durchgesteckt. Dass er auch in der aktuellen Spionageaffäre eine Rolle gespielt haben könnte, war nicht weiter verwunderlich.

Kathleen blickte auf ihr Smartphone – Sarah teilte ihr mit, dass sie nachkommen würde –, dann betrat sie die JVA und wartete im Besprechungsraum auf Thilo Berger. Der Ex-Beamte sah immer noch vergleichsweise gut aus, dachte sie, als Berger eintraf. Offenbar ließ er sich in der Untersuchungshaft nicht gehen – er war rasiert, das Haar frisch geschnitten, das Gesicht wirkte schmaler. Kathleen war im Sommer bei einer Vernehmung dabei gewesen und zweifelte nicht daran, dass er wenig Lust verspürte, mit ihr zu reden oder gar zu kooperieren, aber durchaus interessiert war, zu erfahren, warum sie ihn Monate nach den Bornholmer Geschehnissen aufsuchte. Abwechslung vom Gefängnisalltag könnte auch ein Motiv sein.

Er sah ihr mit kühlem Blick entgegen und setzte sich. »Habt ihr den Pirohl-Kram immer noch nicht sortiert?«, fragte er dann und grinste unverhohlen schadenfroh.

»Aber ja doch – es ist alles auf dem Weg, Herr Berger, und das wissen Sie auch«, erwiderte Kathleen und lächelte gelassen. »Die Staatsanwaltschaft ist noch unschlüssig, ob Sie gleich nach Karlsruhe kommen, wo gegen Ihre Kumpane verhandelt wurde, oder Ihnen womöglich hier zunächst ein Prozess gemacht wird, der sich erst einmal mit Ihren Dienstvergehen beschäftigt. Mir persönlich ist das ja völlig egal …«

»Dann sind wir ja schon zu zweit. Und was wollen Sie?«

»Ich bereite Sie darauf vor, dass zu all diesen Taten womöglich ein weiteres schweres Delikt hinzukommt. Und dann könnte es langsam richtig eng für Sie werden – Stichwort: Lebenszeit.«

Thilo Berger deutete ein Gähnen an. »Sie sehen mich zutiefst beunruhigt.«

»Das sollte Sie durchaus in Unruhe versetzen. Sie haben gemeinsame Sache mit dem Nazitrupp gemacht, doch wie es aussieht, war der nicht Ihr einziger Geldgeber. Wir prüfen gerade dahingehend noch einmal Ihre Konten und Unterkonten – na, Sie wissen schon, worauf ich hinauswill.«

»Ja, so ungefähr – prüfen und checken, Akten durchwühlen und beiseitelegen, noch ein Dutzend Zeugen vernehmen, die aber schwer erreichbar sind. Lassen Sie sich ruhig Zeit. Inzwischen muss man sogar Mörder freilassen, weil die Fristen nicht eingehalten werden. Das ist ein Ding, was?«

Kathleen nickte gleichmütig. »Nehmen wir doch mal an, so etwas würde in Ihrem Fall passieren.« Sie lächelte amüsiert. »Ihre Freude könnte durchaus verfrüht sein.«

Er lehnte sich zurück und sah sie abwartend an.

»Sie sind alles andere als begriffsstutzig, Herr Berger, oder täusche ich mich in Ihnen? Wenn Sie heute freikämen, müssten Sie sich spätestens ab morgen Gedanken darüber machen, wie Sie die nächsten Stunden überleben.«

»Was soll das?«

»Nun, noch einmal: Pirohl und seine Gruppe sind Geschichte …«

Er lächelte süffisant. »Wirklich?«

»Etliche Leute aus der oberen Etage hat es erwischt, weil Bernd Pirohl selbst dafür gesorgt hat – sein eigenes Süppchen war ihm wichtiger als alles andere. Wie das Ganze ausging, wissen Sie selbst nur allzu gut. Er ist erledigt worden – im dunklen Umfeld seiner eigenen Machenschaften.« Was tatsächlich vorgefallen war, hatte keinen Eingang in eine offizielle Akte gefunden, und nur eine Handvoll Menschen kannte die Hintergründe.

»Wo eine Gruppe ausfällt, findet sich eine neue«, erklärte Berger in lapidarem Ton.

»Wissen Sie mehr dazu?«

Berger lachte laut auf.

»Nun, mit den Russen ist jedenfalls nicht zu spaßen«, fuhr Kathleen fort, als Bergers Heiterkeitsausbruch abgeebbt war.

Er kniff die Augen zusammen.

Kathleen zog ein Foto von Monica Seffgen aus ihrem Hefter. »Diese Frau wurde vor etlichen Wochen auf Bornholm getötet. Ich denke, Sie kennen sie, oder der Name dürfte Ihnen zumindest etwas sagen. Eine umtriebige Frau mit einem interessanten Job, der sie mit vielen Menschen zusammenbrachte und ihr jede Menge Kontakte bescherte. Sie war an allem Möglichen interessiert – Geld, Schmuck, Informationen. Stichwort: Spionage. Und sie hat es übertrieben. Ich zweifle nicht daran, dass ihre Auftraggeber selbst eingegriffen haben, um ihrem Treiben ein Ende zu bereiten. So wertvoll ihr Talent und ihre Verbindungen waren, ihre Gier gefährdete die Unternehmungen.«

Berger zuckte mit keiner Wimper.

»Ihr Schwager Rolf Hansen sitzt nun in Untersuchungshaft. Er hat als Ingenieur in einer Rüstungsfirma gearbeitet und Informationen weitergegeben. Behilflich war ihm dabei unter anderem sein ehemaliger Kollege Lars Pollner. Er war es übrigens, der Ihren Namen nannte und uns darauf aufmerksam machte, dass Sie eine wichtige Quelle waren oder auch Mitstreiter«, fuhr Kathleen fort. Das war nur teilweise korrekt, denn der Name von Thilo Berger war im belauschten Gespräch zwischen Hansen und Pollner lediglich erwähnt worden, und alles Weitere sollte Berger an der Stelle schlicht beunruhigen. »Darüber hinaus ist er seit ein paar Tagen nicht mehr erreichbar und wie vom Erdboden verschluckt. Ich denke, man wird ihn auf ähnliche Weise zur Rechenschaft gezogen haben.«

»Auf ähnliche Weise?«, fragte Berger. Seine Stimme klang deutlich flacher. Die Anspannung war unüberhörbar.

»So wie Monica Seffgen, und sie wurde ermordet. Ein unschönes Ende übrigens, falls Sie auf Details Wert legen.«

»Und Sie haben die Leiche gefunden?«

Kathleen sah ihn forschend an. »Worauf wollen Sie hinaus?«

»Nun, ich bin immer noch auch ein Bulle – wenn die Russen oder irgendein Geheimdienst bei dem Mord die Finger im Spiel gehabt hätten, wäre sie entweder nie entdeckt, vergiftet oder aber spektakulär abgeknallt worden, damit alle wissen, was die Stunde geschlagen hat. Das muss ich Ihnen doch kaum verdeutlichen.«

»Ihr Gedankengang ist interessant, und ich freue mich, dass ich Ihren beruflichen Ehrgeiz offenbar wecken konnte«, erwiderte Kathleen. »Allerdings hatte sich Monica inzwischen bereits derart viele Feinde gemacht, dass es nicht nötig und in diesem Fall sogar unerwünscht war, den Hintergrund wirksam zu verdeutlichen und Abschreckung zu signalisieren. Es sollte ganz im Gegenteil in diesem Fall unauffällig, also ohne Signalwirkung vor sich gehen – im Umfeld hochbrisanter Geschäfte. Und das hätte durchaus klappen können, denn das Motiv lag zügig auf der Hand und hätte uns restlos überzeugt. Doch der Verdacht bestätigte sich nicht, und die Überraschung war groß, als wir bei weiteren Ermittlungen auf Informationen stießen, die uns in eine komplett andere Richtung führten.«

Die Frage, wie es dazu kommen konnte, stand ihm deutlich ins Gesicht geschrieben. Er war, milde ausgedrückt, perplex. Kathleen lächelte. »Wie auch immer uns das gelungen ist.« Sie hob beide Hände. »Und eine Zeit lang später fiel auch Ihr Name.«

Einen Moment blieb es still. Berger blickte sie an. Er kann nicht zurück, dachte Kathleen plötzlich. Ein Verräter blieb immer ein Verräter. Und falls er nun die Flucht nach vorn antrat und aus der Not heraus mit denen zusammenarbeitete, die er zuvor ohne Bedenken hintergangen hatte, stand sein Ende jetzt schon fest. Doch womöglich rechnete er sich eine Chance aus. Typen wie Berger hielten sich immer für wesentlich schlauer, unangreifbarer und durchtriebener, als es tatsächlich der Fall war.

»Wie tief hängen Sie da mit drin, Berger?«, fragte sie rundheraus. »Und lohnt es sich für Sie, die Seiten zu wechseln?«

»Um was zu erreichen?«, hielt er dagegen.

»Die Unterbringung in einer Haftanstalt, in der Sie sicher sind – zum Beispiel.«

Er lächelte schmallippig. »Zu wenig – das ist viel zu wenig, und das wissen Sie auch. Ich stehe für Auskünfte nicht zur Verfügung, falls das Ihr Angebot sein sollte.«

Kathleen blickte auf ihr Smartphone. Sarah war soeben eingetroffen. Wenig später öffnete sich die Tür, und die Kollegin trat ein. Thilo Berger runzelte die Stirn und blickte sie verblüfft an. »Nette Überraschung«, sagte er dann.

Sarah nickte ihm zu und setzte sich. »Ihre Situation dürfte ziemlich ausweglos sein.«

»Wir sind also wieder beim Sie? Okay. Schade eigentlich.« Er grinste frech.

»Das eine Netzwerk hat sich zerschlagen, und die Pläne des anderen dürften sich auch erledigt haben«, fuhr Sarah fort, ohne auch nur mit einem Wimpernzucken auf die Bemerkung einzugehen. »Sie leben ein gefährliches Leben.«

»Sie auch, Kommissarin.«

Sarah blickte ihn unbewegt an. »Ich weiß. Das ist nicht neu und hier nun wirklich nicht das Thema.«

»Nein?«

»Nein!«, warf Kathleen scharf ein. »Sie haben nun wirklich keinerlei Veranlassung, hier eine dicke Lippe zu riskieren.«

Berger musterte sie kühl. »Schon gut. Ich hätte einiges zu berichten«, erklärte er dann. »Das wissen Sie ganz genau, seitdem mein Name gefallen ist. Ich kann Ihr Angebot nur ernsthaft in Erwägung ziehen, wenn es sich …«

»Für Sie lohnt?« Kathleen lachte kurz auf. »Wie konnte ich das nur vergessen.«

»Lars Pollner ist verschwunden«, ergriff Sarah wieder das Wort. »Er hat versucht, sich nach allen Seiten abzusichern, und das dürfte jetzt wohl doch schiefgegangen sein, da die Ratten das sinkende Schiff verlassen. Die eine Gruppe ist den Behörden in die Fänge gegangen, die andere macht sich in heilloser Unordnung dünne und versucht zu retten, was noch zu retten ist. Und dabei gibt es auch Opfer in den eigenen Reihen, wie das nun mal so abläuft bei unfreiwilligen Rückzugsgefechten. Jemand hat ihn sich geschnappt. Ich würde sagen, er lebt nicht mehr. Vorher hat er aber geredet – wie Ihre Namensnennung beweist. Und damit haben Sie nie und nimmer gerechnet. Woher kannten Sie ihn?«

Kathleen ließ Sarahs Worte nachklingen und ahnte, worauf ihr Vorstoß hinauslaufen könnte. Ein guter Plan.

»Unsere Wege haben sich mal gekreuzt. Er ist ein Spieler ...« Berger zuckte mit den Achseln. »Und ein Verlierer. Das eine bedingt das andere. Allerdings – er ist oder war durchaus schlau, durchtrieben schlau. Man darf ihn nicht unterschätzen.«

»Er hat uns Material zur Verfügung gestellt.«

»Sie können viel behaupten, wenn der Tag lang ist ...«

Sarah lächelte. »Ach, Berger – Sie wissen doch längst, dass Sie auf verlorenem Posten stehen. So wie vor einigen Monaten, als sich Ihnen plötzlich ein Widersacher in den Weg stellte und Sie einfach ausknockte ...«

Er starrte sie wutentbrannt an. Sarah lächelte unschuldig.

Kathleen räusperte sich leise. »Sie haben die Wahl, Berger«, warf sie ein. »Wenn Sie aus dem Nähkästchen plaudern, sorgen wir dafür, dass Ihre Informationen einer anderen Quelle zugeschrieben werden. Ihre Russenfreunde werden annehmen, dass Lars Pollner ausführlich geplaudert hat. Das hat er ja auch, aber an einigen Stellen wüssten wir es gerne genauer.« Sie warf ihm einen langen Blick zu. »Denken Sie darüber nach, vielleicht kommt Ihnen ja eine brauchbare Idee. Wir trinken in der Zwischenzeit einen Kaffee.«

Kathleen und Sarah standen gleichzeitig auf.

»Der Kaffee hier ist scheußlich«, sagte Kathleen, während sie in den Aufenthaltsraum gingen.

»Egal – ich bin total geschafft und brauche das Koffein.«

»Hast du in Hamburg was erreicht?«, fragte Kathleen, während sie vor dem Automaten warteten.

»Namen, Familiengeschichten und weiteres Fotomaterial.« Sarah seufzte. »Vielleicht kann dein Recherchemann Ben etwas damit anfangen. Ich habe es gleich an ihn weitergeleitet.«

»Familiengeschichten?« Kathleen reichte Sarah einen Becher.

»Ach, ich weiß auch nicht. Vielleicht hattest du recht, und es war reine Zeitverschwendung, noch mal nach Hamburg zu fahren.« Sie trank einen Schluck und verzog das Gesicht.

»Ich habe dich gewarnt. Das Zeug ist das reinste Gift.«

Sarah winkte ab. »Meinst du, Berger lässt sich darauf ein?«, fragte sie dann.

»Natürlich. Er hat ein riesiges Ego, und er wird versuchen, das für ihn Bestmögliche herauszuschlagen. Er kennt das Risiko, und trotzdem unterschätzt er es. Davon abgesehen – ich bin durchaus gespannt, wie weit er da mit drinhängt. Wir wissen immer noch nicht, wer das Paar ist, das sich in Polen mit einem Verbindungsmann trifft. Das wäre natürlich ein weiterer großer Schritt in der Gesamtaufklärung.«

»Und was bietet ihr ihm an? Genauer gesagt – was könnt ihr ihm anbieten? Er wird auf freien Fuß wollen.«

Kathleen wiegte den Kopf. »Dazu braucht er unsere Hilfe, sonst überlebt er keine Woche – Stichwort: Kronzeugenregelung, und die zieht nur, wenn er tatsächlich etwas Bedeutsames anzubieten hat. Darüber hinaus kann ich hier einiges anschieben, aber die Entscheidung liegt ja nicht allein bei mir.«

»Ich bin sicher, dass er abhauen wird, sobald der erste Schritt getan ist«, meinte Sarah. »So, wie es mein Vater getan hat.«

»Dein Vater ist …«

»Erschossen worden. Das hätte ich fast vergessen … Berger wird sich die Parallele verbitten. Er hält sich für wesentlich schlauer – als ehemaliger Polizist hat er womöglich noch andere Verbindungen.«

Kathleens Smartphone vibrierte. »Moment, das ist Ben.« Sie stellte die Verbindung her. »Gibt es was Neues?«

»Einer unserer verdeckten Observierer ist bei dem Journalisten in Hamburg fündig geworden, genauer gesagt, in dieser Villa.«

»Das heißt was genau?«

»Er hat alte Briefe von der verstorbenen Tante entdeckt.«

»Lass mich raten: Familiendramen?«, fragte Kathleen.

»Woher weißt du das?«

»Sarah hat bereits etwas in der Art angedeutet. Sie hatte sich gestern noch mal mit ihm getroffen.«

»Von diesen Briefen weiß sie garantiert noch nichts. Krankes Zeug.«

»Wie krank?«

Ben seufzte. »Ziemlich.«

»Relevant für unseren Fall?«

»Glaube ich nicht, aber das solltet ihr beurteilen. Ich habe das erst mal nur überflogen. Soll ich es der Kollegin gleich mal schicken? Sie wird besser beurteilen können, ob wir an der Stelle in die Tiefe gehen müssen.«

»Mach das«, meinte Kathleen nach kurzem Überlegen. »Es wird sie auf jeden Fall interessieren. Ich sehe mir das später auch noch an, aber wir haben hier zunächst noch anderes zu tun.«

»Alles klar.«

Kathleen unterbrach die Verbindung und hob den Blick. »Du hast offenbar einen besonderen Instinkt für bizarren Familienkram. Ben schickt dir etwas zum Familienhintergrund des Journalisten. Aber eins nach dem anderen. Vorher sollten wir uns Berger noch mal vorknöpfen.«

Sarah verbot sich, Bens Datei sofort abzurufen und einen raschen Blick in die neuen Ergebnisse zu werfen. Eins nach dem anderen, wiederholte sie Kathleens Worte, während sie erneut zu Thilo Berger gingen.

»Der Staatsanwalt meint, Sie müssten erst mal eine Probe liefern«, stieg Kathleen wieder ins Thema ein. »Wir haben gerade telefoniert. Er ließ sich an der Stelle nicht erweichen«, fuhr sie fort. Das war gelogen. Kathleens verfügte als Leiterin des Spezialteams über beachtlichen Handlungsspielraum. Sie war befugt, Bergers Rolle und die Informationen, die er als Zeuge womöglich anbieten konnte, einzuschätzen, und es hatte kein Telefonat gegeben. Die Behauptung klang dennoch überzeugend, fand Sarah – und selbst wenn Berger ihre Taktik durchschaute oder ihren Angaben misstraute, konnte er nicht wissen, wie sie agierte.

»Na schön. Wir zeichnen hier noch gar nichts auf«, erklärte er dann. »Und ich unterschreibe erst etwas, wenn wir einen Deal ausgehandelt haben.«

»Natürlich.« Kathleen legte die Hände auf den Tisch und sah ihn erwartungsvoll an. »Fangen Sie doch einfach mal an.«

Sie trug ein Aufzeichnungsgerät in der Tasche, wie Sarah wusste und Berger garantiert auch – die Audioaufnahme war juristisch nicht verwertbar, erleichterte aber die Arbeit bei der Überprüfung von Angaben und konnte sehr wohl als Druckmittel verwendet werden. Ein schmutziger Trick in einem miesen Fall, der kaum schmutziger sein konnte.

»Das Geschäft mit Informationen und Datenklau ist nicht neu«, begann er schließlich in selbstbewusstem Ton. »Ich werde hier sicher keine Angaben machen, in welcher Weise ich tätig war.«

»Doch«, erwiderte Kathleen lässig und beugte sich vor. »Genau das werden Sie tun. Vergessen Sie mal Ihre Selbstgefälligkeit und absurden Blockadeversuche. Sonst ist unser Gespräch unmittelbar beendet. Ich will ganz genau wissen, was Sie durchgesteckt haben. Sie kennen das Spiel doch. Wir werden hier mit Ihnen nicht im Dunklen tappen und uns vorführen lassen. Das ist darüber hinaus völlig unnötig, denn wir wissen auch ohne Ihre Angaben genug, um weitere Ermittlungserfolge verbuchen zu können. Die Liste der Festnahmen ist lang. Wir brauchen Sie nicht. Sie sind höchstens als zusätzlicher Katalysator interessant. Kapieren Sie das endlich! Die Chance für Sie ist größer als der Ertrag dessen, was Sie uns anbieten. Sie müssen uns überzeugen. Ist das bei Ihnen angekommen?«

Das klang ziemlich ruppig und überlegen, dachte Sarah, aber vielleicht musste man genauso mit diesem Typen reden.

Thilo Berger atmete einmal tief durch. Zum ersten Mal überhaupt ließ er Anzeichen leichter Unsicherheit erkennen. Dann nickte er plötzlich. »Ich war seit geraumer Zeit in der Soko Waffenschmuggel tätig«, ergriff er schließlich das Wort. »So bin ich ja auch nach Bornholm gekommen.« Er warf Sarah einen Blick zu. »Wir verfolgten entlang der Ostseeküste eine Spur – Organisierte Kriminalität von internationalem Ausmaß.« Er sah kurz zur Seite. »Ich habe in dem Zusammenhang immer wieder unsere Erkenntnisse durchgesteckt. Und die Pirohl-Sache kam dann noch dazu.«

»Verstehe.« Kathleen musterte ihn lange. »Sie haben gut verdient, und aufregend war der Job auch noch. Aber besser geht immer, und alles andere war Ihnen egal. Waffen in den falschen Händen – wen interessiert das schon? Hauptsache, das Geld stimmt. Eine Kommissarin bespitzeln, dessen Nazi-Vater noch eine Rechnung mit ihr und ihrem Ex offen hatte – nun ja, mal was anderes, und es wird auch gut bezahlt. So in etwa muss ich mir das vorstellen?«

Berger sparte sich die Antwort.

»Nun geht es um Abhörmaßnahmen im öffentlichen, politischen und privaten Raum, initiiert vom Geheimdienst eines Landes, dessen Führungsriege kein anderes Ziel kennt als die Destabilisierung demokratischer Staaten. Ein angezettelter Militärkrieg allein reicht diesem Diktator nicht. Hat es Sie gar nicht beunruhigt, welcher Schaden mit den auf diese Weise gewonnenen Informationen angerichtet werden kann? Nicht einmal so ein kleines bisschen?« Kathleen streckte die Hand aus und deutete mit Daumen und Zeigefinger dieses Bisschen an.

Berger sagte auch dazu nichts.

Kathleen klappte ihren Hefter auf. Sarah erkannte die Fotos der Beteiligten, die die Ermittlerinnen und Beamten seit Wochen beschäftigten – Seffgen, Harms, Schröder, Schmied, Hansen, Pollner, Lehmann und so weiter.

Berger scannte die Bilder mit einem schnellen Blick. »Mein Job war der Hinweis auf bevorstehende Razzien, Bauprüfungen und Ermittlungen, die für die Gruppe wichtig waren«, erklärte er schließlich in leisem Tom. »Außerdem sollte ich sondieren, wer im Dezernat als Spitzel noch infrage kommen könnte.«

»Namen?«

»Die nenne ich Ihnen, wenn es ganz konkret wird – auch für mich. Das ist sonst zu gefährlich.«

Diesmal Kathleen nickte sofort. »Okay, weiter.«

»Und manchmal musste ich etwas steuern und korrigieren, wenn Leute polizeilich in den Fokus geraten waren.«

»Was genau heißt das?«

Berger rieb sich übers Kinn.

Sarah beugte sich plötzlich vor. »Stichwort: Fahrradunfälle?«

Sein Kopf fuhr herum. Er starrte sie verblüfft an.

»Sie haben Hinweise verschwinden lassen, als Stefan Month über den Haufen gefahren wurde, nicht wahr?«, fuhr Sarah fort. »Manipulation der Verkehrsüberwachung und Zeugenaussagen. Und irgendein Kollege hat das dann übernommen, als es darum ging, Katja Kleisberg ebenfalls in einen Unfall zu verwickeln – zu dem Zeitpunkt saßen Sie nämlich in Haft, als Sie in den Strudel der Bornholmer Ermittlungen gerieten, und konnten Ihren Job nicht mehr machen.«

Er war ziemlich perplex, und Sarah genoss seine Verwirrung einen Moment. »Die Sache ist nur die – wir haben dennoch herausgefunden, was passiert ist.« Sie griff nach dem Foto von Stefan Month und legte es Berger vor. »Erst der Unfall vor einigen Jahren, anschließend die Betreuung durch den sattsam bekannten Service für Besserverdienende und Menschen mit interessanten Berufen, eine Weile später verschwand seine Tochter, und schließlich starb er – an gebrochenem Herzen. So die Einschätzung sogar von ärztlicher Seite. Oder war es anders?«

Sarah spürte kurz Kathleens forschenden Seitenblick, während Berger sie nahezu fassungslos anstarrte. »Stefan Month sollte unbedingt tätig werden – seine Expertise als Tüftler und Ingenieur war hochinteressant für die Spionage«, fuhr Sarah fort. »Aber er wollte nicht, er hat die Zusammenarbeit beendet, bevor sie überhaupt begonnen hatte, was von der Auftraggeberseite kaum jemand für möglich gehalten hatte. Das Ganze regte ihn ziemlich auf, wie wir in Erfahrung bringen konnten. Und ich frage mich inzwischen immer eindringlicher, warum sich ein Geheimdienst für Aktionen um jemanden bemüht, der partout nicht interessiert ist. Ist das nicht viel zu riskant? Hat man nicht befürchtet, dass …«

»Nein«, warf Berger plötzlich ein. »Hat man nicht.«

Sarah kniff die Augen zusammen. »Warum nicht?«

Berger zögerte. »Er hätte nichts unternommen, was seine Tochter gefährdet hätte«, sagte er dann.

»Sie wurde entführt und war das Druckmittel, um ihn zumindest in Schach zu halten und zu verhindern, dass er redete?«

»Könnte man vermuten.«

»Das klingt ausweichend. Was ist wirklich passiert?«

Berger zeigte ein winziges Lächeln. »Sie sind nahe dran.«

»Sophia gehörte zur Schnüffelgruppe«, stellte Sarah schließlich fest. »Sie ist untergetaucht. Ihr Vater sollte denken, dass sie …«

Berger hob beide Hände und ließ sie langsam wieder sinken.

Das war Antwort genug.

»Sie gehörte also zum Team«, sagte Sarah. Ich wusste es, dachte sie. Und doch war Stefan Month skeptisch geworden und hatte einen Versuch unternommen, Informationen weiterzuleiten, die allerdings erst nach seinem Tod bekannt werden sollten.

»Und gehört sie immer noch dazu?«, warf Kathleen ein.

»Ich habe keine Ahnung ...«

»Das nehme ich Ihnen nicht ab.«

»Kann ich verstehen. Dann sollten wir jetzt konkreter werden, was meine Sicherheit betrifft«, gab Berger zurück.

Kathleen warf Sarah einen kurzen fragenden Blick zu, dann wandte sie sich wieder an Berger. »Einen Punkt noch – Heinrich Kleisberg.«

»Der Ex-Offizier aus Eckernförde«, erwiderte er ruhig. »Informationen, die bedeutsam waren.«

»Von Monica Seffgen höchstpersönlich beschafft«, ergänzte Kathleen. »Was ist mit der ältesten Tochter? Wissen Sie etwas zu ihr?«

»Sie geriet zunächst unter Mordverdacht«, entgegnete Berger. »So viel habe ich zumindest mitbekommen.«

Für einen Häftling war er bestens informiert, dachte Sarah. Aber das dürfte niemanden verwundern.

»Und weiter?«

»Nichts weiter.« Thilo Berger zuckte mit den Achseln. »Der Verdacht hat sich nicht bestätigt – dafür gab es andere Spuren. Das haben Sie mir ja zu verstehen gegeben. Und mehr erfahren Sie jetzt auch nicht von mir.«

Er weiß auch dazu noch mehr, dachte Sarah. Oder er ahnt zumindest, dass das Bild an der Stelle unvollständig war. Marina Kleisberg dürfte sich in Gefahr befinden.

»Gut. Ich kümmere mich um alles Weitere«, erklärte Kathleen schließlich und stand auf. »Dann sprechen wir uns wieder – beziehungsweise Beamte vom zuständigen Dezernat werden Sie aufsuchen.«

Sarah erhob sich und warf Berger einen langen Blick zu, bevor sie den Raum verließ. Er hielt ihm stand, doch die alte Arroganz war ihm abhandengekommen. Ihm standen so oder so unsichere Zeiten bevor, das war ihm in aller Deutlichkeit klar geworden.

»Sophia Month«, sagte Kathleen leise, als sie zum Parkplatz gingen. »Die Architektin.«

»Das passt doch«, meinte Sarah. »Und nun ist der Fall an der Stelle auch endlich rund.«

»Das hat dir keine Ruhe gelassen.« Kathleen lächelte. »Und du hattest recht.« Sie räusperte sich leise. »Ich fahre höchstwahrscheinlich morgen zurück nach Berlin«, fügte sie dann hinzu. »Mit Marina Kleisberg werde ich mich dann auch noch mal beschäftigen. Ansonsten …« Sie wandte Sarah das Gesicht zu. »Ein Drink heute Abend?«

Zum Abschied?, dachte Sarah. Sie zögerte.

»Denk darüber nach. Du kannst dich auch spontan entscheiden. Gib mir einfach Bescheid.« Damit drehte Kathleen sich zu ihrem Wagen um und stieg ein.

Sarah blickte ihr einen Moment nach. Auch ihr Aufbruch nach Bornholm lag nicht mehr in allzu weiter Ferne. Ein Drink? Warum nicht? Vielleicht. Aber vorher würde sie ins Büro fahren, ihre Wandtafel anstarren und Bens Datei studieren. Familienkram.

20

Vera Tarp hatte etliche Briefe ihrer Schwester Karin aufgehoben – der Großmutter von Frank Rottner, bei der dieser nach dem frühen Tod seiner Eltern aufgewachsen waren. Sarah hielt sich nicht lange mit der Frage auf, wer auf welche Weise an diese Dokumente gekommen war, aber sie hatte da so ihre Vermutung.

Die ersten Briefe lagen ein Vierteljahrhundert zurück. Karin war wochenlang an der Ostseeküste unterwegs gewesen, zunächst gemeinsam in einer Gruppe mit dem Gesangsverein, in dem sie offenbar eine tragende Rolle gespielt hatte, später war sie mit drei Freundinnen auf Rügen gelandet und hatte – ihren Schilderungen zufolge – eine wunderschöne Zeit in einem Ferienhaus hoch im Norden der Insel verbracht. *Du kannst Dir nicht vorstellen, wie wunderbar, ja, wildschön die Aussicht über die Klippen hier ist, jeden Tag aufs Neue, immer wieder anders und voll intensiver Momente. Gestern waren wir im Märchenwald und in der Kreptitzer Heide unterwegs. Ich bin wie verzaubert, obwohl ich nicht zum ersten Mal die vielfältige Schönheit genieße, die uns an der Ostsee umgibt, doch auf dieser Reise länger als ein, zwei Wochen. Weißt Du noch – Usedom und auch Bornholm? Was für Orte des Innehaltens, beschenkt mit Stränden, in die man sich jeden Tag neu verlieben konnte! Aber nun Rügen, in einem Wald an der See. Das beharrliche Rauschen der Wellen, das leise und vielversprechend durch das satte Grün des Waldes tönt, man kann so tief atmen, und der Blick wird frei und mit ihm alle Sinne. Ich hoffe sehr, dass diese Insel vom ganz großen Tourismus verschont bleibt und sich ihre Ursprünglichkeit bewahren kann. Doch das wird schwer.*

Deine Post ist schneller angekommen, als ich zu hoffen gewagt hatte. Ich bin beeindruckt, wie Du das mit dem Jungen hinkriegst. Und Du hast natürlich recht – man muss irgendwann einfach mal hart durchgreifen. Reden alleine hilft nicht, hat es noch nie. Danke, dass Du Dich der Sache annimmst und durchgreifst.

Was Karin mit der »Sache« meinte, erschloss sich im nächsten Brief.

Danke für die Fotos. Man sieht schon was! Ich fand es zusehends unappetitlicher, wie er aussah. Sein Vater war auch so dick, ja: fett gewesen. Es ist mir nie gelungen, ihm das übermäßige Essen auszutreiben. Du bist aus anderem Holz geschnitzt, das war schon immer so. Ich hätte Dir viel früher das Ruder überlassen sollen. Der Junge respektiert Dich. Vielleicht hat er auch ein bisschen Angst vor Dir. Das kann nicht schaden – in einer Welt, in der Frauen in der Regel Angst vor Männern haben, darf es auch mal anders zugehen.

Sarah blickte auf. Leises Entsetzen beschlich sie und verstärkte sich beim nächsten Schreiben.

Wie hast Du das hingekriegt? Der Junge hat ja mindestens zwanzig Kilo abgenommen. Ich bin begeistert, auch wenn er ein bisschen blass wirkt. In seine Hosen passt er jetzt zweimal. Ich kann Dir gar nicht sagen, wie großartig ich das finde, und ich frage nicht genauer nach, wie Du das in der kurzen Zeit hinbekommen hast, sondern lasse mich überraschen. Nächste Woche fahre ich zurück. Und ich verspreche, dass ich dafür sorgen werde, dass er so dünn bleibt.

PS: Wo sind eigentlich diese Fotos entstanden? Es wirkt sehr düster in dem Raum.

Sarah holte tief Luft. Der dicke Junge auf dem Foto. Rottners Unsicherheit, als sie ihn darauf angesprochen hatte. Eine sehr rabiate Tante hatte dafür gesorgt, dass er beträchtlich Gewicht verloren hatte, während seine Großmutter beschauliche Ferien an der Ostsee und auf Rügen verbrachte. Wie hatte sie es geschafft, dass

Frank derart schnell abgenommen hatte? Innerhalb weniger Wochen in den Sommerferien … Sarah stand auf und ging ein paar Schritte. Sie rieb sich übers Kinn. Eine Hungerkur. All das geht mich nichts an, auch wenn es furchtbar klang und ein düsteres Kapitel in Frank Rottners Leben darstellen dürfte. Eine scheußliche Familiengeschichte, und das Opfer war ein Kind gewesen, ein Teenager, dem zwei ältere Frauen, Großmutter und Großtante, ihre Vorstellungen von Körperidealen aufgezwungen hatten – mit grausamen Methoden, wie zu vermuten war.

Sie nahm wieder Platz und rief den nächsten Brief auf. Doch der stammte nicht von Karin, sondern von Vera Tarp selbst. Offenbar hatte sie mehrere Schreiben im Briefstil verfasst und aufbewahrt wie Tagebuchnotizen.

Ich vermisse Dich, Schwesterherz. Dabei bist Du schon so lange tot, längst vor mir gegangen, während ich jetzt allmählich schwächer werde. Knittrig und alt. Selbst meine Stimme wird leiser, und ich habe das Zepter immer weniger in der Hand. Ein Gefühl der Hilflosigkeit macht sich manchmal in mir breit, und es ist tröstlich, Dir wie in alten Zeiten zu schreiben. Weißt Du noch, wie wir damals Deinen Enkel, meinen Großneffen davor bewahrt haben, sein Leben als Fettklops zu verbringen? Genauer gesagt – Du hast mich um Hilfe gebeten, und ich bin kurzerhand tätig geworden, als er in diesem Sommer wochenlang in meiner Obhut war. Zugegeben, es war nicht schön, was ich damals getan habe – aber so erfolgreich, dass sich mein schlechtes Gewissen in Grenzen hält. Und nun ist er mein letzter Anker in dieser Familie, eine Art Sohn oder auch Enkel, ein kleiner Fels in der Brandung dieser ausgedünnten Familie.

Wir haben nie darüber gesprochen. Ich habe ihn damals im Keller eingesperrt, viele Wochen lang. Er bekam wenig zu essen und nahm rapide ab, ergänzt habe ich das Ganze mit einem Durchfallmittel, dass die Abnahme beschleunigte. Zugegeben – manchmal suchen mich Träume heim, in denen mich ein bleiches Jungengesicht aus großen umschatteten

Augen hinter der Kellertür anblicken. Habe ich eigentlich je erzählt, dass meine Katze in dem Keller verstorben ist? Ich glaube nicht. Und nun ist es zu spät. Oder auch nicht. Vielleicht kriegst Du mehr mit, als wir für möglich gehalten hätten. Auf meine alten Tage zieht es mich nun wohl doch auf die Seite einer rührseligen Gläubigkeit, die vieles vereinfachen und den weiteren Weg auf friedfertige Weise ebnen dürfte. Katzen leben nicht lange in meinem Haus. Seltsam.

Seit meinem Sturz plagen mich die unterschiedlichsten Beschwerden. Mein Magen rebelliert, der Darm spielt manchmal verrückt, ich habe Gewicht verloren – alles nicht ungewöhnlich in meinem Alter und der Schwächung infolge der Sturzverletzungen und Medikamenteneinnahme geschuldet. Dieser Betreuungsdienst, den Frank engagiert hat, leistet tolle Arbeit. Ich bin sehr zufrieden. Monica ist eine Seele von Mensch. Sie liest mir die Wünsche von den Augen ab, und ich erzähle ihr viel aus meinem Leben. Sie wirkt, als würde es sie tatsächlich interessieren. Meine bewegten Zeiten an der Uni, meine politischen Ansichten, die Demos und so vieles mehr. Natürlich zeige ich mich großzügig. Sie tut das ja auch. Im Übrigen scheint sie eine kluge Frau zu sein und voller Empathie.

Sarah unterbrach kurz. Dann suchte sie in den Unterlagen zum Betreuungsservice nach den Patientendokumentationen, die dem LKA vorlagen. Monica Seffgen hatte wie in Eckernförde auch in Hamburg eine Zeit lang bei ihrer Patientin im Haus gewohnt und den täglichen Betreuungsdienst von Vera Tarp übernommen. Offenbar war ihr diese Patientin von Anfang an wichtig gewesen. Einige Zeit später hatte dann Heinrich Kleisberg zunehmend im Mittelpunkt ihrer Bemühungen gestanden, doch der Kontakt zu Tarp war nicht abgerissen, wie auch ihr Besuch anlässlich des Geburtstages bewiesen hatte. Sarah ergänzte diesen Bezug in ihrer Schautafel und las dann weiter.

Ich habe ihr ein bisschen von Frank erzählt, und sie hat sehr verständnisvoll reagiert. Nachdem sie ihn mal kennengelernt hat, meinte sie, er könne mir dankbar sein. Aus ihm sei dank meines Eingreifens ein attraktiver und erfolgreicher Mensch geworden.

Sarah blickte erneut hoch. Attraktiv und erfolgreich – weil er Gewicht verloren hatte. Als Teenager, eingesperrt in einem Keller und malträtiert durch Nahrungsentzug und Durchfallmittel. Das war krank. Sarah überflog die letzten Zeilen ein zweites Mal. Woran genau war Vera Tarp eigentlich gestorben? Ein Kurzcheck brachte keinerlei Hinweise auf Unregelmäßigkeiten. Von einer natürlichen Todesursache war auszugehen. Sie hatte sich von ihren Sturzverletzungen nicht mehr vollständig erholt und war etliche Monate später verstorben, überlegte Sarah. Das war nachvollziehbar und in keiner Weise auffällig. Im Brief hatte sie von Magen-Darm-Beschwerden berichtet. Sie war alt und krank gewesen, die Medikamente hatten ihr zugesetzt. Nichts davon war verwunderlich – mehr noch: Es gab nicht das kleinste Indiz auf einen Zusammenhang mit den Fällen, die sie seit Wochen beschäftigten, und damit sollte sie das Ganze nun ruhen lassen.

Sarah lehnte sich zurück und schloss einen Moment die Augen. Schließlich rief sie die Fotos auf, die Rottner ihr zusätzlich von der Geburtstagsfeier zur Verfügung gestellt hatte – einige Namen waren aufgeführt. Nachbarn, ein ehemaliger Student und späterer Dozent an derselben Universität sowie eine Ex-Studentin von Tarp, allesamt inzwischen längst selbst ergraut und um die siebzig. Vera Tarp selbst wirkte auf den Fotos zu diesem Zeitpunkt weder sonderlich angegriffen noch geschwächt, doch die Aufnahmen zeigten die Jubilarin nicht aus der Nähe. Außerdem dürfte sie sich für diesen besonderen Tag zurechtgemacht haben, oder die Beschwerden hatten sich erst später verstärkt. Hinzu kam, dass Sarah sie nicht kannte und ihr persönlicher Eindruck wenig besagte. War das noch wichtig? Noch einmal: nein. Familiendramen, wie es viele gab, eines hässlicher und grausamer als das andere. Dieses war zufällig im Umfeld brisanter

Ermittlungen aufgeploppt, im Schnittpunkt einer Spionageaffäre, doch Frank Rottners persönliches Martyrium hatte genauso wenig damit zu tun wie mit dem Mord an einer der zentralen Figuren.

Sarah nickte bekräftigend. Zwei Minuten später suchte sie die Telefonnummer der ehemaligen Studentin heraus, die mittlerweile nach Scharbeutz gezogen war. Greta Wuhl war pensionierte Studienrätin und lebte im Haus ihrer Tochter. Die erste Hürde konnte Sarah unerwartet schnell überwinden – Greta Wuhl reagierte weder erschrocken noch abweisend oder kühl auf den Anruf einer Kommissarin, eher munter und neugierig. Allerdings bestand sie darauf, sich zunächst zu vergewissern, dass niemand versuchte, sie mit einem miesen Trick hereinzulegen, und rief ein paar Minuten später zurück.

»Wissen Sie, ich bekomme andauernd diese bekloppten WhatsApp-Nachrichten oder Anrufe, dass wer auch immer einen Unfall hatte und meine finanzielle Unterstützung sofort nötig sei«, erklärte sie in lebhaftem Tonfall. »Unverschämtheit! Aber es gibt Leute, die sich schnell verunsichern lassen oder in Panik geraten und dann leichte Beute werden.«

»Und Sie gehören eindeutig nicht dazu.«

»Keineswegs.«

Sarah lächelte. Die Erinnerung an ihre Großmutter hatte sie sofort erfasst – nicht nur wegen der Namensgleichheit. Gretchen war bis zu ihrem Schlaganfall eine durchsetzungsfähige und agile Persönlichkeit gewesen, und auch danach – längst im Seniorenheim – hatte sie sich nicht davon abhalten lassen, ihren eigenen Sohn zu überführen.

»Ich bin gespannt, was Sie von mir wollen«, fuhr Greta Wuhl fort. »Ich habe davon gehört, dass die Polizei in letzter Zeit viel zu tun hatte. Aber Genaueres erfährt man nicht ... Wissen Sie, einer meiner Nachbarn arbeitet bei der Polizei, und wenn nicht mal er weiß, worum es geht.«

»Ich denke, dass die Hintergründe unserer Ermittlungen zeitnah der Öffentlichkeit zugänglich gemacht werden«, erklärte Sarah. Nun, nicht vollständig, aber zumindest die grobe Rahmenhandlung würde die Pressestelle veröffentlichen, fügte sie in Gedanken hinzu. »Ausgangspunkt war ein Mordfall auf Bornholm«, fuhr sie fort und beschrieb in wenigen oberflächlichen Sätzen den Zusammenhang mit Monica Seffgen, der auf Umwegen schließlich auch zu Vera Tarp geführt hatte.

»Die Tote auf der Insel war die Pflegerin, die auch Vera versorgt hatte?« Nun war Greta Wuhl ziemlich verblüfft. »Das ist ja … Ach du liebe Güte! Und den Mörder haben Sie immer noch nicht?«

»Das ist richtig. Nun gehe ich allen möglichen Hinweisen auch im erweiterten Umfeld nach.«

»Ich verstehe. Dazu gehören auch die Menschen, um die sie sich gekümmert hat.«

»Frau Tarp war sehr angetan von der Fürsorge der Pflegerin«, meinte Sarah. »Sie gehörte sogar zu den Gästen, die zu ihrem neunzigsten Geburtstag gratuliert haben.«

»Sie sind gut informiert. Und ja – ich erinnere mich an die Frau von dem Dienst … Unfassbar. Und was genau interessiert Sie nun?«

Vera Tarp hatte ihren Großneffen in den Keller gesperrt, bis er völlig abgemagert war, dachte Sarah. »Ich setze darauf, dass Ihnen womöglich etwas aufgefallen sein könnte, was Ihnen erst im Nachhinein zu denken gibt. Die Frau wurde brutal ermordet, und manchmal weisen winzige Details, Nuancen bereits Monate zuvor auf unterschwellige Konflikte hin, die Außenstehenden naturgemäß entgehen.«

»Ich bin nicht sicher, worauf Sie hinauswollen«, meinte Greta Wuhl abwartend. »Es wäre mir lieb, wenn Sie mir eine konkrete Frage stellen würden.«

»Das verstehe ich. Ist zwischen den Gästen oder der Gastgeberin und der Betreuerin etwas vorgefallen? Gab es vielleicht Unstimmigkeiten? Oder einen Schlagabtausch, der Ihnen im Gedächtnis geblieben ist? Vielleicht auch nur eine seltsame Bemerkung …«

»Interessant«, warf Greta Wuhl ein. »Da war tatsächlich etwas, das ich wieder beiseitegeschoben habe. Vera hat sich mit der Betreuerin sehr gut verstanden. Die beiden hatten auch später noch einen freundschaftlichen Draht – sonst wäre sie wohl kaum zum Geburtstag gekommen. Sie hatte ein seltsames Geschenk für so eine alte Dame, aber ich dachte, was geht es mich an?«

Sarah setzte sich gerade auf.

»Monica brachte eine Katze mit – von jemandem, der sich selbst nicht mehr kümmern konnte, wie sie erklärte, und Vera war zu Tränen gerührt, weil das Tier denselben Namen trug wie ihre Katze, die vor vielen Jahren gestorben war. Das hatte sie damals ziemlich mitgenommen.«

Ein leises Zittern fuhr Sarah den Rücken hinab.

»Und ihr Neffe war gar nicht begeistert«, fuhr Wuhl fort. »Das hat er zwar nicht gesagt, aber man hat es ihm angesehen. Wer soll sich denn kümmern, wenn es Vera nicht gut geht?, hatte er gemeint, und Monica sagte nur, dass das leicht zu schaffen sei – etwas Futter und Wasser und ein sauberes Klo, und damit wäre schon fast alles getan, um das kleine Wesen glücklich zu machen, notfalls müsste eben mal jemand aushelfen. Und ich kann mich noch genau erinnern, dass Frank sie völlig verdutzt anstarrte. Das war eine seltsame Situation, irgendwie lag etwas in der Luft. Doch vielleicht spielt das überhaupt keine Rolle für Sie, oder ich erinnere mich nicht korrekt.«

Sarah schwieg. Die Gedanken kreisten durch ihren Kopf.

»Die Frau hatte sogar ein Körbchen mitgebracht und weiteres Katzenzubehör.«

»Und was ist nach Vera Tarps Tod aus der Katze geworden?«

»Das kann ich nicht sagen. Wahrscheinlich hat man sie ins Tierheim gegeben. Sie stellen seltsame Fragen.«

»Ja, ich weiß.« Vielleicht ist die Katze auch verhungert, fuhr es Sarah durch den Kopf. Das wäre dann alles, nur kein Zufall. »Welchen Eindruck hat Vera eigentlich auf Sie gemacht – gesundheitlich, meine ich?«

»Sie wirkte ziemlich fit an ihrem Geburtstag und unbeschwert. Aber wenig später ging es ja rapide bergab mit ihr. Als ich sie dann noch mal besuchte, war sie ganz klein und dünn geworden, wie zusammengeschrumpft.«

Sarah hatte ein schreckliches Bild vor Augen. Sie schob es beiseite.

»Die Betreuerin war übrigens auch auf der Beerdigung.«

»Wie hat Ihr Neffe darauf reagiert?«

»Darauf habe ich nicht geachtet.«

»Frau Wuhl, ich danke Ihnen für Ihre Zeit und Ihre Auskünfte. Sie haben mir sehr geholfen.«

»Sehr gerne – auch wenn ich nicht weiß, womit.«

Sarah legte das Handy beiseite und blickte einen Moment ins Leere. Was war in der beschaulichen kleinen Villa an der Alster passiert? Ein halb verhungerter Teenager, eine verhungerte Katze, Jahrzehnte später eine zweite, der womöglich Ähnliches widerfahren war. Selbst wenn – was hatte ihr Fall damit zu tun? Ich sollte diesen abseitigen Weg umgehend beenden, dachte sie und wusste sofort, dass sie die Fragen nicht ruhen lassen würden.

Wenige Minuten später telefonierte sie mit einem Nachbarn von Vera Tarp, der sowohl den Geburtstag mitgefeiert hatte als auch bei der Beerdigung Gast gewesen war. Er erinnerte sich sofort an das Katzengeschenk. »Sie war auch tot«, erklärte er. »Keine Ahnung, was passiert war. Und die Betreuerin hat das Zubehör nach der Beerdigung gleich wieder mitgenommen, alles, sogar das Klo. Das fand ich … na ja, irgendwie ist es mir aufgefallen. War das noch wichtig in diesem Moment?«

»Stimmt, das klingt seltsam.«

»Sie hat diesen kleinen Korb im Arm gehalten wie einen wertvollen Schatz«, fügte er hinzu. Dann lachte er plötzlich verlegen. »Vielleicht mochte sie das Tier.«

»Ja, vielleicht. Danke für Ihre Hinweise.«

Es ging gar nicht ums Tier, fuhr es Sarah plötzlich durch den Kopf. Ein eisiges Gefühl durchströmte sie. Sie ließ das Handy sinken und trat an ihr Schaubild, das zusehends bunter und bizarrer wirkte. Wie ein dicht gewebter Teppich, dessen tiefes und vielschichtiges Muster sich nur bruchstückhaft offenbarte, und manches Detail war unter dicken Schichten verborgen. Womöglich gab es neben dem Zusammenhang mit der Spionageaffäre und einer rachemotivierten Tat noch einen völlig anderen Hintergrund für den Mord an Monica Seffgen.

Sarah schrak zusammen, als ihr Smartphone vibrierte.

Kleiner Abschiedsumtrunk mit den KollegInnen in der Bar Blauer Engel, direkt an der Hörnbrücke im Hafen. Cocktails und Salsa ab ca. 20 Uhr. Bist Du dabei? LG Kathleen. Noch was: Thilo Berger geht mit großer Wahrscheinlichkeit auf einen Deal ein. Es bleibt also spannend.

Sarah blickte auf die Uhr. Bis dahin blieb noch genug Zeit. Sie sagte zu. Dann legte sie das Smartphone wieder beiseite. Einen Moment später nahm sie es erneut zur Hand und rief die Kollegin in Flensburg an – Bianca Krüger, die übereifrige Beamtin, mit der Sarah nicht warm geworden war. Die Kollegin hatte bereits Feierabend gemacht, aber Sarah erreichte sie auf dem Handy. »Erinnern Sie sich an das Lagerhaus, in dem Monica Seffgen ihr Mobiliar untergebracht hatte?«, fragte sie nach wenigen einleitenden Worten.

»Ja, natürlich. Wir haben uns dort sehr gründlich umgesehen. Gibt es noch Fragen dazu?«

»Hatte Seffgen auch Zubehör für Tierhaltung eingelagert – genauer gesagt, einen Katzenkorb?«

Kurzes Schweigen. »Auf Anhieb kann ich das nicht beantworten. Brauchen Sie die Information gleich?«

»Das wäre großartig.«

»Gut – ich überprüfe das und melde mich.«

»Vielen Dank, Kollegin.«

»Und falls Ihre Vermutung zutrifft …«

»Muss sich ein Techniker genauer damit befassen.«

»Wonach soll er suchen?«

»Nach versteckter Spyware.«

Kommissarin Krüger rief eine knappe Stunde später zurück. »Ich habe mich selbst darum gekümmert«, erklärte sie. »Mein Heimweg führt an dem Lagerhaus vorbei … Woher wussten Sie das?«, fragte sie nach kurzer Pause in verblüfftem Ton.

»Sie haben tatsächlich etwas entdeckt?«

»Im Katzenkorb und am Kratzbaum waren Minikameras versteckt, allerdings ohne Speicherkarte. Es war nicht weiter schwierig, sie zu finden, wenn man erst einmal eine Vermutung hat. Und was bedeutet das?«

»Dass der Fall noch eine weitere Dimension hat. Sie waren eine große Hilfe, danke, Kollegin.«

Sarah verließ wenig später ihr Büro und das LKA-Gebäude. Es war längst dunkel. Sie entschied sich, den Wagen stehen zu lassen und den Kronshagener Weg Richtung Hafen – ungefähr zweieinhalb Kilometer – hinunterzulaufen, um den Kopf frei zu bekommen und die neuen Erkenntnisse sacken zu lassen. Die Bar war hell erleuchtet, Salsa-Rhythmen erklangen, als sie die Tür öffnete, und übertönten plötzlich alle schrillen Geräusche dieser Fälle, diese verzwickten und weitgefächerten Ermittlungen, die so aufreibend und belastend, schockierend und zäh zugleich waren; all das trat abrupt in den Hintergrund. Kathleen war auf der Tanzfläche und bewegte sich zusammen mit einem jungen Mann, als hätte sie nie etwas anderes getan, als Salsa zu tanzen und den wilden Rhythmus des Lebens zu feiern. Ihre Augen glänzten, das Haar flog, sie war verschwitzt und so lebendig und fröhlich, dass alles andere dahinter zu einem flüchtigen Schatten verschmolz.

Sarah ging langsam zur Bar, holte sich einen Cocktail und ließ Kathleen nicht aus den Augen, saugte jede einzelne Bewegung in sich auf. Ihr Herz schlug bis zum Hals, als Kathleen sich plötzlich umdrehte und ihre Blicke sich trafen. Irgendein mahnender Gedanke wollte sich einschalten, doch Sarah schob ihn beiseite, bevor er seinen nüchternen Einwand aussprechen konnte. Für kühle Nüchternheit war morgen wieder Zeit genug.

21

Krølle wusste nur allzu gut, dass es eine schlechte Idee war, an diesem Punkt klammheimlich seinen eigenen Weg zu gehen. Um genau zu sein: Das war eine besonders schlechte Idee. Nicht einmal Paulsen würde ihn an diesem Punkt unterstützen oder auch nur Verständnis signalisieren. Das würde nicht ohne Folgen bleiben. Aber es war längst zu spät. Bereits die Entscheidung, nicht sämtliche Dokumente aus der kleinen Villa weiterzuleiten, hatte die Kehrtwendung eingeleitet. Sein innerer Sensor hatte sich mit einem fast schrillen Misston eingeschaltet, und nichts konnte ihn dazu bewegen, in ein sanftes Rauschen zu verfallen. Er wollte gehört und beachtet werden, selbst wenn Krølle damit alles aufs Spiel setzen musste, was er sich in den letzten Jahren aufgebaut hatte – seitdem ihm seinerzeit der alte Chef von Hannah Jakob, längst verstorben, die Wahl gelassen hatte, eine lebenslange Haftstrafe anzutreten oder als Mitglied einer Sondereinheit zu agieren. Wobei lebenslange Haftstrafe wohl einen eher überschaubar kurzen Zeitraum bedeutet hätte. Er war aufgeflogen, musste einen schnellen Entschluss fassen und hatte ihn bislang nicht bereut. Dennoch – niemals hatte er einen Hinweis des Sensors unbeachtet gelassen.

Seine innere Stimme war die entscheidende Instanz, der wichtigste Wegweiser seines bisherigen Lebens, und kaum hatte Krølle beschlossen, dass sie auch diesmal das letzte Wort haben würde und ihn nichts dazu zwingen konnte, andere Prioritäten zu setzen – auch nicht die höchst fruchtbare und gute, inzwischen fast freundschaftliche Zusammenarbeit mit Paulsen und den Spezialdiensten, für die sie tätig waren –, flachte der schrille Ton ab und ging über in ein behagliches Summen und leises Schnurren. Unüberhörbar, ein zarter Tinnitus, aber schmerzfrei. Die Sache mit den Katzen ließ ihm keine Ruhe. Die bitterböse Rache eines fast verhungerten Kindes. Und trotzdem konnte Krølle das nicht einfach so stehen lassen.

Als Kommissarin Sarah Pirohl das LKA zu Fuß verließ, blieb er ein paar Minuten hinter ihr. Sie traf sich im Kollegenkreis. Eine weitere Observation – genauer gesagt: ihr verdeckter Schutz – war an diesem Abend nicht mehr nötig. Falls es jemand auf sie abgesehen hatte, würde er sich einen anderen Tag aussuchen. Auch diese Gewissheit breitete sich in ihm aus.

Krølle fuhr auf direktem Weg nach Hamburg. Er wusste, dass er nur diese Nacht Zeit hatte. Der Journalist wohnte in Winterhude, und er war zu Hause, als Krølle vor dem Haus stand und nach oben blickte – die Fenster waren hell erleuchtet. Es war ein bitterkalter Abend. Hamburg lag unter einer eisigen Nebelschicht. Krølle schlüpfte in eine Jacke mit dem Logo einer Lieferantenfirma, griff den dazu passenden Karton, schob sich eine Brille über die Nase und musste an der Haustür nicht lange warten. Zwei junge Leute traten ins Freie und beachteten ihn gar nicht. Nur Augenblicke später hörte Krølle, dass eine weitere Tür ins Schloss fiel, und im zweiten Stock kam ihm der Journalist entgegen. Krølle blieb an einer Wohnungstür stehen, wandte das Gesicht zur Seite und wartete, bis Frank Rottner das Haus verlassen hatte, dann folgte er ihm rasch. Rottner fuhr vom Parkplatz, und Krølle musste sich beeilen, um ihn nicht aus den Augen zu verlieren. Als er endlich im Wagen saß und an der nächsten Ampelkreuzung stoppte, war Rottners Fahrzeug nicht mehr zu sehen. Krølle fuhr auf gut Glück weiter Richtung Alster; Minuten später sah er die Rückleuchten von Rottners Wagen. Er fährt zur Villa, dachte Krølle. Ausräumen, ausmisten, suchen, was auch immer.

Krølle parkte in einiger Entfernung vom Haus, warf sich seinen Rucksack über und ging zu Fuß weiter. Das Licht brannte. Krølle betrat das Grundstück und schlich zur Rückseite. Die Verandatür stand weit auf. Musik ertönte. Leises Pfeifen. Rottner trat auf die Terrasse und stellte eine Kiste ab. Krølle hatte sich zu Boden geduckt. Er schlich näher, als Rottner wieder im Haus verschwand; einen Augenblick später schlüpfte er ins Wohnzimmer. Das Pfeifen war wieder zu hören und kam näher. Krølle zog die Verandatür heran und duckte sich hinter einen Stapel mit aufgetürmten Bücherkisten. Rottner kam mit einem weiteren Karton ins Zimmer und stutzte, als er vor der geschlossenen Tür stand. Er stellte den Karton ab und streckte die Hand zur Klinke aus, als Krølle sich aufrichtete und mit zwei Schritten näher trat. Rottner starrte ihn mit schreckgeweiteten Augen an. »Was …«

»Nur die Ruhe«, sagte Krølle leise und in freundlichem Ton. »Kein Grund zur Panik. Ich möchte mich bloß mit Ihnen unterhalten.«

Rottner schluckte heftig und sah sich mit hektischen Kopfbewegungen nach allen Seiten um.

»Ich bin alleine und habe nicht vor, Sie auszurauben oder dergleichen«, erklärte Krølle weiter.

»Was soll der Scheiß?« Rottner hatte endlich seine Stimme wiedergefunden. »Verlassen Sie sofort mein Haus oder …«

»Oder was?« Krølle legte den Kopf schief und schob seine Jacke ein Stück zur Seite. Im Gürtel steckte eine Pistole. Rottners Augen quollen fast über. Krølle lächelte milde. »Keine Sorge, ich will die nicht benutzen. Sie dient lediglich als Unterstützung in meinem Gesprächsbemühen und soll Sie davon überzeugen, keine Dummheiten zu machen. Ansonsten … Na ja, das können Sie sich denken.« Krølle warf einen Blick in die Runde. »Das war das Haus Ihrer Tante, Großtante, genauer gesagt – hübsch, sehr hübsch. Der Verkauf wird Ihnen einiges einbringen.«

Rottners Kinnlade fiel herunter.

»Wollen wir uns nicht setzen? Wo ist die Küche? Dort ist es bestimmt gemütlicher, und ein heißer Kaffee kann nicht schaden. Es ist wirklich gerade arschkalt in Hamburg.«

Rottner blinzelte, nach einem weiteren Blick auf die Waffe nickte er und ging mit steifen Schritten vor. Die Küche wirkte unter heller Beleuchtung größer und geräumiger, als Krølle sie von seiner nächtlichen Durchsuchungstour in Erinnerung hatte. Etliche Schränke waren geöffnet, und auch hier standen Kartons und Kisten zum Packen bereit. Gemütlich war es nicht gerade, doch die Kaffeemaschine war noch nicht weggeräumt. Krølle blickte zur Vorratskammer, die Tür war angelehnt. Er lächelte und setzte sich an den großen Esstisch. »Stark – er sollte stark sein.«

»Verraten Sie mir, was das soll?«, entgegnete Rottner in unsicherem Ton. Es war ihm anzumerken, dass er um Fassung rang. »Warum dringen Sie in mein Haus ein und bedrohen mich mit einer Waffe? Ein Gespräch ließe sich doch auch unter anderen Umständen führen.«

»Nicht zu dem Thema, über das ich mit Ihnen sprechen möchte.«

Rottner stellte zwei Tassen bereit. Seine Hände zitterten, aber er hielt sich besser, als Krølle vermutet hatte. »Geht es um irgendeinen Artikel, mit dem Sie nicht einverstanden sind?«

»Ich lese selten und schon gar nicht irgendwelchen Mist, den sich Journalisten aus den Rippen schneiden, um Aufmerksamkeit zu erregen oder Meinungen zu kreieren.«

Rottner blies kurz die Wangen auf. »Na ja, ich denke schon, dass ...«

»Interessiert mich nicht. Sie machen Ihren Job, ich meinen. Ist der Kaffee fertig?«

Rottner goss ein und stellte Krølles Tasse bereit. Dann nahm er seine eigene und setzte sich nach kurzem Zögern an den Tisch. »Worum also geht es?«

Krølle blies in die Tasse und trank einen Schluck. »Der ist gut, alle Achtung.« Er lächelte. »Es geht um Ihre Tante.«

»Sie ist tot, aber das wissen Sie doch längst.«

»Sie führte ein bewegtes Leben.«

»Richtig. Sie war eine Freundin der Russen, ihr Leben lang.« Rottner trank ebenfalls und suchte dann Krølles Blick. »Was immer Sie an ihr interessiert – Sie kommen zu spät.«

Krølle schüttelte den Kopf. »Ich denke nicht.« Er überlegte kurz. »Wie ist sie eigentlich gestorben?« Er hob eine Hand. »Warten Sie – ich sollte fairerweise hinzufügen, dass ich sehr genau spüre, ob jemand die Wahrheit spricht oder sie verbiegt oder Wesentliches auslässt«, erklärte er. »Versuchen Sie also erst gar nicht, mir etwas vorzumachen oder gar handfeste Lügen aufzutischen. Ich merke es sofort – ist so ein Ding von mir. Es gibt Leute, die können sich jedes Gesicht merken, dass sie irgendwann einmal gesehen haben, andere rechnen in Windeseile schwierige Matheaufgaben im Kopf oder zeichnen ganze Städte, die sie beim Rundflug einmal überblickt haben. Nun, und ich spüre Lügen und Halbwahrheiten, und ich reagiere dann ziemlich sauer.«

»Wie …«

»Das ist eine Warnung. Verarschen Sie mich nicht – das ist die Kurzform, die Sie sich unbedingt zu Herzen nehmen sollten.«

»Okay, verstanden.« Rottner schüttelte den Kopf. »Meine Tante war über neunzig Jahre alt und hat sich nach einem Sturz Monate zuvor nicht mehr erholt. Ihr Herz hat versagt. Das passiert bei Leuten in dem Alter.«

Herzversagen. Krølle lächelte. »Sie war geschwächt?«

»Ja, natürlich …«

»Warum genau?«

»Ich bin kein Mediziner, aber Herzversagen klingt nach einer ziemlich klaren Diagnose.«

Krølle nickte nachdenklich. Die Antworten waren durchaus geschickt – und vor allen Dingen überzeugend. »Vera hatte zunehmend Magen- und Darmprobleme, nicht wahr?«

Rottner blickte ihn völlig perplex an. »Ja. Woher wissen Sie das?«

»Ich stelle die Fragen. Woher rührten diese Probleme?«

»Wie bitte?«

»Vera hat kaum noch etwas im Magen behalten, und falls doch, rebellierte ihr Darm. Warum?«

»Das weiß ich doch nicht!«

Krølle griff seine Tasse und schüttete Rottner den Kaffee ins Gesicht. »Das war die erste Lüge.«

Der Journalist fuhr erschrocken zurück und schrie auf.

»Sie haben ihr etwas verabreicht«, fuhr Krølle fort. »Ein Abführmittel wäre die harmlose Variante.« Er beugte sich vor, während Rottner sich mit dem Unterarm übers Gesicht fuhr. »Und nun ist Schluss mit dem Theater. Sonst bringe ich Sie runter in den Keller. Ich schätze, die Umgebung wird Ihre Zunge sofort lockern.«

Rottner umschlang seinen Oberkörper mit beiden Armen. Er zitterte. »Woher wissen Sie das alles?«, flüsterte er.

»Ich bin gut in meinem Job. Die Alte hat sie im Keller eingesperrt und fast verhungern lassen. Ziemlich derbe Nummer, das muss ich zugeben.«

Rottner wurde bleich.

»So weit ist die Geschichte klar. Und Sie haben Rache genommen – erst die eine Katze, dann wohl eine andere, aber was ist in der Zwischenzeit noch geschehen?«

»Ich verstehe die Frage nicht.«

Krølle horchte in sich hinein – der Sensor blieb still. »Erzählen Sie! Sie haben sich Zeit gelassen für Ihre Rache. Warum?«

»Ich hatte Angst vor ihr, mein Leben lang. Und ich war nach diesem Sommer nur selten hier.«

»Und einige Zeit später musste Veras geliebte Katze dran glauben.«

»Es war Zufall … Sie hatte sich da versteckt.«

»Und Sie haben die Tür verschlossen?«

»Ja. Das war falsch, ich weiß. Ich bereue es zutiefst.«

Krølle starrte ihn an. Der Mann sagte die Wahrheit. »Und weiter?«

»Ich habe meiner Tante über die Jahre immer mal wieder etwas ins Essen gemischt, das ihr nicht bekam.«

Auch das war die Wahrheit.

»Und die zweite Katze?«

»Sie ist abgehauen, soweit ich weiß. Mit ihrem Tod habe ich nichts zu tun.«

»Ihre Tante vermutete aber, dass es anders gewesen sein könnte. Sie hat Ihnen schon vorher nicht mehr über den Weg getraut und mit ihrer Pflegerin darüber gesprochen.«

»Woher …« Er winkte ab. »Monica war auch bestens informiert.« Er verzog das Gesicht. »Unglaublich, was sie alles in Erfahrung gebracht hat, diese widerliche …«

»Weiter!«

»Sie hat mich erpresst.«

»Was hat sie Ihnen angedroht?«

»Sie wollte zur Polizei gehen und dafür sorgen, dass Veras Leichnam obduziert wird.«

»Welche Gegenleistung hat sie für ihr Schweigen gefordert?«, fragte Krølle.

»Sie dürfen gerne raten.«

»Will ich aber nicht.«

»Viel Geld, sehr viel Geld«, sagte Rottner in bitterem Ton. »Sie war unerbittlich mit ihrer Forderung und hat keinen Zweifel daran gelassen, dass sie mich anschwärzen würde, ohne auch nur einmal mit der Wimper zu zucken.«

Krølle lächelte. »Dann ist es ja ziemlich praktisch, dass sie jetzt tot und das Thema damit vom Tisch ist.«

»Ja, finde ich auch.«

Krølle sah ihn verdutzt an. »Das war mal erfrischend offen und ehrlich. Haben Sie etwas mit ihrem Tod zu tun?«

»Nein.«

Der Sensor vibrierte leise. »Sie lügen. Aber ich gebe Ihnen eine zweite Chance.«

»Ich habe sie nicht getötet. Aber ich hätte es verhindern können.«

Krølle runzelte die Stirn. Es blieb still. Auch das war die Wahrheit. »Wer hat sie ermordet?«

»Keine Ahnung.«

»Aber Sie waren in Ihrer Nähe?«

Rottner nickte. »Es war ein Mann, der plötzlich ihren Weg kreuzte. Er hat mich nicht bemerkt. Doch es gab noch jemanden, der sie im Blick hatte. Eine Frau, die mir mehrfach auffiel. Seffgen hatte viele Feinde, wenn Sie mich fragen.«

»Da könnte was dran sein. Es ist nicht schade um sie.«

»Darf ich jetzt auch mal eine Frage stellen?«

»Nein.« Krølle stand auf. »Einen Tipp hätte ich noch für Sie: Ihre Tante hat Ihre Rache verdient. Sie hätten sich gleich ausschließlich mit ihr beschäftigen sollen, aber ich sehe ein, dass Sie verdammt jung und zu erschüttert und geschwächt waren, um eine gerechte Entscheidung treffen zu können.« Er atmete tief aus. »Es fällt mir verdammt schwer, Ihnen die getötete Katze zu verzeihen. Um genau zu sein – ich habe noch nie verzeihen und es ungesühnt lassen können, wenn Menschen Tiere quälen und ermorden. Ich knöpfe mir diese Leute vor, sie haben dann eine sehr schwere Zeit vor sich, und in der Regel erwartet sie ein unschönes Ende.«

Rottner starrte ihn verblüfft an und wirkte zugleich fast widerwillig fasziniert.

»Ich habe mal einen Typen an einem Baum aufgeknüpft, der sich Jahr für Jahr nach dem Ende der Jagdsaison in Spanien einen Spaß daraus gemacht hat, ausgediente Galgos an einem Strick aufzuhängen. Und der Hund, für den genau dieses Ende vorgesehen war – ein völlig abgemagerter Rüde mit wunderschönen Augen –, hat eine große Schale bestes Futter mit großem Appetit geleert, während der Typ zappelnd seine letzten Atemzüge machte.«

Rottner schluckte. »Das ist kein Witz, der mich erschrecken soll, nehme ich an.«

»Alles – nur das nicht. Und es gab da einen Typen, der sein Ende an einem Stapel aufgeschichteter Baumstämme in einem tiefen dunklen Wald fand. Er hatte aus Lust und Hass ein Kätzchen erdrosselt, während das Mädchen, dem es gehörte, vom Nachbarhaus tatenlos zusehen musste. Die Katze hieß Lucy. Den Namen werde ich nie vergessen. Und alles andere auch nicht.«

Rottner legte beide Hände über den Mund.

»Diesmal mache ich eine Ausnahme, zum allerersten Mal überhaupt«, fuhr Krølle nachdenklich fort. »Das dürfen Sie sich hoch anrechnen. Es ist einiges anders als sonst. Ich schlage vor, dass Sie als Gegenleistung von Ihrer Erbschaft dem Tierschutz eine üppige Spende zukommen lassen.«

Rottner nickte augenblicklich. »Das mache ich. Sie können sich darauf verlassen.«

»Das tue ich. Und noch was – erwähnen Sie in keinem Fall und niemandem gegenüber meinen Besuch.«

»Natürlich nicht.«

»Auch nicht, falls Sie erneut von Ermittlern oder Kommissarinnen befragt werden. Könnte sein, dass ich ansonsten noch einmal auftauche – wo auch immer. Und dann verzeihe ich nicht.«

Rottner nickte erneut. »Verstanden.«

Krølle wandte sich um und verließ das Haus.

Minuten später saß er im Wagen und starrte einen Moment durchs Seitenfenster. Es blieb still. Keine Polizeisirene, kein Geschrei und Gerufe. Er zweifelte keinen Moment daran, dass Rottner sein Versprechen halten und die Spende tätigen würde, und reden würde er über ihre Begegnung bestimmt auch nicht.

Während Krølle Richtung Kiel zurückfuhr, durchströmte ihn ein seltsames Gefühl. Er hatte sein Vorhaben spontan geändert. Noch Minuten vor dem Betreten des Hauses war er sicher gewesen, dass er Rottner töten würde. Aber der hatte sein Vergehen nicht nur zugegeben, sondern von ganzem Herzen bereut – und zwar nicht erst in diesem Augenblick.

Der Umstand, dass er Monica Seffgens Tod hätte verhindern können, war nebensächlich. Er hatte den Mord beobachtet und war nicht eingeschritten. Die Betreuerin hatte sich ihr Ende mehrfach verdient. Und der Täter hatte es bis jetzt verstanden, unerkannt zu bleiben, im Schatten von Motiven und Verdachtsmomenten seine Kreise zu ziehen, und vielleicht sollte man ihn dort lassen.

Auf dem LKA-Parkplatz stand immer noch der Wagen der Kommissarin. Krølle fuhr weiter in Richtung der Bar. Dort traten gerade mehrere Leute auf die Straße, und Krølle erkannte unter ihnen Pirohl und Bischoph. Sie stiegen in einen Wagen und machten sich auf den Weg in die Dienstwohnung von Pirohl, wie Krølle wenig später feststellte. Es sah aus, als würden sie noch einen Absacker nehmen. Oder zwei.

Krølle wendete und fuhr erneut zum LKA-Parkplatz. Pirohls Wagen wurde nicht von der Videoüberwachung erfasst. Das bot ihm die Möglichkeit, unbemerkt einen GPS-Tracker anzubringen. Sicher war sicher. Die Ermittlungen näherten sich allmählich dem Ende – die ganz große Spannungskurve war überschritten, wesentliche Erkenntnisse gewonnen oder auf dem besten Weg dahin. Krølle selbst würde als Attentäter erst jetzt tätig werden, wenn er den Auftrag hätte, eine Kommissarin in die Enge zu treiben oder sie zu beseitigen …

Er parkte hundert Meter abseits und griff nach seinem Rucksack. Als er den Weg auf der gegenüberliegenden Straßenseite hinunterlief, bemerkte er, dass ein Transporter in die Einfahrt zum Parkplatz abbog. Auch er hielt außerhalb der Reichweite der Überwachungskameras. Krølle verlangsamte seine Schritte und blieb schließlich stehen. Ein Mann stieg aus und sah sich nach allen Seiten um. Krølle duckte sich sofort hinter ein parkendes Fahrzeug. Er beobachtete, wie der Mann zu Pirohls Wagen ging. Was er dort vorhatte, war nicht zu erkennen, da er sich im Schatten des Transporters befand. Augenblicke später war der Typ wieder zu sehen – er stieg in sein Fahrzeug und brach auf.

Das Ganze hatte kaum länger als eine Minute gedauert. Krølle hatte aus der Deckung einige Fotos geschossen und auch die Kennzeichen erfasst. Es war zu vermuten, dass sie gefälscht waren und der Typ ebenfalls einen Tracker angebracht hatte. Oder einen Sprengsatz. Und es war alles viel zu schnell gegangen, um ihm unauffällig folgen zu können.

22

Kathleen hatte Sarahs Wohnung in aller Frühe verlassen und war direkt ins Hotel gefahren, um zu packen und vor ihrem Aufbruch einen letzten Abstecher ins LKA-Büro zu machen. Sie hatte höchstens zwei Stunden geschlafen, und Sarah hatte sich nicht gerührt – oder so getan, als befände sie sich im Tiefschlaf, das konnte Kathleen nicht ausschließen. Es war und blieb kompliziert – und ebenso aufwühlend wie fesselnd, zugleich war ihre Zusammenarbeit überaus erfolgreich, und sie ergänzten sich hervorragend. Zumindest würde Kathleen die Einschätzung in diesem Moment unterschreiben, im Nachklang eines wunderbaren Abends auf der Tanzfläche und einer aufregenden Nacht. Morgen würde sie wahrscheinlich laut fluchen, weil sich plötzlich Untiefen und Irritationen zwischen ihnen auftaten und heftige Misstöne erklangen, die die Ermittlungen unnötig erschwerten. Doch so viel gab es zumindest in diesem Fall nicht mehr für sie gemeinsam zu tun.

Als Kathleen im LKA eintraf, waren die Büros des Teams noch leer. Sie kochte sich einen Tee und blickte auf ihr Handy – eine Nachricht vom Observationsteam war gerade eingegangen. Jemand hatte an Sarahs Dienstwagen einen GPS-Tracker angebracht. Damit hatte Kathleen längst gerechnet, und trotzdem war ihr Puls spontan hochgeschnellt. Sie rief den Leiter der Gruppe umgehend zurück. »Vorschlag?«, fragte sie nach knapper Begrüßung.

»Unser Mann im Einsatz hat bereits gehandelt und den Tracker übernommen. Er wird die Aktion mit seinem Partner weiterverfolgen. Wir werden bald wissen, wer ihr folgt.«

»Gute Idee. Danke. Halten Sie mich auf dem Laufenden. Ich kehre heute nach Berlin zurück, will aber zeitnahe Updates.«

»Natürlich.«

Kathleen schrieb Sarah eine kurze Nachricht zu dem Vorgang. Dann verfasste sie ihren Abschlussbericht. Sarah meldete sich eine gute Stunde später. Einen Moment klang sie unsicher.

»Du musst dir keine Gedanken machen«, erklärte Kathleen rasch. »Die verdeckten Ermittler kümmern sich bereits. Sie agieren meist zu zweit und können jederzeit ein mobiles Team einschalten. Die Aktion führt zu einer weiteren Festnahme. Wir können eigentlich dankbar sein, dass sie nun aus ihren Löchern kriechen und wir nur zuzugreifen brauchen.«

»Das ist eine pragmatische Einstellung.« Sarah klang, als würde sie lächeln. »Aber da ist noch etwas anderes. Ich bin gestern nicht mehr dazu gekommen, das Thema anzuschneiden …«

Wohl kaum. Gestern war vieles ganz weit weg. Kathleen lächelte. »Dann dürfte wohl jetzt der geeignetere Zeitpunkt sein.«

»Der Hamburger Journalist Frank Rottner hat ein Motiv, womöglich sogar für zwei Morde.«

Kathleen blinzelte. »Wie bitte? Was für ein Motiv?«

»Hast du die Briefe noch nicht gelesen, die dein Agent entdeckt und Ben an uns weitergeleitet hat?«

»Die Sache mit dem bizarren Familienkram? Ehrlich gesagt …«

»Dann hol das unbedingt nach!«

Kathleen stutzte und verkniff sich eine energische Entgegnung. »Das werde ich«, sagte sie dann. »In der Zwischenzeit kannst du mir schon mal ein Stichwort liefern.«

»Großtante Vera hat ihren Neffen ausgehungert, damit der seinen Babyspeck verliert, und der hat sich bitter gerächt – eine ziemlich kranke Geschichte.«

Kathleen war mit einem Schlag hellwach. »Warte eine Minute.«

Sie fuhr ihren Laptop hoch und rief das Dokument auf, das Ben auch ihr geschickt hatte. Sie war geübt darin, in Windeseile Texte zu erfassen. »Monika Seffgen hat gewusst, was in der kleinen Villa vor sich ging und Jahrzehnte zuvor passiert war. Doch damit dürfte das Ganze nicht beendet gewesen sein«, fuhr Sarah schließlich fort.

»Und wie kommst du darauf, dass …«

»Die Großtante des Journalisten pflegte eine innige Beziehung zu ihr und hat ihr vieles anvertraut. Außerdem hatte Seffgen Minikameras im Katzenzubehör versteckt. Das hat die Kollegin aus Flensburg bereits bestätigt, und zwar gestern Abend.«

Kathleen war einen Moment völlig perplex und las noch einmal den Abschnitt, in dem Vera Tarp ihre gesundheitlichen Probleme beschrieb. »Und du vermutest, dass Frank Rottner mit dem Tod seiner Tante etwas zu tun hatte und die Betreuerin davon wusste?«

»Die Schlussfolgerung halte ich für absolut plausibel.«

»Nach so vielen Jahren rächt er sich an seiner alten Tante? Warum nicht viel eher?«

»Da ist sicherlich noch einiges mehr passiert, von dem wir nichts wissen. Wir haben nur diesen Ausschnitt, den einige zufällig entdeckte und womöglich aus dem Zusammenhang gerissene Dokumente uns bieten, und ich finde, sie erfordern ein Nachfassen.«

»Hast du einen Vorschlag, wie sich der Verdacht erhärten ließe?«

»Zunächst sollte ein Abgleich mit Rottners Reisedaten erfolgen sowie ein Bewegungsprofil …«

»Das geht nicht so ohne Weiteres.«

»Bei diesen Ermittlungen ging immer ganz viel ohne eindeutige juristische Nachweise«, wandte Sarah ein. »Da reichten besorgniserregende Auffälligkeiten und …«

»Das betrifft den Spionagefall, und hier sind selbstredend besondere Schutzmaßnahmen nötig!«

»Ja, schon klar, und sie haben ihre Berechtigung, erst recht in Zeiten wie diesen. Nur: Vera Tarps Haus war ein Treffpunkt für derlei Aktivitäten. Daraus lässt sich einiges herleiten.«

»Na schön. Und weiter?«

»Der gefälschte Ausweis«, fuhr Sarah fort. »Mark Klinth, vierzig, ein Hamburger. Du erinnerst dich? Und wir haben immer noch nichts dazu, oder?«

»Stimmt. Darauf setze ich Ben gleich noch mal an. Stichwort: Gesichtserkennung.«

»Das ist eine gute Idee.«

Einen Moment blieb es still. »Hältst du es tatsächlich für vorstellbar, dass Rottner Seffgen ermordet hat – und zwar auf diese brutale Weise?«

»Ich halte viele Taten für kaum vorstellbar. Dass ein Mensch ein Kind in den Keller sperrt und wochenlang hungern lässt, weil er keine Idealmaße hat, gehört dazu. Und was sich immer wieder offenbart, wenn wir in die Tiefe gehen: Zu einem Mord sind die meisten Menschen in der Lage und ebenso zu Grausamkeiten. In einer bedrängten Situation unterliegt unser Handeln offenbar zugleich Abwehr- und Zerstörungsmechanismen, die wir oftmals nicht wahrhaben wollen und die uns doch beherrschen können. Und Monica Seffgen … Nun ja, sie hat die Wut und den Hass vieler Menschen auf sich gezogen, was in der Folge zu Ermittlungen führte, die in viele Richtungen führten. Ein von ihr in die Enge Getriebener hat schlussendlich die Gelegenheit ergriffen und gehandelt – ob aus dem persönlichen Umfeld oder im Zusammenhang mit den Spionageaktivitäten scheint kaum noch eine Rolle zu spielen.«

»Nun, für dich schon – denn das ist der Mord, den du unbedingt aufklären willst.«

»Ja, richtig, um endlich einen Schlusspunkt setzen zu können.«

Kathleen überlegte einen Moment. »Warte noch, bis Ben etwas Greifbares entdeckt. Dann nehme ich Kontakt zu den Kollegen in

Hamburg auf, und du kannst dich persönlich auf den Weg machen, um den Fall zu den Akten zu legen.«

»Einverstanden.«

Stille. »Sei vorsichtig. Bis dann.«

»Gute Heimfahrt.«

Kathleen unterbrach die Verbindung, ließ Sarahs Stimme einen Moment nachklingen und rief dann Ben an. »Der kranke Familienkram wird uns doch noch länger beschäftigen«, erklärte sie und setzte ihn ins Bild. »Wir brauchen schnell weitere Indizien.«

»Okay. Ich warte immer noch auf den Tag, an dem du mir einen Auftrag erteilst und mit den zauberhaften Worten schließt: Lass dir bitte Zeit, es eilt nicht.«

»Darauf wirst du wahrscheinlich ewig warten.«

»Das habe ich befürchtet.«

»Wir sehen uns morgen. Ach – noch was: Wenn du fündig wirst, kontaktiere gleich die Kollegin Pirohl.«

»Alles klar.«

Kathleen ließ sich noch eine Stunde Zeit, dann verließ sie das LKA und machte sich auf den Weg in die Hauptstadt. Auf ihrem Schreibtisch warteten bereits zahlreiche Akten, dazu Terminanfragen im Dutzend. Dieser Fall würde sie noch Monate beschäftigen, und es war wichtig, dass sie in den Kreis ihres Spezialteams zurückkehrte. Bereits für die nächsten Tage standen Besprechungen mit dem Verfassungsschutz und dem MAD auf dem Programm, unter höchster Geheimhaltungsstufe und mit Einbeziehung politischer Vertreter. Zudem galt es gemeinsam mit dem LKA, die nötigen Vorbereitungen zu treffen, um die Hintergrundkenntnisse sowie die Rolle von Thilo Berger im Detail zu erfassen und nutzbar für die Aufklärung zu machen. Kathleen war sicher, dass er sehr genau Bescheid wusste, auf welche Weise Informationen an den russischen Geheimdienst weitergeleitet wurden und wer darüber hinaus noch involviert war – womöglich Leute innerhalb einer Gruppe von Extremisten, die längst im Bundestag saßen und zu denen Bernd Pirohl seinerzeit beste Kontakte gepflegt hatte. Das war eine durchweg brisante Situation, zu deren Klärung Fingerspitzengefühl, politische Weitsicht und Pragmatismus erforderlich waren. Sie war gespannt, wie sich ihre Vorgesetzten schlagen würden und wer in vorderster Linie seinen Kopf hinhalten musste. Schließlich schob sie die Gedanken beiseite und stellte das Radio lauter. Noch gut vier Stunden bis Berlin, falls sie in keinen Stau geriet.

Ben nahm sich den gefälschten Ausweis vor, nachdem er etliche wichtige Anfragen erledigt hatte. Mark Klinth, vierzig, gebürtiger Hamburger. Die Ausweiskopie wirkte überzeugend, und, entscheidender Punkt, das Foto sah Frank Rottner tatsächlich ähnlich – die Gesichtserkennung bestätigte den ersten Eindruck. Ben ging jede Wette ein, dass der Journalist nicht durchgehend Bart trug, sondern im zeitlichen Umfeld einer Reise, für den er einen falschen Ausweis benutzte – also womöglich nur ein Mal. Zudem dürfte er Kontakt zu jemandem haben, der in der Lage war, vernünftige Papiere zu erstellen, die mühelos eine erste Kontrolle schafften. Als Journalist verfügte Rottner über zig Verbindungen, wahrscheinlich auch ins kriminelle Milieu, selbst wenn er sich beruflich wenig damit befasste. Zudem dürfte feststehen, dass er einen ziemlichen Aufwand betrieben hatte, den die Beschaffung eines guten gefälschten Ausweises mit sich brachte, und das war ein weiterer belastender Hinweis. Diese ersten Indizien reichten zwar nicht aus, um dem Mann eine Mordtat zweifelsfrei nachzuweisen, aber sie boten hinreichenden Anlass, eine Reise nach Bornholm zum Zeitpunkt einer Mordtat festzustellen, und zusammen mit dem Motiv ergab sich sehr wohl eine realistische These.

Die Frage war, ob es Sarah Pirohl gelingen würde, Rottner aus der

Reserve zu locken, denn die Beschaffung der verdeckt ermittelten Briefdokumente konnte juristisch nicht hundertprozentig sauber begründet werden. Ben lockerte seine Finger, zog die Tastatur auf seine Knie und gab in der Datenbank den Namen von Mark Klinth ein. Vielleicht war Rottner ja doch häufiger unter seinem Decknamen unterwegs. Die Überprüfung ergab keine weiteren Treffer.

Ben überprüfte Rottners Social-Media-Aktivitäten sowohl als Journalist, der für seinen Job unterwegs war, als auch privat. Im Umfeld der angenommenen Reisedaten hatte er nichts gepostet – gut eine Woche vor der Tat war er auf die Insel gereist und hatte Bornholm etliche Tage nach dem Mord verlassen, wie das Check-out im Hotel belegte, auf unbekanntem Weg. Wie hatte er das angestellt? Er war bei jemandem im Wagen mitgefahren, und der Ausweis war nicht kontrolliert worden – die einfachste und zugleich wahrscheinlichste Variante. Das hieß, man müsste alle Reisebewegungen an jenem Tag überprüfen und zum Beispiel jemanden identifizieren, der mit dem Wagen, also auf der Fähre, unterwegs gewesen war und dessen Reiseziel Hamburg gelautet hatte – oder auch schlicht Sassnitz, denn von dort hätte Rottner mühelos unerkannt weiterreisen können.

Ben lächelte. Kein schlechter Ansatz, wenn man erst mal wusste, wonach man suchte. Er sortierte die vom Bornholmer Team erfassten Touristennamen, die an jenem Tag Richtung Rügen gereist waren. Ein Hamburger Wagen war nicht dabei gewesen, dafür ein Lübecker – ein Theaterschauspieler. Bens Lächeln vertiefte sich. Der Mann hatte seine Reise dokumentiert, die auch die Rückfahrt einschloss, und auf einem Foto auf der Fähre war Rottner zu erkennen – im Hintergrund zwar und unscharf, dennoch unverkennbar. Ben rieb sich die Hände. Wir haben dich.

Sarah brach am frühen Nachmittag auf. Frank Rottner war bereits von den Hamburger Kollegen aufs Präsidium gebeten worden. Sie war gespannt, wie er auf die neue Entwicklung reagieren würde. Als sie den Verhörraum betrat, sah er ihr abwartend entgegen. Erstaunlicherweise wirkte er völlig unaufgeregt. »Diesmal kein Treffen in einer Bar?«, fragte er in leisem Ton.

»Nein.« Sie setzte sich zu ihm und suchte seinen Blick. »Tut mir leid. Es haben sich einige Verdachtsmomente verdichtet, und ich muss Sie nun in offiziellem Rahmen befragen. Sie wirken übrigens bemerkenswert gelassen.«

»Gehört zu meinem Job.« Er hob kurz beide Hände. »Außerdem habe ich fast mit Ihnen gerechnet.«

»Warum?«

»Ihre Fragen wurden zusehends spezieller, und die Tatsache, dass die Betreuerin meiner Tante ermordet wurde, rechtfertigt wohl beharrliches Nachfragen. Wahrscheinlich auch in dieser gemütlichen Einrichtung.« Er lächelte, wenn auch etwas verkrampft.

Sarah blickte ihn nachdenklich an. Die gesicherten Briefe waren im Rahmen einer verdeckten Maßnahme gefunden worden – zufällig. Damit durfte sie ihn keinesfalls so ohne Weiteres konfrontieren. Ein geschickter Anwalt oder eine versierte Juristin würde dafür sorgen, dass sie als Beweise nicht zugelassen wurden, und ohne diese Erkenntnisse stünde sie deutlich schlechter da. Also fangen wir mit dem an, was wir haben und ohne Weiteres verwenden können, dachte Sarah. »Lassen Sie uns über die Katze sprechen, die Monica Seffgen Ihrer Tante mitgebracht hat – zu ihrem neunzigsten Geburtstag.«

Er blinzelte überrascht.

»Ich mache es kurz: Wir haben inzwischen nachgeforscht und festgestellt, dass im Katzenzubehör Spyware versteckt war.«

Diesmal hatte er große Mühe, seine Verblüffung zu verbergen. »Wie bitte?«

»Sie haben ganz richtig gehört. Seffgen hat im Haus Ihrer Tante herumgeschnüffelt. Und Sie dürfte einiges mitbekommen haben, was Ihre Rolle als Großneffe betraf.« Sarah beugte sich vor. »Machen wir es kurz: Monica Seffgen hat Sie erpresst.«

Er zwang sich zu einem abwehrenden Lächeln. »Das ist doch …«

»Wir wissen auch, dass Ihre Tante vor ihrem Tod deutlich an Gewicht verloren hatte – es ging ihr sehr viel schlechter, als allein durch die Nachwirkungen des Sturzes erklärbar war.«

Er war bleich geworden. Dann schüttelte er den Kopf. »Worauf wollen Sie eigentlich hinaus?«

»Auf eine Parallele. Sie haben als Teenager viel Gewicht verloren«, warf Sarah ein. »Ich erinnere mich an das Porträtfoto, über das wir schon einmal sprachen. Ihre nervöse Reaktion hat mir keine Ruhe gelassen.«

Stille. Frank Rottner legte die Hände auf den Tisch. Schmale, langgliedrige und gepflegte Hände.

»Was ist damals passiert, Herr Rottner?«

Er sah sie sekundenlang still an, dann gab er sich einen Ruck. »Sie hat mich im Keller eingesperrt, wochenlang, während meine Großmutter Urlaub an der Ostsee machte«, sagte er leise. »Ich bin dünn geworden – wie der berühmte Strich in der Landschaft – und war davon überzeugt, nie wieder essen zu dürfen und sterben zu müssen. Es hat auch niemand nach mir gefragt. Dafür bin ich dann als völlig verwandelter Fünfzehnjähriger nach den Sommerferien an die Schule zurückgekehrt. Alle haben mich angesehen wie einen Geist. Und so habe ich mich auch gefühlt.«

Sarah stockte der Atem. Eine grauenvolle Vorstellung.

»Ich weiß nicht, was schlimmer war – der Spott und die Häme, mit denen ich als fettes Kind ständig konfrontiert war, oder diese entsetzten Blicke. Wie auch immer – es war wohl die perfekte Metamorphose vom fetten Kind zum dünnen Frank, noch dazu in bemerkenswert kurzer Zeit. Vorher, nachher. Wie oft lesen wir solche Geschichten in einer Zeitschrift! Oder sehen das Ganze im Fernsehen. Mein Leben mit siebzig Kilo, nachdem ich hundert verloren habe. Natürlich als Erfolgsstory, was sonst?«

»Aber das war es nicht.«

»Es war Kindesmisshandlung.«

»Haben Sie sich an ihr gerächt?«

Er sah sie nachdenklich an. Er überlegt, wie er am überzeugendsten alles abstreitet, dachte Sarah. »Auf meine Weise – ja«, erklärte er dann. »Aber ich habe sie nicht ermordet.«

Vielleicht doch, dachte Sarah. Und es wäre irgendwie nachvollziehbar und ebenso schrecklich – eine schreckliche Tat war der perfekte Nährboden für die nächste und immer so weiter. Sie sparte sich den Hinweis auf die Katze. »Monica Seffgen hat einiges von dem erfahren, was im Haus Ihrer Tante vor sich gegangen ist – insbesondere in der Zeit zwischen dem Geburtstag und ihrem Tod«, fuhr Sarah fort. »Zwischen den beiden bestand zudem ein enges freundschaftliches Verhältnis seit der Betreuungszeit. Vera hat sich Monica anvertraut, und was diese neben ihrer eigenen Schnüffelei noch persönlich von ihr erfuhr, dürfte sich hervorragend für eine Erpressung eignen. Ich zweifle nicht daran, dass sie genau das getan hat.«

»Ihre Überzeugung ist das eine Sache, doch können Sie das auch beweisen?«

»Aber ja. Sie haben sich an ihr gerächt.«

»Das können Sie tatsächlich belegen?«

Sarah aktivierte ihr Tablet. Auf dem Monitor war das Ausweisfoto von Mark Klinth zu sehen. Rottner atmete scharf ein.

»Sie haben in Erfahrung gebracht, dass Monica sich Urlaub auf Bornholm gönnen wollte, und waren einige Tage vor dem Mord und etliche danach auf der Insel, mit einem gefälschten Ausweis. Zurückgefahren sind Sie per Fähre im Wagen eines Lübecker Schauspielers.« Sie rief das Bild auf, das Ben entdeckt hatte. »Hier sind Sie sogar recht gut zu erkennen.«

Rottner starrte auf das Foto und wieder hoch zu Sarah. »Alle Achtung!«, meinte er verblüfft. »Ich muss anerkennen, dass Sie einiges ausgegraben haben.«

»Ich werte das Kompliment und leite es an den Recherchespezialisten weiter.«

»Tun Sie das. Aber noch einmal: Ich habe Monica nicht getötet.«

»Das wird eine DNA-Überprüfung beweisen.«

Frank Rottner beugte sich vor. »Ich habe sie nicht getötet«, wiederholte er. »Es war gar nicht nötig. Das hat jemand anderes erledigt.«

Mit ganz ähnlichen Worten hatte sich Marina Kleisberg herausreden können – allerdings verfügte sie seinerzeit über schwerwiegende Beweise, die alle möglichen Dienststellen auf den Plan gerufen hatten, die ihrerseits schließlich eine sicherheitsrelevante Gefährdungslage feststellen mussten. Ihre Rolle war und blieb in den Details undurchsichtig.

»Und vielleicht werden Sie sogar meine DNA entdecken«, fügte Rottner hinzu. »Ich habe diesen Schal angefasst … Er gehörte meiner Tante, ich hatte ihn ihr geschenkt, und offenbar hat Vera ihn Monica gegeben. Ich fand es in Ordnung, nahezu folgerichtig, dass sie damit erdrosselt wurde.«

Das ist keine schlechte Finte, dachte Sarah, aber doch ein wenig durchsichtig. »Mann oder Frau?«, fragte sie dann.

»Sie sprechen vom Täter? Ein Mann.«

»Kannten Sie ihn?«

»Nein. Noch nie gesehen. Ich war allerdings zu weit entfernt, um Einzelheiten feststellen zu können, noch dazu im Halbdunkel, und ich habe mich versteckt. Ich konnte jedoch erkennen, dass er sie überfallen und innerhalb kürzester Zeit getötet hat.«

»Wären Sie in der Lage, ihn zu identifizieren?«

Er schüttelte den Kopf. »Das ist unwahrscheinlich.«

»Befand sich noch jemand in der Nähe?«

»Keine Ahnung.«

Sarah rief ein Foto von Marina Kleisberg auf. »Was ist mit ihr?«

Rottner betrachtete das Bild aufmerksam und blickte schließlich hoch. »Ich erinnere mich, dass ich diese Frau mehrfach gesehen habe – auch auf Bornholm.«

Sarah nickte nachdenklich. »Das klingt alles gar nicht mal schlecht, Herr Rottner, für einzelne Aspekte liegen sogar Bestätigungen vor. Allerdings entlasten Ihre Angaben Sie keineswegs als Täter, und das wissen Sie auch. Sie sind mit gefälschten Papieren gereist und haben gleich mehrere Haken geschlagen, um nicht erfasst zu werden. Sie haben das Opfer beobachtet, und zur Tatzeit befanden Sie sich in unmittelbarer Nähe des Tatorts – Sie waren so nahe dran, dass Sie angeblich einen Mann erkennen konnten, den Mörder, so lautet zumindest Ihre Behauptung. Sie beschuldigen also einen Dritten und verfügen zudem über detailliertes Täterwissen …«

»Das ich selbst ohne Not zugegeben habe!«

Sarah winkte ab. »Hört sich erst mal gut an, doch das könnte ein besonders geschickter Schachzug sein, um Ihre DNA am Opfer zu erklären. Ich denke, dass diese Beweise für eine Untersuchungshaft ausreichen.«

Rottner schüttelte den Kopf. »Sie liegen falsch. Ich war es nicht.«

»Unterlassene Hilfeleistung könnte man Ihnen übrigens darüber hinaus auch zur Last legen.«

Er beugte sich plötzlich vor. »Fragen Sie doch diese Frau …« Er wies in Richtung des Tablets. »Vielleicht hat sie mehr gesehen.«

»Befand sie sich auch in unmittelbarer Nähe des Tatorts?«

»Keine Ahnung.«

Sarah fasste ihn scharf ins Auge. »Das ist demnach nur eine Vermutung von Ihnen – Sie haben sie nicht gesehen?«

»Korrekt, aber das muss ja nichts heißen. Vielleicht war sie trotzdem dort, weil sie Seffgen auch verfolgte. Die Frau hatte ja wohl genug Feinde, wenn ich das richtig verstanden habe. Und darüber hinaus könnte sie mich entlasten.«

Interessant, dachte Sarah. Sie stand auf. »Kein schlechter Vorschlag, Herr Rottner. Doch solange das nicht geklärt ist, bleiben Sie hier unser Gast.«

»Ungern, aber das interessiert wohl niemanden.«

»So könnte man es ausdrücken.«

»Und wenn ich meine Anwältin einschalte …«

»Könnte sich der ganze Vorgang weiter verzögern«, fiel sie ihm ins Wort. »Das wissen Sie doch, sonst hätten Sie längst auf juristische Unterstützung bestanden.«

Sarah verließ den Raum und rief sofort Kathleen an, die noch unterwegs nach Berlin war.

»Und was soll das bringen?«, fragte sie nach Sarahs Update. »Wenn seine Vermutung zutrifft und Kleisberg tatsächlich ebenfalls dort war, wird sie kaum so nahe am Tatgeschehen dran gewesen sein, dass sie eine verwertbare Beschreibung liefern könnte. Es war zu dieser Zeit schon ziemlich dunkel, wenn ich die Angaben zum Tatzeitpunkt recht in Erinnerung habe. Vielleicht baut er genau darauf, dass eine schwammige Beobachtung ihn entlastet.«

»Ja, durchaus möglich. Aber er hat sie auf dem Foto erkannt, und wir wissen, dass Kleisberg Seffgen sehr intensiv verfolgt hat. Sie könnte demnach tatsächlich viel mehr mitbekommen haben, als wir gerade einschätzen können.«

»Okay. Aber falls sie dort war und etwas gesehen hat, stellt sich die Frage, warum sie den Täter – oder Beobachter – nicht schon vorher beschrieben oder benannt hat. Das hätte sie sofort entlasten können. Stattdessen hat sie behauptet, eine Inseltour gebucht zu haben, und wir wissen doch, dass sie sich damit ein Alibi verschaffen wollte.«

»Dafür gibt es zwei mögliche Erklärungen«, erwiderte Sarah. »Zum einen wollte sie auf gar keinen Fall zugeben, dass sie sich in unmittelbarer Nähe des Tatorts befunden hatte.«

»Und zum zweiten?«

»Sie schützt ihn.«

»Warum sollte sie das tun, insbesondere wenn es für sie selbst eng wird?«

»Er hat etwas getan, wofür sie am liebsten Beifall geklatscht hätte«, meinte Sarah. »Er hat ihr die Drecksarbeit abgenommen. Und bislang ist es ihr ja gelungen, sich herauszuwinden. Wenn man sie nun mit einer Zeugenaussage konfrontiert, die sie auch in Bedrängnis bringen könnte, gerät sie womöglich ins Wanken. Ich würde sie …«

»Erneut befragen, schon klar. Und wenn wir richtig Glück haben, belasten die Verdächtigen sich einfach gegenseitig. Das macht es noch vertrackter.«

»Das bleibt abzuwarten. Ich würde ihr sämtliche Fotos aller Beteiligten zeigen, die bislang aufgetaucht sind und …«

»Danke für den Tipp«, warf Kathleen rasch ein. Ihr Ton klang dezent ironisch.

Sarah hielt inne. »Schon gut. Du brauchst natürlich keine Ratschläge von mir. Bis dann.« Sie unterbrach die Verbindung.

Wenig später fuhr Sarah zurück nach Kiel. Sie war plötzlich davon überzeugt, dass der Mordfall aufgeklärt war. Nach aufwändiger Ermittlungsarbeit, die einen weiten Bogen geschlagen hatte, stand fest, dass ein gequältes Kind späte Rache geübt hatte, und zwar sowohl an seiner Tante, die endlich schwach genug und ihm ausgeliefert gewesen war, als auch an einer durch und durch habgierigen Frau, die keine Möglichkeit ausgelassen hatte, Menschen zu erpressen. Zugegeben, der letzte Beweis fehlte noch, und Rottner hatte durchaus überzeugend geklungen, was die Beschreibung der Tatumstände anging – ein letzter Versuch, abzulenken und den Mord weit von sich zu weisen. Doch Sarah zweifelte nicht mehr an seiner Täterschaft.

In Kiel angekommen schickte sie Mikkel Bentsen einen vorläufigen Abschlussbericht und bereitete sich für eine weitere Teamsitzung am nächsten Tag vor.

23

Der Tracker, den Krølle an Sarah Pirohls Wagen gesichert hatte, war ein handelsübliches Modell der gehobenen Klasse. Er würde erst bei Bewegung aktiv werden. Die Entdeckung verschaffte ihnen einen großen Vorteil – sie konnten den Tracker übernehmen und die Verfolger in eine Falle locken. Und zugleich behielten sie die Kommissarin im Blick. Eine hervorragende Ausgangsposition, wie Krølle fand.

»Und wie genau nutzen wir diese Gelegenheit?«, fragte Lennart Paulsen, als sie am nächsten Morgen die weitere Vorgehensweise besprachen. »Sie folgen uns oder deinem Wagen, aber sie werden doch sicher auch Pirohls Fahrzeug kennen und Lunte riechen, sobald sie die Verfolgung aufnehmen und es nicht sehen.«

»Pirohl benutzt ein Allerweltsmodell. Der Typ ist in der Dunkelheit zu Werke gegangen und hat sich beeilt. Wir könnten sicherheitshalber an meinem Wagen dieselben Kennzeichen anbringen. Ich schätze jedoch, dass sie sich gar nicht so nahe heranwagen – darum ja der Tracker.« Krølle grinste.

»Sie warten auf eine günstige Gelegenheit?«

»Das dürfte der Plan sein. Die Kommissarin ist zurzeit hier oben im Norden ständig unterwegs – Hamburg, Kiel, Flensburg. Ich wette, dass sie ungestört sein wollen und darum zuschlagen, wenn sie kaum auffallen.«

»Zuschlagen? Du denkst an ein Attentat?«

»Eher eine Entführung mit unsicherem Ausgang«, entgegnete Krølle. »Pirohl dürfte ähnlich viele Feinde wie ich haben, und die

Hintergründe der Ermittlungen, der Wissensvorsprung der Behörden dürfte alle möglichen Beteiligten interessieren. Sie wollen sich mit ihr unterhalten – auf die intensive Art.«

Paulsen nickte. »Vorschlag?«

»Wir locken sie an einen abgelegenen Ort.« Krølle öffnete seine Navigationsapp. »Keine halbe Stunde von Kiel entfernt gibt es den Strand Heidkate und einen Campingplatz, der zurzeit geschlossen ist. Dort ist es im Moment einsam bis zum Abwinken, kaum eine Menschenseele – richtig schön. Die Kommissarin zieht es auch an kalten Wintertagen mal direkt an die Küste, zu einem Rundgang an der See.«

»Sicher?«

»Sie lebt auf Bornholm! So was mögen die Inselleute.«

»Die Frage ist …«

»Die Typen werden sich diese Gelegenheit nicht entgehen lassen, sobald sie mitkriegen, dass die Kommissarin einen Ausflug plant.«

»Und dann schnappen wir sie uns?«

Krølle zuckte mit den Achseln.

»Wir brauchen ein mobiles Team im Hintergrund.«

»Tatsächlich? Wozu?«

»Sie werden mindestens zu zweit sein, und auch bei Ihnen wartet jemand im Hintergrund, wahrscheinlich mehrere.«

Krølle zuckte mit den Achseln. »Das ist zu schaffen. Der Überraschungseffekt verschafft uns einen großen Vorteil.«

Paulsen schüttelte den Kopf. »Das ist zu heiß. Wir können ja nicht ausschließen, dass da irgendwo lediglich ein Schütze auf sie wartet und sie schlicht und ergreifend erschossen werden soll. Oder es ist ein ganzer Trupp unterwegs, der die Einsamkeit ausnutzen will.«

Krølle runzelte die Stirn. Er hätte es anders gelöst, aber Paulsen hatte bei diesen Planungsdetails das letzte Wort.

»Ein Team wartet bereits vor Ort«, überlegte Paulsen weiter. »Du lockst sie in die Falle. Für die Aktion brauchen wir zwei Tage Vorbereitung.«

Krølle verdrehte die Augen.

»Der Ort muss inspiziert und abgesichert, das Team vorbereitet werden.«

»Klingt nach großer Nummer.«

»Es ist eine große Nummer.«

»Und es ist auffällig.« Krølle schnaubte unwillig.

»Es ist Teamarbeit.«

»Manchmal ist ein großes Team hinderlich.«

Paulsen blickte Krølle schweigend an. »Wobei genau hinderlich?«, fragte er schließlich.

»Wir wollen doch ganz konkret wissen, wer dahintersteckt, oder? Wenn wir den Typen schnappen – oder auch zwei –, wandert der sofort in Haft. Und dann? Er wird uns nichts sagen und womöglich ein oder zwei Tage überleben.«

Paulsen verschränkte die Arme vor der Brust.

»Wenn wir zupacken, kriegen wir Antworten – und zwar genau die, die nötig sind, um weitere Anschläge zu verhindern«, führte Krølle weiter aus.

»Wenn sie zu zweit sind, ist das zu brisant.«

»Sobald wir feststellen, dass wir es mit mehreren zu tun haben, können wir die Aktion abbrechen beziehungsweise verschieben und ein Team hinzuziehen.«

»Ein Abbruch könnte auffallen.«

»Sarah fährt einfach zügig nach Kiel zurück. Es wird nichts aus dem Strandrundgang, weil der Job ruft. Nicht ungewöhnlich für eine Kommissarin.«

Paulsen sah ihn gefühlt zwei Minuten schweigend an, dann nickte er langsam. »Okay. Du hast mich überzeugt. So machen wir es.«

Krølle war zufrieden. Paulsen beharrte nicht auf seinem Standpunkt, sondern ließ sich bei guten Argumenten auch von einer anderen Strategie überzeugen. Das rechnete Krølle ihm hoch an. Darüber hinaus vertraten sie beide die Ansicht, dass bestimmte Kriminelle nicht jede brenzlige Situation überleben sollten und ein Wissensvorsprung so manche Maßnahme rechtfertigte.

»Aber wir schauen uns zunächst eingehend vor Ort um«, fügte Paulsen noch hinzu. »Besprechen die Einzelheiten und so weiter. So viel Planung muss schon sein. Im Übrigen müssen wir uns absichern, was Pirohls Aktivitäten angeht. Sollte sie bereits ihre Rückreise planen, müssen wir uns ohnehin beeilen.«

»Dann lass uns loslegen.«

Die entscheidende Frage lautete, ob der oder die Beschatter zugreifen oder töten wollten. Krølle war sicher, dass es darum gehen sollte, weitere Informationen zu sichern. Eine tote Kommissarin war ein ganz erheblicher Warnschuss, doch warum sollten sich die Typen diese Gelegenheit, entscheidende Details zum Ermittlungsstand zu erfahren, entgehen lassen? Töten konnte man sie immer noch.

Sie werden sie entführen, dachte Krølle erneut, als er am späten Nachmittag des nächsten Tages Richtung Heidkate aufbrach. Und sie werden frohlocken, wenn sie sich auf den Weg zu einem einsamen Winterstrand macht – oder misstrauisch werden. Das konnte nicht völlig ausgeschlossen werden. Ich würde sicher stutzen, dachte Krølle, hoffte jedoch, dass die Skepsis bei ihren Gegnern nur eine untergeordnete Rolle spielen würde.

Er fuhr vorschriftsmäßig, aber nicht zu langsam. Darüber hinaus trug er eine Perücke mit halblangem Haar – eine Ähnlichkeit mit der Kommissarin war höchstens von Weitem anzunehmen, doch der andere Wagen würde sich zumindest anfangs nicht auf Sichtweite nähern, davon war er überzeugt. Paulsen sicherte zunächst den rückwärtigen Verkehr und überholte schließlich, um vor ihm anzukommen. Er würde seinen Wagen verstecken und am Leuchtturm Heidkate warten. Darüber hinaus musste er sichergehen, dass im entscheidenden Moment kein Spaziergänger zu sehen war, und Krølle dann warnen. Sie blieben über eine gesicherte Leitung ständig in Kontakt.

Ungefähr zehn Minuten vor der Ankunft fiel Krølle ein Lieferwagen im rückwärtigen Verkehr auf. Er blieb immer zwei, drei Wagen hinter ihm. »Ich denke, er ist an mir dran«, sagte er leise.

»Kannst du erkennen, wie viele Leute im Wagen sitzen?«

»Auf den ersten Blick habe ich nur einen Fahrer gesehen.«

»Versuch unbedingt …«

»Keine Sorge!«

Paulsen seufzte nur.

Krølle grinste. »Du traust mir nicht.«

»Na ja …«

Krølle hielt angestrengt Ausschau. »Ich sehe keinen Beifahrer«, erklärte er dann. »Ob hinten doch noch jemand drinsitzt, weiß ich natürlich nicht.«

»Vielleicht sollten wir doch …«

»Nein! Er ist hinter mir. Die Gelegenheit sollten wir uns nicht entgehen lassen. Meine Güte, Kumpel, du warst in Russland in üblen Kreisen unterwegs, hast dich mit Nazis in Gruppenstärke angelegt, und nun schnappen wir beide uns ein Überfallkommando – bestehend wahrscheinlich aus einem gut bezahlten Killer, vielleicht sind es auch zwei. Notfalls erledige ich die auch im Alleingang.«

Kurzes Schweigen. »Daran zweifle ich nicht.«

»Im Zweierteam sind wir fast unschlagbar.«

»Ich erinnere mich.«

Krølle lächelte. »Wie schön! Ich biege jetzt ab. Wir sind gleich da.« Er starrte durch den Rückspiegel. Das Verfolgerfahrzeug hatte sich zurückfallen lassen, blieb aber hinter ihm. Plötzlich erloschen die Scheinwerfer des Transporters. »Er hat das Licht ausgeschaltet. Es geht los.«

»Okay.«

Zwei Minuten später hielt Krølle hinter dem Leuchtturm und stieg schnell aus. Paulsen winkte, und Krølle eilte zu ihm in den Schutz der Mauer. Sie warteten mit gezogenen Waffen und aktivierten die Nachtsichtgeräte. Nur Augenblicke später war ein Motorgeräusch zu hören, das plötzlich erstarb. Dann wurde eine Tür geöffnet. Krølle bedeutete Paulsen, auf der Strandseite des Turms vorzurücken, während er sich von der anderen Seite näherte. So trafen sie aus zwei Richtungen auf den Verfolger. Der Mann, der sich Krølles Wagen näherte, war groß und bullig, ein Hüne von einem Kerl; er sah sich nach allen Seiten um.

Krølle entsicherte seine Waffe und schlich ein Stück näher. »Licht«, flüsterte er, und im nächsten Augenblick schaltete Paulsen seine Taschenlampe ein und richtete sie auf den Typen, der geblendet zur Seite blickte und eine Hand schützend vor die Augen hielt.

»Gute Idee«, rief Krølle und trat mit gezückter Waffe näher. »Die andere Hand will ich auch noch oben sehen – und das Gleiche gilt für deinen Kumpel.«

»Was? Welchen Kumpel?«

Paulsen trat ebenfalls aus der Deckung. »Beide Hände hoch!«

Der Hüne zögerte nur einen Moment, dann streckte er die Arme über den Kopf. Paulsen ging näher. »Wir gehen jetzt zu deinem Wagen«, sagte er in leisem Ton.

Der Hüne wandte sich um und starrte ihn an. Krølle ließ ihn keine Sekunde aus den Augen. Der Typ war sicher nahkampferprobt und hatte nichts zu verlieren. Er würde sich sehr wahrscheinlich nicht ohne Gegenwehr überwältigen und Handschellen anlegen lassen. In der Dunkelheit hätte er gar nicht mal so schlechte Karten. Der Hüne rührte sich nicht.

Krølle seufzte leise. »Na schön – wir machen es so: Du kooperierst mit uns, oder ich schieße dir gleich erst mal ins Knie, dann in die Hände. Deinen Job kannst du dann nie wieder machen. Das wäre doch schade, oder hast du eine Zusatzqualifikation, bei der du weder Knie noch Hände brauchst? Als Aktmodell zum Beispiel – bei deinen Körpermaßen hättest du sicher ein volles Auftragsbuch.«

Der Hüne fasste Krølle ins Auge. »Im Auto gibt es nichts zu holen. Was wollt ihr?«

»Wir überzeugen uns gerne selbst«, erklärte Paulsen und bedeutete ihm mit der Waffe, sich umzudrehen und voranzugehen. Der Hüne zögerte immer noch, wandte sich aber schließlich um.

Die Situation war angespannt. Sie mussten diesen Typen sofort außer Gefecht setzen. Krølle warf Paulsen einen kurzen Seitenblick zu, dann machte er zwei große Schritte und schlug dem Hünen seine Waffe seitlich über die Schläfe. Es dauerte länger als sonst, doch schließlich ging er zu Boden wie ein gefällter Baum.

Paulsen atmete tief durch und sah sich hastig um. »Wir müssen uns beeilen.«

»Schon klar.« Krølle fesselte dem Mann die Hände auf den Rücken, anschließend kontrollierten sie gemeinsam den Transporter. Es gab keinen Partner, aber eindeutige Hinweise darauf, dass Sarah Pirohl entführt werden sollte.

»Fesseln, Knebel, sogar ein Schlafmittel«, murmelte Paulsen, während er den Rückraum durchsuchte. Er schoss einige Fotos, dann bugsierten sie den Hünen in den Transporter, was ziemlich anstrengend war. Der Mann wog deutlich über einhundert Kilo.

»Keine Überraschung – sie wollten Sarah einkassieren.« Krølle starrte Richtung Zufahrtstraße. Dort hatte gerade ein Fahrzeug gehalten. Paulsen folgte seinem Blick. »Das gefällt mir nicht. Lass uns einen Zahn zulegen«, meinte er leise. »Es ist zwar bitterkalt, aber die Leute kommen auf verrückte Ideen und wollen womöglich Party am Winterstrand machen.«

»Oder suchen ein stilles Plätzchen, um jemanden zum Reden zu bringen. So was passiert auch in Schleswig-Holstein.«

Dazu schwieg Paulsen. Der Wagen setzte zurück und fuhr weiter.

»Du bist sicher, dass der Campingplatz keine Winterquartiere hat?«, fragte Krølle.

Paulsen warf ihm einen langen Blick zu. »Natürlich habe ich das gecheckt! Hier ist niemand, und wir werden uns mit dem Transporter auf einen abgelegenen Platz stellen.«

»Und den jungen Mann befragen.« Krølle nickte. »Gut. Auf geht's.«

Wenig später hatten sie den Transporter und Paulsens Wagen umgeparkt. Krølle ließ sein Auto im Schutz des Leuchtturms stehen. Der Platz, den Paulsen ausgesucht hatte, war perfekt – hinter einem baufälligen Kiosk, zusätzlich vor Blicken abgeschirmt durch einen Bauwagen. Schließlich saßen sie im Transporter und tranken Kaffee. Paulsen hatte das Handy des Mannes an sich genommen. Der Hüne zeigte ein erstes Lebenszeichen. Er blinzelte. Seine Füße waren inzwischen auch gefesselt, und Paulsen hatte ihm den Mund mit Klebeband verschlossen.

»Wie sieht es aus – willst du dir den ganz Schmerzscheiß ersparen?«, fragte Krølle und lächelte ihm aufmunternd zu. »Oder muss ich mein Werkzeug herausholen?« Er beugte sich vor und riss dem Hünen das Klebeband herunter. »Wenn du schreist, fängst du dir die bereits vorhin erwähnte Kugel ins Knie, vielleicht auch in beide. Wäre echt schade um deinen Athletenkörper. Dann müsstest du garantiert die Branche wechseln. Döner verkaufen wäre ja auch noch eine Möglichkeit. In Berlin suchen sie immer neues Personal.«

Der Hüne starrte ihn abweisend an.

»Von welchem Club bist du?«

Keine Antwort. Krølle seufzte, griff in seinen Rucksack und holte sein Lederetui heraus. »Die benutze ich seit gut zwanzig Jahren«, sagte er leise. »Filigrane Feilen und Messerchen. Damit ist eine ganz hervorragende Nagelpflege möglich.« Er fasste den Hünen ins Auge. »Damit kommt man an Stellen, von denen man vorher gar nichts wusste. Sogar ins Innenohr dringt man damit vor. Hat mir mein alter Lehrer übrigens geschenkt.« Krølle beugte sich vor. »Es gibt niemanden, der nach einer solchen Behandlung nicht geredet hat«, erklärte er im Plauderton weiter. »Versuch nicht, den Rekord zu brechen. Er bringt nichts ein, abgesehen von Schmerzen aus der Vorhölle. Mein Vorschlag lautet, dass du dir und uns die Sauerei ersparst und unsere Fragen beantwortest.«

Schweigen.

»Wenn ich dir eine Feile ins Nagelbett ramme …«

»Schon gut!«, warf der Hüne ein. »Ich habe es verstanden.«

»Kluger Mann«, meinte Krølle. »Das ist also kein Job, bei dem du dein Leben riskieren willst. Richtig?«

Der Hüne nickte.

»Gut. Also – von welchem Club bist du?« Krølle hob eine Hand. »Moment, ich erwähne es fairerweise: Wenn du lügst, kriege ich das mit. Und das ist kein dummes Drohgequatsche. Ich spüre Lügen. Also versuch es erst gar nicht. Weil ich dir dann doch wehtun muss. Ich habe kein Problem damit, Leuten wehzutun, die mich anlügen, aber wir können uns den Umweg sparen.«

»Ich erledige hin und wieder solche Jobs.«

Der Sensor blieb still. »Für jeden?«, schob Krølle nach.

»Man kann mich buchen.«

Ein ganz normaler Auftragskiller. Gar keine schlechte Idee, dachte Krølle und tauschte einen schnellen Blick mit Paulsen. Falls etwas schiefging, sollte nichts auf den tatsächlichen Hintergrund deuten.

»Was sollte hier passieren?«, ergriff Paulsen das Wort.

»Ich sollte die Frau überfallen und sichern.«

»Und dann?«

»Kontakt aufnehmen – mit einem Foto der gesicherten Frau in meinem Wagen.«

»Wo solltest du sie hinbringen?«

»Das sollte ich erst dann erfahren.«

Auch diese Antwort entsprach der Wahrheit. Im Übrigen war das ein übliches Verfahren. Je weniger der Mann wusste, desto sicherer.

»Hast du bereits Kontakt aufgenommen, als du ihr gefolgt bist?«

Kopfschütteln. »Ich sollte mich erst melden, wenn ich sie habe.«

Paulsen stellte seine Tasse beiseite und griff zum Handy des Hünen – ein altes Modell ohne Schnickschnack. »PIN?«

Der Hüne zögerte. »Die bringen mich um, wenn …«

»Kann sein. Aber wenn du nicht redest, bringen wir dich um«, erklärte Krølle in lapidarem Ton. »Du gewinnst zumindest etwas Zeit, und wenn du nicht völlig blöde bist, hast du eine Rückzugsstrategie für genau solche Fälle. Kann immer mal was schiefgehen bei einem Auftrag. Ich weiß, wovon ich rede. Wenn du jetzt blockierst, könnten wir auf die Idee kommen, dass du zu den Leuten gehörst, deren Gesundheit und Überlebenschance uns nicht unbedingt am Herzen liegt.« Krølle zwinkerte ihm zu. »Wenn du ahnst, worauf ich hinauswill.«

Tiefes Einatmen. »Siebenundzwanzignullacht«, sagte der Hüne.

Paulsen nickte nach viermaligem Tippen. »Es gibt nur einen Kontakt«, meinte er nach kurzem Überfliegen. »Ich schau mir das in Ruhe an, während du das Gespräch schon mal fortführst.«

»Einverstanden.« Krølle lächelte. »Also weiter. Kontaktaufnahme übers Darknet. Auftrag: Verfolgung und Entführung der Kommissarin.«

Der Hüne nickte.

»Gab es ein Treffen mit dem Auftraggeber?«

Zögern.

Krølle strich mit einer Hand über das Lederetui.

»Ja.«

»Wo?«

Paulsen blickte hoch. »In Hamburg«, warf er ein. »Unser gut gewachsener Mann hier hat auf einem Treffen bestanden, weil es der erste brisante Auftrag mit einem Unbekannten war. Lässt sich im Chatverlauf nachlesen. Sie haben sich in einem Einkaufszentrum getroffen, an der Bar eines Cafés.«

»Gute Vorgehensweise«, lobte Krølle. »Man will ja wissen, für wen man sich die Hände schmutzig macht.«

Der Hüne blickte ihn abwartend an. Dann nickte er langsam.

»Wer war der Typ?«

»Ich weiß es nicht. Er hat sich nicht vorgestellt. Zeit, Ort und Codewort – das war es.«

»Wie in einem Agentenfilm der alten Schule. Gefällt mir.« Krølle blickte zu Paulsen, der ihm zunickte. Auch diese Angaben stimmten.

»Und du kennst den Typen nicht?«

»Nie zuvor gesehen.«

»Du hast dich nicht vergewissert?«

Der Hüne blinzelte.

Krølle neigte den Kopf seitlich. »Ich an deiner Stelle hätte versucht, mehr zu erfahren. Ich wäre ihm zum Beispiel gefolgt. Oder gab es jemanden im Hintergrund, der dem Mann auf den Fersen blieb?«

Zögerndes Nicken. »Ich habe ein Foto.«

Krølle strahlte. »Wunderbar. Und wo dürfen wir uns das ansehen?«

»Unter der Fußmatte liegt mein zweites Handy.«

»Großartig«, lobte Krølle. »Wir kommen gut voran.«

Zwei Minuten später blickten Krølle und Paulsen gemeinsam auf das Foto eines Unbekannten. Paulsen sicherte es, während Krølle den Hünen ansah. »Wie viel hast du abgemacht für den Job?«

»Fünfzigtausend.«

»Ordentliche Summe.«

»Sie ist Kommissarin.«

»Richtig. Da sollte man nicht kleinlich sein.« Krølle sah Paulsen an. Der streckte die Beine aus und schob die Tür auf. »Ich muss mal für kleine …«

»Schon klar.« Krølle schloss die Schiebetür hinter ihm. Dann zog er seine Waffe. »Tut mir leid, Kumpel – es geht nicht anders.« Er erschoss den Hünen mit einem gezielten Kopfschuss.

Paulsen wartete draußen. Er hatte sich eine Zigarette angezündet. Krølle sah ihm an, dass ihm die Tötung des Mannes nicht gefiel. »Er hätte nicht überlebt«, erklärte er leise. »Und der Schuss ist der leichtere Tod gewesen.«

»Ich weiß … Er hatte einen Sohn.«

Krølle wartete einen Moment, doch Paulsen sagte nichts mehr, sondern rauchte in Ruhe zu Ende, dann durchsuchten sie den Transporter gründlich und beseitigten sämtliche Spuren und Identitätshinweise, einschließlich der Kennzeichen – auch wenn sie gefälscht waren. Die Leiche umwickelten sie mit mehreren Schichten Folie. Sehr wahrscheinlich würde man sie erst nach vielen Wochen entdecken, zu Beginn des Jahres, sobald der Campingplatzpächter eine erste Inspektionsrunde drehte und die anstehenden Arbeiten für die neue Saison zu planen begann. Und dann würde in der Zeitung stehen, dass ein Streit unter Kriminellen zu seinem Tod geführt hatte. Das Ende des Hünen, der sich auf fünfzigtausend

Euro gefreut hatte. Nun war sein Sohn Halbwaise, doch Sarah Pirohl hatte diesen Anschlag überlebt, und es gab einen weiteren Hinweis.

24

Die Datei mit der Aufnahme von der Befragung erreichte Sarah am nächsten Tag. Kathleen hatte nicht lange gezögert, Marina Kleisberg ins Präsidium zu bitten. Dass das Ergebnis spannend war, zeigte sich daran, dass Kathleen bereits die Betreffzeile mit einem Ausrufezeichen versehen hatte. *Ruf an, sobald Du es gesehen hast!*

Marina Kleisberg wirkte auf den ersten Blick recht entspannt – sie blickte Kathleen schweigend an, trank einen Schluck Kaffee und lächelte schließlich. »Haben Sie den Mörder?«

»Wie kommen Sie darauf?«, fragte Kathleen.

Achselzucken. »Nun, wäre doch möglich.«

»Welchen Grund gäbe es, Sie zur Befragung zu bitten, wenn wir den Täter ausfindig gemacht hätten?«

»Na ja …« Kleisberg winkte ab. »Um mir mitzuteilen, dass ich endgültig raus bin aus dem Kreis der Tatverdächtigen.«

Kathleen lächelte amüsiert. »Der Kreis der Tatverdächtigen. Das ist ein schönes Stichwort. Sie haben zu Beginn der Ermittlungen ausgesagt, dass Sie den Mord nicht begangen haben. Jemand ist Ihnen wohl zuvorgekommen.«

»Ja, so in etwa habe ich mich wohl geäußert.«

Kathleen spielte eine Audiodatei ab. »Hier ist das Original«, erklärte sie, und kurz danach ertönte Kleisbergs Stimme: »*Jemand ist mir zuvorgekommen. Ich bin am Tag nach dem Mord wieder abgereist. Und Sie können sicher feststellen lassen, dass ich am Tattag eine Inseltour gebucht hatte.*«

Marina Kleisberg nickte. »Na bitte. Genauso war es.«

»Nicht ganz«, wandte Kathleen ein. »Meine Kollegin hatte bereits seinerzeit eingewandt, dass die Buchung allein noch kein Alibi bedeutet, wenigstens kein überzeugendes. Nun liegt uns eine Aussage vor. Jemand hat Sie gesehen – in unmittelbarer Nähe des Tatorts. Und bitte«, Kathleen hob eine Hand, »ersparen Sie mir lange Einwände voller Überraschung und Entrüstung. Wir wissen es ziemlich genau. Sie haben Monica Seffgen an jenem Abend verfolgt und auch an den Tagen zuvor.«

Kleisberg sah sie mit gerunzelten Brauen an. »Dann steht wohl Aussage gegen Aussage. An dem Tag …«

»Sie sind identifiziert worden!«, warf Kathleen in scharfem Ton ein. »Das reicht für Untersuchungshaft – nur damit Ihnen klar wird, was hier gerade für Sie auf dem Spiel steht.«

Kleisberg war dezent blass geworden. Das konnte Sarah selbst in der Aufzeichnung gut erkennen. Eine scharfzüngige und energisch auftretende Kathleen war durchaus nicht angenehm, doch ihre Vorgehensweise war nachvollziehbar. Falls Marina Kleisberg den Täter identifizieren könnte, musste sie aus der Reserve gelockt werden.

Kathleen wandte den Blick ab und suchte ein Foto heraus – der bärtige Frank Rottner, wie Sarah sofort erkannte. »Kennen Sie diesen Mann, oder ist er Ihnen schon mal über den Weg gelaufen?«

Kleisberg zögerte. »Ich weiß nicht … Möglich, aber eindeutig festlegen kann ich mich nicht.«

Rottner war vorsichtig gewesen, dachte Sarah – vorsichtiger als Kleisberg. Außerdem war er als Journalist geschulter darin, sein Umfeld im Auge zu behalten. Darüber hinaus war er als Täter selbstverständlich besonders umsichtig vorgegangen. Doch immerhin, Kleisberg schloss eine Begegnung nicht aus.

»Noch einmal – es gibt einen Zeugen, der Sie identifizieren und die Tat beobachten konnte«, wiederholte Kathleen.

»Ich habe diese widerliche … Ich habe sie nicht umgebracht!«, entgegnete Kleisberg plötzlich in schrillem Ton. »Das hatten wir doch schon alles! Sie haben den Mordverdacht fallen gelassen, schon vergessen? Im Gegenzug …«

»Die Staatsanwaltschaft hat den Verdacht zeitweise ruhen lassen«, fiel Kathleen ihr ins Wort. »Das ist ein kleiner, aber feiner Unterschied, und eine Zeugenaussage, die Sie derart in den Vordergrund rückt, können wir kaum ignorieren. Worum es uns geht, ist zudem etwas anderes«, Kathleen beugte sich vor. »Sie befanden sich in der Nähe des Tatorts und haben jemanden bemerkt, dessen sind wir nach den neuesten Erkenntnissen und Aussagen sicher. Falls Sie es trotzdem vorziehen, weiterhin nicht zu kooperieren – aus welchen Gründen auch immer –, werde ich beim Staatsanwalt Untersuchungshaft beantragen«, fuhr sie in sachlich konzentriertem Ton fort. »Und wir kriegen das durch, auch wenn Ihre Hinweise Ermittlungen in andere Richtungen angeschoben haben. Das rechtfertigt jedoch in keiner Weise, dass Sie wichtige Aspekte, die zur Ergreifung eines Mörders führen können, verheimlichen.«

Kleisberg starrte sie einen Moment schweigend an und verschränkte die Arme vor der Brust. »Ich habe keinen Namen für Sie.«

»Sind Sie bedroht worden und haben Angst, eine Aussage zu machen?«

Darauf antwortete Kleisberg nicht.

»Ihre Schwester hatte einen schweren Unfall – Sie erinnern sich? Wir wissen inzwischen, wer dahintersteckte.«

»Warum fragen Sie dann noch?«

»Wir brauchen es sehr viel genauer, falls es um einen gemeinsamen Hintergrund geht. Und dazu werden Sie sich jetzt Fotos ansehen.«

Marina Kleisberg atmete laut aus. »Kann ich noch einen Kaffee haben?«

»Natürlich.«

Ein Beamter trat wenig später ein und reichte Marina Kleisberg eine Tasse. Sarah beobachtete, wie sie zugriff – mit fahrigen Händen. Sie hat Angst. Natürlich. Es war seinerzeit nicht verborgen geblieben, dass die Geschwister Monica Seffgen ins Visier genommen hatten, und diese Nachforschungen sollten unverzüglich eingestellt werden, überlegte Sarah. Dass Marina Kleisberg bereits wichtiges Material gesichert hatte, mit dem sie später bezüglich des Mordverdachts bei den Behörden punkten konnte, war nicht bekannt gewesen. Man wollte die Angehörigen seinerzeit schlicht dazu zwingen, ihre Nachstellungen zu unterlassen – der Unfall war ein Warnschuss gewesen, den Seffgen womöglich selbst beauftragt oder wenigstens angeregt hatte, und das war Kleisberg längst klar. Und viele Monate später war die Betreuerin tot, zumindest einige der entscheidenden Drahtzieher befanden sich in Haft, und eine brisante Hintergrundgeschichte zu Seffgens Aktivitäten war aufgedeckt, wenn auch noch Details fehlten.

Kathleen schob das Tablet über den Tisch. »Schauen Sie sich die Porträtfotos in Ruhe an. Und wenn Sie jemanden erkennen, möchte ich, dass Sie mir einen Hinweis geben. Keine Ausflüchte mehr, kein Abwägen und Taktieren, haben Sie das verstanden?«

Kleisberg sah sie stumm an.

»Wir werden ihn so zu nutzen wissen, dass Ihre persönliche Aussage zunächst nicht entscheidend ist.«

»Kann ich das schriftlich haben?«

»Nein.«

»Dann ...«

»Sie können gerne sofort schriftlich haben, dass Sie unser Gast bleiben, wenn Sie Ihre Haltung nicht ändern«, warf Kathleen in scharfem Ton ein und taxierte sie.

Kurz darauf senkte Kleisberg den Blick und begann die Fotos zu betrachten – sämtliche Beteiligten der bisherigen Ermittlungen waren aufgelistet. Sie sagte kein Wort oder deutete ein Kopfschütteln an. Schließlich hielt sie inne und schob das Tablet zurück.

Kathleen gab sich Mühe, keine Miene zu verziehen, aber Sarah kannte sie inzwischen gut genug, um zu erkennen, dass sie verblüfft war. »Sicher?«

Kleisberg nickte. »Beenden Sie die Aufzeichnung der Befragung«, sagte sie dann leise.

Die Kamera erfasste das Foto, dann brach das Video ab. Sarah atmete scharf ein. Sie griff sofort zum Telefon. Kathleen nahm das Gespräch nach einem Klingelton an. »Rolf Hansen?«, fragte Sarah perplex. »Ich kann es kaum glauben.«

»Das hat mich genauso verblüfft. Rottner ist raus als Täter. Ja, Seffgens Schwager. Er hat den Mord begangen. Das legt zumindest ihre inoffizielle Aussage nahe. Und Kleisberg hat Angst, dass sie in allergrößte Schwierigkeiten gerät, wenn Sie ihn offen belastet.«

»Er sitzt bereits und …«

»Das habe ich ihr selbstverständlich erläutert. Doch sie weiß natürlich längst, dass es damit für sie nicht ausgestanden ist. Sie will unter dem Radar bleiben. Das ist durchaus nachvollziehbar. Wir brauchen also …«

»Rottners Aussage.«

»So ist es. Wenn wir Hansen von zwei Seiten einkreisen können, sieht es mehr als übel für ihn aus. Ich hoffe, dass er die Haftanstalt nie wieder verlassen darf.«

Sarah blickte einen Moment ins Leere. »Es steckt vielleicht noch mehr dahinter.«

»Was meinst du?«

»Er ist ihr Schwager, sie sind seit Jahren Schnüffelpartner, planen richtig große Spionageaktionen, und er tötet sie auf derart brutale Art? Warum? Sie war zu auffällig geworden, eine Gefahr für das gesamte Unternehmen. Er hätte sie einfach erschießen können – oder den Auftrag dazu erteilen. Warum dieser Überfall?«

»Gute Frage«, meinte Kathleen nachdenklich. »Ein Ablenkungsmanöver?«

»Dazu muss man dann aber auch erst mal in der Lage sein. Und warum tut ausgerechnet er es?«

»Stimmt. Auch die Frage ist berechtigt.«

»Ich werde zunächst gleich noch mal nach Hamburg fahren und mit Rottner sprechen und dann Seffgens Schwester aufsuchen, sofern sich der Verdacht erhärtet«, fuhr Sarah schließlich fort. »Und die Bornholmer könnten gemeinsam mit den Kielern schon mal einen Abgleich mit Hansens Foto und seinen Aktivitäten vornehmen. Wenn wir dort fündig werden, bekommt das Ganze Hand und Fuß.«

»Alles klar. Bis dann. Halt mich auf dem Laufenden.«

Sarah schüttelte den Kopf. Rolf Hansen. Erneut dachte sie an ihren Besuch in Flensburg zurück. Seffgens Schwester Birte Hansen hatte einen Anruf ihres Mannes entgegengenommen, daran erinnerte sie sich erneut, und eine Dienstreise erwähnt. Die genauen Daten würden bald vorliegen.

Frank Rottner hatte sich das Foto mindestens eine Minute konzentriert angesehen, bevor er schließlich hochblickte und langsam nickte. »Gut möglich – besser gesagt: Ich erkenne ihn wieder.«

»Wie sicher sind Sie?«

»Neunzig Prozent. Es war – wie mehrfach betont – bereits ziemlich dunkel, aber ich konnte zwischenzeitlich einen Blick auf sein Gesicht werfen. Außerdem …«

»Ja?«

»Er ist mir vorher schon einmal aufgefallen. Ich habe zufällig mitbekommen, dass er einen Blick in ihren Wagen geworfen hat, habe dem aber keine Bedeutung beigemessen – bis jetzt, da ich ihn wiedererkenne.«

»Und trotzdem sprechen Sie lediglich von neunzig Prozent. Wie setzen sich die fehlenden zehn zusammen – abgesehen von den Lichtverhältnissen, die Sie berücksichtigen?«

Er lächelte kurz. »Ich sollte ihn wohl nicht zu eifrig und zu eindeutig belasten. Immerhin sind Sie davon überzeugt, dass ich der Täter bin. Nun kommt ein weiterer Verdächtiger ins Spiel, benannt von wem auch immer. Vielleicht stellen Sie mir ja auch nur eine Falle. Wer weiß das schon?«

Kein schlechter Schachzug, dachte Sarah. Sie stand auf. »Mal sehen, wie weit uns diese Angaben weiterhelfen.«

Er sah hoch. »Ich nehme an, dass ich weiterhin hierbleiben muss.«

»In der Tat. Das ist noch zu schwammig.« Eigentlich nicht, dachte Sarah, aber Rottners Rolle war alles andere als geklärt. Der Staatsanwalt würde sich dazu sicher noch einige Gedanken machen, und es blieb abzuwarten, was auf den Journalisten zukam – Stichworte: der Tod seiner Großtante sowie unterlassene Hilfeleistung bei einem Tötungsdelikt.

Im Wagen versuchte sie erneut, Birte Hansen zu erreichen – ohne Erfolg. Auf ihrer Arbeitsstelle erklärte man Sarah, dass Hansen sich freigenommen hatte. Sie geht nicht ans Telefon, dachte Sarah. Der Schock dürfte tief sitzen. Sarah rief im LKA an und bat Kommissarin Julia Kern, das familiäre und berufliche Umfeld von Birte Hansen zu checken. »Vielleicht kriecht sie gerade irgendwo unter.«

»Ich kümmere mich darum. Und du fährst jetzt einfach auf gut Glück nach Flensburg weiter?«

»Das ist die Idee. Ich benötige sicher zwei Stunden.«

»Okay, ich melde mich.«

Julia Kern rief zurück, als Sarah durch die Baustelle Höhe Rendsburger Brücke über den Nord-Ostsee-Kanal schlich und gerade Kathleen anrufen wollte. »Sie hat sich in der Tat rargemacht«, berichtete Kern. »Versuch es mal in der Marina Sonwik, nordfriesisch für Sonnenbucht. Eine Kollegin meinte, sie dort kürzlich gesehen zu haben.«

»Der Yachthafen?«

»Genau. Er liegt in der Flensburger Innenförde auf einem ehemaligem Marinegelände – seit zwanzig Jahren ein Vier-Sterne-Yachthafen mit ein paar hundert Liegeplätzen für Yachten bis hundert Fuß. Die Marina Sonwik gilt als traumhafter Ausgangspunkt für Törns in die dänische Südsee.«

»Klingt verlockend.«

»Und ob. Darf man sich eigentlich nicht entgehen lassen, aber mitten im Winter ist es dort natürlich nicht ganz so zauberhaft.«

Zauberhaft sind die Häfen von Bornholm, dachte Sarah, aber sie sprach den Gedanken nicht aus. »Besitzen die Hansens eine Yacht, die dort liegt?«

»Rolf Hansen ist seit kurzem Eigentümer eines Schiffs, das zurzeit in einem geschützten Winterstellplatz liegt«, führte die Kollegin aus. »Es trägt den schönen Namen Mystisk.«

Dänisch für geheimnisvoll, dachte Sarah. »Danke, Kollegin. Damit dürfte ich wohl vor Ort weiterkommen.«

»Davon bin ich überzeugt. Und noch was – ich habe mir den Vorbesitzer auch gleich mal näher angeschaut. Er steht in enger geschäftlicher Verbindung zu dem Immobilientypen Michael Schmied. Beim weiteren Abgleich mit den Bewegungsdaten könnte sich daraus noch mehr ergeben.«

»Gut möglich. Gibst du das gleich an die Berliner weiter?«

»Schon passiert.«

Eine gute Stunde später stellte Sarah den Wagen auf dem Hafengelände ab und ging zu Fuß weiter. Ein Mitarbeiter der Hafenmeisterei hatte ihr den Liegeplatz gezeigt. Ein frostiger Wind fegte über das Gelände. Sarah zog die Kapuze über ihren Kopf. Ihr Handy vibrierte, und sie blieb stehen. Eine Nachricht von Kathleen. *Kennst Du diesen Mann?* Das angehängte Foto sagte ihr auf den ersten Blick nichts, bei näherem Hinsehen gewann sie jedoch den Eindruck, dass sie das Gesicht schon mal gesehen hatte. Sie wählte Kathleens Nummer. »Möglich, dass ich dem schon mal begegnet bin«, sagte sie. »Habt ihr mehr zu ihm?«

»Noch nicht. Das Foto stammt von einer verdeckten Aktion.«

»Stichwort?«

»Hamburg.«

Sarah kniff die Augen zusammen. »Ich denke, dazu fällt mir noch was ein, nur nicht ad hoc.«

»Wo bist du gerade?«

»In der Flensburger Sonnenbucht«, erklärte sie und setzte Kathleen mit wenigen Sätzen ins Bild.

»Hansen«, murmelte die Kollegin verblüfft. »Ich bin gespannt, was dabei noch herauskommt.«

»Ich auch. Bis dann.«

Wenige Minuten später erreichte sie den Winterstellplatz der Mystisk. Es blieb ruhig auf der Yacht – wie auf den anderen Schiffen auch. Winterschlaf. Einen Moment lauschte Sarah der Stille, dann ging sie langsam weiter. Eine stattliche Yacht, dachte sie. Einige Schritte weiter hörte sie plötzlich ein Knarzen. Sie blieb stehen und schaute zurück. Birte Hansen stand an der Reling.

»Ich muss mit Ihnen reden«, erklärte Sarah und wandte sich um.

»Es gibt nichts zu reden«, erwiderte Hansen. Sie blickte Sarah aus dunkel umschatteten Augen an. »Es ist alles gesagt. Ich will meine …«

»Ruhe? Tut mir leid. Das muss noch warten.« Sarah trat näher.

»Sie können mich nicht zwingen, eine Aussage zu machen.« Hansen nahm die Hand von der Reling. »Rolf ist mein Mann, und ich kann die Aussage verweigern.«

»Stimmt. Ich will auch nur reden, mich bei einer Tasse Tee mit Ihnen austauschen.«

»Und was soll das bringen?«

»Licht ins Dunkel.«

»Sie wissen doch längst, was geschehen ist. Mein Mann hat sich an irgendwelchen obskuren Geschäften beteiligt – das jedenfalls wird ihm vorgeworfen. Und ich kann dazu herzlich wenig sagen. Ich weiß nicht das Geringste davon.«

»Es geht mir heute nur am Rande um obskure Geschäfte«, wandte Sarah ein und wunderte sich über die Wortwahl. »Wobei ... so eine Yacht muss man sich erst mal leisten können«, fügte sie hinzu.

»Mein Mann hat immer gut verdient ...« Birte Hansen machte eine unsichere Handbewegung. »Außerdem ... Ich wusste nichts von dieser Yacht, aber das werden Sie mir kaum glauben.« Ihr Ton klang plötzlich verbittert und müde.

»Lassen Sie uns reden«, wiederholte Sarah.

»Und Licht ins Dunkel bringen?«

»Ja.«

»Was und wem nützt das?«

»Ich brauche immer Klarheit – je verworrener und vielschichtiger sich Fälle gestalten, desto mehr drängt es mich zu erfahren, was geschehen ist. Wo die Motive liegen, und zwar im Detail. Welche Beweggründe die Menschen antrieb, so zu handeln und nicht anders – oder auch gar nicht zu handeln.«

»Also ist Ihr Vorstoß nicht mehr als Ihr ganz persönliches Anliegen?«

»Nicht ganz. Es gibt immer noch einen Mordfall und seine Hintergründe aufzuklären – Ihre Schwester ist getötet worden. Das sollten wir bei alldem nicht vergessen.«

Birte Hansen sah sie lange an. Dann nickte sie. »Kommen Sie an Bord. Ich habe gerade Tee gekocht.«

Sarah zögerte keinen Augenblick. Als sie die Kajüte betrat, streifte sie nur kurz der Gedanke, dass sie vorsichtiger sein sollte. Immerhin agierten nach wie vor Kriminelle im Hintergrund, die ihr persönlich schaden wollten, wie sich erst unlängst wieder gezeigt hatte. Sarah schob den Gedanken beiseite. Sie könnte nicht konzentriert arbeiten, wenn sie beständig darauf fokussiert war, auf der Hut sein zu müssen. Dann hätte sie längst aufgegeben – spätestens seit ihr eigener Vater sie bedroht hatte –, und es wäre an der Zeit, den Job zu wechseln. Sie sah sich um. Die Yacht war bestens ausgestattet, die Kajüte geräumig und stilvoll eingerichtet. Zarter Zitronenduft hing in der Luft.

Birte Hansen wies auf einen Tisch aus edlem Holz aus Übersee und stellte eine zweite Tasse bereit. »Nehmen Sie Platz.« Sie goss Tee ein.

»Danke.« Sarah trank einen Schluck. »Sie wussten tatsächlich nichts von dieser Yacht? Ihr Mann hat sie erst kürzlich erworben.«

»Weder davon noch von den Geschäften. Und ich denke, Sie werden mir kein Wort glauben.«

»Was genau meinen Sie eigentlich mit Geschäften?«

»So hat sich der Anwalt ausgedrückt. Deutlicher wollte er wohl nicht werden. Und bei meinem Besuch in der U-Haft hat sich mein Mann kaum konkreter geäußert. Er wird wohl einiges angestellt haben, doch was genau ...« Sie zuckte mit den Achseln.

Interessant, dachte Sarah. Aber war das glaubwürdig?

»Was inzwischen in den Medien dazu geschrieben wird, verstehe ich noch weniger. Einfach nur absurd, was die Leute sich ausdenken, um Aufmerksamkeit zu erregen.«

Was gibt es da nicht zu verstehen?, dachte Sarah. Spionage, Geheimnisverrat und so weiter. In der letzten Pressekonferenz war ein weiteres Mal betont worden, dass aus ermittlungstaktischen Gründen noch keine detaillierten Angaben oder offizielle Statements erfolgen könnten, geschweige denn Namen und Ansätze der Behörden, aber die ersten Gerüchte machten nunmehr die Runde. Das war zu erwarten gewesen; sie hatten Glück gehabt, dass es nicht schon eher geschehen war. Sarah hatte diesen Bereich ihrer Arbeit komplett ausgeblendet. Sie konnte sich allerdings nur schwerlich vorstellen, dass Birte Hansen nicht die geringste Vermutung hegte, was ihr Mann seit Jahren trieb.

»Sie wirken skeptisch«, schob Birte Hansen nach und musterte sie aufmerksam.

Sarah beugte sich vor. »Ich habe Bornholm vor vielen Wochen verlassen, um hier nach dem Täter zu suchen. Das war der Ausgangspunkt: der Mord an Monica Seffgen. Und an den kehre ich jetzt zurück.«

Birte Hansen hob das Kinn. Sie war blass, viel Schlaf hatte sie in letzter Zeit nicht bekommen, und der dicke Kapuzenpullover sah aus, als trüge sie ihn seit Wochen. Das Paar hatte keine Kinder. Sie arbeitete in der Verwaltung eines Schulzentrums. »Und warum wollen Sie dann ausgerechnet mit mir sprechen?«, fragte sie schließlich. »Ich bin die Letzte, die Ihnen weiterhelfen kann – auch wenn es mir gefällt, wie Sie Ihre Suche beschreiben: Licht ins Dunkel bringen. Sind Sie sicher, dass das tatsächlich eine tröstliche Erfahrung ist? Und in jedem Fall Erleichterung und Wärme bringt?«

»Licht kann auch kalt und gleißend sein.«

Hansen nickte nachdenklich. »Und Dunkelheit könnte demnach auch ein stiller Ort der Geborgenheit bedeuten. Eine Höhle des Rückzugs, in der Sicherheit herrscht.«

»Interessanter Aspekt. Ja, vielleicht ist es manchmal so, insbesondere wenn Menschen sich an das Vertraute klammern, und dazu gehört auch das Bild, das sie sich machen – von geliebten Menschen und einem gemeinsamen Leben, das womöglich so nie existiert hatte.«

Birte Hansen atmete tief ein und blickte durchs Bullauge.

»Mir ist dieser Konflikt nur allzu vertraut«, fuhr Sarah fort. »Ich musste vor vielen Jahren begreifen, dass ich meinen eigenen Vater nicht einmal im Ansatz gekannt hatte. Er gehörte zu den gewissenlosesten, kältesten und grausamsten Menschen, die mir je begegnet sind – und das sage ich vor dem Hintergrund meines Berufes, der mich ständig mit Grausamkeit und Gewissenlosigkeit konfrontiert.« Zu alldem hätte sie noch viel mehr erzählen können – auch was die Rolle ihrer Mutter betraf –, doch sie brach ab.

Birte Hansen wandte ihr wieder das Gesicht zu. Ihr Antlitz blieb glatt, doch den Schmerz in ihren Augen konnte sie nicht verhehlen.

Sarah nahm ihre Tasse. »Als ich Sie in Ihrem Zuhause besuchte – vor vielen Wochen –, haben Sie einen Anruf Ihres Mannes entgegengenommen. Er befände sich auf Dienstreise, erwähnten Sie mir gegenüber.«

»Davon ging ich aus.«

»Inzwischen wissen Sie es besser?«

Hansen hob das Kinn. »Sie glauben mir nicht, oder? Sie denken, dass ich da mit drinhänge?«

»Ich vermute, dass Sie deutlich mehr wissen oder in der Zwischenzeit in Erfahrung gebracht haben«, entgegnete Sarah. »Und Sie schweigen, um an alten Bildern und Überzeugungen festhalten zu können oder weil Sie Angst haben. Oder beides. Ihr Mann wird eine ganze Ewigkeit im Gefängnis verbringen, erst recht nach den neuesten Erkenntnissen.«

Birte Hansen sah sie an. »Ich wollte Kinder«, entfuhr es ihr plötzlich. »Es hat nie geklappt. Inzwischen weiß ich, dass …« Sie senkte den Kopf. »Er hat sich sterilisieren lassen, ohne mir davon zu sagen. Ich habe viele Jahre angenommen, es liegt an mir, denn er hat bereits einen erwachsenen Sohn aus einer Beziehung lange vor unserer Ehe. Ob das stimmt …« Sie zuckte mit den Achseln. »Ich habe ihn nie kennengelernt. Angeblich gab es keinen Kontakt zwischen den beiden. Aber was heißt das schon? Ich kannte auch diese Yacht nicht, bis vor Kurzem. Er hat sie häufig genutzt, seit vielen Jahren, gemeinsam mit dem Vorbesitzer.«

Sarah runzelte die Stirn. »Woher wissen Sie das alles so genau?«

»Nach der Verhaftung habe ich mich genauer umgesehen – zunächst zu Hause, wo ich vieles entdeckte, was mir über die Jahre verborgen geblieben war und Ihre Leute von der Spurensicherung nicht gefunden haben, auch Hinweise auf die Yacht, und dann hier auf diesem Schmuckstück mit dem schönen Namen. Stichwort: Licht ins Dunkel. Sie haben recht. Nichts von dem Bild stimmt noch, das ich von Rolf und unserer Ehe hatte. Oder von meiner Schwester.«

Birte Hansen stand abrupt auf. »Ich brauche etwas Stärkeres«, sagte sie und holte eine Flasche Kräuterschnaps. »Ich hoffe, Sie haben Zeit mitgebracht und stoßen mit mir an. Er ist selbst gebrannt und köstlich, und ich lasse keine Ausrede gelten.«

Sarah zögerte nur den Bruchteil einer Sekunde. Birte Hansen war bereit, alles auf den Tisch zu legen.

25

Der Kellerraum war bei der polizeilichen Durchsuchung unentdeckt geblieben – er befand sich zwischen Tiefgarage und Abstellraum und war mit einem alten wurmstichigen Wandschrank gut getarnt gewesen. Birte Hansen war er in den zehn Jahren, die sie in dem alten Haus lebten, nicht aufgefallen. Doch nun war sie beim Aufräumen und bei der verzweifelten Suche nach Anhaltspunkten zufällig darauf gestoßen, dass das Innere des Schranks nichts anderes als der Durchgang zu einem Versteck war. Wahrscheinlich hatte es dieses Versteck schon immer gegeben, und ihr Mann hatte es beim Hauserwerb sofort für sich genutzt. Der Laptop und die Ordner mit Geschäftsunterlagen hatten sie kaum interessiert, viel wichtiger waren die persönlichen Dokumente, die er in einem stabilen Karton aufbewahrt hatte – Fotos und Ansichtskarten, Mitbringsel von Reisen, ein Handy, in dem nur ein Kontakt gespeichert war.

Sarah mochte sich gar nicht ausmalen, was sich in Birte abgespielt hatte, als ihr klar wurde, dass ihr Mann seit vielen Jahren eine Affäre, vielmehr eine heimliche Beziehung mit ihrer Schwester führte. Sie hatte völlig unter Schock gestanden. Und der hatte sich nicht abgemildert, als ihr bewusst wurde, wofür ihr Mann noch verantwortlich war. Die Frage lautete schließlich nur noch, ob sie ihr Wissen für sich behielt und sich auf ein Leben konzentrierte, in dem sie niemandem mehr vertrauen würde – oder aber mit einer Kommissarin teilte, die nicht aufgab und immer den folgerichtigen Abschluss suchte. Licht ins Dunkel.

Als Sarah zwei Stunden später die Yacht verließ, vertrat sie sich ein paar Minuten die Beine und ließ sich den Wind um die Nase wehen. Nach zwei Schnäpsen – die anderen beiden, die Hansen ihr eingegossen hatte, hatte sie heimlich in ihre Teetasse gekippt – und angesichts der neuen Erkenntnisse brauchte sie dringend ein wenig Abkühlung. Dann setzte sie sich in den Wagen, informierte das Kieler LKA-Team sowie die Berliner und Bornholmer Kollegen und regte eine erneute Hausdurchsuchung bei Rolf Hansen an.

Kollegin Julia Kern rief umgehend zurück und schwieg gefühlte zwei Minuten. »Das ist ja ein Ding …«

»Ihr werdet sicher noch wichtiges Material entdecken, was Waffentechnologie und die Zusammenarbeit mit dem russischen Geheimdienst angeht.«

»So klingt das – ja. Und was hast du jetzt vor?«

»Ich will mit Rolf Hansen sprechen, und zwar so schnell wie möglich. Könnt ihr das auf den Weg bringen?«

»Du willst ein Geständnis?«

»Es wäre einen Versuch wert. Die Überraschung dürfte ihn endgültig aus der Bahn werfen.«

»Und das Motiv?«

»Werde ich erfahren.«

»Ich kümmere mich sofort darum.«

»Danke.« Sarah legte das Handy beiseite und blickte einen Moment durchs Seitenfenster. Birte Hansen hatte sämtliche persönlichen Dokumente und Hinweise zu der Beziehung zwischen ihrem Mann und Monica zerstört, verbrannt, um genau zu sein – falls ihre Angaben stimmten, doch Sarah zweifelte nicht daran. Aber immerhin war das Handy unbeschädigt geblieben. Die Zugangs-PIN war denkbar einfach, beeindruckend banal, wenn man bedachte, dass sie von einem Profi gewählt wurde, dessen Hauptgeschäft hinter dem Schleier von Heimlichkeiten, Betrug und doppeltem Boden verborgen war – die Ziffern von Monicas Geburtstag.

Damit kriege ich dich, dachte Sarah und startete den Motor.

Auf halber Strecke rief Kathleen an. »Ich bin beeindruckt. Und wir freuen uns natürlich, dass es wohl weiteres Material gibt, das uns das ganze Ausmaß der Affäre im militärischen Bereich vor Augen führen dürfte. Der MAD freut sich schon.«

Ich frage mich, warum das geheime Versteck unentdeckt blieb, dachte Sarah. Es war zwar nicht einfach zu finden, aber auch kein Wunderwerk der Technik oder eine architektonische Meisterleistung, sonst wäre Birte Hansen kaum darauf gestoßen. Auch Spezialisten machten Fehler? Vielleicht. Sie schüttelte den Kopf. Nicht hinter allem musste gleich ein Doppelagent oder ein Maulwurf stecken, der in diesem Bereich der Ermittlungen blockiert hatte.

»Wie geht es weiter?«

»Die Bornholmer gleichen nun alle Angaben ab, die Hansens Aufenthalt belegen dürften – unter dem Namen des anderen Yachtmitbesitzers. Eine gute Tarnung für Hansen. Und die Zeugenaussagen belasten ihn bereits schwer«, führte Sarah aus.

»Wir könnten ihm einen Deal anbieten«, meinte Kathleen.

»Um noch mehr Namen von Geheimnisträgern zu erfahren, die für Geld alles verraten, sowie von Politikern und Beamten, die kein Problem damit haben, ihren Amtseid sausen zu lassen? Und dafür gerät der Mord erneut in den Hintergrund? Ein grausames Tötungsdelikt soll also zum beliebigen Pfand und Spielball werden, ein weiteres Mal angesichts der Tragweite des Geschehens?«, fragte Sarah, und ihr Ton ließ keinen Zweifel aufkommen, was sie davon hielt.

»Der Mord an einer Frau, die ihrerseits für Geld alles tat und jeden verriet – einschließlich Erpressung und Lüge. Warum sollten wir an der Stelle nicht unseren Vorteil suchen – zum Schutz aller?«

»Guter Einwand«, gab Sarah zu. »Dennoch ist es nicht unsere Aufgabe, ein Verbrechen gegen das andere aufzuwiegen und im Alleingang zu werten, was für welche Ermittlungen auch immer gerade besser passt. Das haben wir in diesem Fall bereits lange genug getan. Und das Material dürfte für sich sprechen. Hansen kann nicht mehr pokern in diesem Bereich – das behaupte ich mal, ohne bislang einen Blick darauf geworfen zu haben. Ein Geheimversteck dürfte für sich sprechen. Ich jedenfalls werde Hansen mit meinen anderen Recherchen konfrontieren«, erklärte Sarah in festem Ton.

Kurze Pause. »Okay, tu das.«

Das Dezernat plant längst andere Schritte, dachte Sarah. Aber das ist mir vollkommen egal.

»Noch was«, ergriff Kathleen noch einmal das Wort. »Das Foto, das ich dir geschickt habe – hast du schon eine Idee dazu?«

»Bislang nicht. Ich war zu beschäftigt. Ich melde mich sofort, sobald ich etwas entdecke oder mir eine Begegnung einfällt.«

»Es ist wichtig.«

»Gibt es außer dem Stichwort Hamburg noch etwas, was ich wissen sollte?«

Deutliches Zögern.

»Kathleen?«

»Der Abgebildete taucht im Umfeld der Leute auf, die deinen Wagen verfolgen wollten.«

»Irgendein bezahlter Typ, der schnelles Geld verdient hat, indem er unter mein Fahrzeug kroch und das Teil anbrachte.«

»Er scheint eher zu den Auftraggebern zu gehören. Und du hast gesagt, dass …«

»Er mir irgendwie bekannt vorkommt«, warf Sarah ein. »Stimmt. Aber wie gesagt – noch weiß ich nicht mehr dazu.«

»Nimm das nicht auf die leichte Schulter.«

»Natürlich nicht! Aber so eine Aktion ist doch nicht neu und …«

»Du solltest entführt werden«, fiel Kathleen ihr ins Wort. »Das Gesicht sagt dir etwas. Also denk gefälligst darüber nach, wer das sein könnte – und tu das schnell! Es hat Vorrang vor welch tollem

Ermittlungsergebnis auch immer!« Das klang energisch. »Da sind Leute unterwegs, die keine Sekunde zögern, dich zu töten, nachdem du ihnen erzählt hast, was sie wissen wollten.«

Sarah schwieg einen Moment verblüfft. »Ja«, sagte sie dann. »Schon gut.«

Es klickte. Kathleen hatte aufgelegt. Sarah fuhr betont langsam weiter. In ihrer Kieler Wohnung angekommen, ließ sie sich ein heißes Bad ein. Zeit, nach Hause zu fahren, dachte sie. Eine Vernehmung noch – und dann zurück auf die Insel – weg von all den Deals, Geheimdiensten, Militär, Überwachungs- und Waffentechnologie. Bereiche, in denen ein einzelnes Menschenleben und die Verfolgung eines Täters aus privaten Motiven keine Rolle mehr spielten. Spionage und Erpressung, Mord und Hetze. Minuten später ließ sie sich in die Wanne gleiten und schloss die Augen.

Mikkel Bentsen rief an, als sie beim Abendessen saß – irgendein Auflauf, den sie in der Mikrowelle zubereitet hatte – und nebenbei sämtliche Fotos und Kontakte durchging, die im Laufe der Ermittlungen gesichert worden waren.

»Die Mystisk hat in den vergangenen Jahren häufiger bei uns angelegt«, erklärte Bentsen. »Und zwar auch mal unter dem Namen Hansen. Die Kollegin von der Recherche hat sofort ihre Fühler ausgestreckt und im zeitlichen Umfeld Archivaufnahmen durchgesehen. Es sind ein paar hübsche Bilder dabei – Hafenfeste und Sommerfeiern.«

»Lass mich raten: mittendrin Rolf Hansen und Monica Seffgen.«

»Bingo. Vielleicht kannst du damit zusätzlich punkten. Ich schick dir das Material gleich mal.«

»Großartig. Ich danke dir.«

Sie schob das Handy beiseite und klickte sich weiter durch die Porträtaufnahmen. Müdigkeit stieg in ihr auf. Es ist bald vorbei, dachte sie und gähnte herzhaft. Erneut musterte sie das Foto, das

Kathleen ihr geschickt hatte. Ein kantiges Gesicht, junger Typ, um die dreißig, höchstens, vielleicht auch erst Mitte zwanzig, unauffällig, durchschnittlich, eine flüchtige Aufnahme, im Vorbeigehen geschossen. Hamburg. Was fiel ihr dazu ein? Frank Rottner, Vera Tarp, die Villa an der Alster, in deren Keller der Journalist als Kind ausgehungert wurde; der Geburtstag einer neunzigjährigen Russlandfreundin, die nicht im Ansatz ahnte, von welchen Motiven Monica Seffgen sich treiben ließ. Sarah schüttelte den Kopf. Niemand war ihr in diesem Zusammenhang über den Weg gelaufen, zu dem dieses junge Gesicht passen könnte. Stichwort: junge Leute … Sarah gähnte erneut. Schließlich klappte sie ihren Laptop zu und ging ins Bett.

Rolf Hansen hatte mitteilen lassen, dass er nicht mit Sarah reden wollte. Sie bestand dennoch darauf, dass er in den Verhörraum gebracht wurde. Er nahm Platz, sah sie einen Moment still an, dann verschränkte er die Arme, wandte den Blick ab und starrte die Wand an. Hansen war ein attraktiver Mann – oder er war es zumindest mal gewesen. Dunkles lockiges Haar, blaue wache Augen, kräftiges Kinn. Nun war er blass, das Haar hing ihm strähnig ins Gesicht, der Mund schmal, die Lippen bleich; seine Miene spiegelte Anspannung, und der Blick war abweisend und hart.

»Man hat mir ausgerichtet, dass Sie nicht reden wollen«, hob Sarah an. »Ich denke jedoch, dass man Ihnen nicht erläutert hat, worum genau es mir geht. Ich habe mit Ihren Schnüffeleien, Verrat von Militärgeheimnissen, Spionagegeschichten und all dem wenig am Hut. Ich weiß, dass Sie im Verdacht stehen, beste Geschäfte mit dem russischen Geheimdienst auf den Weg gebracht zu haben – Sie und ein Dutzend andere, vielleicht auch zwei Dutzend. Das wird sich im weiteren Verlauf der Untersuchungen noch genauer herausstellen, da bin ich sicher. Und ich denke, dass man Ihnen eine Kooperation längst ans Herz gelegt hat.« Sie konnte von der Seite erkennen, dass er den Mund verzog. Verächtlich, abweisend, wie auch immer.

»Ich bin auch Beamtin des BKA, gehöre aber einem anderen Team an. Dennoch habe ich über viele Wochen hinweg wesentlich dazu beigetragen, den schmutzigen Hintergrund aufzuklären – je tiefer wir gegraben haben, umso mehr Abgründe haben sich aufgetan.«

Er wandte ihr das Gesicht zu. »Wie lange muss ich mir das hier eigentlich noch anhören?«, fragte er in rauem Ton. »Wollen Sie eine Beförderung bei mir beantragen? Kommen Sie mal besser langsam zum Punkt, sonst …«

»Nicht so ungeduldig, Herr Hansen. Sie haben garantiert heute nichts anderes mehr vor, und ich verspreche Ihnen, dass ich Sie verblüffen werde.«

Er kniff die Augen zusammen.

»Ich will die Ermittlungen in einem Fall zum Abschluss bringen, der eine besondere Rolle spielt«, erklärte Sarah in geduldigem Ton. »Er war Auslöser der polizeilichen Untersuchungen, die nach intensiven Nachforschungen und Recherchen schlussendlich auch zu Ihrer Verhaftung führten. Und zwischenzeitlich fand dieser Auslöser kaum noch Beachtung, weil auf der Hand zu liegen schien, dass das Mordopfer den Bogen schlicht überspannt hatte und aus dem Kreis ihrer eigenen Leute getötet wurde, weil ihre Gier für alle gefährlich geworden war. Und nun führt er mich zu Ihnen zurück.«

Rolf Hansen schnaubte unwillig.

»Stammt der Name eigentlich von Ihnen?« Sie lächelte.

Keine Reaktion.

Sarah klappte das Tablet auf. Ein Foto von der Yacht leuchtete auf. »Sie ist beeindruckend schön. Und Mystisk ist ein toller Name. Auch ohne Dänischkenntnisse ahnt man ja so ungefähr, warum er so gut passt.«

Hansens Miene blieb undurchdringlich, doch in seinen Augen spiegelte sich ein nur mühsam verborgener Aufruhr.

»Ich hatte recht – Sie sind verblüfft, nicht wahr? Wie oft waren Sie mit ihr unterwegs in den vergangenen Jahren? Unter Ihrem Namen, unter dem des ehemaligen Mitbesitzers der Yacht?«, fuhr Sarah mit fast sanfter Stimme fort. »Inzwischen gehört sie Ihnen, das wissen wir. Woher Sie so viel Geld hatten, ist auch klar, aber in diesem Moment gerade uninteressant. Es existieren einige Fotos, die beweisen, dass Sie auf Bornholm waren – nicht zum ersten Mal in diesem Herbst. Doch zu dieser letzten Tour haben Sie sich alleine auf den Weg gemacht. Niemand wusste davon. Dienstreise, das haben Sie Ihrer Frau gesagt. Und auch Monica Seffgen wusste nichts davon. Sie hat sich einen Luxusurlaub gegönnt und dürfte perplex gewesen sein, dort zu diesem Zeitpunkt auf Sie zu treffen. Bornholm – eine Insel der Überraschungen und Geheimnisse.«

Hansen atmete heftig ein.

»Viel Zeit blieb ihr nicht, ihrer Verwunderung Ausdruck zu verleihen«, fuhr Sarah fort. »Aber ich gehe davon aus, dass sie verblüfft war, nachdem Sie ihr noch Tage vorher per SMS mitgeteilt hatten, dass Sie keine Zeit haben und Sie in Ruhe lassen soll.« Sarah lächelte kühl. »Monica Seffgen war sauer und empört, nahezu aufgebracht, dass Sie abgesagt haben, nicht wahr? Und nun tauchten Sie doch auf – während ihres abendlichen Spaziergangs durch den Wald. Wie romantisch!«

Rolf Hansen legte die Hände auf den Tisch und starrte ins Leere.

»Doch für Romantik haben Sie sich nicht viel Zeit genommen«, setzte Sarah fort. »Sie haben es beendet – dieses Kapitel Ihres Lebens, und dazu fiel Ihnen nichts anderes ein als ein Mord. Bevor Sie nach Ausflüchten suchen und Energie aufwenden, die Tat abzustreiten: Wir haben zwei Zeugen ausfindig gemacht, die Sie beobachtet und eindeutig identifiziert haben.«

Er öffnete den Mund – und schloss ihn wieder.

»Ja, es war bereits ziemlich dunkel und einsam in dem Waldabschnitt, nahezu perfekt für Ihr Vorhaben, aber die Staatsanwaltschaft vertraut den Aussagen. Sie sind absolut glaubwürdig.« Das war ein wenig geschönt, wie Sarah nur zu gut wusste, doch Hansen war deutlich beeindruckt, und sie würde an dem Punkt auf keinen Fall nachlassen und ihm einen Ausweg anbieten oder Gegenargumente zulassen. »Erzählen Sie mir doch einfach, was passiert ist. Warum musste Monica sterben? Durch Ihre Hände. Blieb kein anderer Ausweg?«

Rolf Hansen legte eine Hand in die andere und senkte den Kopf. Dann sah er wieder auf. »Nein.« Seine Stimme klang plötzlich bemerkenswert kraftvoll und spiegelte in keiner Weise das Entsetzen und die Fassungslosigkeit, die seine Augen beherrschten. »Es war die einzige Möglichkeit, sie loszuwerden – für immer und ewig.«

Sarah atmete tief aus. Pure Erleichterung durchströmte sie.

»Sie hatte sich genug Feinde gemacht. Ich war sicher, dass niemand je auf mich kommen würde. Ich habe mich geirrt. Sie haben doch etwas entdeckt und sind der Sache nachgegangen. Mit Erfolg. Doch mehr müssen Sie nicht wissen. Ich bin müde und …«

»Ich gebe zu, dass ich Sie zu keinem Zeitpunkt auf dem Zettel hatte«, entgegnete Sarah rasch. »Wir hatten schon nach kurzer Zeit eine erste, stark tatverdächtige Person, und später fand sich ein weiterer Ansatz – mitten in diesen verwickelten Geschichten, die von zahlreichen Dezernaten mit höchst unterschiedlichen Aufgaben bearbeitet wurden, geriet die Tat immer wieder ins Abseits.«

»Warum haben Sie es nicht dabei belassen?« Das klang sarkastisch und hilflos zugleich. »Ich hätte nicht das Geringste dagegen einzuwenden gehabt.«

»Wie Sie schon bemerkten – Monica Seffgen hatte viele Feinde mit starken Motiven. Doch plötzlich gab es diese Spur, und dann fand sich auch noch eine ausreichende Beweislage. Zudem sind Sie auf der Insel zum Täter geworden, für die ich in meiner Eigenschaft als BKA-Verbindungsbeamtin zuständig bin. Das mag mein besonderes Interesse, meine Beharrlichkeit erklären. Und zuverlässige Zeugen, die Sie identifizieren konnten, sind natürlich ein überaus starkes Argument.«

»Kosten Sie Ihren Triumph woanders aus.« Er stützte die Hände auf den Tisch, um aufzustehen. »Ich möchte diese Unterredung …«

»Hat Monica Seffgen Sie erpresst?«

Er blickte Sarah einen Moment an und ließ sich dann wieder in den Stuhl fallen. »Ich wollte das nicht mehr«, sagte er leise. »Wir haben aufregende Zeiten erlebt, keine Frage – Monica war immer für eine Überraschung gut. Sie hat mich umgarnt und …« Er winkte ab. »Mitten in der wichtigsten Phase unserer Pläne … na, Sie wissen schon …«

»Ja, ich weiß, Spionage auf höchstem Niveau, neue Waffen- und Bautechnologien, Firmengründungspläne gemeinsam mit den russischen Freunden. Jede Menge Stress, nehme ich an.«

»Richtig. Und mittendrin meinte Monica plötzlich, dass ich mich nach all den Jahren nun mal entscheiden sollte – und zwar für sie. Keine Heimlichkeiten mehr, so aufregend die auch immer gewesen seien, keine Affäre mehr, die nebenbei läuft. Nun sollte eine neue Phase beginnen.«

»Sie hatte überhaupt keine Skrupel, ihre eigene Schwester auszubooten?«, fragte Sarah.

»Der Ausdruck Skrupel und Monica passen nicht in einen Satz, das wissen Sie längst. Sie hat sich an jedem bereichert, jeden benutzt – auf welche Weise auch immer.«

»Und warum haben Sie sich überhaupt …«

»Mit ihr eingelassen?« Er lachte freudlos auf. »Gute Frage. Ich habe keine Antwort. Sie war ein schlechter, ja ein böser Mensch, sie hat mich immer wieder provoziert …«

»Stichwort: Affäre mit Sascha Lehmann?«

Hansen rieb sich übers Kinn. »Gehörte auch zu ihrem Spiel, ja. Und doch … hat sie mich fasziniert. Ich kann es nicht erklären.«

»Aber diesen letzten endgültigen Schritt wollten Sie nicht mitgehen?«

»Richtig. Und sie hat mich dann auf eine Weise in die Enge getrieben, die ich nicht mehr hinnehmen konnte. Es war der berühmte Tropfen, der es entschieden hat. Und plötzlich …« Er brach ab.

»Sie waren voller Zorn.«

»Ich wollte, dass sie verschwindet und nie wieder etwas mit meinem Leben zu tun hat.«

Sarah blickte ihn an. Rolf Hansen befand sich auf verlorenem Posten. Nur deshalb hatte er sich auf ein Gespräch mit ihr eingelassen. »Werden Sie mit den Behörden kooperieren?«

Er lächelte schmallippig.

»Andere tun das.«

»Natürlich. Sobald ich Informationen preisgebe, die mich als Quelle verraten, ist mein Leben nichts mehr wert. Und es spielt keine Rolle, ob es mich morgen trifft oder in zwei Jahren. Das wissen Sie doch. Ich kann mich nie wieder sicher fühlen.«

Damit lag er wohl richtig. Sekundenlang blieb es still. »Meine Frau … weiß sie davon?«, stieß er schließlich hervor.

Sarah zögerte.

»Sie müssen gar nicht antworten. Ich denke schon. Birte war immer sehr vertrauensselig, aber sie ist nicht dumm. Und nun wird sie eins und eins zusammengezählt haben. Wie bitter …« Er wandte sich ab.

»Darf ich Ihnen ein Foto zeigen – zum Abschluss?«, ergriff Sarah noch einmal das Wort. Der Gedanke war plötzlich aufgetaucht.

Hansen antwortete nicht, doch sie rief das unscharfe Bild von dem jungen Mann, der es auf sie abgesehen hatte und den sie bislang nicht zuordnen konnte, auf den Bildschirm. Hansen reagierte – er kniff die Augen zusammen und blickte rasch wieder hoch.

»Sie kennen ihn?«

»Nein.«

Das war eine Lüge. Sarah spürte es wie einen kalten Luftzug. »Na, kommen Sie …«

»Es ist gut jetzt«, warf er ein. »Ich will zurück in meine Zelle.« Damit stand er auf, wandte sich zur Tür und klopfte.

»Warum reagieren Sie ausgerechnet jetzt so heftig?«

Darauf antwortete Hansen nicht. Augenblicke später wurde er abgeführt. Sarah blickte ihm einen Moment irritiert nach. Als sie im Wagen saß, fiel die Anspannung immer noch nicht von ihr ab. Sie tippte rasch ein Memo und verschickte es an die Teams. Dann fuhr sie nach Kiel und plante ihre Abreise nach Bornholm für den nächsten Tag.

Das Handy vibrierte mehrfach. Die Kieler und Flensburger gratulierten, Kathleen und Mikkel Bentsen schlossen sich wenig später an. Und doch – es war noch nicht vorbei. Das verschwommene Foto eines Mannes, der dafür gesorgt hatte, dass sie verfolgt wurde, ließ sie nicht zur Ruhe kommen. Ein junges, kantiges Gesicht, das auch Hansen etwas sagte. Hamburg.

26

Ein Treffen in Swinemünde. Das Stichwort hatte Kathleen keine Ruhe gelassen. Die polnischen Kollegen konnten nicht mit weiteren harten Fakten dienen – sie waren seinerzeit einem Hinweis nachgegangen, der aus Abhörprotokollen stammte. Namen, Gesichter und so weiter konnten nicht konkretisiert werden, aber der Verdacht hatte im Raum gestanden, dass ein Treffen mit einem russischen Geheimdienstmitarbeiter stattfinden sollte – oder bereits über die Bühne gegangen war. Ein Mann und eine Frau. Der Hinweis selbst bezog sich auf einen Zeitraum vor knapp einem halben Jahr.

Sommer in Swinemünde, überlegte Kathleen weiter. Kein schlechter Treffpunkt. Hochsaison, Feriengäste, volle Strände und Lokale und die schnelle Verbindung in den Osten. Sie hatte Ben gebeten, noch einmal tief zu graben. Als er sich an diesem Morgen meldete, sagte sie eine Telekonferenz ab und eilte in sein Büro.

»Am letzten Wochenende im Juni finden die Tage des Meeres in Swinemünde statt«, erklärte er und sparte sich einleitende Worte. »Ich habe dazu inzwischen Hunderte von Fotos ausgewertet – Netz, andere Medien, natürlich auch das Material von den polnischen Kollegen …«

»Und etwas entdeckt, hoffe ich.«

Ben drehte einen seiner Monitore herum. »Diesen Typen hier – er hat für den GPS-Tracker an Pirohls Wagen gesorgt beziehungsweise den Auftrag dazu erteilt und spielt offenbar eine größere Rolle. Wir wissen immer noch nicht, wer er ist. Sarah hat auch keine Idee?«

»Bislang nicht.« Kathleen seufzte leise. »Und das war es? Und wo ist die Partnerin?«

»Man sieht sie nur von hinten oder allenfalls von der Seite.« Ben ließ eine Bilderserie durchlaufen. »Das reicht einfach nicht.«

»Gesichtserkennungsprogramm?«

Ben verzog das Gesicht. »Wie stellst du dir das vor – es gibt höchstens einen Schatten oder eine Nasenspitze im Profil. Unmöglich.«

»Schick es trotzdem herum und such weiter.«

Ben zuckte mit den Achseln. »Das werden irgendwelche bezahlten Leute sein, die mitten im Gewühl einen Datenstick übergeben und fertig. Sie tauchen ansonsten nirgendwo auf …«

»Der junge Typ ist jetzt aufgetaucht!«, warf Kathleen ein. »Es gibt immer eine Lücke – sonst hätten die polnischen Kollegen keinen Tipp für uns gehabt.«

»Ja, schon gut. Ich stelle sämtliche Bilder zusammen, auf denen die beiden oder einer von beiden zu erkennen sind.«

»Vergiss den russischen Spion und die geplante Übergabe nicht!«

»Natürlich nicht.«

»Und dann …«

»Kriegt es die Bornholmer Kollegin und du natürlich auch.«

»Gut! Der Mord ist aufgeklärt, wir kennen die bitterbösen Hintergrundgeschichten, und nun fehlt nur noch dieses eine Puzzleteil. Ich bin nicht kleinlich, aber der Typ könnte gefährlich sein – und zwar nicht nur für Sarah.«

»Ich habe es verstanden, Chefin.«

Augenblicke später ging Kathleen in ihr Büro zurück. Sie war aufgewühlt – mehr als sie es sein sollte. Sie holte ihr Kissen vom Schrank, schloss die Tür ab und setzte sich mit überkreuzten Beinen. Atmen, alles andere lassen, atmen. Nur dies im Jetzt.

Als sie wieder aufstand, waren fünfzehn Minuten vergangen. Sie nahm hinter ihrem Schreibtisch Platz, schob sorgenvolle Gedanken zurück und vertiefte sich in den Bericht eines MAD-Beamten.

Nach zwei Stunden blickte sie zum ersten Mal wieder auf. Die Dämmerung hatte eingesetzt. Die To-do-Liste war abgearbeitet. Sie beschloss, Feierabend zu machen und nach Hause zu fahren. Es war frostig kalt. Berlin im Wintermodus. Lichterketten und dunkle Schatten; grelles Hupen und laute Musik; dreckstarrende Busse und schnittige Sportwagen.

Kathleen schaltete in der gesamten Wohnung das Licht ein. Sie blieb einen Moment im Flur stehen und spürte, wie ein seltsames Gefühl Besitz von ihr ergriff. Sie schob es beiseite. Erschöpfung und Leere nach Wochen ununterbrochenen Arbeitens und höchster Anspannung. Die Nerven spielten ihr dann manchmal einen Streich. Das kannte sie schon.

Als die Fotos eintrafen, wollte Sarah gerade mit dem Packen beginnen. Swinemünde. Tage des Meeres. Sie klappte den Laptop auf und lud die Datei auf den Rechner. Buntes sommerliches Treiben, fröhliche Menschen entlang der Promenade und überall in der Stadt. Das Leben und die Feste feiern, als gäbe es kein Morgen und keinen Aggressor im Osten, keine Kriminellen, die für jede Tat zu gewinnen waren, keine Mitläufer und Mitschuldigen, denen längst ein innerer Kompass abhandengekommen war. Eis und Zuckerwatte, feinstes Essen vom Grill, Fischbrötchen der Luxusklasse, Musik von einer Bühne, Budenzauber, wohin man blickte – all das bei strahlendem Sonnenschein und gleißendem Licht. Und mittendrin zwei Menschen, die mit einem Spion verabredet waren, nicht zum ersten Mal – so zumindest lautete der Verdacht, ohne dass sich konkrete Beweise sichern ließen. Bei dem Mann handelte es sich eindeutig um den jungen Typen, der ihre Aktivitäten verfolgen wollte und den bislang niemand identifizieren konnte.

Das Gesicht der Frau war stets der Kamera abgewandt oder höchstens seitlich erfasst worden. Sarah vergrößerte es. Das Haar war dunkel und halblang, womöglich eine Perücke – und auch darum nichtssagend oder vielmehr bedeutungslos für eine Identifizierung. Die Sonnenbrille, die sie auf mehreren Aufnahmen trug, war zumindest kein billiges Modell, wie das Label verriet. Sarah zoomte das Detail eine weitere Stufe heran, nun verschwammen die Einzelheiten. Sie setzte es wieder auf Originalgröße und suchte nach anderen Details, auf die sie sich konzentrieren konnte – einer Uhr, einem Ring, einem Armband, einem Tattoo oder dergleichen. Nichts. Schließlich hielt sie bei einem Foto inne, das vor einem Verkaufsstand mit Badeschmuck, ausgefallenen Kopfbedeckungen und Halstüchern entstanden war. Es wirkte flüchtig, beiläufig, entstanden als Teil einer Serie für ein Touristenmagazin, mehr Werbung als Information. Im Hintergrund war ein Teenager zu erkennen – eine vielleicht Sechzehnjährige, die einen Hut probierte und im Begriff war, sich mit breitem Lächeln einem Spiegel zuzuwenden. Die Frau, deren Gesicht Sarah suchte und von der auf diesem Foto lediglich der Hinterkopf zu sehen war, blickte über die Schulter in Richtung des Spiegels. Sarah hielt inne, dann vergrößerte sie den Ausschnitt mit dem Spiegel. Sie atmete scharf ein und griff zum Telefon. Kathleen nahm das Gespräch sofort an.

»Sophia Month«, sagte Sarah leise.

»Wie bitte?«

»Bei der Frau in Swinemünde handelt es sich um …«

»Ach du … Und der Mann?«

»Ich habe immer noch keine Ahnung, aber …« Sarah hielt sich kurz die Hand vor den Mund, als ein Gedanke durch ihren Kopf schoss. »Warte einen Moment.« Sie öffnete die Homepage der Hamburger Universität und klickte sich durch mehrere Fachbereiche.

»Ich habe ihn«, sagte sie leise, als sie das Foto entdeckt hatte. »Moritz Schneider. Er ist der Doktorand von Sophia, mit dem ich zweimal kurz gesprochen habe – und zwar nur am Telefon. Er kam mir nur deshalb entfernt bekannt vor, weil seiner protokollierten Aussage ein Porträtbild beigefügt war.«

Schweigen.

»Von Sophia Month gibt es nach wie vor keine Spur«, meinte Kathleen schließlich. »Aber …«

»Er wird uns zu ihr führen«, warf Sarah ein. »Wir drehen den Spieß um und folgen ihm.«

»Das ist ein guter Plan. Doch wer genau ist wir?«

»Ich will das Team begleiten! Der Typ hatte es auf mich abgesehen. Ich denke …«

»Du kannst ihn vernehmen. Lass den Rest ein MEK erledigen oder besser noch unsere verdeckt agierenden Leute. Vielleicht schlagen sie zwei Fliegen mit einer Klappe. Du solltest dich nicht unnötig in Gefahr bringen.«

Sarah zögerte nur einen Moment. »Na schön. Dann verschiebe ich das Packen noch um ein, zwei Tage.«

»Und wartest auf Rückmeldung.«

»Ja, okay.«

Sarah wusste, dass Kathleen recht hatte. Eine Observation mit geplantem Zugriff und nicht genau einschätzbarem Risiko sollte sie den Spezialisten überlassen.

Paulsen trank einen Kaffee in der Mensa und behielt Moritz Schneider im Blick, während Krølle draußen wartete. Der Doktorand aß mit zwei Kollegen zu Mittag und wollte anschließend in die Bibliothek, so hatte es Paulsen einem Gesprächsfetzen entnommen und Krølle übermittelt. So blieb genug Zeit, Schneiders Wagen mit einem Tracker zu versehen.

Zwei Stunden später war es so weit. Schneider brach auf und nahm Kurs Richtung Norden, nachdem er getankt und einen Einkauf erledigt hatte. Die Wette hätte Krølle gewonnen, der ganz sicher gewesen war, dass Swinemünde viel zu heiß geworden war, nachdem die Polizei mit ihren Ermittlungen so weit vorgedrungen war. Paulsen hatte dagegengehalten. »Sie sind bisher nicht geschnappt worden. Warum sollen sie unnötig durch die Gegend fahren und einen neuen Treffpunkt suchen? Im Übrigen dürfte Sophia Month dort in der Gegend untergeschlüpft sein. An ihrer Stelle würde ich mich nicht rühren.«

Krølle hatte den Kopf geschüttelt. »Viel zu gefährlich nach all den Verhaftungen.« Nun lächelte er breit. Nach gut einer Stunde verließ Moritz Schneider die A7 und folgte der Beschilderung nach Westensee. Paulsen ließ sich weit zurückfallen. Der Tracker würde ihnen punktgenau den Standort angeben. Der Wagen stoppte unmittelbar vor dem See – in einem Waldstück.

Paulsen parkte in hundert Meter Entfernung. Sie stiegen aus. Ein Team in Kiel hielt sich in Bereitschaft. »Wir schauen erst mal, was da los ist«, entschied er. »Und ich lasse überprüfen, wem das Haus gehört. Vielleicht besucht er nur seine Großmutter.«

Krølle nickte. »Wir wollen doch keine alten Leute erschrecken.«

Sie schlichen im Schutz der Dunkelheit an das rückwärtige Ende des ummauerten Grundstücks. Paulsen wies nach oben. Überwachungskameras. »Hier wohnt vielleicht doch nicht die Oma«, meinte Krølle.

»Ich benachrichtige das Team.«

»Wir wissen immer noch nicht, wen er da besucht«, wandte Krølle ein.

»Was willst du unternehmen? Klingeln? Und fragen, ob Moritz Schneider und Sophia Month zufällig zu sprechen seien?«

»Abwarten«, sagte Krølle. »Einfach warten. Bleibt er da oder brechen die beiden zusammen auf? Vielleicht kriegen wir noch Hintergrundinfos. Und erst danach schlagen wir zu – das heißt, wir setzen sie dann fest.«

»Und wenn sich nichts tut?«

»Steigen wir in die Bude ein. Wäre nicht das erste Mal. Vorerst bleibt einer im Auto, der andere behält das Grundstück im Auge. Wechsel nach einer halben Stunde – zum Aufwärmen. Ich übernehme die erste Außenschicht, und du sorgst für frischen Kaffee.«

Paulsen überlegte einen Moment. »Na schön.« Damit verschwand er in der Dunkelheit.

Krølle wartete noch fünf Minuten, dann begann er das Grundstück zu umrunden. Die Vorhänge waren überall zugezogen. Licht brannte in zwei Räumen. Es war auffallend still. Krølle atmete tief und ließ die winterliche Waldatmosphäre auf sich wirken. Nur wenige Meter entfernt lag der See, in dem sich Bäume in kahler Schwärze spiegelten, während der Mond ein fahles Licht warf.

Nach der dritten Runde kehrte Krølle zum Wagen zurück.

»Das Haus wird als Ferienhaus vermietet«, erklärte Paulsen. »Keine Besonderheiten auf die Schnelle.« Er zog seine Jacke an.

»Warte«, sagte Krølle plötzlich.

Paulsen sah ihn an.

»Es ist zu still.«

»Es ist später Abend. Sie werden längst schlafen – sofern wir richtig liegen und Month hier wohnt.«

»Sie haben einiges zu besprechen und womöglich vorzubereiten«, erklärte Krølle.

Paulsen seufzte. »Und das muss natürlich nachts erfolgen, und dabei machen sie Lärm?«

Krølle schüttelte den Kopf. »Alltagsgeräusche. Mehr Licht im Haus. Außerdem … Der Schornstein qualmt nicht.« Er sah zum Fenster hinaus. »Ich finde, wir sollten uns vergewissern, dass alles in Ordnung ist.«

»Ohne Team?«

Krølle nickte.

»Die Videoüberwachung …«

»Es gibt tote Winkel.«

»Du bist sicher, dass …«

»Ich kann mich auf mein – sagen wir – ungutes Gefühl verlassen«, betonte Krølle. »Und das solltest du auch. Ich vertraue ihm seit mehr als zwanzig Jahren. Lass uns reingehen. Da stimmt was nicht.«

Paulsen wirkte noch unschlüssig, doch Krølle wusste, dass er ihn längst überzeugt hatte. Augenblicke später schlichen sie im Schutz der Mauer in den seitlichen Grundstücksbereich. Die Kamera würde höchstens einen Schatten erfassen, dennoch trugen sie Masken. Krølle zog sich auf den Mauersockel und ließ sich nach einem schnellen Blick in die Runde auf der anderen Seite herunter. Paulsen folgte ihm, und einen Moment blieben sie still in der Dunkelheit hocken. Kein Alarm, keine Scheinwerfer, die aufflammten, sobald sich etwas bewegte.

Schließlich liefen sie geduckt weiter. Neben der Haupteingangstür gab es einen weiteren Zugang an der Seite. Paulsen benötigte keine Minute, um das Schloss aufzubohren. Das leise Sirren schien das einzige Geräusch in der Nacht zu sein. Sie schalteten die Nachtsichtgeräte ein und betraten mit gezogenen Waffen den Flur. Es blieb immer noch still. Krølle atmete tief. Seine Sinne waren hellwach. Sie schlichen an der Wand entlang. Ein schmaler Lichtstrahl erhellte den vorderen Bereich des Flurs. Krølle schätzte, dass sich dort die Küche oder das Wohnzimmer befand. Keine Geräusche, die auf Menschen hindeuteten.

Krølle atmete tief aus und bedeutete Paulsen, dass er auf dem Boden Richtung Lichtquelle weiterrobben würde. Als er die Ecke erreichte, erhob er sich auf Kniehöhe. Sein Blick fiel ins Wohnzimmer – die Tür war nur angelehnt. Er schob sie auf. Paulsen trat mit gezückter Waffe neben ihn und ließ sie wieder sinken, während Krølle aufstand.

Sie saßen mit erstarrten Augen auf der Couch, die Hände im Schoß, die Oberkörper zurückgelehnt, die Münder leicht geöffnet. Mit Kopfschüssen hingerichtet.

»Scheiße«, murmelte Paulsen. »Das war eine Falle. Die wussten, dass wir dran sind und haben beschlossen, kurzen Prozess zu machen. Der Täter hat sie womöglich sogar hier erwartet, und vielleicht ist er …« Er hob seine Waffe erneut und warf Krølle einen eiligen Blick zu.

Der schüttelte den Kopf. »Dürfte längst auf und davon sein. Während wir uns sortiert und besprochen haben, hat er die beiden erledigt und sich aus dem Haus geschlichen.«

»Wir sollten dennoch alles durchsuchen. Aber erst mal sage ich dem Team Bescheid.«

Krølle nickte. In einem kleinen Büro neben dem Wohnzimmer stand ein Schreibtisch unter dem Fenster. Ein Laptop war aufgeklappt, und das Programm für die Videoüberwachung lief noch. Das hat unser Mann wohl vergessen, dachte Krølle, oder er hatte es plötzlich sehr eilig. Während Paulsen telefonierte und sich im Haus umsah, ließ Krølle die Aufzeichnung der letzten Stunden durchlaufen. Der Mann, den er schließlich entdeckte, betrat das Grundstück mehr als eine Stunde vor Ankunft von Moritz Schneider. Er hatte sich über den Seiteneingang Zutritt verschafft – ein agiler Typ, schwarz gekleidet, aber nicht maskiert. Krølle zoomte eine Aufnahme heran, in der sein Gesicht gut zu erkennen war. Entscheidend war dabei weniger das Antlitz des Mannes als die Baseballmütze, an deren Schirm Krølle ein russisches Emblem entziffern konnte.

Paulsen trat neben ihn. »Sie beseitigen jedes Risiko«, meinte er achselzuckend.

»Sagt dir das Gesicht was?«

»Noch nicht.«

Krølle warf ihm einen fragenden Blick zu.

»Ich schätze, unser nächster Auftrag lautet, ihn aufzuspüren.«

»Eine kleine Pause kann aber nicht schaden«, entgegnete Krølle. Die Anspannung fiel allmählich von ihm ab.

Als das Team eintraf, brachen Paulsen und Krølle auf. Sie fuhren schweigend durch die Nacht. Paulsen setzte Krølle bei seinem Wagen ab. »Bis dann. Pass auf dich auf.«

»Na klar. Du auch. Man sieht sich.«

Krølle beschloss, keine weitere Nacht in der Pension zuzubringen. Er packte und machte sich auf den Heimweg. Wie immer fuhr er etliche Umwege und ließ sich viel Zeit.

Als er in seinem neuen Zuhause eintraf, brach die Morgendämmerung an. Er fuhr den Wagen in den Schuppen und betrachtete eine Weile den glutroten Horizont, bevor er ins Haus ging. Es war komplett ausgekühlt. Die Dielen ächzten unter seinen Schritten. Er feuerte den Ofen an und ging unter die Dusche. Die Küche war schnell warm geworden. Er setzte Kaffee auf und briet Eier mit Speck. Ein Geräusch am Fenster versetzte ihn sofort in Alarmbereitschaft. Er fuhr herum – auf dem Fensterbrett saß eine Dohle und richtete ihre schwarzen Augen auf ihn. Er hielt ihrem Blick stand. Plötzlich durchströmte ihn ein Gefühl von Freude und Frieden. Bei seinem nächsten Einkauf würde er Futter für den Vogel besorgen. Und wenn er ihn wieder besuchte, wurde es Zeit, ihm einen Namen zu geben.

EPILOG

Sarah hatte das neue Jahr am Strand begrüßt – unter einem sternenklaren Himmel, den das Feuerwerk mit grellen Farben schmückte. Die ganze Insel war auf den Beinen, darunter auch viele Kolleginnen und Kollegen aus dem Kommissariat. Sie entdeckte Mikkel Bentsen im Kreis einiger Freunde und hatte sich gerade dagegen entschieden, auf sich aufmerksam zu machen, als er sich umsah, ihren Blick suchte und dann näher trat.

»Frohes neues, Kollegin«, sagte er und hob sein Glas.

»Dir auch, Mikkel.«

»Bist du zufrieden?«, schob er nach.

»Ich nehme an, du sprichst von den jüngsten Ermittlungen. Nun, das meiste ist aufgeklärt, mit dem Feintuning habe ich nichts mehr zu tun. Glücklicherweise.«

Er sah sie von der Seite an. Sie streckte die Hand aus. »Wie wäre es, wenn wir …«

»Einverstanden!« Er drückte ihre Hand. »Vergessen wir die alten Geschichten. Du wirst immer auch dein eigenes Ding machen, das sollte ich endlich verstanden haben.«

»Und du wirst immer wieder sauer reagieren, wenn ich dich außen vor lasse. Ich gelobe Besserung.«

»Solange wir die Übeltäter erwischen, soll es mir recht sein.«

Sie stießen an.

Als Sarah in ihr Haus zurückgekehrt war, entdeckte sie unter mehreren Mitteilungen – darunter eine von Hannah, ihrer Mutter, etlichen Kolleginnen und Kollegen – auch eine Nachricht von Frederik. Grußworte zum neuen Jahr. Sie hatte keine Ahnung, wo er sich aufhielt, und das war auch besser so. Sie schickte eine kurze Erwiderung zurück und wählte Kathleens Nummer. Sie nahm nicht ab. Eine halbe Stunde später, sie war gerade ins Bett gegangen, vibrierte ihr Handy: *Nur das Beste für jedes Jahr. Pass auf Dich auf. Ich wäre jetzt gerne auf Deiner Insel. Einfach nur ich – ohne Job, ohne Ermittlungen und Risiken, Geheimnissen und was sonst noch so erforderlich ist in unserem Job.*

Dann mach Dich auf den Weg. Bornholm ist auch im Winter ein Traum.

Sarah legte das Handy beiseite. An Schlaf war plötzlich nicht mehr zu denken. Sie stand auf und setzte sich dick eingemummelt auf die Terrasse. Die Morgendämmerung warf ein violettrotes Band aus. Von fern war das satte Rauschen der Wellen zu hören. Schöner und friedvoller konnte ein neues Jahr nicht beginnen.

* * *